KING MAKER

킹메이커

KING MAKER

킹메이커

모스카레토 장편소설

3

TONE

목 차

외전 4 사소한 일들 · 007

외전 5 끝을 스치는 순간에 · 053

외전 6-1 Where do we come from · 073

외전 6-2 Who are we · 085

외전 6-3 Where are we going · 095

외전 7-1 Blooming, Blooming, Blooming · 113

외전 7-2 We Are What We Are · 131

외전 8-1 Someday Oneday · 163

외전 8-2 Be my eternal love · 191

외전 9-1 My ride or die · 233

외전 9-2 놀이 · 305

외전 9-3 Perfect · 367

외전 9-4 Way back to Home · 399

Epilogue Best day forever! · 421

Bonus track 1 ㈜AR그룹 윤기현 신임 회장 취임사 전문 · 440

Bonus track 2 ㈜대원 그룹 진대성 대표 이사 취임사 전문 · 442

외전 4

사소한 일들

사소한 일들

"팀장님, 팀장님!"

직원들이 작게 서태식을 불렀다. 지주사는 이제 막 체계가 갖추어지는 중인데, 서태식의 소속은 아직 모터스였던 터라 호칭이 좀 애매해진 상황이었다. 기현의 비서실장이자 전략실장으로 내정되어 있긴 하지만, 말 그대로 내정일 뿐이지 발령이 난 것은 아니기 때문이다. 어쨌든 밖의 사람들 보기 좋지 않을 것 같아 지주사 내 직원들은 그냥 편하게 서 팀장님이라고 부르는 중이었다.

"오늘 사장님 기분 많이 안 좋으신 것 같아요."

"기분이 안 좋으시다고? 그런 걸 티를 낼 분이 아닌데."

"그래서 저희도 좀 놀랐어요……."

앞으로 네 시간 있으면 취임식이 시작된다. 기현으로선 감회가 새로울 일이었다. 선거 출마를 선언했던 곳에서 사장 취임식이라니. 그런데…… 기분이 안 좋다고?

"내가 살펴볼 테니까 다들 취임식 준비에 신경 쓰고 있어요. 기자들 전화 계속 올 테니까 잘 응대하고."

"네…… 팀장님도 조심하세요."

……조심하세요? 그런 말까지 들을 정도로 화가 나셨다고? 상상이 어려워서 서태식은 애꿎은 뒤통수만 긁적였다. 기현은 혼자서 감정을 삭이는 편이었다. 특히 개인적인 일로 기분이 안 좋을 땐 절대 그걸 부하 직원들에게 티를 내지 않았다. 여러모로 모시기 좋은 상사였다. 그런데 그가, 직원들이 숨죽일 정도로 화를 내고 있다니.

"저, 사장님."

노크를 하고 문을 열었는데 사무실 내부의 온도가 복도보다 두 배는 더 싸늘했다. 냉기가 뚝뚝 떨어지는 가운데, 기현은 대꾸도 없이 책상에 놓인 핸드폰을 노려보고 있었다.

가만히 보던 서태식은 그냥 조용히 문을 닫았다. 평소엔 핸드폰이 있든 말든 신경도 안 쓰는 기현이다. 그가 저럴 땐 십중팔구 진태성과 싸운 거다. 진태성 이사와 얽힌 문제는 당사자 말곤 해결해 줄 사람이 없었다.

서태식은 한숨을 쉬며 단축번호 1번을 눌렀다. 조 실장에게 혹시 들은 이야기가 있는지 묻기 위해서였다. 단축번호 1번이 애인도 아닌 상사와 친한 사람의 비서실장이라니…….

"여보세요? 아, 조 실장님. 접니다. 그쪽은 어떻습니까? 여기요? 아이고, 말도 마세요……."

참 나, 둘이 연애라도 하나? 서태식은 사소한 일로 진탕 삐지고 싸우는 두 사람을 가끔 이해할 수가 없었다.

+♚+

그러니까 정확히 이틀 전이었다. 사실 취임식을 앞두고 기현이 할 일은 크게 없었다. 아랫사람들이야 좌석 배치부터 보도 자료, 은밀히 들어오는 선물을 거절하느라 죽어나고 있었지만. 지주사와 AR그룹의 상징인 물산, 그리고 기현이 거점을 두고 있는 모터스. 이렇게 모(母)회사와 계열사가 삼각 편대를 이루어 밀려드는 일을 해치우느라 서태식 이하 직원들은 피가 마르는 중이었다.

반면 기현은 그저 귀찮게 걸려 오는 의례적인 전화에 잘만 대답하면 될 일이었다. 그나마 하는 일이라곤 몇 번이고 뜯어고친 취임사를 다시 훑어보는 정도? 경영에 뛰어든 이래 요즘이 가장 한가했다.

삐딱하게 턱을 괴고선 스크롤을 쓱 내리는 찰나, 우웅 진동이 울렸다. 메시지인 모양이었다. 무시하고 계속해서 취임사를 읽으려는데 귀찮게도 진동이 연달아 짧게 울렸다. 어쩐지 진태성일 것 같았다. 덤덤하게 액정을 두드렸지만, 기현의 표정은 이미 조금 풀어진 채였다.

[아아 재미없어요]

오늘 학회에 간다더니 지루한 모양이다. 유독 학회나 협회는 태성에게 박하게 굴었다. 돈 주고 외국에서 학위만 사 온 주제에 또 그놈의 돈으로 미술관 차려 놓고 까부는 걸 보기 싫어하는 거라고, 태성이 그렇게 말해 준 적 있다. 뭐, 어디를 가든 꼰대들 하는 소리야 알 만했다.

하지만 오래된 학회 이사에게 당신 거울 한번 보고서 내 얼굴을 보라고, 이게 예술이 아니면 뭐냐고 뒷목 잡을 소리를 한 태성도…… 솔직히 자기 무덤을 파긴 했다.

[또 돈 뜯어낼 궁리나 하려는 것 같은데 이럴 거면 그냥 얼마씩 내라고 처음부터 말했으면 좋겠습니다.]
[뭐 합니까. 기현 씨는?]
[오늘 만날까요?]

태성은 사적인 이야기를 할 때는 다소 의식의 흐름이 느껴질 정도로 주제를 마구 쏟아 내는 편이었다. 예전의 기준으로라면, 점점 쓸데없는 것들을 공유하는 일이 늘어나는 참이었다.

[참 오늘도 물어봐야지.]
[사귈래요?]

그리고 꼭 잊지 않고 묻는다. 사귀자고.

처음엔 대답하기가 좀 무서웠다. 이전에 당한 바가 있으니 아직 그런 관계로 정의하고 싶지 않았기 때문이다. 그런데 지금 와서는…… 솔직히 기현이 보기에도 그저 사귀는 사이라고밖에 볼 수 없었다.

아무리 바빠도 하루에 한 번씩은 전화하고, 그게 어려우면 오늘은 좀 바쁘다는 메시지라도 주고받는다. 특별한 일 없으면 만나서 이런 저런 이야기를 한다. 일에 관한 이야기는 점점 간략해졌다. 이미 보고받는 것이 있어서 그런지도 모르겠지만…… 만나면 일이 아니라 다른 이야기를 하고 싶어졌다.

그러다, 아니, 대부분은 불이 붙어서 그렇게 또 섹스하고. 청력은 거의 돌아왔지만 아직도 심리 치료가 필요한 기현을 위해 이런저런 책이나 그림을 같이 보기도 하고. 태성보다는 기현이 좋아하는 소소하고 평범한 데이트를 하기 위해 가끔은 목적도 없이 산책하기도 했다.

그래, 누가 봐도 사귀는 사이였다. 그런데 어쩐지 사귀자는 말에는 선선히 대답하기가 어려웠다. 새삼스럽게 그러자고 대답하기가 낯간지러운 것이다. 그래서 기현은 근래, 의도치 않았으나 태성에게 튕기는 중이었다. 태성도 이젠 답을 바란다기보다 겸연쩍어하며 대답을 어물쩍 넘기려는 기현을 놀리려고 매일 저렇게 한 번씩은 묻는 것 같았다.

"난데요, 오늘 오후 일정이 뭐였죠?"

—KNB펠로우 자선 행사인데, 오래 걸리진 않을 것 같습니다. 취임식 앞두고 바쁘신 것 알고 있으니 그쪽에서도 금방 놓아줄 것 같고요.

하…… 태성의 말을 그대로 돌려주고 싶었다. 그놈의 자선 행사는 대체 몇 번을 여는 거야.

"그럼 몇 시쯤?"

—일곱 시엔 나오실 수 있을 겁니다. 오늘은 팀장님 대신 제가 의전하겠습니다.

"그래요. 수고해요."

태성에게 일곱 시 이후에 볼 수 있을 것 같다는 메시지를 넣었다.

[자선행사라.]

[오늘은 둘 다 뜯기는 날인가?]

말해 주지 않았는데도 알고 있는 것을 보니, 그 또한 조 실장을 통해 자신의 일정을 물어본 모양이다. 왜 조 실장이 자신의 스케줄까지 손에 넣고 있는지는 모르겠지만. 답장할까 말까 망설이는 사이, 내선 전화에 불이 들어왔다.

—D기업 부회장님으로부터 연락입니다. 연결하겠습니다.

기현은 아쉬운 듯 핸드폰을 만지작거리다 내려놓았다. 뭐, 더는 할 말이 없기도 했고. 곧 볼 테니까.

"여보세요. 아, 예. 안녕하십니까, 윤기현입니다. 하하, 감사합니다. 제가 먼저 찾아뵈어야 했는데. 모레 맞습니다. 예……."

그래도 하나쯤은 흥미로운 포스터가 발표되기도 하는데 이번 학회는 빠짐없이 재미가 없었다.

'차라리 윤진서가 꼬박꼬박 학회에 나올 땐 이런 촌극이 없었는데.'

웬만해선 이런 생각까지 안 하는 태성이 그녀를 떠올릴 정도였다.

'그땐 멀리서 윤진서를 지켜보기만 했던 터라 오늘은 구토하지 않고 참을 수 있을까 스스로 내기를 하는 재미라도 있었는데…… 이건 뭐.'

꼰대들 하는 짓거리야 늘 뻔했으니 무시하면 그만이다. 어차피 그들이 태성을 개념 없는 졸부 정도로 여기는 건 바뀌지 않을 테니까. 그런데 그 밑의 피라미들이 젊은 사회 지도층의 후원이 어쩌고저쩌고 메세나가 어쩌고저쩌고하며 목에 잔뜩 힘을 주고 다니는 게 가관이었다.

차세대 경영자로 일컬어지는 놈들은 국립박물관을 후원하는 YFM과 예술계 전반을 후원하는 KA패트론즈, 이렇게 두 무리로 나뉘었다. YFM은 주로 재벌 2세나 예술 명문가 출신 자제들이 주축이었고 KA패트론즈는 벤처 기업이나 사회적 명망이 있는 젊은 인사들을 중심으로 이루어져 있었다.

물론 태성이 보기엔 이 새끼나 저 새끼나 전부 다 꼴값이었다. 그들로서도 태성이 눈엣가시였겠지만. 핏줄을 따지자면 부모의 행보나 행실이 심히 결격사유고, 무엇보다 태성 본인의 소문이 제법 흉흉하니 가까이 두기엔 꺼림칙할 것이다. 그렇다고 아예 무시하자니 대원 미술관의 규모가 점점 커지고 있어 자기들도 나름대로 골치가 아픈 듯했다.

"윤기현 말이야."

그렇게 시큰둥한 낯으로 다 식어 버린 녹차나 홀짝이고 있는데 문득 윤기현의 이야기가 들렸다. 요즘 기현이 태성과 어울린다는 걸 모르는 사람이 없으니 일부러 곁에서 흘리는 걸지도 모르겠다.

"사실 엄청 문란하다던데. 미국에 있을 때 모르는 사람이 없었다더라고."

"그런데 그렇게 성실한 척하는 거야? 봉사 좋아한다고 입 털고 다니면서?"

태성의 눈썹 끝이 사납게 구부러졌다. 봉사 좋아하고 성실한 것과 성적으로 문란한 게 무슨 상관이지? 무엇보다 윤기현이, 뭐? 문란? 물론 윤기현이 관계 중에 좀 많이 야하게 허물어지긴 하지만 그건 네놈들이 알 바 아니고. 약간의 우월감과 소유욕에 도취한 태성이 남은 차를 전부 들이켠 순간이었다.

"이번에 수석 발레리나 된 애 있지? 윤기현이 걔 진작 찍어 뒀다더라. 집도 사 주고 그랬다던데. 나 외가 쪽 사촌이 무용하잖아. 걔가 그 수석한테 직접 들었대."

"윤기현 뭐 발레 페티시라도 있어? 저번에도…… 아, 누구더라? 하여튼 발레 전공하는 애한테 엄청나게 웃어 주고 쳐다보고 했다던데?"

기현과 여자를 얽는 이야기가 나오자 태성의 목울대가 움직임을 뚝 멈추었다. 분명 허튼소리라는 걸 아는데도 언젠가 기현이 결혼 운운했던 때가 자꾸 생각나서 민감하게 반응하게 된다.

뭐 하는 새낀가 싶어 슬쩍 돌아본 태성은 잠시나마 비장해졌던 것이 허탈해서 픽 웃음이 나왔다. 윤기현을 깎아내리던 남자들 전부, 누가 봐도 기현처럼 스타일링을 하고 있었다. 머리 넘긴 방향과 재킷 길이부터 착용하고 있는 시계 브랜드까지 전부.

태성의 눈길이 어디를 훑고 있는지 눈치챈 그들은 흠, 하며 자리를 옮겨 마저 수군거렸다. 하여튼 머저리들. 태성은 종이컵을 입술에 문 채로 핸드폰을 만지작거렸다. 일곱 시 이후도 괜찮다면 만날까요. 기현에게서 온 메시지만 봐도 단정한 그의 목소리가 재생되는 것 같았다.

일곱 시, 일곱 시라……. 시간 참 더럽게 안 갔다.

여섯 시 반. 기현은 하품이 나오려는 걸 간신히 참았다. 자선 행사라고 해 봐야 별것 없었다. 평소처럼 발레단의 공연 사진 같은 것이 단조롭게 전시되어 있을 뿐이었다.

"음……."

시곗바늘은 여전히 여섯 시 반에서 움직이질 않았다. 출출해서 핑거푸드라도 먹고 싶은데, 웃기게도 먹으라고 차려 놓고선 정말로 가져다 먹으면 뒤에서 뭐라고 수군거린다. 기현은 아무리 노력해도 이

바닥의 고상 떠는 사람들을 이해할 수 없을 것 같았다.

"사장님, 이제 슬슬 가셔도 될 것 같습니다."

곁에 선 직원이 드디어 반가운 이야기를 속삭였다. 여기도 서열이라는 게 있어서 높은 사람이 먼저 일어서지 않으면 다른 사람들도 계속 자리를 지키고 있어야 했다. 이 타이밍을 맞추지 못하면 눈치가 없다고 뒤에서 엄청 호박씨를 깠다.

기현은 몰려오는 피곤함을 몰아내려 느리게 눈을 감았다 떴다. 태성 또한 낯 뜨거운 소리 혹은 행위로 기현을 자주 지치게 했지만 여기 사람들은 그에 비할 바가 아니었다.

"저는 이만 가 봐야 할 것 같습니다."

"벌써 가시게요?"

"저도 더 있고 싶은데 취임식이 코앞이라 밀린 일이 많네요. 죄송합니다."

"아, 맞다! 내 정신 좀 봐. 축하드려요. 이제 정식으로 사장님이 되시는 거네요."

"하하, 다음에 아려 병원에서 단원분들 검진 한번 받으세요. 무용이 보통 몸이 상하는 게 아니잖습니까. 필요한 일 있으시다면 언제든 서태식 팀장에게 연락주시고요."

사장 되신 턱 내는 거냐며 놀리는 단장과 악수하고 익숙한, 혹은 익숙하지 않은 사람들과 또 한참 악수를 한 끝에 겨우 빠져나올 수 있었다. 정확히 일곱 시였다.

"요즘 그 브랜드가 마음에 드시나 봅니다."

"어떤……?"

"넥타이요. 가격이 저렴한 것도 아닌데 사장님 덕에 못 구해서 난리라고 하던데요. 자주 하시는 것 같아서."

"……그래요?"

기현은 짧게 헛기침을 했다. 태성이 예전에 색깔별로 전부 쓸어 온 넥타이 중 하나였다. 굳이 그가 준 것만을 고집하는 건 아니었고…… 출근길에 의미 없이 집어 들었을 뿐이다.

'남들에게 이런 이야기를 들을 만큼 자주 착용했던가? 하긴. 그때 안겨 준 것이 너무 많아서 드레스룸에서 뭘 골라도 그가 준 것이긴 하지만…….'

어쩐지 쑥스러운 마음에 넥타이 끝만 매만지는데 왁, 하는 소리와 함께 무언가가 등에 세게 부딪혔다.

"윽!"

돌아보니 무언가는 아니고, 사람이었다. 잔을 찰랑찰랑 채우고 있는 칵테일을 든, 약간 취기 오른 듯한 사람.

"아, 어쩌죠……. 죄송합니다. 제가 세탁이라도……."

"괜찮습니다."

뭐가 되었든 빨리 벗어나고 싶은 마음이 더 커서 기현은 그대로 가고 싶은 것을 꾹 참고, 예의상 다친 데는 없냐고 물어봤다. 여자는 새침한 얼굴로 흘러내린 머릴 쓸어 넘겼다. 그러고 보니 좀 낯이 익었다. 아까 훑어본 공연 사진에서 꽤 비중이 있던 인물이었다.

아, 이번에 수석 자리를 꿰찼다는 사람이구나. 기현은 점점 흐려지려는 표정을 잘 갈무리했다. 이 사람보다 훨씬 더 실력 있는 사람이 있었는데, 내부 주요 인사들과 유학한 나라가 다르다는 이유로 밀려났다고 들었다.

"말씀 많이 들었어요. 이런 식으로 뵙게 될 줄은 몰랐지만…… 정식 취임도 축하드려요."

"감사합니다, 그럼……."

"아, 저기."

한 줌도 안 되는 손목인데 붙드는 힘이 굉장했다. 하마터면 자리도 잊고 반사적으로 그대로 내칠 뻔했다.

"제가 정말 죄송해서요. 지금 보니까 셔츠까지 좀 젖으신 것도 같고. 세탁 비용 지불하는 건 정이 없을 것 같으니까, 식사라도 대접할 기회를 주셨으면 하는데요."

기현은 한숨을 쉬지 않으려 애썼다. 대체 자신과 몇 번이나 봤다고 정을 운운하는지. 미국에 있을 때 그의 자동차, 사는 집, 옷의 브랜드를 보고 접근했던 사람들과 방식이 똑같았다. 딱 봐도 수작질이란 말이다.

"여성분께 식사 대접을 받을 순 없죠."

"그럼 사장님께서 맛있는 것 사 주시면 되겠네요."

……뭐지, 저 여자는? 거절의 뜻을 모르나? 자기가 잘못해 놓고선 이제 밥까지 사라고?

서태식이 함께 왔더라면 바로 제지를 해 줬을 텐데, 오늘 참석한 건 의전 경험이 미숙한 사원이어서 그런지 어쩔 줄을 몰라 하며 멀리서 차가 오기만 기다리고 있다. 기현은 구겨지려는 미간을 간신히 퍼며 속으로 '이미지, 이미지' 하고 중얼거렸다.

"요즘 일정이 좀 빡빡해서, 먼저 가 보겠습니다."

기현이 파고들 틈을 안 주자 여자가 초조하게 발을 굴렀다.

"저, 진태성 이사님과 어울리신다면서요."

재킷 위로 흐르는 물방울을 튀겨 내는데, 여자가 불쑥 낯익은 이름을 꺼냈다.

"지금 진태성…… 이사라고 하셨습니까?"

"이런 이야기까진 안 하려고 했는데, 진태성 이사님이 좀…… 그쪽으론 개방적이시잖아요, 사정도 훤하시고. 그래서 저는 사장님도 그럴 거라고 생각했어요.”

“……무슨 말씀을 하시는 건지 모르겠습니다.”

진태성의 과거를 말한다는 건 짐작으로 알았다. 하지만 그건 더더욱 저 여자에게서 들을 이야기가 아닌 것 같은데?

“감히 사장님과 뭘 어쩌고 싶은 게 아니라, 그저 사장님도 스폰서를 해 주시는지 궁금했을 뿐이에요. 친하시다면 진 이사님께 소개를 받으시는 건 아닐까, 그렇게 생각했거든요.”

“……진태성 이사가 그렇다고요?”

“예?”

“지금도 누구 스폰서를 해 주고 있다고, 그렇게 말하지 않았습니까?”

“네, 제가 알기론…….”

기현을 둘러싼 온도가 순식간에 뚝 떨어지자 뭘 잘못 말했나 싶어 여자가 눈치를 보았다. 그 눈치, 진작 봤으면 좋았을걸. 기현은 굳은 입매를 당기며 먼저 가 보겠다고 돌아섰다.

“표정이 왜 그래요.”

거실에서 내도록 기현을 기다렸던 태성이 심상치 않은 표정으로 들어서는 그를 보고 말을 아꼈다. 오늘 학회에서 기현과 관련한 소문을 들었다고 장난을 걸 생각이었는데…… 그래선 안 될 것 같은 분위기였다.

“옷이 좀……. 먼저 씻고 싶습니다. 찝찝해서요.”

“옷이 왜?”

기현이 재킷을 아무 데나 떨구었다. 여름용이라 얇은 천이 사르르 바닥에 구겨졌다. 취임식 앞두고 날카로워졌나. 기현은 피곤한 듯 뒷머리를 헝클며 이젠 그의 방처럼 쓰고 있는 게스트룸으로 향했다. 그 모습에 태성이 같이 씻자고 말하며 기현이 떨군 재킷을 들어 올리는데…… 이상한 자국이 눈에 들어왔다.

"잠깐만."

태성이 눈을 가늘게 뜨며 기현을 붙들었다.

"이거 립스틱 자국 같은데."

립스틱만 있는 게 아니라 파운데이션 자국과 펄 가루도 희미하게 붙어 있었다. 뒤에서 기현을 끌어안은 게 아니라면 이렇게 확연하게 묻을 수가 없으리라.

"아아……. 누가 와서 부딪히며 칵테일을 쏟았습니다."

"누구?"

"자선 행사장에 있던 사람이요."

"설마 발레리나?"

"어떻게 알았습니까?"

발레리나라는 말에 태성이 미간을 좁혔다. 멍청한 새끼들이 떠들어 대는 거라 무시하려고 했는데, 왜 하필 타이밍이 이런 건지. 왜 하필 발레리나인 건지.

"뭘 어떻게 와서 부딪히면 이렇게 자국이 남습니까?"

"노리는 수가 너무 뻔해서 재미도 없더군요."

"재미?"

묻는 말끝에 빈정거림이 가득했다. 태성은 기현이 다른 사람과 관계성 형성하는 것을 민감할 정도로 못 견뎌 했다. 무엇보다 셔츠에 묻은 화장품 자국들을 보고 기분 나빠하는 게 당연히 이해가 가서,

일단 기현은 부드러이 말을 꺼냈다.

"뒤에서 와서 부딪히는 걸 어떻게 알고 피합니까? 일부러 그런 게 아니라—"

"또 생글생글 웃으면서 착하게 말했겠지."

이쯤 되니까 적당히 대꾸하려던 기현도 기분이 팍 나빠져서 소매 단추를 풀다 말고 태성을 노려보았다.

"윤기현 씨, 무용하는 애들이랑 요즘 어떻게 소문나고 있는지 알고는 있습니까?"

"소문? 지금 소문이라고 했습니까?"

"적당히 안 끊어 내고 매번 그렇게 쉽게 웃어 주니까 그런 소문이 나는 거 아닙니까."

"그러는 그쪽은 대체 뭘 어떻게 하고 다녔길래 나한테 진태성 통해서 스폰서 소개받고 있냐는 이야기가 들어옵니까?"

"뭐라고요?"

"진태성과 친하면 알 거 다 알지 않냐면서 나한테 스폰서 좀 되어 달라는데, 내가 진태성 씨 때문에 밖에서 이런 이야기까지 들어야 합니까?"

갑자기 끌려 나온 과거의 이야기에 태성이 잠시 주춤했다.

"……그건 예전 일이잖아, 지금은 그런 쪽으론 손 안 댄다는 거 알잖아요."

"대체 얼마나 요란하게 사람들 끼고 다녔으면 당신과 좀 어울린다는 이유만으로 그런 이야길……."

실컷 퍼부으려는데 마주친 태성의 표정이 더 그래선 안 될 것 같아서 기현은 가만히 입을 다물었다. 화가 났나? 아니다, 화난 표정은 아니다. 믿을 수 없게도…… 태성은 조금 상처받은 것 같았다.

"……미안합니다."

한 손엔 기현의 재킷을 걸치고, 한 손은 허리를 짚고 삐딱하게 서서 잠시 마음을 추스르는 것 같던 태성이 덤덤한 얼굴로 먼저 사과를 건넸다.

재킷에 화장품을 묻히고 들어온 건 의도치 않은 거였는데, 게다가 실제로 곁에 아무도 없다는 걸 알면서도 소문 운운하며 트집을 잡던 건 뻔뻔한 저 남자였는데. 어쩐지 기현은 혼자 마음 상해서 떼쓰는 어린애가 된 기분이라 머쓱해졌다.

"정확히 하자면…… 내가 누군가의 스폰서였다기보다, 스폰서를 알선해 주면서 중요한 정보를 빼 오게 시켰습니다. 포주라고 불러도 할 말이 없긴 하네요. 어쨌든, 지금은 그렇지 않더라도 그때 했던 일들로 윤기현 씨의 이미지까지 먹칠이 된 거라면…… 그건 미안하게 생각합니다. 진심으로."

태성이 게스트룸을 열고 세탁함에 젖은 재킷을 툭 떨구었다.

"다음에 세탁해서 돌려줄게요. 오늘은 각자 쉬는 게 낫겠습니다."

"저기—"

"성격이 이 모양이라서 나는 내 한계를 몰라요. 지금 여기서 말 더 하단 분명히 또 기현 씨 마음 상하게 할 테니까, 그냥 오늘은 이 정도로 합시다. 나와요."

데려다주겠다며 태성이 먼저 몸을 돌렸다. 아직 운전대를 잡지는 못하는 터라 기현을 데려다주는 건 언제나 태성의 몫이었다. 신무원으로든, 다음 날 아침에 회사로 가든.

기현은 돌아선 태성의 등을 보며 여린 하순을 꽉 깨물었다. 자기가 먼저 말도 안 되는 트집을 잡아 놓고선 갑자기 저렇게 침착하게 나오니까. 이런 나랑 어울려 그런 말을 듣게 해서 미안하다는 식으로 나오니까…….

'한낱 소문일 뿐인데 기분 별로라고 너무 막말했나?'

어쩐지 미안해져서, 기현도 돌아가는 내내 타이밍을 엿봤다. 내가 심했다고. 나도 기분이 상해서 말을 함부로 했다고. 그렇게 태성에게 사과할 수 있는 때를.

그런데 미안하다는 그 한마디를 꺼내기가 이렇게 어려운 줄 몰랐다. 다른 사람에겐 잘만 하는 사과인데, 이상하게 태성에게 먼저 하려니 선뜻 말이 나오질 않았다.

기현에게 큰 상처를 주었다는 전제가 있어서인지, 늘 먼저 장난을 걸거나 사과를 하는 쪽은 태성이었다. 물론 처음엔 태성도 미안하다는 말을 어색해했다. 그 뻔뻔한 남자가 어딜 가서 그런 소릴 해 봤을까. 그런데 어느 순간부터는 입에 달고 살았다. 사귀자, 보고 싶다, 미안하다, 내가 잘못했다……. 그런 말을 꺼내는 건 늘 태성이었고, 기현은 자연스레 그런 표현에 인색해져 버렸다.

어색하고 불편한 침묵만 고인 채로 시간이 흘렀다. 운전하는 내내 태성은 그를 한 번도 돌아보지 않았다. 다 왔다고, 신무원 정문 앞에 매끄럽게 차를 세울 때까지도 쉬이 입이 떨어지질 않았다. 우물쭈물하다 차에서 내려 맥없이 문을 닫는 순간, 태성이 깊게 한숨을 쉬는 것 같았다.

그리고 이틀이 지나, 오늘. 사장 취임식이 있는 날이었다. 처음엔 전화로 사과하기 좀 낯간지러워서 먼저 연락을 못 하다가, 이제는 점점 커진 미안함에 뭐라고 말을 꺼내야 할지 몰라 머뭇거리게 됐다.

"3분 후에 들어가시죠."

"다른 사람들은요?"

"전부 안에 계십니다. 온 언론이 쏟아지는데 가족 중 누가 빠졌다간 분명 그걸로 꼬투리 잡는 사람들이 있을 테니까요."

"진, 흠, 진태성…… 이사는?"

"음, 그 부분에 대해서 오늘 아침까지 조 실장님하고 상의했는데 역시 진 이사님은 안 오시는 게 나을 것 같았습니다. 두 분이 친하다는 건 이미 기정사실이지만, 사실 대원 이미지가 아직까지 좀……. 아마 화환도 안 보내셨을 겁니다."

"……."

기현은 핸드폰을 만지작거리다 메시지함을 눌렀다. 발신인 진태성. 엄지손가락으로 화면을 당기자 그간 태성이 보냈던 이야기들이 쏟아졌다.

[오늘은 좀 바쁘군요.]

[접대로 한식당 왔는데 여기 괜찮네요.]

[오늘은 기현 씨가 바쁜가 보네.]

[많이 바빠요? 답장 안 하면 나랑 사귀는 걸로 알겠음.]

[미안. 오늘 회의가 좀 길었어요.]

[몸은 좀 어때요?]

[보고 싶다.]

[기사 사진 잘 나왔는데요. 역시 나랑 사귈래요?]

[왜 피곤해요. 잠 못 잤어요?]

"……아."

화면을 한참 들여다보던 기현은 역시 이번엔 자신이 먼저 사과해야겠다고 생각했다. 다급히 통화 버튼을 누르려는데, 서태식이 이제

가셔야 한다고 등을 떠밀었다.

그 바람에 기운이 쭉 빠져 버렸다. 잠시 기다려 달라는 말도 못 하고 아무것도 쓰지 않고서 메시지를 보내 버렸다. 아마도 연락 바랍니다, 라는 멋도 없는 텅 빈 말이나 전달될 터였다. 그래도 취임식 전에 적어도 생각은 하고 있었다고, 그런 티를 낸 셈이니 조금은 덜 미안한 것 같았다. 물론 끝나면 꼭 전화할 것이다.

"주로 맨 뒷줄에 배치가 되긴 했는데…… 홀 왼쪽에 주요 프레스 라인이 결국 자리했으니, 그쪽으로도 웃어 주시면 됩니다."

핸드폰을 재킷 안에 넣으며 기현이 옷매무시를 가다듬었다. 문이 열리자 눈이 멀 것 같은 플래시 세례가 쏟아졌다. 누구에게 하는지 모를 인사를 사방으로 건네며, 법적인 가족들에게 다가갔다. 윤진서 또한 환하게 웃는 얼굴이었다. 속으로야 자신에게 칼을 갈고 있겠지만.

어쨌든 그녀와 악수하고 가볍게 포옹할 때 가장 많은 플래시가 터졌다. 민우와 민하의 머리를 쓰다듬어 주고 착석하자 사장 취임식이 시작되었다.

AR그룹의 연혁과 지주사 설립, 그리고 금융 그룹의 출범이 가지는 의미에 대한 지루한 영상과 각종 보고가 이어졌고, 뒤에서 기자들이 키보드를 두드리는 소리가 맹렬했다.

표정을 관리하고 있지만…… 사실 온 신경이 핸드폰을 넣은 재킷 안쪽 주머니에 쏠려 있었다. 누가 조심스레 문을 여닫는 소리가 들릴 때마다 뒤돌아 확인하고 싶었다. 자꾸만 시간을 확인하자 희연이 팔을 툭 치며 눈치를 주어서 기현은 얌전히 손을 내렸다.

"너 표정 관리 안 할래?"

희연이 고개를 숙이며 작게 속삭이자, 기다렸다는 듯 여기저기서 플래시가 터졌다. 누이와 앞으로의 행보를 논의하는 젊은 사장, 뭐 이런 대단치도 않은 제목으로 기사가 나가겠지. 그저 지루한 티 작작 내라는 핀잔이나 받았을 뿐인데.

"그럼 다음으로, 윤기현 사장님의 취임사가 있겠습니다."

기현은 심드렁한 낯을 애써 감추며 자리에서 일어섰다. 만약 지금 정신이 온통 다른 데 쏠리지 않았다면 무척 떨렸을지도 모르겠다. 아아. 기현은 문득 태성이 오늘 긴장을 풀어 주려고 이런 수를 쓴 건가, 하는 말도 안 되는 생각이 들었다. 진태성이라면 충분히 그러고도 남을 사람이었으니까.

단상 위로 올라가자 형식적인 박수갈채가 쏟아졌다. 바로 뒤로 AR그룹 지주사 대표 이사 사장 윤기현 취임식, 이라는 플래카드가 큼지막하게 걸려 있었다. 여기서 그의 성공을 진심으로 기뻐해 줄 사람이 몇이나 될까. 기껏해야 서태식이나 밑의 부하 직원들?

"AR그룹 임직원 및 내빈 여러분, 안녕하십니까. 지주사 대표 이사 윤기현입니다."

여기에서 인사하라는 지시문이 있으니 잠시 옆으로 비켜서 허릴 꾸벅 숙이고 다시 마이크 앞으로 이동했다. 그리고…….

"더운 날씨에도 이렇게 자리해 주셔서 감사합니다. 지주사 체계의 확립은 우리 AR그룹의 오랜 염원이자 과제였습니다. 비록 윤기현 개인으로서는 지주사 설립에 앞서 아픈 일들이 있었으나, 결국 이렇게 딛고 일어설 수 있었던 것은 임직원 여러분들과 협력사 직원 여러분들의 노고가 있었기 때문입니다."

……진태성을, 부를걸.

취임사를 낭독하기 시작하자마자 아까라도 그에게 전화할 것을, 하고 후회했다. 이 자리에 서니 말도 안 되는 출마 선언 계획을 했던 때가 새록새록 떠올라서였다. 30분 후 기자 회견이니 알아서 해 보라며 진태성이 황당한 짓을 저지른 탓에 뭐 하나 말도 맞춰 보지 못하고 그대로 기자들 앞에 던져진 게 전부였는데……. 그게 대체 뭐가 좋은 추억이라고 그 남자가 자꾸만 생각이 나는 건지.

"AR그룹 가족 여러분."

위기 경영과 비상에 대한 대목을 이야기하려는데 유독 삐익, 하고 큰 소리를 내며 문이 열리더니 정장 차림을 한 누군가 뒤늦게 들어왔다. 서빙하러 드나드는 사람이 원래 많았기에 아무도 신경 쓰지 않았지만, 단상 위에 선 기현에겐 정면으로 보였다. 입체적인 이목구비, 훤칠한 키, 어딘지 나른한 표정과 화려한 얼굴의 화룡점정을 찍는 눈 밑의 점. 진태성.

기현이 잠시 말을 멈추자 사람들이 웅성거렸다. 조용히 들어서던 태성도 산만해진 것을 느꼈는지 고개를 돌렸고—

'아…….'

눈이 마주쳐 버렸다. 기현은 서둘러 시선을 갈무리하고 여기서 출마 선언을 하던 때가 생각났다며 말을 얼버무렸다. 다행히도 감상에 잠긴 것처럼 보였는지 여기저기서 웃음이 터졌다.

"……임직원 여러분의 모든 목소리에 귀 기울이도록 하겠습니다. 빠른 시일 내 새로운 체계가 자리 잡힐 수 있도록 노력할 테니, 국내 기업을 선도하는 최고의 그룹 소속이라는 자부심을 가지고 우리 모두 힘차게 비상합시다. 감사합니다."

뒷짐을 지고 서 있던 태성이 꽃 한 송이를 옆에 놓인 음료 테이블에 슬쩍 올려놓고는 멋쩍은 박수를 쳤다. 지난번에 무지막지하게 꽃 배달을 하는 통에 화려한 꽃다발은 질려 버려서, 차라리 길에서 딴 꽃 한 송이가 낭만적이고 좋겠다고. 그러니까 이제 이상한 공세는 그만하라고 했던 적이 있었는데 그걸 용케 기억한 모양이었다.

기현은 적어도 이번만큼은 정말로 태성에게 잘못했다는 생각이 들었다. 남들한테도 맨날 하는 사과, 그냥 툭 던져 볼걸. 먼저 연락이나 해 볼걸. 이런 조금 가벼운 마음이 아니라, 진심으로 진태성에게 미안하다고.

당장 그와 이야기를 나누고 싶었는데, 취임사를 마치고 멍하게 단상 아래로 내려가자 붙드는 사람이 한둘이 아니었다. 결국 벌 떼처럼 몰려드는 사람들 때문에 태성을 놓쳐 버리고 말았다.

기자들이었으면 대충 쳐 내고 말았을 텐데 신무원 사람들이거나 주요 중역들이라 그럴 수도 없어서 기현은 간신히 미소를 유지한 채로 형식적인 인사를 받아 주었다. 그저 모든 걸 빨리 해치우고 싶은 마음뿐이었다.

"아까 저기 테이블에, 꽃이 하나 있었는데."

"꽃이요? 꽃은 보통…… 아닙니다. 알아보겠습니다."

꽃을 그런 데 둘 리는 없지만 어딘지 급한 기현의 목소리에 서태식이 알아보겠다며 잠시 자리를 비웠다. 사무적으로 악수를 나누는 와중에도 눈으로는 태성의 그림자를 좇았다. 하지만 그의 흔적은 찾아볼 수 없었다. 조금 전 나타났던 게 꼭 꿈인 것처럼. 혹은 거짓말인 것처럼.

"죄송하지만 아무것도 없었습니다. 혹시 언질 받으신 게 있는 건지……."

개인적으로 꽃다발을 보내는 자리가 아니다 보니 서버들이 화환에서 불쑥 튀어나온 건 줄 알고 치워 버렸을지도 모른다. 진태성이 그 꽃을 도로 들고 갔을 리는 없으니까.

"내가 급한 일이 좀 생겼는데, 몇 시쯤 끝날 수 있을 것 같습니까? 한 시간이면 정리될까요?"

"예? 오늘은 그래도…… 사장님 취임식이신데."

"무슨 핑계든 만들어야 합니다. 정말 급한 일이에요."

"그래도 한 시간은 무립니다."

아니, 취임사도 끝났고 사진도 찍을 만큼 찍었으면 어서 자리 뜰 일이지, 여기가 무슨 사교의 장이라고.

"사장님!"

초조하게 손가락을 꼼지락거리던 기현이 결국 걸음을 옮기기 시작했다. 서태식의 목소리가 조금 컸던 탓에 이목이 쏠렸다.

"……회장님께서 모터스 관련해서 급히 할 말이 있다고 하셔서."

"예?"

"방금 연락이 왔어요. 미안합니다."

모터스 이야기가 나오자 계열사 사장이 걱정스러운 낯으로 기현을 힐끔거렸다. 그에겐 미안했지만 생각나는 핑계가 없었다. 뒤에서 사람들이 웅성거리는 게 들렸지만 어쩐지 마음은 홀가분했다. 다소 빠르던 기현의 걸음은 이제 뜀박질로 바뀌었다. 엘리베이터를 기다릴 수 없어서 계단으로 돌아 달렸다. 그러면서 이따금 핸드폰을 꺼내 보았다. 태성에게서는 여전히 연락이 없었다.

"사장님?"

주차장으로 내려가자 삼삼오오 모여 있던 인파를 헤치고 기현의 운전기사가 화들짝 놀라며 다가왔다.

"진태성 이사 혹시 못 봤습니까?"

"그, 글쎄요. 오늘 워낙 손님이 많이 오셔서……."

"키 주세요."

"예? 제가 모시겠습니다."

"아뇨, 급합니다. 키 주세요."

"여, 여기……."

기사에게서 자동차 키를 낚아채며 버튼을 꾹 눌렀다. 경쾌한 소리와 함께 헤드라이트가 크게 깜빡였다. 내비게이션의 자주 가는 주소에는 이미 태성의 집이 가장 첫 번째 순위에 찍혀 있었다. 신무원도, 지주사 사옥도 아닌 태성의 집이.

기현은 핸들을 꺾으며 속력을 냈다. 일단은 그의 집으로 가서 기다려 볼 생각이었다. 신호가 걸린 틈을 타 핸드폰을 꺼내 최근 통화 기록을 눌렀다.

"아……."

원래라면 태성이 있는 게 당연했는데, 없었다. 이틀간 취임을 축하한다며 쓸데없는 전화가 많이 왔던 탓이다. 또…… 그만큼이나 그와의 연락이 소원했다는 뜻이기도 했다. 기현은 침음하며 재빨리 화면을 전환해 눈을 감고도 익숙한 숫자를 꾹꾹 눌렀다.

통화 버튼을 누르자 심장이 쿵쿵 뛰었다. 받으면 뭐라고 말을 할까. 그렇게 고민하던 것이 무색하게도, 연결이 되지 않는다는 경쾌한 목소리만 들려왔다.

"아, 왜 안 받아."

끊고 다시 통화 버튼을 눌렀다. 웬만해선 연속으로 전화를 거는 일이 없었던 터라 어쩌면 태성이 놀랄지도 모르겠다.

—여보세요.

다시 걸려는 찰나, 태성이 드디어 잘난 목소리를 들려주었다.

"어딥니까?"

—……미술관으로 가는 길입니다.

"미술관이요? 그럼 저도 그쪽으로 가겠습니다."

—미술관으로 온다고요? 지금 취임식 중 아닙니까?

"자세한 건 만나서 이야기합시다. 지금 운전 중이니까—"

—뭐라고요?
"만나서 이야기하자고요. 지금 운전 중이라 길게 통화 못 하니까."
한 손으론 핸들을, 한 손으론 핸드폰을 쥔 채였다. 엄연히 불법이었다. 사진이라도 찍혔다간 난리가 나겠지. 그렇지만 그런 것까지 생각하기엔 지금 너무 정신이 없었다. 한 가지 일로 머릿속이 꽉 차서. 진태성을 지금 봐야겠다는 생각밖에 없어서. 기현은 그와 통화할수록 여유가 없어져서 일단 전화를 끊으려고 했다.
—잠깐만. 지금, 운전 중이라고 했어요?
"그렇다니까, 아……."
왜 자꾸 말을 거는 건지. 대충 대꾸하고 끊으려던 기현이 매끄럽게 핸들을 꺾으면서 탄식을 내뱉었다. 세상에. 지금 운전을…… 하고 있었다. 핸들을 잡고 있는 건 운전기사가 아니라 자신이었다.
—진짜 운전하고 있다고요?
"네."
—어떻게?
"모…… 르겠습니다. 그냥 빨리 집으로 가야 한다고만……."
—집?
"네."
—설마 우리 집?
"……네."
당신을 보려고 서둘렀다는 말에 핸드폰 너머로 잠시 침묵이 흘렀다.
—나도 지금 바로 갈 테니까, 괜히 방향 틀지 말고 집에서 봅시다.
그가 볼 수도 없을 텐데 기현은 착하게 고개를 끄덕였다. 그러곤 바로 통화가 끊겼다. 기현은 얼떨떨한 채로 핸드폰을 든 손을 내려 핸들을 쥐었다.

"아, 핸드폰은 내려놔야지……."

기어 쪽으로 대충 기기를 던져 놓은 기현은 처음 운전하는 사람처럼 더듬거리며 신호를 읽었다. 괜히 운전하고 있다는 것을 의식하지 않으려 애썼다. 긴 다리를 건너, 사거리를 지나, 또 한참 빌딩 숲을 지나, 오른쪽으로 꺾으니 한적한 고급 주택가가 보였다.

여기가 일방통행이었던가? 이렇게 진입해도 되나? 잠시 망설이는데 뒤에서 클랙슨이 울렸다. 백미러를 보니 태성이었다.

"그냥 가도 되는구나……."

여태 운전기사 아니면 태성이 데려다주었던 터라 스스로 운전하는 길이 조금 낯설었다. 그의 지시를 따라 그대로 안쪽으로 진입하는데, 태성의 차가 조심스럽게 바로 뒤를 따랐다. 정말 기현이 운전하는 게 맞는지 믿을 수 없다는 듯.

그러고 보니까, 그때도 그랬었다. 이렇게 태성이 뒤에서 자신을 따라왔었다. 검고 어두운 길을 헤치며 나아가는 내내 뒤를 밝히던 건 태성의 헤드라이트뿐이었다.

차고 앞에서 잠시 기다리려 했는데 곧장 문이 열렸다. 태성이 핸드폰으로 잠금을 해제한 모양이었다. 아니, 어쩌면 자신이 타고 다니는 차에 센서를 등록해 뒀을지도. 어쨌든 태성이 원래 차를 세우는 곳을 피해 조심스럽게 주차하고 있는데 막상 그는 끽, 하고 아무렇게나 차를 던져 놓고는 성큼성큼 걸어왔다.

조수석 문을 열려던 태성 또한 그때가 생각났는지 잠시 망설이다, 이내 창문을 똑똑 조심스럽게 두드렸다. 기현은 완전히 시동을 끄고 조수석의 잠금장치를 열었다.

"어떻게 갑자기 운전하게 된 겁니까?"

"그러게요."

뒤늦게 손에 땀이 배어났다. 차고 문이 완전히 닫히고, 센서가 꺼지자 사위가 금세 어둑해졌다. 태성의 실루엣마저 희미할 정도여서, 기현은 더듬더듬 천장으로 손을 뻗어 조명을 켰다.

"땀이 엄청난데."

"그런가요? 아, 그러네."

몰랐는데 이마나 등이 좀 많이 척척했다. 더운 날씨에 주차장까지 실컷 달리기도 했고, 운전을 하는 것을 자각하자마자 잔뜩 긴장한 탓이었다.

"취임식은……."

"꽃은……."

동시에 말이 튀어나왔다. 태성이 먼저 말하라는 듯 손짓을 했다. 기현은 민망함을 감추려 괜히 귓불을 만지작거렸다.

"대충 핑계 대고 중간에 나왔습니다."

"그런다고 순순히 보내 줬다고요? 아닐 것 같은데."

태성은 기어에 대충 얹어져 있는 기현의 핸드폰을 들었다. 아직도 서태식에게서 전화가 오고 있었다. 상단에는 부재중 전화 표시가 수도 없이 쌓여 있었고.

"저기, 그러니까……."

기현은 그가 전화를 받으면, 혹은 얼굴을 보게 되면 바로 말을 하려고 했다. 미안하다고. 그런데 막상 마주하고 있으려니 자꾸만 주저하게 됐다. 시동을 꺼 놓고도 핸들을 꽉 쥐고 있던 기현은 숨을 훅, 쉬고는 결심한 낯으로 태성을 잡아당겼다.

"왜—"

갑작스러운 몸짓에 태성의 몸이 기우뚱 기울었다. 왜 그러냐고 기현을 향해 고개를 돌리려는 순간, 조심스럽게 입술이 와 닿았다. 얼굴을 쥐고 있는 기현의 손이 땀으로 범벅이어서 이상하게 그가 긴장한 것처럼 느껴지기도 했다.

가만히 멈춰 있던 태성이 뒤늦게 입술을 벌려 주자 기현의 혀가 정중하게 파고들었다. 평소의 기현만큼이나 성실한 키스였다. 혀를, 입천장을, 치열을 정석처럼 훑고는 손과 입술이 천천히 떨어졌다. 아쉬운 체온을 붙들려는데, 잠시 고개를 숙이고 생각에 잠겼던 기현이 조용히 속삭였다.

"미안합니다. 어린애처럼 굴어서."

그 여자가 짜증 나게 치근덕대면서 당신 이야기를 꺼내니까 점점 불쾌해졌다고, 그래서 당신에겐 뼈아픈 시절일 수 있는 이야길 아무렇지도 않게 꺼냈다고, 이번엔 내가 다 잘못했다고. 기현이 착하게 용서를 구했다.

"……나도 딱히 잘한 건 없으니까요. 그냥, 속이 뒤집혀서 그렇습니다. 나 아닌 누군가가 당신 곁에 있으면."

"압니다."

그렇지만 당신은 도가 상당히 지나치긴 하다고, 언젠가 말하려고 했지만…… 오늘 일로 영영 그럴 타이밍을 놓쳐 버린 것 같았다. 결국은 모든 게 시점의 문제인가 보다.

'어쩔 수 없지.'

더는 이 남자와 어긋나고 싶지 않으니 그냥 전부 받아 주는 수밖에. 기현은 작게 한숨을 내쉬었다. 태성에게 들키지 않을 정도로.

"어쨌든, 이번엔 내가 잘못했습니다. 미안합니다."

"그래서 맨입으로 용서해 달라는 겁니까?"

어느새 기분이 풀렸는지 태성의 말투가 평소와 비슷하게 돌아와 있었다. 보통 이럴 때면 또 그런 음흉한 얼굴을 한다고 쏘아붙이는 게 평소의 패턴인데, 기현은 미안하다는 한마디로 바로 마음을 풀어버린 태성을 보자 더 미안해졌다. 먼저 전화 한 통이라도 할걸, 아니, 그때 데려다주는 길에 바로 말을 할걸.

"무슨 생각 해요, 또."

기현의 안전벨트를 풀며 태성이 아프지 않게 이마를 밀었다. 퍼뜩 정신이 돌아온 기현은 태성이 뭘 원하는지 알 것 같아서 그제야 느리게 고개를 저었다.

"여기는, 좀……."

"어차피 여기 아무도 못 들어오는 거 알잖아요."

"하지만……."

"뭐 어떻습니까. 야외에서 카섹스하자는 것도 아닌데."

망설이자 태성이 무리한 걸 요구한 거냐며 잡아끌던 손을 슬쩍 놓았다. 그러면서 아랫입술을 슬쩍 깨물기도 했다.

하여간, 자신에게 유리한 걸 놓치는 법이 하나도 없지. 어쩐지 먹먹해 보이는 그 표정이 기현에게 먹힌다는 걸 인지했는지 바로 써먹고 있었다. 문제는 그 얼굴이 지금의 기현에겐 상당히 유효하게 작용했다는 거다.

"이쪽으로 와요, 내 위로."

다 알면서도 어쩔 수 없이 휘둘려 줄 것 같은 기색을 읽었는지 태성이 손을 옆으로 더듬어 시트를 뒤로 젖혔다. 완전히는 아니고 반 정도. 그러곤 부리로 쪼듯 가볍게 입술에 입술을 연신 부딪치며, 기현이 조수석으로 넘어오길 기다려 주었다. 허리를 쥔 태성의 양손에 열기가 피어올랐다.

사타구니 아래, 빼근하게 부풀어 오르는 그의 욕망이 낯설었다. 욕망이라고 표현해도 좋을까? 그런 단어로 표현하기엔 제 몸을 보고 흥분한 태성은 지나치게 뜨거웠고, 오늘은 특히나 낯간지러운 구석이 있었다. 새삼스럽게도 말이다.

키스도, 어떤 애무도 없었다. 뚫어져라 기현을 보던 태성이 손을 뻗어 셔츠 단추를 풀어냈다. 또각또각. 단지 단추를 풀어 줄 뿐인데 등줄기를 타고서 아찔하고 싸한 느낌이 번졌다.

"아래도 벗어요."

기현은 엉거주춤하게 태성의 허벅지 위에 걸터앉은 채로 벨트를 풀었다. 버클까지 풀었지만, 지퍼를 내리는 건 망설여져서 잠시 그대로 있다가…… 머뭇머뭇 손을 움직여 태성의 셔츠 단추를 풀었다.

"많이 미안해하고 볼 일이네."

태성이 웃음기 가득한 목소리로 고분고분하게 구는 기현을 놀렸다.

"시동을 켜는 게……. 아무래도 에어컨을……."

어쩐지 더워져서 운전석 쪽으로 몸을 틀자, 태성이 그대로 기현의 몸을 당기며 셔츠를 벌렸다.

"전부터 말하고 싶었는데 그냥 기현 씨 맨몸에서 나는 냄새가 제일 좋습니다."

"그…… 읏……."

뜨거운 체온을 머금은 손가락이 유륜을 쓸었다. 어쩐지 평소 태성의 패턴과는 매우 달랐다.

진태성은 진득하게 키스하는 걸 좋아했다. 입술뿐 아니라, 몸 여기저기에. 하지만 기현은 입술 외의 부위에 키스하는 건, 아니, 키스를 받는 건 좀 꺼려졌다. 너무 달아올라서. 그렇게까지 쾌감에 절고 싶진 않았다.

그래서 평소엔 차라리 그렇게 좋아하는 귀나 목덜미를 물어뜯도록 내버려 두는 편이었다. 태성도 말은 없었지만, 기현의 뜻을 대체로

존중하는 편이었다. 그런데 처음부터 대뜸 만지는 곳이 유두라니.

“빨아도 됩니까?”

태성이 대답을 기다리며 느긋하게 유두를 문질렀다. 몇 번의 마찰로도, 익숙한 자극이라는 듯 가슴 언저리가 봉긋하게 부풀어 올랐다. 기현은 절로 터지는 단 숨을 참았다.

“언제는 묻고서…… 만졌습니까?”

“평소엔 허락 안 해 주니까.”

“허락 안 해도 했잖아요.”

“나중에 하지 말라고 밀어내도 허락해 줬으니 계속하겠다는 변명거리가 필요해서요.”

허락 없이도 만지는 것과 그만하라고 밀어내도 계속하는 것의 명확한 차이는 설명할 수 없지만…… 적어도 한 가지는 확실했다. 오늘 기현의 몸이 좀 더 고달플 거라는 것이다.

“아…….”

태성이 양손으로 가슴을 움켜쥐고는 엄지로 유륜을 넓게 쓸었다. 기현은 꼴사납게 넘어지지 않기 위해 태성의 어깨나 차체를 더듬더듬 붙드는 수밖에 없었다.

“완전히 다 벗어요, 아래.”

기현이 머뭇머뭇 몸을 틀고서 바지와 속옷을 힘겹게 끌어 내렸다.

“진태성 씨.”

“네.”

“혹시 이런 쪽으로 페티시 있습니까?”

곰곰 생각해 보니 상의는 걸친 채로 태성과 몸을 섞을 때가 종종 있었다. 저번엔 목에 타이만 대롱대롱 걸치고서 질펀하게 관계를 가지기도 했다. 그러고 보니 그때도 지금과 비슷한 것 같다. 태성이 그새를 못 참고 여자를 부른 줄 알고 기분이 상해서 멋대로 방에 쳐들어갔었지.

바지까진 수월하게 쑥 내려갔는데, 속옷이 무릎에서 자꾸 걸려 몸을 좀 뒤척여야 했다. 이 와중에도 태성이 유두를 쥐고 놔주질 않아 자꾸 몸이 움찔 떨렸다. 기현은 혹시라도 제대로 된 애무도 아닌 것에 꼴사나운 소리를 낼까, 입술을 꾹 깨물며 걸친 속옷을 간신히 벗었다. 드러난 고환과 회음에 태성의 까슬한 정장 바지가 쓸려 묘한 기분이었다.

'그러고 보니 여기 차 안이지.'

조명이 켜진 곳은 차 안뿐이어서 밖이 잘 보이지 않았다. 기현은 누군가 자신의 이런 꼴을 지켜보고 비난할 것 같아서 몸을 움츠렸다. 그리고 우습게도…… 민망하고 걱정되는 만큼이나 아래가 빼근하게 부풀어 올랐다.

"아, 아읏……."

툭, 하고 옷가지를 떨군 기현이 몸을 틀자마자 태성이 부푼 젖꼭지를 한입에 삼켜 버렸다. 살결을 깨물고 빠는 소리가 차 안 가득 울렸다. 태성은 평소처럼 가슴 여기저기를 애무하는 것이 아니라, 아이가 어미의 젖을 빠는 것처럼 적나라하게 유두만 빨아 댔다.

"하…… 자꾸 커지잖아, 여기."

기현의 음탕한 몸을 힐난하며 태성이 반대편 젖꼭지를 손으로 튕겼다. 젖은 입술이 몸 곳곳을 배회했다. 더운 혀가 쇄골을, 어깨를, 겨드랑이를 핥고 깨물었다. 거의 완연하게 일어선 기현의 성기가 태성의 잘 다려진 셔츠에 비벼졌다.

아래가 옷감에 스칠 때마다 정신이 들어왔다 나갔다 했다. 취임식에서 꽃 한 송이를 조심스럽게 올려놓던 진태성. 어딘가 먹먹한 얼굴을 하고 돌아서던 그 등.
"아……."
그리고 아무렇지도 않게 다시 시동을 걸 수 있게 된 오늘. 벌거벗다시피 해 태성에게 온전히 매달린 지금. 머릿속에서 여러 장면이 뒤죽박죽 뒤엉켰다.
"기현 씨."
"으, 응……."
"이젠 기현 씨도 빨아 줬으면 좋겠는데."
달뜬 숨을 숨기지 않으며 태성이 은근하게 졸랐다. 셔츠를 젖히자 고개를 젓는다. 거기가 아니라는 듯이. 그러곤 힌트라도 주겠다는 듯 벌려진 다리 사이로 뒷구멍을 꿰뚫을 것처럼 태성의 것이 슬쩍 닿았다. 바지 위로도 선연하게 느껴지는 크기였다.
"그럼 손을……."
"아니, 그렇게 말고."
태성이 좌석을 좀 더 젖혀 거의 눕다시피 하더니 기현의 허리를 쥐고 몸을 돌리려 했다. 어떤 체위를 원하는지 알 것 같아서 얼굴이 확 붉어졌다. 약간 노르스름한 조명이라 표정이 적나라하게 보이지 않는 것이 다행이었다.
조르듯 태성이 기현의 벗은 몸을 쓰다듬었다. 지금 그걸 애교라고 부리는 거냐고, 핀잔을 주고 싶은데 오늘은…… 어쩐지 그게 힘들었다. 한 번 하고 나면 빚이라도 진 듯한 이 찝찝한 마음도 가시겠거니, 생각하며 기현은 머뭇머뭇 돌았다.
손을 내려 태성의 버클을 풀고, 속옷을 적당히 끌어 내리자 반쯤 일어선 그의 좆이 튕기듯 존재감을 드러냈다. 이걸 입에 담을 수 있을까. 좀 걱정스러운 마음으로 귀두와 기둥을 더듬거리자, 엉덩이가 위로 죽 당겨졌다.

"흐, 아앗……."

태성의 혀가 예고도 없이 곧장 구멍을 파고들었다. 그러곤 추삽질이라도 하듯 거칠게 아래를 드나들었다. 엉덩이를 단단히 움켜쥔 채 안에 고인 샘이라도 찾는 것처럼 집요하게 아랠 빨아 대서, 기현은 그것만으로도 녹진하게 몸이 풀려 버렸다.

팔에 힘이 들어가질 않아서 서서히 몸이 무너지는 바람에 얼굴 부근에 자연스럽게 태성의 것이 와 닿았다. 땀과 섞인 남성 특유의 냄새가 훅 끼쳤다. 태성이 은근하게 허리를 치대자 뺨에 그의 것이 비벼졌다.

"아……!"

뾰족하게 세운 그의 혀가 구멍을 들쑤시는가 싶더니 회음과 말캉한 고환을 빨아 댔다. 간절히 뭔가를 쥐고 뭐라도 해야 뇌를 녹일 것 같은 쾌감을 덜어 낼 수 있을 것 같아, 기현도 결국 입을 벌렸다.

같은 남자이니 어딜 어떻게 해야 반응이 올지는 기현도 잘 알았다. 부들부들 떨리는 손으로 태성의 허벅지를 짚고, 다른 손으론 기둥 끝을 쥐고 귀두를 삼켰다. 나름대로 최선을 다해 길게 핥자 태성의 것이 무서운 기세로 부풀기 시작했다.

입이 크게 벌어지며 침이 고였다. 윗구멍도, 아랫구멍도 넘치는 타액을 다 삼키지 못하고 칠칠치 못하게 잔뜩 벌어져 있었다. 빨기 위해 입을 쓰다 보면 자연스럽게 어느 정도 몸이 흔들렸는데, 그 모습이 태성의 시야에서 보기엔 기현이 꼭 스스로 아랠 흔들어 대는 것 같았다. 보고 있자니 절로 좆이 한계까지 단단해졌다.

같은 성별과의 섹스가 익숙한 남자들은 빠는 힘이 훨씬 더 좋았다. 목구멍 깊은 곳까지 열며 능숙하게 조이고, 반응이 오는 곳만 혀를 쓸 줄 알았다. 그에 비하면 기현은 훨씬 더 서툴렀다. 귀두와 그 아래만 간신히 입에 담거나 혀로 기둥을 핥는 게 전부였다. 그런데도 금방이라도 싸 버릴 것처럼 황홀했다.

"넣어도 괜찮겠어요?"

착 가라앉은 목소리는 이미 물음이 아니었다. 계속 이렇게 버티다가 태성의 얼굴에 사정하게 되면 자괴감이 밀려올 것 같아서 삽입에 동의하듯 기현도 빨리 몸을 일으켰다. 아니, 일으키려고 노력했지만 쉽지 않았다. 태성의 허벅지를 짚는 팔이 꼴사납게 후들거리고 있었다.

"이쪽 보고."

기현이 엉덩일 끌어 내리며 몸을 추스르자 태성이 뒤에서 덥석 끌어안았다. 태성의 배 위에 등을 맞댄 채로 드러누운 것 같은 자세가 되었다. 넓고 쾌적하기로 이름 있는 차였지만, 그래도 침대만큼 편안한 건 아니라서 자꾸 바르작거리게 됐다. 앓는 소릴 내며 몸을 뒤집는 게 퍽 귀엽게 느껴졌는지 태성이 기현의 코끝을 살짝 흔들었다 놓았다.

"왜요, 방금 그 자세도 나쁘지 않았는데."

"여기서 어떻게…… 그렇게 합니까."

엉덩이골 바로 뒤로 태성의 것이 바싹 닿기는 했는데…… 상위로 한 번 해 보았으나 그땐 이미 몇 번이나 몸을 섞다가 반쯤 정신을 놓고서 허릴 흔들었던 거라, 처음부터 그 체위로 시작하려니 좀 민망하고 막막했다.

그래도 해 보잔 생각에 태성의 것을 잡고 삽입부를 맞추려는데 자꾸 손이 비꼈다. 귀두가 구멍이며 회음을 후벼 파듯 안타깝게 스쳤다. 그러자 태성이 엉덩이를 받치며 삽입하기 쉽도록 잡아 벌렸다.

"그렇게, 벌리지 마요. 힘드…… 니까."

"이 정도로 안 찢어지는 구멍인 거 압니다."

뒤가 제 좆을 어떻게 물고 삼키는지 아는 태성이 픽 웃으며 아랠 더욱 크게 벌렸다.

"아……."

태성이 말했던 것처럼 벌써 흐물흐물 풀어진 구멍은 그의 귀두를 쉽게 물고 삼켰다. 엉덩이를 쥐었던 태성의 손이 허리로 옮겨 가 기현의 몸을 천천히 주저앉혔다. 허릴 잡아 주자 자꾸 거기에 의지해 힘을 빼게 되어서, 버티고 있던 허벅지 힘이 점점 풀렸다.

다소 빡빡하게 기현의 아래가 태성의 것을 집어삼켰다. 완전히 풀어진 건 아니었지만, 대충 타액으로 적신데다 온몸이 땀으로 범벅이라 그나마 피는 보지 않고 삽입할 수 있었다.

"하……. 좁고, 지쳐서…… 움직이지는……."

기현이 콧등을 찡긋하며 습기 젖은 눈으로 태성을 내려다보았다. 태성은 어이가 없어서 허, 하고 짧은 숨을 내쉬었다. 이게 어디서 여우짓이야. 먼저 잘못했다고 살랑살랑 엉덩이 흔들어 놓고.

"아, 아아……!"

태성이 붙들고 있던 기현의 허리를 완전히 주저앉혔다. 콱, 소리가 날 정도로 격한 움직임에 기현은 뭐라 소리도 내지 못한 채로 파르르 몸을 떨었다.

"앞뒤로 엉덩일 흔들어 봐요. 그럼 덜 힘들 테니까."

"아…… 아읏!"

움직임이 영 시원치 않자 태성이 허릴 세게 쳐올렸다. 안 그래도 깊게 박힌 상태라 기현이 허벅질 경련하듯 떨며 괴로워했다. 하지만 진짜 아파하는 게 아니라는 걸 잘 안다.

"아…… 잠깐……!"

몸짓이 영 시원치 않자 답답했는지 태성이 다시 허릴 몇 번 쳐올렸다. 내벽을 찌르는 각도가 조금씩 틀어지더니 어딘가를 때리듯 푹 건드려 댔다. 기현도 이제 자신의 안 어디를 문지르면 더 기분이 좋은지 대충은 알았다. 부끄러운 말이지만, 만약 스스로 손을 넣어 더듬어 보라면 어딘지 대충 짚을 수 있을 정도로.

그런데 지금 그가 건드는 데는 여태 생각도 못 하던 곳이었다. 여린 살 안쪽에 귀두가 문질러질 만한 넓이로 옴폭 솟아오른 부분이 있었다. 이런 깊은 결합이 아니면 닿을 수가 없을 정도로 안쪽이었다.

"아, 응, 으응……."

순식간에 단정한 얼굴이 허물어졌다. 태성은 이렇게, 뭔가 스위치가 켜지는 것처럼 기현이 모든 것을 풀어 버리고 야해질 때 말로 설명할 수 없는 기분이 들었다. 이대로 흉포하게 죄 부숴 버리고 싶어지기도 했고, 미친 듯이 박아 넣어 울게 만들고 싶기도 했다.

기현은 태성이 주문했던 대로, 앞뒤로 허릴 돌리면서 잘도 구멍을 조여 댔다. 몸 안에 이런 음란한 곳이 숨어 있는 줄 몰랐던 듯, 남자 좆에 걸신이라도 들린 것처럼 빠르게 엉덩일 흔들었다.

"하아, 조금만 더 빨리……."

"후……."

"여기, 응, 이상…… 이상해……."

울 것 같은 눈을 한 기현은 탁해진 목소리로 고개를 갸웃거리며 제 몸이 통제가 안 되는 듯 흔들어 댔다. 이전에 자신이 느낀다고 생각했던 부위와는 비교도 안 될 정도의 쾌감이 머리를 쾅쾅 울렸다. 정액이 뇌 속으로 곧장 쏘아지는 기분이었다. 온통 하얗게 된 시야로 불꽃이 번쩍번쩍 튀었다.

입술을 핥으며 잡아먹지 못해 안달이 난 태성의 시선이 부끄럽게도 기현의 아래를 속절없이 떨리게 했다.

한계였다. 귀두가 또 한차례 은근하게 내벽을 비비자 기현이 더는 견디지 못하고 고갤 뒤로 꺾었다. 몸이 넘어갈 것 같았는데, 태성이 팔목을 그러쥔 채 당기고 있는 덕에 간신히 버텼다.

"아—!"

용케 버틴 것을 치하라도 해 주듯 태성이 허리를 세게 쳐올렸다. 기현은 차마 신음도 내지르지 못하고 몸을 부들부들 떨었다. 접합부에서 흐른 액과 살덩이가 찰박이며 끈적이는 소리를 냈다.

아아, 확실히. 태성은 혀를 내어 마른 입술을 핥았다. 기실 그는 딱히 페티시랄 게 없었다. 웬만한 건 다 겪고 나니 어떤 성적인 자극에도 무던해졌다. 그런데 기현 한정으로 집착하게 되는 부위가 있었다. 일단 저 목. 길고 하얀 목덜미 전체가 그랬다. 그리고 땀범벅이 되어 희끗희끗하게 살결이 비치는 셔츠 차림을 하고 있으면…….

"진짜 너 때문에 돌아 버릴 것 같아."

퍽, 하고 기현이 스스로 비벼 대던 부위에 세게 꽂아 넣자 귀두에서 왈칵 투명한 선액이 흘렀다. 뭔가를 배출하자 더욱 사정감에 시달리는 듯 음란한 아랫도리가 자질 잘라먹을 듯 조였다.

"아, 아읏, 응, 으읏—!"

"크읏……."

스스로 엉덩일 문지르며 결국 기현이 먼저 사정했다. 아찔함에 내벽을 덜덜 떨며 조여 태성 또한 더 참지 않고 안에 정액을 배출했다. 처음으로 닿은 곳의 쾌감이 굉장했는지, 기현은 눈도 제대로 못 뜨고 무너질 듯 위태로운 몸을 견뎠다. 어느새 유리에 온통 뿌옇게 김이 서려 있었다.

"하, 이제…… 아, 그만…… 그……."

그만큼 사정을 하고도 부피를 줄이지 않은 태성의 것이 꿈틀거리며 안을 쿡 건드렸다.

"여긴, 너무 힘듭니다. 정말……."

"미안하다고 했잖아요."

그러쥔 손을 풀어 깍지를 껴 보았다. 그대로 버티게 한 채 태성이 슬쩍 허리를 움직였다.

"오늘은 내 말 다 들어주는 거 아니었어요?"

"그렇지만…… 응, 안, 안 돼……."

태성이 또 움직일 조짐을 보이자 기현은 뭐라고 소리도 내지 못하고 고개를 저었다. 끊임없이 달구어졌던 곳이다. 꼭 같은 강도로 쉬지 않고 자극이 오는 것을 견딜 수 있을 리가 없었다.

기현이 자지러지며 고갤 마구 저었다. 귀두 끝에 고인 정액을 전부 태성의 배 위로 쏟아 낸 보람도 없이 기둥이 꺼떡이며 다시 바싹 일어섰다. 고환이 짓이겨질 듯 깊숙하게 박힌 것이 안을 휘젓다 또 지독히 느끼는 곳에 비벼졌다. 사정 직후로 미끈해진 귀두가 부드럽게 내벽을 두드렸다.

"아, 아, 아……!"

벼락이라도 맞은 것처럼 기현의 몸이 크게 흔들리더니, 금세 또 반쯤 투명한 정액을 싸질렀다. 태성 또한 남아 있던 정액을 완전히 쏟아 내며 허리를 느리게 추어올리자 기현이 완전히 투명한 물 같은 것을 소변처럼 콸콸 쏟아 냈다. 아니, 소변이라기보다는 생수병을 콱 누르면 물이 뿜어져 나오는 것 같은, 그런 느낌이었다.

"아읏, 이게…… 이게……."

제 눈으로, 제 성기가 말도 안 되는 부끄러운 짓을 하는 걸 목도한 기현의 눈 끝이 발갛게 물들었다.
"이런. 울 것 같네."
"대체, 으, 으읏, 이게……."
"나는 지금, 너무 좋은데."
"흐으……."
"별로였어요?"
태성이 선수를 치며 묻는다.
"싫었어?"
"그, 그건……."
밭은 숨을 몰아쉬던 기현은 고개를 돌려 버리는 것으로 답을 대신했다. 솔직히 농담으로라도 싫었다고 할 수 없었다. 여태 기현이 했던 그 어떤 섹스보다 강렬했다. 다만, 사람이 아니라 짐승처럼 헐떡이게 된 게 부끄러웠을 뿐.
여전히 결합이 된 채로 태성이 기현을 끌어당겼다. 퍽 조심스럽게 꼭 마주 안은 탓에 맞닿은 태성의 심장이 벌컥벌컥 뛰는 게 느껴졌다.
"찾아봤는데 이게 정상이래요."
"이게?"
"아, 사소한 걸로 오해도 하고 싸우고 그러는 게."
낮은 목소리가 귀를 타고 목을 내려가 기현의 가슴까지 닿았다. 잠시 숨을 고르던 태성이 당당하게 말했다.
"뭘 예로 들면 좋지…… 음. 지구는 푸르다. 이 당연한 말 한마디로도 싸울 수 있다던데요. 사귀는 사이는 원래 다 그런 거래요."
"……저는 아직 사귀자는 말에 대답을 안 한 것 같은데요."
"그리고 또 찾아봤는데 말입니다."
태성은 기현의 의사는 가볍게 무시한 채 자신이 발견한 새로운 이론을 떠들기 바빴다.

"원래 남자는 화성에서 와서 동굴이 필요할 때가 있다던데요."

"……예?"

"그냥 만사 다 힘들고 귀찮아서 어딘가에 콕 처박히고 싶은 시기가 있다는 거죠. 그걸 동굴에 들어간다고 부른대요. 도망가고 싶은 그 심정을 모르는 것도 아니니까, 그것도 괜찮습니다."

화성? 동굴? 무슨 소린진 모르겠지만, 어쨌든 태성은 기현이 먼저 연락할 시도를 안 했던 이틀간을 동굴에 콕 처박히고 싶은 시기로 받아들인 것 같았다.

"기다리면 알아서 남자가 기어 나오게 되어 있으니 가만히 내버려 두라고 하더군요."

"……대체 그 황당한 이야긴 어디서 들은 겁니까?"

"인터넷이요. 화성과 동굴 이야긴 무려 책으로도 있던데요."

푸핫, 기현이 웃음을 터뜨렸다. 아래는 욱신거리고 배는 땅겨서 웃는 것도 마음대로 할 수 없었지만, 어쨌든. 그런 데 전혀 관심 없는 얼굴을 하고선 연애, 연락 없음, 이런 걸 검색하고 있었을 태성을 생각하니 자꾸 웃음이 새어 나왔다.

"뭐가 되었든…… 그저께 일만큼은 내가 실수했습니다. 하지만, 그 여자가 멋대로 치근덕거린 건 내 잘못이 아니잖아요."

잘못이 아니긴. 몇 번이나 말했던 것 같은데, 윤기현 씨가 헤프게 굴어야 하는 대상은 나뿐이라고. 태성은 할 말이 많았지만 모처럼 기현이 사근사근하게 구는 이 순간을 깨 버리고 싶지 않아서 그냥 잠자코 있었다. 뒷덜미를 쓸자 뜨끈한 손바닥의 체온에 기현이 녹을 것 같은 숨을 내쉬었다.

"그런데 어떻게…… 들어가죠."

이제야 뒷수습을 어떻게 할지 고민이 되었는지 기현이 상체를 슬쩍 일으켰다. 잠깐만 몸을 움직여도, 혹은 태성이 구멍에 박힌 좆을 빼내기만 해도 고인 것들이 그대로 흐를 것 같았다.

"이대로 일어서면 다 흐를 것 같은데."

자기 일 아니라는 듯 태성은 태평한 소리나 하고 있었다. 아직 서태식이 조 실장처럼 둘의 사이를 명확히 인지하고 있는 건 아니었다. 풍기는 분위기가 묘하다는 건 대충 눈치챈 것 같았지만…… 그래도 아직은 정액으로 범벅이 된 차 시트까지 보여 주고 싶지 않았다.

"이렇게 안고서 가면 뒤, 많이 아플 것 같아요?"

"예? 안고 간다고요? 제 키가 몇인데요. 이사님보다야 작지만……."

기현은 지금도 혹시 뒤에 품은 액이 흐를까 봐 아래에 잔뜩 힘을 준 상태였다. 적어도 밖에서 물을 뚝뚝 흘리고 싶진 않은 모양이었다.

아, 미치겠네. 태성은 그 자태에 흘끔 시선을 주었다가 슬그머니 고개를 돌려 버렸다. 그러니까…… 이건 다 기현 탓이었다.

차고와 건물이 이어져 있지 않아 집으로 들어가려면 무조건 정원을 지나야 했다. 안고 가다가 이대로 한 번 더 밖에서 해 버리면 울겠지. 야외에서 질질 흘리는 걸 못 견뎌 하며 몸부림치다 결국은 싸게 될 거다. 아니, 뒤에서 박은 채로 현관에서 거실까지 기어가게 하는 건 어떨까.

태성은 다시 뻐근해질 것 같은 아래를 달래며 일단은 상냥하게 기현의 흘러내린 앞머릴 넘겨 이마에 입 맞춰 주었다. 자신이 찾아본 바에 의하면, 이렇게 사소한 걸로 싸우다 사소한 걸로 화해하고, 또 배 맞고 뒹굴다 풀리고, 그런 게 원래 정상적인 연애라고 했으니까.

"아, 그러고 보니 오늘 안 물어봤네. 이제 정말 슬슬 사귀자니까요."

장난스러운 물음에 기현이 팽 고개를 돌렸다. 그래 봤자 태성의 품 안이었지만.

오늘은 사실 아주 많은 것이 변한 날이었다. 이제 기현은 엄연히 지주사 사장이 되었다. 그토록 바라 마지않던 왕좌를 공식적으로 거머쥐게 된 것이다. 그런 역사적인 날, 윤기현은 자신과의 별것 아닌 말다툼이 마음에 걸려서 한달음에 여기까지 달려와 줬다.

"기현 씨가 다시 운전할 수 있게 되어서, 사실 난 그게 가장 기쁩니다."

"……."

"고마워요."

이건 기현이 알려 준 적 없는 감정이고 단어였는데 저도 모르게 불쑥 튀어나와서, 정작 말을 꺼낸 태성도 놀라웠다.

"잘 견뎌 냈습니다. 앞으로 더 많은 걸 극복해 나가야겠지만……."

완전히 다 지워 낼 순 없겠지만, 그래도 이제 운전까지 하게 되었으니까 점점 더 괜찮아질 것이다. 기현은 아무 말 없이 고개를 끄덕였다. 셔츠에 사각사각, 머리카락이 닿는 소리가 좋았다. 어딘지 간질간질해지는 기분이었다.

"지난번엔 제가 그런 식으로 말해서 정말 미안했습니다."

조곤조곤 이어지는 말에 기현도 좀 더 용기를 내기로 했다. 태성을 놓을 수 없다면, 그가 변하는 만큼 자신도 변하고 싶었다. 주어지는 것만 받고 싶지 않았다. 일단은 미안하다는 사소한 사과부터 익숙해지는 게 우선이었다.

"그런데 정말 대답 안 해 줄 겁니까?"

"무슨 대답이요."

"사귀자니까요."

"아니, 어린애들도 아니고. 그게 그렇게 중요합니까?"

"이것도 내가 찾아봤는데, 확실히 정해 둬야 해요. 그래야 기념일이란 걸 챙길 수가 있으니까."

하……. 이번엔 또 어디서 찾아본 이론인지.

"쓸데없는 소리 말고, 이걸 어떻게 수습할지나 궁리해요. 진태성 씨 거기는 곧 작아질 거 아닙니까."

태성이 말없이 눈썹을 치켰다. 덩달아 한쪽 입꼬리가 불량하게 딸려 올라갔다.

"작아지지 않게 만들면 되는 거죠, 그러니까?"

"뭐라고요?"

"작아지지 않으면, 이 구멍 안에서 내 좆이 빠질 일이 없으면 물이 질질 샐 일도 없을 테니까요."

그냥 상상으로만 끝내려고 했는데 굳이 이렇게 나오신다면야.

"아니, 잠깐만요. 내 말은 그게 아니라…… 미쳤어요?!"

"안 그래도 아까 윤기현 씨와 해 보고 싶은 게 있었는데."

"내 말은 그런 게…… 아니……."

기현의 뒷말이 점점 흐느끼듯 작아졌다. 태성이 턱을 그러쥐고, 빰이며 입술에 짧게 키스했다. 어디까지나 태성의 기준으로 지극히 사소한 밤이 또 시작되려 하고 있었다.

외전 5
끝을 스치는 순간에

끝을 스치는 순간에

윤의택은 어느 순간부터 모든 시도를 멈추었다. 손가락 하나 꼼짝하기 어려웠지만 정신은 생생했다. 윤기현, 그러니까 자신을 이 모양으로 만든 배다른 막내아들은 그가 업무를 보던 책상에서 서류를 넘겨 보고 있었다.

서태식은 충실한 심복인 양 공수 자세를 하고선 그런 기현의 뒤를 지키고 있었다. 적당히 똘똘한 것 같은데 아직 어디에도 줄을 대지 않았길래 나중에 구슬리면 활용하기 좋을 것이라 생각해서 붙여 준 놈이었는데, 벌써 제 사람으로 만들었다니.

윤의택은 기현을 이해할 수 없었다. 지금 윤기현이 저 살자고 벌인 짓이나, 그동안 자신이 저질렀던 짓들이나 대체 무슨 큰 차이가 있단 말인가. 그런 주제에 어째서 본인이 세상에서 가장 불쌍한 피해자인 척 파르르 떠는 것인지.

김연수가 실수로 크게 삐끗하는 순간을 기다리기까지 많은 것을 눈감아 주어야 했다. 물론 그 과정에서 이수경에게 다소 비인간적인 일들이 벌어졌다는 것은 인정한다. 윤기현에게도 쉽지 않은 시간이 었다는 것 또한.

기현이 미국에서 머무르는 동안, 김연수가 제 비서를 시켜 생활비를 빼돌리는 것도 알고는 있었다. 하지만 기현이 사는 곳이나 입고 있는 것들은 이미 평범한 사람들이 함부로 누리기 어려운 호사스러운 것들이었다. 뉴욕 한복판에서 아시아인이 학비나 집세 걱정 없이 유학 생활을 한다는 것 자체가 자신에게 감사할 일이다.

정말 제 자식이고 능력이 있다면 그 정도 위기는 알아서 극복할 수 있어야 한다고 생각했다. 그리고 결국 윤기현은 해내지 않았는가.

윤의택 또한 크고 작은 위기를 넘기며 지금의 AR그룹을 일구었다. 단순히 손에 꼽는 대기업에서 이렇게 무소불위의 권력자로 일어서기까지 얼마나 어려운 일이 많았던가.

윤기현은, 아니, 대한민국의 모든 사람은 윤의택 자신에게 감사해야 마땅했다. AR그룹이 없으면 나라 경제가 제대로 돌아가질 않는다. 그리고 이 나라를 그나마 지금의 위치까지 끌어올린 건 누가 뭐래도 자신의 공로였다.

'그런 주제에, 어디서 건방지게.'

아니다. 건방진 것으로 따지면 역시 이수경이 제일이었다. 윤의택은 다시 치민 이수경의 생각에 축 늘어진 살가죽을 부들부들 떨었다. 호흡기로 여과되는 숨이 쌔액, 하고 거칠어졌다.

어차피 그 공장은 더 지속되지 못할 게 뻔했다. 어차피 문 닫게 될 거, 최고의 가격으로 부지를 사 주겠다는데 안 된다며 계속해서 버티는 공장장과 그 가족들을 이해할 수 없었다. 윤의택의 눈에는 그마저도 보상금을 더 받아 내려는 수작질로 보였다.

호의를 베푸는 것도 한두 번이었다. 협상이 통하질 않자 그 즉시 어음을 막았다. 사실 더 많은 것을 염두에 두고 있었으나 그것 하나만으로도 상황이 즉시 바뀌었다. 그 정도로 보잘것없이 작은 회사였다.

공장장이 사정하며 매달려 왔고, 윤의택은 처음의 제시와는 터무니없이 적은 액수를 불렀다. 추레한 남자는 어떻게 그럴 수가 있냐며 말을 더듬을 뿐이었다. 하지만 그런 사람들을 보는 게 한두 번이었어야지. 윤의택과 밑의 사람들은 그런 호소에 꿈쩍도 하지 않았다. 그러니까 잘해 주려고 할 때 말을 들을 것이지.

그곳에 곧 연구소를 올리게 될 테니 공사 소음이나 기부 채납 문제 같은, 이런저런 것들을 가늠하러 김 비서와 밤중에 공장으로 시찰을 나갔을 때였다. 웬 여자가 입구에 서서 서성이고 있었다. 분위기가 좋지 않아 있던 사람들도 다 빠져나간 황량해진 곳이었다. 여자는 홀로 전화를 붙들고 울 듯 속삭였다.

'어떻게 해, 지금 나 혼자 있어. 빨리 너라도 와. 우리라도 지키고 있어야지.'

조곤조곤한 목소리. 이 바닥에선 좀처럼 볼 수 없는 느낌이었다. 윤의택이 겪었던 여자들은 김연수처럼 자기가 가진 모든 것을 휘두르며 지배하려 드는 유형이거나, 돈에 굴복해 기꺼이 다리를 벌리거나 둘 중 하나였으므로. 수수한 옷차림에 화장기 없는 여자의 얼굴이 생소하면서도 자꾸 시선을 끌었다.

그뿐이라고 생각했는데, 자꾸 눈에 밟혔다. 김 비서의 보고로는 공장장의 딸이라고 했다.

잠시 고민하던 윤의택은 보통 연예인들과 어울릴 때의 액수를 불렀다. 굳이 잠자리를 갖지 않더라도 옆에서 술을 따르거나, 앞에서 춤추고 노래를 하는 정도로도 그 금액을 건네주었다. 보통 사람에겐 이것도 큰 액수겠거니, 하며.

그런데 또 온 가족이 싫다며 뻗댔다. 직전에도 얼마 못 가 달려와 무릎 꿇은 전과가 있었다 보니 윤의택은 당연히 믿지 않았다. 공장과 사람은 다르긴 하지, 그렇다면 얼마를 불러야 더 움직일까 고민할 뿐.

더 큰 액수를 불러 보았다. 그래도 싫다고 했다. 그래서 이번엔 채권을 넘겨 버리라고 지시했다. 바닥까지 내려간 채권을 사들인 빚쟁이들이 남동생을 차에 묶고 나서야 여자가 무릎을 꿇으며 엉엉 울었다.

그러게 진작 말을 들을 것이지. 선심을 써서 여자의 통장에 처음 불렀던 액수의 곱절을 꽂아 주었다. 가족들에게는 부지값도 넉넉하게 돌려주었다. 처음엔 죽는소리했던 그들도 결국 팔려 가는 딸을 모른 체했다. 거봐, 결국은 다 똑같았다.

그리고 여자는, 이수경은…… 끝까지 괴로워했다. 임신했다는 걸 깨달았을 땐 자살을 시도하려 했다. 당시 윤의택은 피곤함에 이마를 짚었다. 사람을 두고 감시하는 것도 한계가 있었다. 손을 뻗으면 닿을 곳에 있어야 안심이 될 것 같았다.

기운을 잃고 길게 널브러진 모양새가 연약한 난 같았다. 그러다 어떤 생각이 머릿속을 스쳐 갔다. 곁에 두고 볼 수 있도록, 아예 집 안으로 들이면 어떨까.

다른 배를 빌려 낳은 아이가 있다는 건 김연수에게도 좋은 견제 장치가 될 터였다. 욕심이 많고 피곤한 성격이니 당장은 그녀에게 양보해야 하는 것들도 있겠지만, 분명 이 일로 화를 못 이겨 뭔가 실수를 저지를 게 뻔했다. 그때를 기다려 김연수의 것들, 이를테면 지분 같은 것들도 전부 취할 수 있다면 이 또한 이득일 테고.

그래서 선녀에게 아이 셋을 낳으면 날개옷을 주겠다고 했던 나무꾼처럼 달콤한 제안을 건넸다. 아이는 죄가 없으니 낳기만 해 달라고. 이후론 그대로 버리고 가도 좋다고. 얼마나 뻔뻔한 부탁인지 알지만 제발 불쌍한 아이를 지우지는 말라고.

놓아주겠다는 자신의 말에 흔들려 결국 이수경은 본가로, 신무원으로 발을 들였다. 당연한 말이지만, 처음부터 놓아줄 생각은 조금도 없었다. 이수경은 그에게 있어 하나의 도피처이자, 김연수를 움직이게 할 미끼이자, 이 바닥에선 흔치 않은 유희거리였다.

김연수는 사생아란 말에 터질 것 같은 분노를 참으며, 자신은 깨끗하고 우아한 이 이미지를 포기할 생각이 없다고 했다. 신무원에 두되, 이 집에서 둘이 밀회했다는 이야기가 자신의 귀에 들리지만 않게 하라고 덧붙였다. 내가 그 여자에게 무슨 짓을 하든 간섭하지 말라는 말과 함께. 그때 윤의택은 처음으로 결혼을 잘했다고 생각했다.

이후 김연수가 때때로 이수경을 찾아가 패악을 부리는 것을 눈감아 주었다. 어쩔 수 없는 일이었다. 나중에 은퇴하고 사람들의 시선도 희미해질 때쯤엔 해외로 데리고 나가 한적하게 시간을 보내는 것도 나쁘지 않을 것 같았다. 가지고 싶은 건 모두 다 가질 수 있게 해준다 했으니, 시간이 좀 더 흐르면 이수경도 마음을 열겠거니 했다.

자신보단 이수경을 많이 닮은 아이, 윤기현은 그녀와 함께 별채에 격리되었다. 이수경은 다소 맹목적일 정도로 아이에게 매달렸다. 주치의 소견으로는 현실에서 벗어나고 싶은 마음으로 과도하게 집착하는 것이라고 했다. 또는, 이 아이에게 마음을 쏟음으로써 자신을 위로하려는 것 같다고도 했다.

뭐든 상관없었다. 그러나 김연수의 도를 넘은 행패로 이수경이 한쪽 눈을 다쳤을 때도 윤기현만 찾는 것을 보자 뭔가 잘못됐다는 생각이 들었다. 그래서 아일 멀리 보내 버렸다. 자신에게만 의지하도록.

윤기현을 볼 수도, 그와 관련한 이야길 들을 수도 없게 되면서 이수경은 점점 망가져 갔다. 가끔 섬뜩하고 텅 빈 눈동자를 하고 자신을 쳐다볼 때도 있었다. 윤의택은 그때마다 부드러이 달랬다. 대신 내가 여기 있다고.

어느 순간부터 이수경은 윤기현에 관한 이야기보다, 조금만 버티면 마음대로 살 수 있게 해 주겠다는 윤의택의 말만을 믿으며 끈질긴 생을 이어 갔다. 잊을 만하면 찾아와 난리를 치는 김연수의 패악이 의외로 도움이 되었다.

'내 말만 듣고 참으면 곧 원하는 걸 다 이루어 줄게. 윤기현, 네가 그렇게 없으면 안 되는 아들이 내 후계자가 될 거야. 그리고 이렇게 널 괴롭히던 김연수에게도 그대로 돌려줄 수 있어.'

백합처럼 나긋하고 청초했던 여자는 어느새 언젠가 김연수를 자기처럼 가두고 엉망진창으로 만들 날만을 고대하며 살아갔다.

시간이 흐르고, 윤인범의 멍청한 일 처리를 더 두고 볼 수 없어진 윤의택은 슬슬 윤기현을 시험해 봐야겠다는 생각을 했다. 무엇보다 김연수가 윤인범을 싸고도는 게 위험수위 이상이었다. 지금 윤인범을 둘러싼 것 중 반은 김연수가 준 것이었다. 더는 그녀의 영향력을 허락할 수 없었다.

자신의 왕국이었다. 다른 패를 쥔 윤인범보다는 여러모로 그가 주는 것만 온전히 가질 수 있는 윤기현이 더 낫겠다 싶었다.

한 번만 더 미끼가 되면 김연수를 완전히 치워 버릴 수 있다는 말에 이수경은 고개를 끄덕였다. 그럴 수 있다면 자긴 죽어도 상관없다며 킬킬 웃었다. 그 공허한 눈동자를 보며 어딘가 묘하게 어긋났다는 생각이 들었지만…… 괜찮을 거라 생각했다. 아주 오랜 시간 제 말만 믿고 살아온 여자 아니었던가.

그렇게 김연수를 속였다. 그리고 네가 처음부터 바보같이 휘둘린 거라는 사실을 흘려 분노로 정신을 놓게 했다. 이성을 잃은 자의 일처리는 어떤 방면에서든 트집을 잡기 좋았다. 윤인범이야 애초부터 뭘 어떻게 할 수 있는 그릇이 안 되었고. 거기다 윤기현이 적절한 때에 똑똑하게 처신을 해 도움이 되었다.

바라던 대로 김연수를 가두는 등 마음먹었던 일들이 거의 끝나 가고 있었다. 하여 이제 슬슬 이수경을 다시 본가로 부르려고 하는데, 김 비서가 황급히 뛰어 들어왔다. 저 친구도 이제 나이가 있는데 뭘 저렇게 호들갑인지. 숨 좀 돌리라고 차를 따라 주는데, 그가 믿을 수 없는 이야길 했다.

쨍강, 다기가 떨구어지는 소리가 아득했다. 그 이후로 기억이 없다.

이수경이 죽었다고? 차에서 뛰어내렸다고? 이게 복수라고? 얌전히 내 말을 믿으며 살았던 게 아니라, 나에게 티끌만큼의 복수라도 하려고 간신히 정신을 붙들고 있었던 거라고? 대체 왜? 모든 걸 다 주겠다고 약속했는데. 조금만 참으면 누구보다 영화롭게 살게 해 주겠다고 했는데. 그걸 손에 넣고 싶어 안달인 사람들이 길거리에 태반일 텐데, 어째서?

윤의택은 아직도 이수경을 이해할 수 없었다. 그 이유라도 묻고 싶은데. 아니, 아직도 죽었다는 걸 믿을 수 없어서 유골이라도 보아야 속이 풀릴 것 같은데……. 운신이 자유롭지 않으니 속이 터질 노릇이었다.

윤의택은 그저 유일하게 자유로이 움직일 수 있는 두 눈만 끔뻑일 뿐이었다. 삐익, 심박기가 그의 소리 없는 독백에 대답이라도 하듯 크게 한 번 울렸다.

김연수는 초조하게 방 안을 걸어 다녔다. 하도 물어뜯은 탓에 손톱 끝에는 이미 피딱지가 가득했다. 처음에는 우아하게 소파에 앉아 있었다. 종일을 그렇게 꼿꼿하게 견뎠다. 그러나 그것도 오래가질 못했다. 감시하는 시선은 많았으나 말을 붙일 사람은 없었다. 아주 조금의 틈만 있어도 윤기현을 고꾸라지게 할 수 있을 텐데, 그 틈이라는 게 좀처럼 주어지질 않았다.

읽을거리도 쓸 것도 들여오질 못하니 이젠 하루를 버티기도 어려웠다. 잠도 줄었다. 그러다 보면 울컥 눈물이 났다. 불쌍한 내 아들. 저런 것의 손에 죽은 인범이가 가여워 견딜 수가 없었다.

뭐라도 해야 할 것 같아 립스틱으로 벽지에 글을 쓰기 시작했다. 지금 이 상황에 대한 정리가 필요해서였다. 그러나 그다음 날 모든 화장품을 빼앗겼다. 대신 상주하던 스타일리스트가 들어와 메이크업을 도와주었다.

이후 처음 보는 주치의가 들어와 상태를 살피는가 싶더니 고개를 절레절레 젓곤 정신 이상이라는 이야길 늘어놓았다.

"아니, 무슨 말이야? 미친 건 윤기현이지. 고마운 줄도 모르고 배은망덕하게 구는 그 천박한 사생아 말이다. 윤기현이 우리 인범이를 죽였다고! 살인자에게, 그 근본 없는 핏줄에게 AR그룹을 넘겨주는 게 말이나 되느냐고!"

그러나 아무도 김연수의 말을 들어 주지 않았다. 주기적으로 들르는 의사는 점점 처방하는 약의 가짓수를 늘렸고, 덩달아 감시하는 사람도 많아졌다. 그 많은 이가 윤기현이 승승장구하고 있다는 속 터질 이야기만 간간이 할 뿐이었다.

소형이는 워낙 멍청하고 소심하니 찍소리도 못 하는 게 그렇다 치더라도, 진서나 희연이까지 가만히 그러고 있는 것이 괘씸해 견딜 수가 없었다. 특히 진서. 제 지위를 고스란히 물려주려고 준비하고 있었는데. 학교, 혼처, 지금의 커리어까지. 인범이가 나중에 후계자가 되었을 때 서포트해 줄 수 있도록 완벽하게 인생을 설계해 주었는데 얼굴 한번 들이밀려는 시도도 하지 않다니.

이래서 딸은 아무짝에도 쓸모가 없다. 결국 남의 집 핏줄이 될 거.

김연수는 초조하게 방 안을 거닐었다. 한 시간쯤 지났을까 싶었는데 시계를 보니 고작 5분밖에 흐르지 않았다. 한숨을 쉬는데, 똑똑 노크하는 소리가 들렸다.

"약 드실 시간입니다."

몸이 쨍하니 굳었다.

"또, 시간이 얼마나 지났다고, 또 약이야!"

발버둥 칠 것을 알았는지 경호원들이 김연수의 팔을 붙들었다. 오늘도 절망스러울 정도로 더디게 흐르는 하루였다.

죽은 자는 말이 없다.

"얼마라고?"

"……1조가 넘어갈 것 같습니다."

윤진서는 잠시 침묵했다. 애초 예상했던 출자금은 8천억 대였다.

"2천만이나 2억, 하다못해 2백억도 아니고…… 2천억 이상이 차이가 나는 이유가 뭐야?"

서슬 퍼런 꾸짖음에 직원이 기어들어 가는 목소리로 대답했다.

"지주사 측에서 출자 금액에 대해 다른 의견을 보내왔습니다."

"그래서 아, 그렇습니까? 하고 받아들였다고?"

"그게…… 후원을 받았던 몇몇 의원실에서 조세특례법 제안을 펼치겠다고 했습니다만……."

"기획재정부는? 거기서 움직여야지, 제안 정도야 누가 못 해."

그건 어렵게 됐다는 듯 비서가 고개를 저으며 녹음기를 내밀었다. 녹취된 파일에선 그보다 더한 헛소리가 나왔다. 현물 출자가 어려우면 금융 그룹 주식과 교환을 하라고? 물론 이 경우 비용 절감은 크게 다가올 터였다. 당장 돈만 놓고 보면 지주사 측이 감당해야 하는 돈이 더 많아질 테니까.

하지만 이 세계에서 돈보다 중요한 건 지분이다. 소유권과 간섭할 수 있는 권리. 그걸 빼앗기게 되면 금융지주 회장이고 나발이고, 직함 따윈 하나도 중요하지 않았다.

"이 의견을 따르지 않으려면 내가 할 수 있는 방법이 뭐가 있지? 현실적인 것으로."

"적어도 협상의 여지가 있는 건 회장님께서 보유하신 개인 지분 정도 아니겠습니까."

역시 남은 건 그것뿐이었다. 그러니까 지주사가 이 이상 지분을 소유하는 걸 막든지, 아니면 윤진서가 가진 계열사 지분을 내놓든지. 둘 중 하나밖에 방법이 보이질 않았다.

힘써 줄 사람들도 유독 이 일만큼은 나서기를 꺼려 했다. 정확한 이유는 모르겠지만 진태성이 부리는 수작질 때문인 것 같았다. 대체 어디까지 협박할 만한 사항을 손에 넣고 있는 건지, 그가 보따리에서 꺼내는 것들은 마르지를 않았다.

"하……."

윤진서는 눈을 감았다. 머리가 지끈거렸다. 그렇지만…… 예전보다 훨씬 힘든데도 지금이 더 좋았다. 아버지와 어머니에게서 주어지는 것만 받아야 했던, 윤인범의 들러리로 살아가야 했던 나날보다는.

사실 아버지가 왜 갑자기 거동도 불편한 몸으로 변해 버렸는지. 어머니가 어떻게 갇혀 있는지 어렴풋이 짐작은 갔다. 하지만 가장 먼저 든 생각은 '어쩔 수 없는 일이지'였다. 아버지든 어머니든, 두 사람이 그토록 좋아하던 권력 싸움에서 패배자가 되었을 뿐이다. 패배자의 말로가 비참한 것은 당연한 수순이다.

뭐, 자신의 위치가 좀 더 공고해진다면 윤기현과 협상해서 좀 더 편하게 쉬실 수 있도록 해 드릴 순 있을 거다. 윤진서가 생각할 수 있는 부모님에 대한 배려는 그 정도였다. 안타깝게도 그녀가 보고 배운 세계에선 그게 당연한 일이었다.

부모님을 떠올리니 어딘지 마음 한구석이 무거워지는 것을 애써 추스르며 허리를 곧게 폈다. 다시 일에 집중할 시간이었다.

"아. 올케 문제는 어떻게 됐어?"

"양육권까지 우리 쪽으로 전부 넘겨줄 것 같습니다. 다만 민우 도련님과 민하 아가씨가 나진 실업과 그 관계사에 가졌던 모든 지분은 그쪽으로 다시 돌려준다는 조건으로요."

금융지주로 인한 세금 문제나 불법 로비에 관한 이야기가 흘러가기도 전에 나진 실업에 대한 보도가 빵빵 터졌다. 사고로 장남을 잃고, 총수 내외가 그 충격으로 몸져누운 상태에서 며느리가 아이들을 시켜 거짓 증언으로 재산을 탐닉하려고 했다. 막장 드라마와 다를 바 없는 내용의 보도에 여론이 들끓었다. 사람들이 분노하면서도 좋아할 소재였다.

연신 보도되는 내용 중에는 솔직히 다소 과장된 부분도 있었다. 확인이 되지 않은 사소한 이야기들까지 기사가 되어 쏟아지는 것도 알고 있었다. 하지만 아무도 그걸 지적하지 않았다. 처음의 불씨만 살짝 피워 올렸을 뿐인데, 상황이 알아서 나진 실업을 궁지로 몰고 갔다.

"……뭐, 앞으론 윤기현이 알아서 하겠지."

어쨌든 지금 자신의 최대 과제는 시험에 오른 스스로의 능력을 최대한 발휘해, 금융 그룹 출자금을 8천억 선에서 해결을 보는 일이었다.

"잘 꾸몄네요. 감각적이고."

처음으로 대원 미술관을 제대로 둘러본 기현의 소감은 허무할 정도로 간단했다. 하여튼 보는 눈은 더럽게 높아서.

"설마 그게 답니까?"

"……음."

하지만 감각적이고 잘 꾸몄다는 것 외에 할 말이 없었다. 대원 미술관은 외관부터 안을 채운 것들까지 가장 이슈가 되는 것들, 바꿔 말해 돈이 되는 것들로만 구성되어 있었다. 어떻게 보면 볼거리는 가장 많았지만 아려 미술관처럼 깊이가 있는 것은 아니었다. 대원 미술관의 전시회가 평론가들 사이에서 왜 혹평을 받는지 알 것 같았다. 하지만 관람객 유치는 꽤 뛰어난 편이었으니까…….

"그럼 혹시 전시회를 직접 기획한다거나……?"
기현은 뭐라 말을 해야 할지 망설이다가 슬쩍 화제를 돌려 버렸다.
"기획팀이 따로 있긴 합니다. 놓쳐선 안 될 유명한 작품들이 있다면 기획팀에 지시를 내리기는 하지만 저는 다른 일에 더 집중하죠."
"어떤 일이요?"
"사립 미술관이니 적자가 나서는 안 되니까요. 경매라거나 수익이 될 만한 운영 방식을 고민한다거나……. 뭐, 이건 기현 씨도 마찬가지 아닙니까. 우리야 결재나 하는 거죠."
그러고 보니 처음으로 기현에게 자신이 어떤 일을 하는지 들려주는 것 같았다. 물론 저 일 외에도 미술품을 가지고 돈세탁을 한다거나 재단으로 투자를 받아 다른 쪽으로 수익을 굴렸다. 그 또한 주 업무이긴 했지만, 굳이 그런 것까지 상기할 필요는 없을 것 같아서 태성은 딱 거기까지만 이야기하기로 했다.
요즘 기현이 해외로 나갈 일이 많아서 잠시 만나기 어려웠다. 그 짧은 시간 동안 기현은 최선을 다해 많은 것을 움켜쥐려 고군분투해야 했고, 반대로 태성은 많은 것을 내려놓기 위해 노력해야 했다.
새삼스럽게 개과천선을 하려는 건 아니었다. 그러기엔 이미 태성이 가진 것이, 저지른 일이 너무나 많았다. 다만 적어도 자신이 벌이는 일들을 들었을 때 기현이 놀라거나 침묵하는 모습은 보고 싶지 않았다. 나쁜 놈에서 덜 나쁜 놈이 되려고 노력하고 있다, 정도?
"이 전시는 오늘이 마지막이네요."
"아, 꽤 인기 있어서 한 달 반 정도 연장됐었죠."
기현은 사람이 많은지 보려는 듯 전시실 안으로 빼꼼 고개를 내밀었다. 몸이 기울어져 살짝 들린 한쪽 발이 귀여웠다. 30분 후면 문을 닫을 시간이어서 그런지 전시실은 비교적 한산했다.

“현대 미술은 정말 어려운 것 같아요.”

자기는 봐도 잘 모르겠다며 기현이 고개를 절레절레 저었다.

“어렵긴요. 대충 설명만 가져다 붙이면 끝입니다. 우리가 정액 싸질러 놓은 콘돔만 늘어놓아도…… 아, 없을 리가 없지. 저기 있네요. 콘돔.”

그럴 줄 알았다는 얼굴로 태성이 작품 설명을 들여다보았다. 유명 작가 누구누구의 작품, 소비 지향적인 현대인의 사랑을 비판하는 한편 육체적인 쾌락, 인스턴트식의 사랑이 어쩌고저쩌고……. 안 봐도 뻔하지.

“고갱의 그림과 같은 제목이네요.”

좋아하는 그림 중 하나라며 기현이 제목을 중얼거렸다.

“Where do we come from, Who are we, Where are we going(우리는 어디에서 와서 어디로 가는가).”

고갱의 그림 따위. 옥션에 올라온다면 모를까, 평소에는 크게 관심도 두지 않았건만. 오늘부터 태성 또한 그 그림의 행방을 관심 있게 지켜볼 것 같았다.

“작품들을 전시하는 기준이 있나요?”

“일단은 주제고, 이런 설치 미술 같은 경우는 균형도 중요하죠. 볼 때 거부감이 들면 안 되니까……. 그런데 이런 건 왜 자꾸 물어보는 겁니까? 오랜만에 만났는데 다른 건 안 궁금해요?”

얼굴은 보는 둥 마는 둥 어디서 실사라도 나온 것처럼 미술관이나 구석구석 열심히 보고, 전시나 뚫어져라 감상하고.

태성의 투정에 기현이 당황한 듯 시선을 피했다. 오랜만에 편안한 차림을 보니 새로웠다. 왁스로 넘기지 않은 머리가 기현을 훨씬 더 어려 보이게 했다. 아니, 어쩌면 비로소 제 나이로 보이는 걸지도.

"누가 올 줄 알고요."

기현의 손을 끌어당기자 화들짝 놀라며 내치려 했다. 보고 싶었다. 이렇게 닿고 싶었다. 매일. 내내. 계속. 가끔 듣는 목소리만으론 부족했다.

"어차피 내 미술관인데요, 뭐."

뻔뻔한 말에 기현이 픽 웃으며 작게 밀어냈다. 하지만 태성은 도리어 잡은 손에 힘을 주어 기현을 완전히 끌어안았다. 맛있는 것도 많이 먹이려고 노력하고 있는데, 왜 살이 안 찔까. 조금만 더 토실토실해져도 좋을 것 같은데.

"그래서 잠은 잘 잤습니까?"

사실 그게 제일 걱정이었다. 기현의 수면 장애는 아주 조금 나아졌다. 그때 무슨 일인지 자다 깨서 서럽게 운 이후로, 적어도 악몽에 시달리는 일은 눈에 띄게 줄어든 것 같았다. 하지만 불면은 여전해서 잠자리가 바뀌는 등의 일에 예민하게 반응했다.

기현이 자신 없이 잠을 못 이루는 데 이유 없는 뿌듯함을 느꼈던 게 불과 몇 달 전이었다. 그런데 이젠 안 그랬으면 좋겠다. 제발 아프지 말고, 잠도 잘 잤으면 좋겠는데. 그의 지친 얼굴을 보는 게 어느새 가장 힘들어졌다.

"그냥…… 궁금했어요."

"응?"

"이사님은 무슨 일을 하는지 그간 궁금했습니다."

가만히 끌어안고 있던 태성이 몸을 떼며 기현과 눈을 마주했다. 조명 아래, 하얀 얼굴의 그가 우물쭈물 뭐라고 작게 또 말했지만 그건 중요하지 않았다.

"내가 무슨 일을 하는지 궁금했다고요?"

태성이 눈을 반짝였다. 하여튼 자기 듣고 싶은 말은 절대 안 놓치지.

"그…… 이사님은 제 일에 대해서는 모두 알고 있지만 반대로 저는 아는 게 별로 없는 것 같기도 하고."

어디까지나 의심스러워서 그런 거라고 웅얼웅얼 기현이 뭐라 말을 덧붙이는데, 심장이 미친 듯이 뛰었다. 너무 좋아서 괴로울 정도였다. 당장에라도 터질 것처럼 부푼 애정을 눌러 보려 애썼지만, 소용없었다.

태성은 자꾸 올라가는 입매를 숨기지 못한 채 설치된 작품들을 살피는 기현의 시선을 좇았다. 관심 있게 보는 척하지만 사실 기현도 어딘지 민망해하는 것 같았다. 하필이면, 사랑에 관한 모든 이야길 다룬 전시실이었다.

"저기, 할 말이 있는데."

한가운데 놓인 LOVE는 너무 유명해서 어딜 가나 볼 수 있는 흔한 작품이었다. 그를 중심으로 빙 둘린 온갖 사랑 이야기를 보고 있자니, 또 불쑥 멋대로 말이 튀어나왔다.

"또 사귀자고 하려고요?"

"아니, 그건 이제 중요하지 않고요."

"그럼요?"

"아무리 생각해도 나는 이게 사랑인 것 같은데."

윤기현이 가장 좋아한다던 고갱의 그림과 꼭 같은 제목을 한 거대한 콘돔 앞에서, 현대인의 사랑을 비판하는 같잖은 예술품 앞에서, 흔해 빠진 LOVE 동상 앞에서 다소 충동적이고 멋없는 고백이 툭 흘러나왔다.

뜬금없는 태성의 말에 가만히 얼어 있던 기현이 제 한쪽 귀를 만지작거렸다. 이젠 이쪽 귀에도 문제가 있나, 그런 생각을 하는 모양이었다. 그러더니 귓불부터 볼, 목까지 리트머스지처럼 천천히 빨간색으로 물들어 버렸다.

"……갑자기 왜 안 하던 짓을 하십니까?"

당신 왜 그러냐고 따져 묻는 기현의 목소리가 삑 하고 어긋났다.

"그냥 갑자기 그런 생각이 들어서."

이젠 내가 당신보다 더 잘 알아요, 이런 감정들이 뭔지. 유치하게도 그런 말을 하는 태성은 조금 뻐기는 것도 같았다.

"슬프게도…… 왜 그런 말을 하는지 의심부터 되는군요. 무슨 사고 쳤죠?"

"이젠 조금은 날 믿어 줄 때도 된 것 같은데."

"글쎄요, 10% 정도?"

"너무 짠데."

태성이 시무룩한 척 눈썹을 휘었다.

"그래서. 왜 뜬금없이 저런 말을 꺼낸 겁니까? 뭐, 나 몰래 주가라도 건드렸어요?"

"아니, 진짜 갑자기 윤기현 씨 얼굴을 보니까 그런 말이 튀어나왔다니까? 그런 말을 해야 할 것 같은 순간이었다고!"

벌겋게 달아오른 얼굴을 하고선, 파닥파닥 속눈썹을 떨며 기현은 이유가 없다는 말 따위 절대로 믿지 않는다며 태성을 밀쳤다. 뭐…… 그렇다면 어쩔 수 없는 일이다. 순순히 수긍할 때까지 앞으로도 계속, 이렇게 감정이 북받치면 말해 주는 수밖에.

우리는 어디에서 왔으며, 또 어디로 갈 것인가. 그래서 우린 누구인가. 그런 것 따윈 알 수 없지만, 적어도 앞으로 함께 나아가는 날 내내 윤기현을 지금보다 더 사랑하게 되리라는 것은 분명했다.

"뭣하면 또 말해 줄 수도 있고요."

바람이 있다면 언젠가 기현에게서도 나도요, 라는 말을 들을 수 있길. 눈을 감기 전이어도 좋으니.

“참 나…….”

태성은 혼자 감정에 취해서 사랑한다고, 아니지, 이 감정이 사랑인 것 같다고 그렇게 멋대로 말해 놓고는 대단히 인심이라도 쓰는 양 굴었다. 그 태도에 기현은 고개를 절레절레 저으며 옆 전시관으로 걸음을 옮겼다.

“아니, 들어 봐. 한 번 더 말해 줄 수도 있다니까요?”

“그래요, 그래요.”

기현의 팔목을 붙든 태성이 다시 코앞으로 끌어당겼다. 동시에 반대편 손이 억지로 끌려와서 기울어진 기현의 허리를 감싸안았다. 눈 아래 점이, 야한 눈이 상냥하게 휘었다.

“아무리 생각해도 말이죠. 내가 당신을…….”

대단한 말이라도 하는 양 태성의 입이 비밀스럽게 벌어졌다. 시큰둥한 척했지만, 어쩔 수 없이 기현도 슬쩍 웃으며 그의 다음 말을 기다렸다.

외전 6-1

Where do we come from

Where do we come from

"안녕하세요."

코너를 꺾자마자 모르는 얼굴이 불쑥 말을 걸어왔다. 그는 경호원들이 앞을 막아서는데도 아랑곳하지 않고 달라붙어 한껏 친한 척을 했다. 남자가 쥐고 있던 핸드폰이 부산스러운 움직임에 반응해 녹음 프로그램이 돌아가는 액정을 고스란히 내비쳤다. 기자였다.

그래도 어쩔 수 없다. 면전에 카메라를 들이대긴 했지만, 위협을 가한 것도 아니니 무력으로 떼어 놓을 수 없다. 과민하게 반응했다간 더 골치 아파질 수도 있고.

기현은 곤란한 기색을 숨기지 않으며 가볍게 묵례했다. 아니, 곤란한 정도가 아니고 매우 불쾌했다. 비단 예고도 없이 달라붙어서가 아니었다. 기자들이 밀착하는 건 새삼스럽지 않다. 하지만 오늘 참석한 자선 행사에선 기자 회견 시간이 별도로 주어졌었다. 질의 시간도 제법 길었던 것으로 기억한다.

분명히 할 만큼 해 줬는데 뒤에서 또 이러는 건 매너가 아니지. 기현이 내비치는 서늘한 기색을 모르는 척하며 기자가 대뜸 질문을 퍼부었다.

"며칠 전 야구 직관에서 번데기는 못 먹겠다고 거절하셨다면서요?"

맙소사, 게다가 질문의 수준도……. 어디 기자인지는 모르겠지만 오늘 행사는 새로운 국립발레단장의 취임 및 창립 50주년을 기념할 겸해서 마련되었다. 그런 자리에 어중이떠중이들을 불렀을 것 같진 않고…….

'연배를 미루어 신입 기자라고 보기에도 좀 무리가 있는데. 대체 누구지?'

정체를 알 수 없으니 미소를 지우지 않은 채로 곁눈질했다. 눈치로 기현의 뜻을 알아들은 서태식이 한 걸음 뒤로 물러나 따라오던 직원 한 명에게 귓속말했다. 경호를 더 부르고 누군지 알아보라는 지시일 것이다.

"아무래도 사장님께선 한식이 입맛에 맞지 않으신 것 같은데…… 역시 미국 유학 시절의 영향일까요?"

"하하……."

"하긴 유학과 관계없이 사장님께서 드시기엔 번데기는 너무 서민적인 음식이긴 하죠."

아니, 번데기가 대체 언제부터 한식이었어? 길에서 파는 떡볶이가 더러워서 못 먹겠다고 했어, 프랑스산 생수를 대령하라고 했어. 흔히 호불호가 갈리는 음식을 싫어한다고 했을 뿐인데. 고작 이런 일에서까지 재벌이니 서민이니 출신 배경을 걸고넘어져야 하나?

"안 그래도 사장님 유학의 시기로 이런저런 루머가 퍼지고 있는데…… 혹시 들어 보신 적 있습니까?"

“아아, 그래요?”

자기도 모르게 욱하고 내달리던 마음이 순식간에 차분하게 가라앉았다. 이 인간이 어디에서 온 누군진 모르겠지만 진짜 건드리고 싶은 분야는 따로 있었구나 싶었다.

“저는 처음 듣는 얘긴데.”

“미국에서 월반했다는 추측이 많아요. 아니지. 홈스쿨링이든 뭐든, 뭔가의 조치가 없었더라면 그 나이에 졸업장을 거머쥐는 것 자체가 불가능하겠죠? 그런데 보통은 월반하더라도 경영이나 법 쪽으로는 하는 사례가 거의 없지 않습니까? 하물며 윤 사장님이 그쪽 분야로 특출한 연구 성과가 있었던 것도, 개발 중인 이론이 있었던 것도 아닌데요. 그래서 요즘 윤 사장님 대학 입학이나 교육 이수에 대한 의심이 커지고 있습니다. 어떻게 생각하십니까? 한 말씀만 해 주시죠?”

“글쎄요. 잘 다녔던 학교가 어땠는지 여쭤보시니까.”

“뭐…… NYU 유학생들 사이에서도 AR그룹 3세가 다니고 있다는 이야기 정도는 숨길 것도 아니었다고 들었습니다. 당시 사진도 확인했고요. 그래서 저는 말도 안 되는 루머라고 생각합니다. 당연히 사장님을 믿습니다만…….”

이미 사람 속 있는 대로 다 긁어 놓고, 기분 나쁠 이야긴 다 꺼내 놓고선 루머인 거 안다고? 믿어 준다고? 기현은 진심으로 불쾌해져서 희미하게나마 유지하던 미소를 완전히 지워 버렸다. 말하는 본새를 보아하니, 적당히 친절하게 대해서 알아먹을 상대가 아니었다.

“그런데 파고들수록 신기하게 윤 회장님이나 다른 형제분들과 교류가 적으셨더라고요. 저는 이게 참 이상해서요.”

베일에 싸인 성장 과정과 유학 시절. 사랑받는 막내아들이라고 해 놓고선 윤 회장 측에서 좀처럼 만나러 가는 일이 없고, 돌연 기현이 귀국하자마자 경영권 싸움이 시작되더니, 수상한 시점에서 윤인범 사장은 사고사로 목숨을 잃었고 김 관장은 모습을 완전히 감춰 버렸다. 자극적인 조미료를 뿌리기 딱 좋은 흐름이었다. 물론 어느 정도는 사실에 기인한 소문이기도 했고.

쉬쉬하고 있지만 아주 감출 수는 없었다. 기현이 알기로도, AR의 막내아들이 사실 김 관장이 배 아파 낳은 자식이 아니라는 말 정도는 제법 크게 번진 것으로 안다.

하지만 기현은 윤의택과 달리 적당한 가십은 방치하는 편이었다. 아니, 자신에게 유리한 이야기라면 적당히 맞는 척해 주며 적극적으로 활용하기도 했다. 그러니까 그까짓 루머 좀 퍼졌다고 전전긍긍하는 스타일은 아니라는 거다.

기현을 불쾌하게 한 건 그를 둘러싼 루머를 나열해서가 아니라, 무례한 방식으로 추궁하는 기자의 태도였다. 심지어 녹음기까지 들이대면서. 사명감을 가지고 기업의 비리를 밝히겠다는 기자들은 녹취의 흔적을 저렇게 어설프게 드러내지 않는다. 저놈은 그냥 적당한 건수 하나 잡아서 돈이나 뜯어낼 심산인 게 분명했다.

"에이, 말씀 좀 해 주세요."

"글쎄요. 재촉하셔도 드릴 말씀이 없어서."

"차마 다 알려 드리진 못했는데, 사실 물밑에선 별별 이야기가 다 나오고 있는 상황이거든요. 한 번쯤은 사장님께서 허심탄회하게 말씀하실 때도 된 것 같습니다. 매번 이렇게 말씀을 흐리시니까 자꾸 루머만 커지는 것 아닐까요?"

그러니까 그 허심탄회한 순간이 왜 하필 지금이어야 하느냐고. 옆으로 성큼 다가선 서태식이 고개를 짧게 끄덕였다. 주요 언론사는 아니니 좀 더 단호하게 잘라 내도 좋다는 뜻이었다.

“아, 아실진 모르겠지만 윤 사장님의 경영 성과가 모호하다는 이야기도 많고요. 물론 여러 가지 의미로 AR그룹에 대한 주목도는 끊이지 않고 있지만—”

“여기서 할 이야기는 아닌 것 같군요. 그걸 모르실 연배는 아닌 것 같은데.”

뒤에서 주고받는 무전 소리가 시끄러워졌다. 기자는 기현이 갑자기 태도를 바꾸니 당황한 모양이었다. 하지만 지금까지 달라붙어서 했던 소리가 있으니 머뭇거리면서도 앵무새처럼 대답해 달라는 말을 반복했다.

“에이. 더 시시껄렁한 이야기에도 윤 사장님이 대답 잘해 주시는 거, 제가 다 아는데.”

“타이밍이라는 게 있으니까요.”

“그렇게 말씀하시니까 제가 타이밍도 모르는 눈치 없는 놈이 된 것 같은데요.”

“다음에 기회가 되면 또 이야기합시다.”

당신이 건방지고 눈치도 없다는 걸 굳이 부정하진 않으며 기현이 핸드폰을 꺼냈다. 대화를 완전히 차단할 셈이었다.

“모 기업의 부회장님께선 이럴 때 핸드폰 기종이랑 색깔, 통신사까지 딱 물어봤다고 하시던데…….”

“우리는 현물 협찬 안 합니다.”

“허, 사장님 말씀이 좀……. 제가 꼭 돈이라도 바라고 온 것처럼 들리는데요?”

“저한테 접근하는 기자들이 어떤 말을 하는지 모르시지도 않을 거면서, 어디의 누군지도 밝히지 않고 영문 모를 소리만 하시는 기자님을 제가 어떻게 받아들여야 할까요?”

성큼성큼 걸음을 옮긴 직원이 서태식에게 뭐라고 귓속말을 했다. 이야기를 들으며 서태식이 기현을 향해 한 차례 더 고개를 끄덕였다. 정말 신경 쓰지 않아도 될 정도인가 보다.

"저는 국민의 알 권리를 위해 진실을 밝힐 필요가 있는 사람입니다."

"국민의 알 권리가 고작 제가 번데기를 싫어한다는 사실에나 쓰일 말이었나요?"

"와아…… 하하. 윤 사장님, 듣던 말과는 너무 다른데요. 솔직히 사장 취임 이후부터 지금까지 제대로 이룬 게 뭐가 있으십니까? 허울 좋은 사장이란 직함만 아니었으면 딱히 내세울 것도 없으면서. 재벌 3세가 아니었다면 뭐 얼마나 대단한 걸 하고 계실 것 같습니까?"

이쯤 되면 신생 언론사 홍보라도 하려는 거 아닐까? 기현은 발끈해서 나서려는 서태식을 제지한 후 피곤한 듯 미간을 누르며 나름대로 진지하게 대꾸했다.

"글쎄요? 뉴욕에서 변호사로 일하고 있었겠죠. 기자님보단 소수자의 인권 향상에 힘쓰고 있었을 것 같은데."

그걸 몰라서 묻느냐는 듯, 기현의 무구하고 덤덤한 말에 잠시 침묵이 흘렀다. 서태식에게 말을 전하던 직원이 참지 못하고 웃음을 터뜨렸다. 신호라도 된 것처럼 크흠, 하는 웃음 섞인 헛기침이 번져나갔다. 경호원들은 무표정을 유지하려 최선을 다하고 있었다.

정말 별생각 없이 한 말이었는데 남자가 얼굴을 붉히는 걸 보니 대단한 타격이라도 된 모양이다. 하긴…… 외국에서 전문직, 그것도 기자보다 소득이 높을 게 뻔한지 않나. 못난 놈들이 버튼 눌리기 딱 좋은 핀잔이긴 했다.

"M그룹 쪽과 연관이 있는 모양입니다."

"저 기자가요?"

"급하게 알아봐서 정확도는 떨어지는데…… 지금 파악한 바로는 M기업에서 이번에 엔터 사업 시작하며 여론 몰이 용도의 인터넷 언론사를 여러 개 설립한 모양입니다. 그쪽 소속 기자고, M그룹 쪽 명찰을 달고 오늘 행사 참석한 것 같습니다."

"아하, 그럼 처음부터 나 노리고 온 거였네."

"빨리 손을 보는 것이 좋을 것 같습니다. 저도 혹시 몰라 녹취를 하긴 했는데, 초반에 인지도 띄우려고 무리수 두는 기자들도 있으니까요."

기현은 회피할 목적으로 꺼냈던 핸드폰을 제대로 잡고 버튼을 눌렀다. 고작 기자 하나가 무례하게 군 일로 본사 홍보팀이 나섰다간 모양새만 우스워질 게 뻔하다. 그렇다고 완전히 무시하기엔 M기업을 끼고 있다는 말이 마음에 걸렸다.

"사장님?"

"……잠시 전문가랑 상의 좀 해 볼게요."

안 그래도 이런 일에 도가 튼 사람을 하나 알지. 너무 잘 알아서 문제일 정도로.

"새로 풀린 내용 보셨어요? 내부 규제가 너무 심해졌어요."

"그러니까요. 외국, 그러니까 한국 자본이라 견제하는 정도면 어떻게든 비벼 보겠는데 자기들 내수 시장까지 쥐어짜고 있으니까."

"하늘망 작전이 아주 효과가 없었던 건 아닌 게 더 큰 문젭니다. 어디는 찔러주면 받고, 어디는 찔러주면 신고하고. 제가 보기엔 중국 현지 법인에 바지 사장 하나 세우는 게 제일 나아요."

"누굴 믿고 바지 사장으로 올립니까. 뇌물을 줘도 문제고, 안 줘도 문제라면 일단 닥치는 대로 찔러 넣는 게 최고예요. 그래야 현상 유지라도 하죠."

몇 시간 전부터 도돌이표의 연속이었다. 태성의 성격상 같은 주제로 한 바퀴 돌았을 때쯤 이렇게 똑같은 소리만 계속할 거면 다 때려치우라는 말이 진작 나왔어야 했다. 그렇지만 태성이 생각해도 이번 일만큼은 답이 없었다. 그러니까 회의를 배경음악 삼아 혼자 잘도 생각에 잠겨 있던 참이었다. 그나마도 슬슬 지겨워지기 시작했고.

"별수 없지 않습니까? 스타트업 스폰서는 위험하다고 발을 빼기엔 얻을 이익이 너무 큽니다. 손해가 났을 때 무엇을 쿠션으로 삼을지를 고민하는 편이 생산적일 것 같……."

우웅— 진동이 길게 이어져서 이름만 확인하고 무음으로 돌리려는데, 절대 무시할 수 없는 이름이 액정에 떠 있었다.

"여보세요."

—바빠요?

회의실이 눈치껏 조용해진 탓에, 또렷하고 차분한 남자의 음성이 휴대폰 너머로도 울렸다.

"아니요."

조금 전까지 신나게 떠들던 임원들이 무안해지는 순간이었다.

—죄송하지만 부탁할 일이 있는데.

"어떤?"

—M그룹을 끼고 있는 언론사 기자가 오늘 좀, 저한테 무례하게 굴었거든요.

"M그룹이 언론사씩이나 가지고 있었어요?"

회의록을 작성하던 조 실장이 임원들을 향해 고개를 저었다. 태성이 먼저 회의를 끝낼 뉘앙스를 보이기도 했지만, 그게 아니었더라도 오늘은 텄다. 당장 답이 없는 중국 시장 논의와 당장 기자에게 수모를 겪었다는 기현. 무게가 어느 쪽으로 쏠릴지 뻔했다.

—제 생각엔 우리 본사 홍보팀에서 응대하면 모양새가 이상해질 것 같고……. 그렇다고 아주 무시를 하자니 뒤에 있다는 M그룹이 좀 마음에 걸려서요. 어떻게 하는 게 좋을까요?

"흠……."

자리를 박차고 일어선 태성이 조 실장을 향해 손을 까딱였다.

"오늘 일정은?"

—간단하게 결재할 정도만 남았습니다.

"회사에서 할 거 아니죠?"

건네받은 차 키를 찰랑이며 태성이 발걸음을 경쾌히 옮겼다.

"내가 신무원으로 갈 테니까, 일단 만나서 얘기합시다."

주인님이 짖으라면 짖고, 부르시면 달려가야지.

아직도 기현과 사귀는 사이라는 확답은 듣지 못했으니, 여전히 어정쩡한 관계인 채로 함께 오래도 해 먹는 중이었다. 일이든, 연애 그 비슷한 것이든. AR그룹이 어떻고, 대원이 어떻고는 이제 두 사람에게 중요한 문제가 아니었다.

두 사람을 둘러싼 많은 것이 달라졌어도, 정작 둘의 사이는 여전했다. 아마 앞으로도 오래도록 그러할 것이다. 아무것도 변하지 않은 채, 그렇게 계속 서로의 곁에 머무르면서.

외전 6-2

Who are we

Who are we

"뭘 그렇게 봐요?"

제법 길었던 출장을 마치고 귀국하자마자 기현부터 찾았다. 하지만 달려온 보람도 없이, 오래간만에 만난 기현은 핸드폰에서 눈을 떼지 않고 있었다. 팔뚝과 가슴에 감긴 셔츠가 제법 꼈다. 요즘 트레이닝 강도를 좀 높였다더니, 몸이 꽤 좋아졌다. 부담스러울 정도는 아니고 딱 보기 좋았다. 예전은 키에 비해 너무 말랐었지.

"옷이요."

"옷?"

기현은 평소 쇼핑을 즐기는 편이 아니었다. 전에 본인이 말했던 것처럼 시즌별로 아려 백화점을 통째로 받아 보는 사람이므로. 공식 석상에 나설 일이 있을 땐 스타일리스트들이 알아서 옷을 골라 주기도 했다.

이것도 저것도 다 마음에 안 드는지 심드렁한 얼굴로 거침없이 화면에 뜬 이미지를 넘기기에 무슨 대단한 옷이라도 고르는가 했더니, 그냥 무난한 정장이었다. 솔직히 무난하다는 말은 좀 점잖고…… 몹시 따분할 정도였다.

"무슨 선상 파티라도 있어요? 7080 스타일이 아니면 입장 안 시켜 준대요? 어깨에 패드만 넣으면 딱 그 느낌이겠네."

태성의 놀림에 기현이 피곤한 눈가를 쓸며 화면을 껐다.

"아뇨. 요즘 나오는 옷들은 셔츠나 재킷이 좀…… 너무 붙는 것 같아서요."

"옷이 좀 붙는 거랑 그런 촌스러운, 그러니까 기현 씨 얼굴이 아니라 아까 그 옷 말입니다. 하여튼 그런 핏과 디자인은 상관이 없지 않아요?"

기현은 오히려 황당하다는 얼굴을 했다. 내가 지금 이 옷을 왜 고르는지 모르냐며 책망하는 것 같은, 그런 얼굴을.

몸을 바싹 붙이려던 태성은 기현의 기세에 눌려 머리를 긁적였다. 설마 그 7080 선상 파티의 동행인이 나였던가? 그런 이야긴 들은 적 없는데.

"아…… 생각해 보니까 처음이네요."

뒤늦게 무언가가 떠올랐다는 듯 기현이 피식 웃었다.

"어떤……?"

"이사님도 이맘때쯤 늘 바빴던 것 같아서. 이때 이렇게 같이 있는 게 처음 같은데요? 그럼 모를 수도 있겠다 싶어서요."

기현은 눈을 지긋하게 감고서 무거운 뒷덜미를 주물렀다. 그러면서 대수롭지 않게 덧붙였다.

"어머니 기일이요."

태성은 소리 없이 탄식했다. 돌이켜 보니 정말로 이상하게 이맘때 늘 일이 있었다. 남은 계절을 기현과 조금이나마 편하게 뒹굴려면 반드시 소화해야 하는 해외 일정들. 짧아도 3주는 시차가 큰 나라에서 지내다 보니 연락도 하루에 한 번이면 많이 하는 거였다. 그래서 몰랐다.

"원래 이렇게 유난스럽게 보냅니다."

다시 핸드폰을 들여다보는 기현의 눈 밑이 시커멨다.

말 그대로였다. 원래 이렇게 보냈다. 못해도 2주 전부터 가장 단정하고 멀끔한 옷을 미리 고르고, 시계부터 타이, 구두까지 흠잡을 곳은 없는지 체크하고 또 체크하고. 당일의 날씨를 고려한 헤어스타일, 뿌릴 향수, 그리고 타고 갈 자동차까지 고른 다음 가장 싱싱하고 탐스러운 국화꽃을 수배하기 위해 여기저기에 압박을 넣는다. 모든 것이 완벽해야 했다.

"그럼…… 이번엔 같이 갈까요?"

딱히 대답은 없었지만 허락하는 분위기의 침묵이었다.

"나도 혹시 기현 씨랑 똑같이 입어야 합니까?"

"아뇨."

"그럼 같이 가죠. 방해 안 할 테니까."

사실 마지막을 수습해 준 사람이 태성이었다. 기현이 정신을 놓았던 동안 적어도 집사님의, 어머니의 최후만큼은 AR의 손아귀에서 빼내 주었던 사람은. 게다가 납골당 자체가 태성이 소유한 부지에 있어서 기현이 오지 말라고 하는 것도 우스운 일이었다. 어차피 말린다고 들어 먹을 위인이 아니기도 하고.

"차라리 옛날 어르신들이 가던 양장점에서 맞추는 게 나을 수도 있어요."

"그래요?"

"원하는 스타일이 꽉 막히고 얌전한 거면."

내일 서태식을 통해 괜찮은 곳을 정리해 전달해 주겠다고 하자 기현이 얌전히 고개를 끄덕였다. 그 모습에 태성은 저도 모르게 안도의 한숨을 토해 냈다.

'이젠 좀 잘까.'

그러니까 섹스가 아니라, 진짜 잠을. 지금의 기현은 꼭 과거의 언젠가처럼 위험해 보였다. 길었던 불면이 얼마나 사람을 망쳐 놨는지 잘 아는지라 덜컥 겁부터 났다. 하지만 기현은 다시 핸드폰에 고개를 처박고는 다른 아이템을 살펴보기 시작했다. 이번엔 시계였다.

기현에게서 연락이 점점 줄어들었다.

과거의 이맘때. 그러니까 태성이 길게 출장을 나갔을 때, 새벽이어도 상관없다고 했던 건 딱히 그를 기다려서가 아니라 정말 잠들지 못해서였고. 늘 간결한 메시지나 짧은 통화로 그쳤던 건 바빠서가 아니라 기현에게 마음의 여유가 없어서였다는 걸 이제야 알았다.

바보처럼 자꾸만 스스로를 망치려 드는 기현에게 화가 났다. 그런데 미친 사람처럼 구는 기현이 또 이해가 안 가는 건 아니었다. 적어도 일 년 중 한 달은 이렇게 완벽히 진창에 처박히는 것으로 죗값을 대신하려는 듯한 윤기현을, 다른 사람도 아니고 진태성이 힐난할 수 없는 일이었다. 사실 기현이 치러야 하는 죗값이 무엇인지도 모르겠지만 말이다.

언젠가 자다 말고 일어난 기현은 내내 사무치도록 운 적이 있다. 온통 눈물 번진 얼굴을 하고 서럽게 가슴을 치며 울었던 그 밤 이후로, 기현의 불면증은 거짓말처럼 차도를 보이기 시작했다. 워낙 할 일이 많고 걱정거리도 많으니 푹 자진 못했어도. 그래도 피가 뚝뚝 떨어질 것처럼 벌겋게 된 눈을 하는 일은 줄어들기 시작했다.

그래서 이젠 괜찮아진 줄 알았다. 아마도 그날 서러웠던 눈물을 따라 마음의 짐을 많이 덜어 낸 모양이라고 여겼는데, 아니었다. 생각해 보면 이렇게 빨리 멀쩡해질 수가 없는데. 그게 당연한 건데…….

당장 태성만 하더라도 신무원 사람들의 이름을 들었을 때 어지럽거나 구역질이 나지 않기까지 얼마나 긴 시간이 필요했던가. 그저, 어쩔 수 없는 일이었다. 약도, 상담도, 곁에 있는 누구도 어떻게 해 줄 수 없는, 스스로 견뎌 내야 하는 일.

그렇게 꼬박 2주를 채우고 다시 만난 기현은 많이 여위어 있었다. 평소 입던 정장보다 소매와 바지 길이가 조금 길었다. 그런데 그게 촌스럽거나 나이 들어 보이는 정도는 아니었다.

단정하게 내린 머리, 적당한 광택의 구두, 소박하고 간결한 디자인의 시계, 그리고 손에 들린 국화꽃. 모자람도 과함도 없었다. 70년대 선상 파티라도 가느냐고 비웃었던 며칠 전을 사과하고 싶어질 지경이었다. 앞뒤 사정 모르고 오늘의 기현을 본 사람이라면 어쩐지 그늘이 드리운 눈빛이 예술이라며 박수를 칠 것만 같았다.

"지금 상황에서 할 말은 아닌 것 같지만."

차에 타려다 말고 기현이 힐끗 돌아보았다.

"완벽하네요, 오늘."

많은 의미로 해석이 가능한 말이었다. 나름대로 고르고 고른 태성의 평에 기현이 옅게 웃었다.

"그래야죠. 얼마나 공을 들였는데."

납골당으로 향하는 길은 춥고 우중충했다. 딱히 날씨의 탓이 아니라 그 부근에 세상의 끝이라도 있는 게 아닐까 싶을 정도로. 그래, 춥다기보다 스산했다.

안에 들어선 기현은 무표정한 얼굴로 헌화하고 향을 피웠다. 그리고 오랜 시간 묵념했다. 가만히 유리로 된 칸을 들여다보는 옆얼굴. 태성도 생각에 잠겼다. 꽤 지난 줄 알았는데 고작 몇 년밖에 지나지 않았구나.

"여기 보안이 철저한 편입니다. 드나드는 사람 자체가 적기도 하고."

"알고 있습니다."

"울고 싶으면 울어도 된다고요."

마른 얼굴로 고개를 젓는다.

"……사람이 참 간사해서."

기현은 더는 울지 않는다.

"언제까지고 정신 못 차리고 마냥 속상할 줄 알았는데."

하지만 울지 않는다고 해서 모든 게 괜찮아진 것은 아니었다.

"이젠 얼마나 지나야 괜찮아질까 이런 생각이 들어요."

대체, 얼마나 더 이렇게 난리를 치고 괴로워해야 전부 아무렇지도 않아질 날이 올까. 기현은 말을 하면서 자기도 모르게 인상을 썼다. 그런 말을 하는 스스로가 혐오스러워 견딜 수 없는 것처럼.

태성은 감히 대꾸할 말을 찾지 못하고 조용히 벽면만 응시했다. 가슴이 덜컥 내려앉았다. 유리로 막을 씌운 것 같은 멍한 눈. 당장에라도 모든 것을 버릴 준비가 되어 있던 언젠가의 윤기현이 생각났다.

이수경이 차도로 몸을 던지던 순간부터 거슬러 올라가면 결국 끝에 서 있는 건, 끊임없이 기현의 마음을 할퀴고 상처 주고 무너뜨렸던 자신이었다. 하물며 그녀를 구하러 가려던 바로 직전까지 폭언을 쏟아붓지 않았던가. 평생 기현에게 지워질 수 없는 기억의 한복판에는 언제나 태성이 있었다.

"하……."

태성은 길게 한숨을 쉬었다. 그러곤 기현의 어깨를 짚으려 손을 들었다, 결국 아무것도 하지 못하고 주머니에 찔러 넣었다.

세상 다시없을 연인처럼 다정하게 굴어도, 죽고 못 사는 사이처럼 키스하더라도 기현이 태성에게 사랑한다는 말을 돌려주는 일은 없을 것이다. 딱 한 번 단꿈을 꾼 적은 있지만, 누구보다 태성이 잘 알았다. 다른 사람도 아니고 자신이 윤기현에게 그런 걸 바라서는 안 된다는 걸.

"화장 다 마쳤을 때……."

뜬금없는 이야기에 기현이 비스듬히 숙인 고개를 들었다.

"따뜻했습니다, 보통 사람들처럼."

그는 모르겠지만 태성 나름대로 한참을 고르다 뱉은 말이었다.

"아직도 따뜻하다고 유골 단지 끌어안고 우는 사람들, 이해를 못했는데…… 진짜 그렇더군요."

그래도 이수경의 마지막만큼은 평범했다는 이야기를 하고 싶었는데, 입이 잘 떨어지지 않았다. 기현은 가만히 고개만 끄덕일 뿐이었다. 이해했는지는 모르겠지만.

"나중에 나도, 당신이 이렇게 해 줬으면 좋겠는데."

"어떤……?"

"이렇게 아무도 모르는 곳에 몰래 빼내 줬으면 좋겠습니다. 그 인간들과 나란히 선산에 묻힐 생각 하면 끔찍하니까."

유골함에서 눈을 떼지 않은 채로 기현이 지나가듯 말했다. 최후의 최후를 수습할 수 있는 권리를 너에게 주겠다는 에두른 허락. 그럼 그날이 올 때까지 곁에 있어도 된다는 걸까. 기현의 그 한마디가 뭐라고, 태성은 눈 안쪽이 뜨거워졌다.

"나중에 알려 줘요, 나도 평범하게 따뜻했는지."

"그래요."

흠결이라곤 찾을 수 없던 국화꽃들이 벌써 시들 기미를 보였다. 바싹 메마른 꽃잎 끝이 보였다. 그렇게 완벽하려고 애썼는데도 반나절을 견디지 못했다.

기현과 태성 또한 그럴 것이다. 아무렇지 않게 서로에게 젖어 들다 이따금 말라 바스러지는 순간이 찾아올 것이다. 그래도 괜찮아지기를 기다릴 수밖에 없겠지. 그저 가만히.

태성은 고개를 돌려, 파리한 기현의 옆얼굴을 바라보았다.

'그래. 아주 긴 시간을, 어쩔 수 없이.'

외전 6-3
Where are we going

Where are we going

“내일부터 휴가죠?”

그렇다고 답하는 서태식의 표정이 밝았다. 태식이 기현의 비서실장이다 보니 두 사람은 휴가 일정이 같았다. 물론 쉰다고 하더라도 연락할 일은 여전히, 아니, 어쩌면 평소보다 더 많을 테지만.

사실 여름을 만끽하기엔 아직 이른 감이 있었다. 그래도 윗사람들이 빨리 다녀와야 아랫사람들도 눈치 안 보고 다녀올 수 있을 테니.

“사장님께선 남해 쪽으로 가신다고 하셨죠?”

“네.”

“진 이사님과 함께 움직이십니까?”

“아마도요. 국내 지리를 잘 모르는 데다 AR을 포함한 경쟁사의 호텔이나 리조트를 제외하고 나니 어디서 묵을지 정하기 어려워서 그렇게 되었습니다.”

이런저런 이유를 덧붙여 보지만 예에, 하고 대꾸하는 서태식의 음성엔 이미 영혼이 없었다. 그 태도가 괘씸해서 금일봉 따위 무를까 했지만……. 진태성과의 관계를 대강 짐작하면서도 늘 애써 모르는 척해 주는 정성이 고마워, 기현은 재킷 안쪽에서 봉투를 꺼냈다.

"푹 쉬다 오세요."

"아, 아닙니다, 사장님! 정말 괜찮습니다!"

"줄 때 받아요. 회삿돈 아니고, 진 이사 쪽에서 받은 수상한 돈도 아니고, 내 월급 통장에서 인출한 멀쩡한 돈이니까. 뭐…… 그래서 네 돈은 멀쩡하냐고 물으면 할 말이 없겠지만요."

"아닙니다. 그간 사장님께 너무 많이 받아서……. 정말 안 챙겨 주셔도 괜찮은데……."

서태식이 어쩔 줄 몰라 하며 이마에 맺힌 땀을 닦았다. 지난 어버이날에도 본가는 물론이고, 아내의 친정에까지 선물이 배달됐다. 한우와 제철 과일 같은 먹거리부터 화장품, 고가의 가방과 슈트, 기현이 직접 쓴 카드와 꽃다발……. 포장을 풀고 내용물을 확인하는 데만 꽤 오랜 시간이 걸렸을 정도로 거했다.

"평소에 퇴근도 제때 안 시키고 부려 먹고 있는데, 생색낼 수 있을 때 내야죠. 받아요, 팔 아프니까."

"그럼…… 감사합니다. 그렇지만 다음부터는 정말 괜찮습니다. 아셨죠?"

기현이 직원들에게 건네는 금일봉은 언제나 수표라는 걸 잘 아는 서태식의 얼굴이 복잡했다.

이렇게 두툼한 봉투에 천 원짜리만 들어 있을 턱이 없는데 이걸 진짜 받아도 되는 걸까? 은근히 고집이 센 기현이 어떻게든 들려 주리란 것도 알고, 얼마가 됐든 기현에겐 큰 금액이 아니라는 것도 알지만…….

고뇌하며 어쨌든 공손히 받아 들던 서태식이 사무실 불빛에 얼핏 비친 숫자의 단위를 보고 입을 떡 벌렸다. 잘못 본 게 아니면 10만 원권이 아니라 100만 원권이었다.

"저…… 사장님, 아무래도 이건 역시—"

"가족 여행이라고 했죠? 잘 쉬다가 와요. 다녀와서 할 일 정말 많을 테니까."

단칼에 잘라 버리자 서태식이 민망한 듯 우물쭈물하다 묵례하고 사무실을 나섰다. 그와 동시에 진동이 요란하게 울렸다. 데스크에 아무렇게나 뒹굴던 핸드폰을 뒤집은 기현이 짧게 한숨을 내쉬었다. 타이밍 한번 귀신같지.

"네."

—뭐야, 설마 바빠요? 그렇더라도 아니라고 해요. 만약 내일 못 가면, 나 그대로 피켓 들고 AR모터스 앞에서 시위까지 불사할 생각이니까.

한껏 들뜬 목소리의 주인은 진태성이었다.

"좋은데요."

진심이었다. 주변과 적당히 차단되어 있고, 바다도 보이고.

"별장인가요?"

"그럴 용도로 쓸 생각은 아니었는데……. 사실 싹 다 밀고 개발될 예정이었는데 잘 안 풀려서 어중간해졌어요. 어쨌든 급하게 보수하느라 고생 좀 했죠."

"급하게요? 여기 안전하긴 한 겁니까?"

기현이 창가에서 물러서자 태성이 잔뜩 빈정 상한 얼굴을 했다.

"작년 겨울에 일정 짜자마자 공사 시작했어요."

아무렴 나도 쉴 곳인데 날림으로 지었을까 봐. 그렇게 투덜거리는 건 모른 체하기로 했다.

"사용인들은요?"

"아까 주차할 때 조금 밑에 있었던 별채 기억나죠? 거기에서 대기할 겁니다. 필요하면 전화하면 되겠지만…… 어차피 식사나 청소 같은 거야 정해진 시간에 할 테니까. 다른 사람들은 최대한 신경 쓰지 않고 지낼 수 있을 겁니다."

"좋네요."

진심이었다. 서태식도 떼어 놓고 움직이는 마당인데. 그 밖의 부리는 사람들은 아예 없었으면 싶었다. 건방진 소리지만 의전을 받는 것도 귀찮을 때가 있다. 이번엔 가능하다면 철저히 세상과 고립되고 싶었다. 태성과 함께하는 시점에서 이미 글러 먹은 계획이지만.

하지만 서태식은 물론이고 태성과 조 실장까지 부리던 사용인들, 특히 경호원들은 전부 데려가야 한다고 강경하게 말했다. 어지간하면 싫은 소리 안 하려고 하는 태성이, 들뜬 건 이해하겠는데 세상 물정 모르는 도련님 같은 투정은 그만 부리라며 오래간만에 신랄한 독설을 내뱉을 정도였다.

"시킬 일 있으면 그냥 나 시켜도 되고."

"퍽이나요."

"와, 너무하네. 솔직히 내가 분부하신 것 거역한 적 있습니까?"

새로 올린 별장은 태성의 집과 신무원의 별채를 적당히 섞은 느낌이었다. 기현은 태성을 뒤로하고 맨발로 천천히 안을 둘러보았다. 침실과 바로 이어진 작은 수영장이 마음에 들었다. 무엇보다 태양열에 적당히 달구어진 돌의 온도 덕에 기분이 단박에 좋아졌다. 맨발에 대리석이 아닌 자연의 무언가가 닿은 게 상당히 오랜만이었다.

"괜찮네요."

"뭐라고요? 괜찮네요? 고작 괜찮은 정도라고요?"

못마땅한 듯 짝다리를 짚은 진태성이 한껏 불량하게 굴었다.

"그런데 선베드가 왜 저기 있습니까?"

"자꾸 말 돌릴래요?"

그럴 의도인 건 맞지만, 진심으로 궁금하긴 했다. 제대로 갖춰 놓은 폴딩 선베드가 뜬금없게도 전면 유리창에서 한참이나 떨어진 곳에 있었으므로. 어디든 빛이 잘 들 것 같지만, 그래도 가장 그늘이 진 곳에 선베드라니?

"아아, 할 때 더울 것 같아서요."

"뭐가 더…… 아."

이번엔 기현이 눈을 가늘게 떴다.

"수영장에서 하고 싶은 마음 없습니다."

태성이 어깨를 으쓱했다.

"생각이 바뀔 수도 있는 일이잖아요."

"취향의 마지노선이라는 게 있습니다."

"음, 원래 투자를 할 땐 남들이 예측할 수 없는 부분까지 건드려야 승산이 있는 거니까요."

"불확실하면 투자를 하지 말아야지요."

"총알도 넉넉한데 망설일 이유가 없잖아요? 남들도 다 하는 거 따라 해서 어떻게 이익을 냅니까?"

태성이 은근하게 기현의 허리를 감싸안았다.

"저는 도박도 싫고, 분산투자랍시고 여기저기 다 찌르고 다니는 것도 싫습니다."

"그럼 윤기현 씨는 가만히 있어요. 내가 다 알아서 하면 되잖아요."

"어떻게 가만히 있어요. 고달파지는 건 난데."

말은 그렇게 했지만, 솔직히…… 그러려고 태성과 함께 휴가를 보내기로 한 거긴 했다. 자고 싶을 때 자고, 맛있는 것을 먹고, 섹스하고 싶을 때 하려고. 조금이나마 업무와 차단된 곳에서 며칠이라도 머리를 완전히 비우고 싶었다.

차년도 사업 계획 보고서를 받아 보던 작년 여름. 내년 휴가는 이때쯤 가시는 게 어떻겠냐는 서태식의 권유에 아무 생각 없이 고개를 끄덕였다. 사실 모터스 자체가 신사업인데다 지주사가 아직 안정되지 않았던 터라 휴가라는 것에 큰 의미가 없었다.

없다뿐이랴. 솔직히 기현에겐 구정, 추석과 더불어 날려 버리고 싶은 시기가 바로 휴가철이었다. 계열사 임원들은 물론이고 둘러싼 다양한 이해관계자들에게 적당한 인사를 해야 하는 때. 명절 때는 돌릴 선물들이 비교적 정해져 있기라도 하지, 휴가 시즌은 딱히 그런 것도 없었다.

부담스럽지 않지만 그렇다고 소박하지도 않고, 시즌 특수를 잘 살린 센스 있는 선물과 인사말. 하반기 사업 계획과 예산 점검으로도 골치가 아픈데 이런 쓸데없는 일까지 고민하려니 머리에서 쥐가 나는 기분이었다.

그러고 보니 작년 여름엔 뭘 했더라? 아마도 해외 어딘가를 갔던 것 같긴 한데. 평소의 출장과 크게 다르지 않아서 기억이 나지도 않았다. 어느 나라를 방문해서 무엇을 했고 누구를 만났는지가 당장의 기업 활동에 큰 영향을 끼쳤으므로, 세심하게 시간을 배분하느라 정신이 없었던 것만 생각났다.

그래서 언제쯤 휴가를 가시라는 말을 들었을 때도 큰 감흥이 없었다. 내년, 그러니까 올해는 자동차 공장 문제 때문에 디트로이트와 중국 여기저기를 방문하는 데 시간을 쓸 계획이었다. 기현의 일정을 들은 태성이 올해는 제대로 쉬는 게 어떻겠냐고 제안을 하기 전까지는.

"그러니까 안 하겠다고요?"

"침대 놔두고 이상한 곳에서는 안 하겠다는 소리예요. 나만 피곤해지니까."

"흐음."

저런 표정을 지을 때의 진태성은 매우 위험했다. 절대 어물쩍 받아 주면 안 된다. 뭐, 어떡하라고. 그런 의미를 담아 무표정하게 바라봤더니 그가 한껏 서운한 얼굴로 고개를 돌린다. 세상에. 나이를 먹고도 하는 짓은 애새끼나 다름없었다.

"감사하게 생각하세요."

"늘 그렇게 생각하고 있는데요."

"아뇨, 진 이사님 얼굴에."

그 잘난 얼굴 아니었으면 이렇게까지 봐주지도 않는 건데. 혀를 차며 중얼거리자 태성이 킬킬대며 악당처럼 웃었다.

"키스는 침대에서만 할 필요 없는 거죠?"

그러곤 그 잘난 얼굴을 들이밀며 묻는다. 거리가 가까워서 속삭임에 가까운 목소리였다.

"그걸 지금 말이라고."

적어도 이것만큼은 대답이 필요치 않은 질문이었다.

들떴던 두 사람은 까맣게 잊고 있었다. 지금이 어떤 시기인지.

"그렇죠, 요즘 많이 힘들죠. 글쎄요. 계열사에서 자체적으로 뽑을지는 모르겠지만……. 네, 시험은 뭐 제가 어떻게 할 수 있는 방법이 없어서. 하하, 아닙니다. 네. 잘되면 연락 주십시오. 저도 혹시 공석 있는지 찾아보겠습니다. 네."

어쩌면 윤 회장이 열린 공채니 뭐니 이것저것 시도한 건 인사 청탁이 짜증 나서일지도 모르겠다. 남은 인턴 자리는 없는지, 하물며 곧이어 있을 적성 검사와 면접에서 무슨 문제가 나오는지 등. 아주 별별 것을 물어보는 전화가 빗발쳤다.

그래도 자리가 있냐는 물음 정도는 점잖은 거고, 제 편의를 위해 있지도 않은 자리 만들어 내라는 요구가 제일 같잖았다. 기현에게 직접 오는 전화가 이 정도인데 좀 더 편하고, 실무에 가까운 사람들에겐 대체 어느 정도의 부탁이 들어올까?

하긴. 지난 하반기 공채 때만 하더라도 영업팀은 힘들어서 싫으니 다른 곳으로 보내 달라고, 기껏 합격해 놓고 조부부터 부모 형제까지 다 나서게 했던 미친놈도 있었다. 어지간해선 자기에게 들어온 일은 넘기지 않는 서태식이 처음으로 두 손 두 발 다 들고 기현을 찾았더랬다.

"누구?"

"박문규 장관이요."

"뭐, 조카 자리라도 하나 달래요?"

태성 또한 표정이 안 좋긴 마찬가지였다. 지금 이 순간에도 태성의 핸드폰은 전화로 불빛이 번쩍이고 있었다. 원래 미술관은 지금이 한창 바쁠 시기였다.

"오늘은 아니었지만 조만간 그럴 것 같은데요. 어떻게 알았습니까?"

"며칠 전에 나한테도 연락 왔으니까요. 기현 씨와 친하니까 말 좀 해 달라고.”

“그래서 뭐라고 했습니까?”

“뭘 뭐라고 합니까, 내 권한 밖이라고 했죠.”

“와…….”

힐난하는 기현에게 태성이 발끈했다.

“아니, 사실이잖아요. AR이 내 회산가?”

“언제는 지분 좀 있다고 아려 호텔이 자기 계열사 호텔이라더니?”

“그거야 예전 일이죠. 이젠 지주 설립했잖습니까.”

불리해지니까 쏙쏙 빠져나가는 게 얄미웠다. 자질구레한 일은 어지간하면 도와주는 태성도 고개를 저을 정도로 골치 아픈 청탁이긴 했다.

“뭡니까?”

기현이 상의를 벗어 던지며 태성의 허벅지 위에 걸터앉았다.

“짜증 나서요.”

뭐, 태성 입장에선 마다할 이유가 없었다. 소파에 반쯤 누운 채로 기현의 키스를 받아들였다. 숨이 가빠진 기현이 잠시 입술만 맞대는 사이, 몸을 뒤집었다. 역공에 기현이 맥을 못 추고 끙끙 앓았다. 한편으론 바라 마지않았던 것처럼 적극적으로 몸을 맞대 온다. 기현의 맨 종아리가 등을 쓸어내리는 느낌이 아찔했다.

시도 때도 없이 전화가 걸려 왔지만…… 그래도 나쁘지 않았다. 갓 지은 별장은 깨끗하고, 조용했고, 보이는 풍경은 아름다웠다. 아무 때나 잠들고 일어나 먹고 싶은 것을 먹고, 선베드에 누워 일광욕이나 하다 섹스하고 싶어지면 섹스했다. 생애 처음으로 갖는 여유였다.

“콘돔이…….”

“침대에 있어요.”

그러니 움직여야 하는데, 태성의 허리에 감긴 늘씬한 다리에 자꾸만 힘이 들어갔다. 도통 일어날 생각이 없는 것처럼. 대체 어떡하란 거지? 좀처럼 보기 힘든 기현의 모습에 태성이 당황한 것도 잠시였다.

'아, 이거. 잠깐만.'

머릿속 전구가 빠르게 깜빡였다.

"윤기현 씨."

설마 하는 마음으로 불러 보니, 여전히 덤덤한 낯으로 딴청을 피우기만 했다. 맙소사. 태성은 소리라도 지르고 싶은 것을 꾹 참고 몸을 숙였다. 그렇게 기현의 허릴 안고 엉덩일 받쳐 든 채 침대로 향했다. 그 순간에도 키스를 멈추지 못해서 하마터면 문턱에 걸려 넘어질 뻔했다.

"힘 좋은데요. 중간에 밀어낼 줄 알았더니."

기현이 혀로 젖은 입술을 훑었다.

"저기…… 태성 씨."

"응."

"……오늘은 콘돔 없이 해도 괜찮을 것 같은데."

"지금 그걸 말이라고."

"정말 상관없는데……."

"내가 상관 있습니다."

오늘 진짜 죽고 싶어서 환장을 했지. 태성이 콘돔을 찾는 동안 기현은 젤을 짜서 스스로 뒤를 넓혔다. 한숨이 나올 정도로 자극적인 태였다.

"빨리……."

"왜 이렇게 급해요."

"공들이는 섹스는 언제든 할 수 있잖아요."

진득하게 분위기 잡는 그런 거 말고. 갑자기 뒹굴고 싶어지면 뒹구는, 그런. 가볍게 씻고 맨몸으로 뭔갈 간단히 먹고, 그러다 다시 키스하고 또 몸을 맞대는, 지금만 할 수 있는 원초적인 섹스. 그런 걸 하고 싶다고. 하자고. 해 달라고. 기현이 보채듯 태성을 당겼다.

"읏!"

"하아……."

허리를 감아 당기는 걸로도 모자라 꼬리뼈 부근을 손으로 꾹 눌러 댔다. 이어 척추를 따라 훑으며 등을 꼭 끌어안았다.

오늘따라 삽입도 수월했다. 젤로 흠뻑 젖은 내벽이 거침없이 태성의 성기를 집어삼켰다. 기현이 먼저 관계를 주도하는 일이 흔치가 않아서 태성은 이 순간을 좀 더 즐기고 싶었다. 아무렇게나 박아 달라고 보채는 게 좀 귀엽기도 하고.

요구를 무시한 채로 느긋하게 허리를 추어올렸더니 기현의 미간이 사정없이 일그러졌다.

"자꾸 이러면……."

"왜요? 자꾸 이러면 뭐가?"

장난치듯 코끝을 깨물었더니 기현이 어이없다는 듯 흘러내린 앞머릴 쓸어 올렸다. 그러더니 순식간에 시야가 뒤집혔다. 어라? 몸을 일으킬 새도 없이, 태성의 것을 품은 채로 기현이 우아하게 내려앉았다. 잠시 숨을 멈추고 깊이를 가늠하다, 몸을 젖히고서 제 욕심껏 움직였다.

이런 씨발……. 태성이 멋대로 튀어나올 뻔한 욕설을 삼켰다. 태성의 무릎을 짚은 손이 땀 때문에 허벅지로 자꾸만 미끄러졌다. 의도치 않게 살결을 문지르는 손길이 야했다. 애무하는 느낌이라기보다, 갖고 싶어서 어쩔 줄 모르는 다급함이 느껴져서.

이렇게 몸을 쓰는 기현은 처음이었다. 욕심껏 움직이느라 모든 걸 한껏 드러낸 채로 거리낌 없이 허리를 흔들었다. 말 그대로 쥐어 짜이는 기분이었다. 발기해 올라붙은 태성의 고환이 기현의 엉덩이를 때리는 소리가 날 정도로 빠르게 움직였다. 윤기현이, 스스로. 그것도 찰싹대는 귀여운 소리가 아니라 찌걱거리며 퍽퍽 쳐 대는 소리를 내면서.

"아……!"

입술을 꽉 문 기현이 아슬아슬한 신음을 흘렸다. 동시에 무시무시하게 조여 대는 구멍을 더 견뎌 낼 재간이 없어 태성 또한 사정했다. 아직 여운이 가시지 않았는지 내벽이 심하게 움찔거려서 남은 한 방울까지 다 토해 내는 기분이었다.

태성은 기현의 목덜미를 잡아채 거칠게 키스했다. 체중이 앞으로 쏠리며 안이 긁히는 각도가 달라지자, 달콤한 숨이 입안에서 터졌다.

"있어 봐요."

기현이 몸을 뒤로 틀어 콘돔을 벗겨 냈다. 그러곤 아직도 가라앉지 않은 태성의 성기를 장난치듯 가볍게 민 후 돌돌 말아 낸 것을 대충 묶어 쓰레기통에 던졌다. 돌아보며 산뜻하게 웃는 얼굴이 아주 악마가 따로 없었다. 사실 단정한 얼굴로 제 위에 앉아 내려다보는 순간부터 다 때려치우고 무릎 꿇고 싶었지만.

"윤기현 씨."

"지금 또 하는 건—"

"아니, 그런 게 아니고."

누운 채 기현의 얼굴을 감상하던 태성이 베개 밑에서 뭔가를 꺼냈다. 준비했다는 티를 내지 않으려 애쓰는, 느리고 조심스러운 손길이었다.

"이게 뭐예요?"

손바닥 안에 쏙 들어온 건…… 보자마자 내용물이 짐작이 가는 작은 케이스였다. 브랜드 이름만큼이나 유명한 고유의 색상. 그래서 무슨 목적의 보석이 들어 있을지 너무나 뻔한.

"잠깐만요."

"어차피 받아 주지 않을 거 알아요. 갑자기 윤기현 사장 손에 낀 반지라니, 온갖 언론에서 캐물을 일이라는 것도 알고."

사실 이렇게 뜬금없이 건네주고 싶지 않았다. 오늘 밤쯤에 수영장에서 한껏 분위기를 낼 생각이었다. 전면 유리로 쏟아지는 달빛, 처음으로 함께 보내는 오붓한 시간, 어쩐지 한껏 들뜨게 되는 여름밤. 그렇게 서로에게 잔뜩 취한 채로 고백하고 싶었다.

"나는 늘 멋대로였으니까 이번에도 멋대로 윤기현 씨에게 말하고 싶었어요."

사랑한다고.

"윤기현 씨는 됐으니까, 나한테 두 개 다 끼워 주기만 해요. 충성 맹세 정도로 생각하고."

기현은 기가 막혀 헛웃음을 터뜨리다 결국 태성의 재촉에 못 이겨 상자를 받아 들었다. 정말이지 무드라곤 하나도 없었다. 남자의 배 위에 앉아, 땀과 정액으로 흥건히 젖은 채 끼워 주는 반지라니. 말마따나 처음부터 태성 혼자 낄 작정이었는지 두 개의 반지는 사이즈가 똑같았다.

'좀, 이상하네…….'

아직 열기가 가시지 않아서인지, 아니면 땀이 남아 있었서인지. 태성의 약지에 지나치게 부드러이 반지가 끼워졌다. 난데없이 졸라대니까 해 주고는 있는데…… 사실 단 한 번도 상상해 본 적이 없었다. 누군가의 손에 반지를 끼워 주는 일은.

"……나머지는 당분간 압수하겠습니다."

다른 하나, 그러니까 보통의 경우였다면 자신의 몫이었을 나머지 하나를 마저 끼워 주려다…… 기현은 탁 소리가 나게 케이스를 닫아 버렸다. 태성이 눈짓으로 의아함을 표했다.

"앞으로 진태성 씨 하는 거 봐서 쓸 만하면 그때 드리죠."

잠시 상황을 파악하던 태성의 입가에 미소가 번졌다. 아, 저 얄미운 얼굴 보기 싫었는데. 그런 표정 하지 말라며 눈 아래 점을 꾹 누르자, 그게 스위치라도 된 듯 태성이 환하게 웃었다.

"그러니까 그 이전까진 기현 씨가 가지고 있겠다는 말이죠?"

"그냥 보관만 하겠다는 말이에요. 거창한 의미 부여하지 마시죠."

"알았어요. 그러니까 다른 것도 아니고, 나머지 반지 하나를 기현 씨가 가지고 있겠다는 거잖아요?"

태성이 몸을 일으켜 기현을 끌어안았다.

"아, 잠깐만요!"

아까 태성의 배 위에 실컷 싸질렀던 기현의 정액이 주르륵 흘러내렸다. 기현이 질겁하든 말든 태성은 손을 쭉 뻗어 제 손 위에 반지를 바라보다, 다시 기현을 부서져라 꽉 끌어안았다.

"오래오래 살 겁니다."

윤진서도, 윤희연도, 윤소형도, 서태식도, 조 실장도…… 우릴 둘러싼 모든 사람이 죽고. 심지어 윤기현이 죽고 나서도 혼자서 좆같이 오래오래 살다가, 꼭.

"마지막까지 당신 소원 들어주고 죽을 테니까."

선산에 묻히게 두지 말아 달라는 부탁을, 나중에 평범하게 따뜻했는지 알려 달라는 그 가여운 물음에 답을 해 줄 생각이었다. 이것으로 기현의 마음을 할퀴었던 데 사죄가 될 수 있을지 모르겠지만.

아마 기현은 절대 반지를 돌려주지 않을 터다. 버리지도, 그렇다고 태성 혹은 기현의 손가락에 끼워지지 못한 채로…… 아마 근희원 금고에나 자리하지 않을까? 언제쯤 줄 거냐고 물어보면 아직도 당신을 믿을 수 없다고 하겠지.

하지만 나중에. 아주 나중에, 기현이 죽고 나서 꺼내어 보면 먼지 하나 앉지 않았을 것이다. 자주 여닫아 케이스 이음매가 부드러운 채로, 반지는 반짝반짝 윤이 나리라. 그래, 아마도 그럴 것 같다.

"나는 진심이라고요."

"알아요."

그럴싸한 분위기 같은 건 조금도 없는 고백이었다. 휴가 와서도 일을 하다 짜증이 나서 급하게 한 발씩 뺀 섹스 끝에, 땀과 정액이 엉긴 채로. 혼자 반지를 낀 태성의 말을 빌리자면, 고백이 아닌 충성 맹세.

"사랑해요."

"그래요."

"이건 몰라요?"

"알아요."

"그런데 사랑한다는 말엔 왜 안다고 말 안 합니까? 내가 뭐 똑같이 말해 달라고 한 것도 아닌데?"

곤란해진 기현은 대답 대신 짧게 입을 맞췄다.

"아, 뭐야. 왜 말 돌려요? 사랑한다니까요."

언젠가 처음 기현 앞에서 사랑을 말했을 때, 태성은 꿈결처럼 부푼 마음으로 들떠 바란 적이 있었다. 살다 보면 기현 또한 사랑한다고 말해 주는 날이 오지 않을까? 하고.

하지만 이제 그런 것은 중요하지 않다. 그러니까 사랑한다는 말이나 커플링 같은 것은.

기현의 명령이라면 무엇이든 불사할 태성도, 가끔 떠올라 이를 악물게 되는 어떤 순간이 있다. 기현과 가까이 지낼수록 더욱 자주 오르내리는 대원의 과거, 그리고 아버지의 이름이라거나 음모 바로 위에 지져 놓은 평생 사라지지 않을 흉터라거나…….

하지만 그건 기현 또한 마찬가지일 거다. 평범함과는 거리가 먼 삶을 살면서 보통의 연인들과 같은 형태를 바라는 것이 우스운 일이다. 그러니…….

"글쎄요. 잘 모르겠으니까 생각날 때마다 말해 주든지요."

"와, 윤기현……."

자세를 완전히 바꾸어 태성이 기현을 쓰러뜨렸다. 태양의 위치가 바뀌었는지 누운 기현의 얼굴 위로 그림자 한 점도 지지 않았다. 완벽한 날이었다.

"할 수 없죠, 사랑해요."

"뭐…… 그래요."

사랑. 두 사람 사이엔 그 예쁜 단어론 설명할 수 없는 더 복잡한 무언가가 있었다. 어딘가 영영 망가진 두 사람만 알아채고 보듬을 수 있는 그 무언가가.

그러니 반쪽짜리 사랑한다는 말과 한 사람 손에만 끼워진 반지도, 사실은 태성에게 하고 싶은 말은 많지만 행복해진 스스로를 용서할 수 없을 것 같아 늘 마지막 한마디는 감춰 버리는 기현도, 그리고 그걸 모르는 태성이 아니라서.

결국 절반이 아니라 온전한 채로 두 사람은 오랜 시간 함께일 것이다. 아주 오랫동안.

외전 7-1
Blooming, Blooming, Blooming

Blooming, Blooming, Blooming

미술관의 새 전시 자료를 들여다보느라 한참 핸드폰 화면에 집중하던 태성이 문득 고개를 들었다. 평소라면 다리 위를 건너고 있을 시간인데, 이상하게 창밖의 풍경은 여전히 그대로인 것 같았다.

"아무리 금요일이어도 그렇지 차가 너무 막히는 것 같은데."

"그렇네요."

"사고라도 난 거 아닌가?"

이후로 별다른 약속이 없어 다행이었다.

"그건 아니지만 아무래도 봄이니까요."

약간 들떠 보이는 조 실장의 목소리에 태성은 코웃음을 치며 그래도 아까보다는 주의 깊게 풍경에 시선을 두었다. 이런 데 생전 관심이 없던 태성마저 잠시 눈길을 줄 정도로 예쁘긴 했다. 그야말로 흐드러지게 피어난 꽃나무들이었다.

"날씨가 확실히 풀리긴 풀렸습니다."

"음, 그런가."

"윤중로가 다른 데보다 온도가 좀 떨어지는 편인데도 이렇게 활짝 핀 것을 보니……."

"이번 주가 절정이겠는데."

"그러고 나면 순식간에 또 여름이겠네요. 올해는 어째 작년보다 더울 것 같던데요."

"작년보다 안 더운 해가 오기는 하는 거야? 이러다 내년엔 아스팔트 위에서 스크램블도 해 먹을 수 있을 것 같은데."

"하긴……. 직원들끼리 농담 삼아서 제주도에 바나나 농장이라도 차려 보자고 말할 정도니까요."

봄이라……. 지금 태성의 골머리를 앓게 하는 전시는 올가을에 예정된 주력 프로그램이었다. 나날이 더워지는 여름만큼 가을에서 겨울로 넘어가는 시기가 점점 짧아지다 보니 테마를 정하는 일도, 일정을 정하는 일도 쉽지 않았다. 항상 두어 계절을 앞서 살다 보니 봄이 온 것도 몰랐다.

생각해 보니 당장 오늘 입은 셔츠와 재킷의 두께부터 어제와 달라졌다. 요즘 더워진 것 같아 좀 더 얇은 옷을 찾아 입고서도 아무 생각이 없었다.

"슬슬 휴가철 대비를 해야 할 것 같네요."

"아, 그렇군……. 사람 충원하기로 하지 않았나?"

"네. 내일 어떻게 되어 가고 있는지 확인해 보겠습니다."

딱히 교통 체증에 짜증이 난 것처럼 보이진 않았지만, 태성은 언제 어떻게 성질을 부릴지 모르는 사람이었으므로 조 실장은 살갑게 이런저런 말을 붙였다.

"또, 야구도 곧 개막하고요."

"이런."

태성은 그제야 비로소 계절이 바뀌었다는 실감이 들었다.

기현이 듣기만 해도 고개를 내젓는 일이 몇 가지 있는데, 그중 제일이 야구와 관련된 일일 터였다. 처음 구단주로 경기장에 걸음을 했을 때 유독 당한 것이 많아서 그럴지도 모르겠다.

쉴 새 없이 펑펑 터지는 플래시는 물론이고, 경기를 보러 온 사람들도 기현만 보면 일단 카메라를 들이대고, 언제 어떻게 전광판에 잡힐지 알 수도 없으니 표정부터 손짓까지 자꾸만 신경이 쓰이고……. 그 와중에 테이블 위엔 각종 음식이 살뜰히 차려졌으니.

안 먹고 남겼다간 또 무슨 말이 나올지 몰라 부지런히 손을 놀렸지만, 상 위에 오르는 메뉴들은 늘 기현을 시험이라도 하는 것 같았다. 패스트푸드나 분식은 그나마 양반이고, 이거 정말 반입이 가능한가 싶은 음식도 왕왕 있었다. 뻔했다. 재벌가 도련님의 음식 취향은 의외로 서민적, 이런 후진 타이틀을 뽑기 좋아하는 기자들의 입맛에 맞춘 메뉴들이었다.

그래도 홍보팀에선 기현의 경기장 발걸음을 매우 반겼다. 그 사람들 입장에서야 별다른 노력과 자금을 안 들이고도 긍정적 이슈를 만들어 낼 수 있으니까.

"조 실장."

"네."

"밤에도 사람이 많을까?"

"어디를…… 아, 윤중로요? 한강 근처는 언제나 사람이 많은 편이긴 합니다. 이맘때는 특히나 그렇고요. 게다가 내일은 주말이기도 하니…… 아, 차는 이렇게까지 막힐 것 같진 않지만요."

"사람이 많은 게 어느 정돈데? 퇴근길 강남역 수준?"

"그 정도까지는 아니지만……."

조 실장은 말을 슬쩍 흐렸다. 뭐라고 답을 하면 좋을까. 봄이고, 밖은 꽃이 활짝 폈고, 날씨도 맑다. 태성은 당연하게도 기현을 떠올렸을 것이다. 그리고 유감스럽게도 제 상사는 워낙 윤기현에게 미친 놈인지라 그의 편의를 위해 어떤 사고를 칠지 모른다.

'그래도 설마 윤중로를 폐쇄하라고 하진 않겠지.'

조마조마한 마음으로 조 실장은 바깥을 슬쩍 훔쳐보았다.

"으음……."

딱히 정확한 대답을 바라지 않았던 태성은 이내 생각에 잠겨 팔짱을 꼈다. 그러곤 박자를 타는 것처럼 오른손으로 토독토독 리듬을 타더니 이내 자세를 고쳐 핸드폰을 쥐었다. 역시 조 실장이 염려했던 대로였다. 그래도 도로를 봉쇄하란 엄청난 주문까진 떨어질 것 같지 않으니 다행이었다.

"여보세요. 아, 납니다."

바람이 불어 차창 밖으로 꽃잎이 흩날렸다. 그런 이유로 지금 당장 만나지 않고 못 견딜 것 같은 사람이 있었다.

"시구요?"

"네. 야구 관련한 행사는 원래 달가워하지 않으시는 걸 알지만……."

"아니, 뭐……."

내가 그렇게 티를 냈던가. 기현이 조금 머쓱해하며 말을 흐렸다.

"아무리 그래도 그렇지, 구단주가 시구한 경우가……."

"최근 들어선 아무래도 연예인이 많이 나서는 편이지만 그래도 없는 경우까지는 아닙니다. 잦은 일이 아니라 더욱 화제가 될 것으로 예상되기도 하고요."

"선수들에게 너무 부담되지 않을까요……."

"에이, 그렇게 담이 작아서 어디 경기나 제대로 하겠습니까? 세계적인 큰 경기에서도 공 척척 던지는 선수들입니다. 걱정하지 마세요."

"내가 보기엔 서태식 씨가 자기 일이 아니라고 너무 편하게 말하는 것 같은데요……."

"하하, 그랬나요. 어쨌든 홍보팀 의견이 아니었더라도, 좋은 방법인 것 같아서 추천해 드리고 싶습니다. 그리고 선수들 걱정은 정말 안 하셔도 괜찮습니다. 어느 팀이고 구단주가 경기장에 방문했을 때 오히려 성적이 좋은 편이니까요."

"음……."

기현은 조금 곤란해하며 눈썹뼈 위를 꾹꾹 눌렀다. 가뜩이나 부담스러운 야구장 방문인데 이 와중에 시구까지 연습하게 생겼다.

하지만 홍보팀에서 무엇 하나라도 좋은 화제를 만들고 싶어 하는 것도 십분 이해가 갔다. 저번 주부터 소송이 시작되었으니까. 그것도 남들은 친누나로 알고 있을 윤진서를 상대로.

합의가 최종적으로 결렬되기까지도 이렇게 긴 시간이 걸렸는데…… 앞으로 얼마나 지리멸렬한 싸움이 될까. 각 측에서 변호사를 선임한 비용과 인지대의 액수만 하더라도 기록을 세웠을 정도니 결코 쉽게 끝나진 않을 것이다.

사실 소송은 각자 얼마씩 나눠 먹을 것인가에 대한 문제일 뿐, 윤진서가 어떤 계열사를 가지고 나갈 것인지까지는 대략 합의를 마친 상황이었다. 그리고 밖에선 대체로 윤진서와 윤기현으로 지배 구조가 나뉘는 편이 훨씬 좋다고들 평가했다. 내부의 반응 또한 당연히 좋았다. 재무 포트폴리오는 훨씬 깔끔해졌고, 각자 갈라섰음에도 기업의 규모와 영향력에는 큰 변동이 없었으므로.

다만 그간 단 한 차례의 먹잇감도 흘리지 않았던 AR이다 보니, 온갖 언론에서 죽자고 달려들었다. 아마 뒤에서 다른 기업의 사주를 받았을 확률이 높을 것 같지만…….

기현이야 그런 입방아는 조금도 신경을 쓰지 않는 편이지만, 여론을 핑계로 꼰대 같은 임원들이나 주주들이 은근히 그를 압박하려 든다는 게 문제였다.

어쨌든 사람들 입에 이렇게라도 오르내리는 게 나쁘지 않다고 생각하는 기현과 달리, 딴따라도 아닌데 시시콜콜한 일화까지 소개가 되어 무엇 하냐는 고지식한 인사가 많았다. 특히 기존의 AR이 가졌던 귀족적 이미지가 깨지는 걸 채신머리없다고 여기는 대주주가 대다수였다.

안 그래도 반쯤 셀럽이나 다름없어진 기현을 못마땅해하는 와중인데, 늙은이들 반대를 무릅쓰고 선택한 노출의 방식이 결국 긍정적 이미지를 생산하는 데 실패했다는 결과를 도출한다면……. 앞으로 기현이 하려는 일마다 매우 피곤해지리란 건 불을 보듯 뻔했다.

"알겠습니다. 충분히 이해했으니 조금만 시간을……."

별수 없으니 어차피 수락하겠지만. 그래도 마음의 준비는 하고 싶으니 생각할 시간을 좀 달라고 말하려는데, 타이밍도 좋게 순간 진동이 크게 울렸다.

"그럼 나중에 이야기하죠."

자리를 물려 달라는 요청에 서태식이 꾸벅 고개를 숙이고 밖으로 나갔다.

—여보세요? 아, 납니다.

"이야, 이거 구원 투수가 따로 없는데요."

—구원 투수? 무슨 일 있었습니까?

꼭 한숨을 쉬는 것 같은, 그러나 묘하게 열에 들뜬 것 같은 끝이 나른한 목소리. 진태성이었다.

—나중에 다시 걸까요?

"그건 아니고…… 이젠 나더러 시구를 하라는데요."

—시구? 그게 뭐, 아아…….

"웃어도 됩니다."

그랬더니 이 얄미운 남자는 사양도 안 하고 크게도 웃어 젖혔다. 잠시 귀에서 핸드폰을 떼어 놓고 웃음 그치기만을 기다려야 했을 정도로.

—아, 미안합니다. 질색하는 얼굴이 눈에 선해서. 그렇지만 내가 윤기현 씨 그런 얼굴에 또 환장을 하지.

미안해하기는커녕 은근히 어떤 밤을 암시하는 것 같은 그의 목소리에 기현이 슬쩍 눈썹을 꺾을 무렵, 태성이 뜬금없는 소리를 했다.

—그나저나 오늘 안 바쁘죠? 만납시다.

"바빠요."

—회의 있는 것도, 접대 있는 것도 아니지 않나.

"그래도 바빠요."

—어차피 바쁠 거, 일은 내일로 미뤄요. 매일 바쁜 사람이라 자주 볼 수도 없는데.

"왜요? 무슨 일이라도 있습니까?"

—일까지는 아니고……. 저녁에 잠깐 나올래요?

"어디를요."

—한강 갑시다.

"한강?"

기현은 퉁명스레 대꾸하며 목과 어깨 사이에 핸드폰을 끼우곤 데스크톱 전원을 껐다.

"어째 장소가 심상치 않은데요."

—심상치 않다니, 대체 무슨 생각을 하시길래.

"아니…… 그렇잖아요."

혹시 투자한 주식이 망했냐고 물어보려다가 재수 없는 소리 같아서 입을 다물었다. 태성의 주식이 망했다는 건 기현이 가진 것들 역시 묵사발이 되었다는 뜻일 테니까.

—무슨 생각하는지 알겠는데, 그냥 꽃이나 보러 가자고요.

기현이 말을 하다 말고 떨떠름하게 입을 다물자 태성이 어이가 없다는 듯 답했는데…… 사실 그 제안이 더 찜찜했다. 꽃? 무슨 놈의 꽃?

"꽃…… 이요?"

—방금 윤중로 지나쳤는데 예뻐서요. 지금은 사람도 많고 그러니까 밤에 보러 옵시다. 어때요?

"……진짜로 무슨 일 있는 건 아니죠?"

—일이라면 일이죠. 봄이고, 꽃도 예쁘고, 윤기현도 예쁘고.

멀리서 조 실장의 헛기침 소리가 들려오는 것 같았다. 기현은 민망함에 핸드폰을 고쳐 쥐고 반대편 손으로 연신 마른세수를 했다. 지금 저 차 안에 앉아 있는 것도 아닌데 어째서 부끄러움은 자신의 몫인 건지.

"아니 무슨……. 낯간지럽게 웬 봄맞이입니까?"

—대단한 것도 아닌데 뭐 어때요. 가벼운 마음으로 나와요. 편한 옷 입고서. 아, 미리 한번 봐 줄 테니 시구할 때 입을 유니폼을 입고 오는 것도 좋겠네요.

킬킬 웃으며 말하는 태성에 기현은 한숨을 쉬며 통화를 끊어 버렸다. 이제 진태성을 좀 안다고 생각하는데, 더 뒀다간 음담패설까지 쏟아졌으리라. 장담할 수 있었다.

[사람 많은 데서 허튼짓 안 할 거니까 나와요.]

핸드폰으로 즉각 메시지가 들어왔다. 발신인은 당연히 태성이었다. 기현은 잠금을 해제하지 않은 핸드폰 화면을 물끄러미 들여다보았다. 하지 않겠다는 태성의 꼬드김은 결국 어떻게든 해 보겠다는 뜻이었다. 대체로 그러했다.

"그럼 그렇지."

어이없어하는 기현을 달래기라도 하듯 미리 보기 창으로 새로운 메시지가 연이어 떴다.

[보고 싶어서 그래요.]

"하……."

무슨 수작질인지 다 아는데, 도저히 나쁜 소리를 할 수 없는 마무리였다.

기현은 유독 별거 아닌 저런 말에 약했다. 보고 싶다. 어디에 왔는데 그냥 당신 생각이 났다. 일이 너무 많아서 힘들다……. 그런 투정들에. 큰일이었다. 저 인간한테 작작 휘둘려야 할 텐데. 어쩐지 요즘은 태성을 향한 마지막 경계선마저 아슬아슬한 기분이었다.

"나이가 들긴 들었나……."

이런 생각이나 다 하고.

기현은 기지개를 켜며 뻐근한 목을 좌우로 꺾었다. 어차피 태성이 불러낸 건 밤이었으니 아직 시간은 충분했다. 이왕 이렇게 된 거 홍보팀과 시구 관련한 이야기를 끝내야 할 것 같았다.

윤중로는 기현이 생각했던 것보다 사람이 적었다. 목이 좋은 곳은 이미 돗자리나 텐트가 가득했지만, 발 디딜 틈도 없는 정도는 아니었다. 한강 변이 워낙 넓기도 하고. 어딘가에서 길거리 음식이라도 팔고 있는지 반대편에서 걸어오는 사람들은 손에 무언가를 들고 있었다.

태성이 불러냈을 땐 툴툴거렸지만 이렇게 막상 앉아 있으니 사람들 구경하는 재미가 있었다. 혹시라도 이 중에 계열사 직원이라도 있지는 않을까 싶어서 나름대로 무장하고 나왔지만…… 슬쩍 살펴보니 뭐가 그렇게 신이 나는지 사람들 만면에 웃음이 가득한 게, 스쳐 가는 다른 이는 조금도 신경 쓰지 않는 것 같았다.

그제야 기현 또한 긴장으로 굳었던 어깨를 풀고 부드러운 밤공기를 만끽했다.

"와, 대박."

그러던 것도 잠시, 갑자기 주위가 술렁이는 것 같아서 흘끔 뒤를 돌아보았는데…… 역시나. 진태성이었다. 부드러워 보이는 니트에 발목을 드러낸 슬랙스, 단색의 로퍼까지. 전체적으로 심플하게 차려입은 모습이었다. 손에 쥔 건 핸드폰과 차 키가 전부였다.

물론 최대한 절제된 것은 디자인뿐이리라. 잘은 보이지 않지만 아마도 착용하고 있을 시계의 가격까지, 오늘 그가 지닌 것들의 가격을 합치면 웬만한 아파트도 거뜬히 살 수 있을 수치일 터였다.

"뭐야. 나한텐 편하게 입고 오라고 했으면서……."

오늘의 태성은 격식 있는 레스토랑에서도 곤란해하지 않을 정도의 차림이었다. 평소보다 화려한 요소만 줄어들었을 뿐.

어쩐지 챙 모자를 눌러쓰고 마스크까지 착용한, 그야말로 편하게 입고서 밖으로 나선 자신이 바보가 된 기분이었다. 나이에 어울리지 않는 차림인 걸 알면서도 혹시나 해서 만반의 준비를 했던 건데. 속으로 볼멘소리를 중얼거리는 기현을 아는지 모르는지, 태성이 환하게 웃으며 옆에 털썩 앉았다.

"와, 멀리서 보고 연예인인 줄 알았어요."

"뭐라고요?"

"진짠데. 사람들 다 수군거리면서 갔습니다. 와중에 기현 씨가 마스크까지 하고 있으니까."

태성이 검지로 마스크를 턱 밑까지 쑥 잡아당겼다. 화들짝 놀라 밀쳐 냈더니 누가 보면 키스라도 한 줄 알겠다면서 투덜거렸다.

"내가 진짜 앓느니 죽지."

"왜 그렇게 꼭꼭 싸매고 나왔는진 알겠는데, 그냥 편하게 있으면 사람들도 쉽게 알아채지 못할걸요."

어차피 이 많은 사람 중에 AR 직원이 한 명도 없진 않을 거 아니냐며, 그가 태평한 소리나 했다.

"그러고 싶어도 진태성 씨가 그렇게 얼굴을 다 내놓고 있으면 덩달아 나까지 쳐다보고 갈 겁니다."

"그럼 어떡하나……."

구부정하게 몸을 말고 있던 태성이 무릎에 턱을 괴며 기현 쪽으로 몸을 슬쩍 틀었다.

"계속 이러고 있을까요?"

물론 나야 좋은데, 하며 태성이 씩 웃었다. 기현은 느리게 눈을 깜빡였다. 제발 헛소리 좀 작작 하라는 말이 입안에서만 맴돌았다. 밖에서 태성과 이렇게 가까이 얼굴을 마주하는 게 까마득할 정도로 오랜만이라서. 그것도 제법 인파가 있는 곳에서는 더더욱.

"몇 번이나 말하지만……."

결국 기현이 먼저 눈을 피했다. 계속 저 얼굴과 마주하고 있다간 점점 더 기분이 이상해질 것 같았다.

"진태성 씨는 그 얼굴에 감사해야 합니다. 정말로."

"그럼요."

누구의 마음을 붙들고 있는 얼굴인데 당연하지 않겠느냐는 실없는 소리나 하면서, 태성이 몸을 일으켰다.

"자, 그럼 우리도 슬슬 걸어 볼까요. 아마 여기서 벚나무가 늘어선 거리까지는 조금 걸어야 할 것 같아요."

그러곤 손을 내밀었다. 환한 가로등 불빛에 반사가 되어서인지 태성의 왼쪽, 네 번째 손가락에 끼워진 반지가 다채로운 색으로 은은하게 반짝였다.

"갑시다."

기현을 일으켜 줄 목적이긴 했겠지만…… 굳이 반지 낀 손을 내민 건, 분명 일부러 그런 걸 거다. 가끔 이랬다. 기현에게 반지 케이스를 내밀었던 그날을 상기라도 시키듯이.

"하여튼……."

"뭐가요?"

핀잔을 주며 말을 흐리자 태성은 자꾸만 생글생글 웃는 얼굴을 가까이 들이댔다. 기현은 아프지 않게 그의 이마를 밀어내며 바지에 묻은 먼지를 털어 냈다.

"참, 식사는요?"

"대충 했습니다. 기현 씨는요."

"저도 먹기는 했는데, 많이 배부른 거 아니면 저런 거 먹어 볼래요?"

오가는 사람들의 손에 들린 가벼운 먹을 것들을 보며 태성이 고개를 끄덕였다.

"아아…… 시구 준비해요?"

"시구랑 길거리 음식이 무슨 상관이라고."

"야구장 갈 때마다 테이블 위에 이것저것 늘어놓고 열심히 먹어야 하잖아요."

"그거 은근히 스트레스니까 그만 놀려요."

"그래서 확정은 된 겁니까? 시구는."

"별수 있겠습니까."

한숨을 쉬느라 말끝이 늘어지는 바람에 꼭 태성에게 투정하는 것 같은 모양새가 되어 버렸다. 기현은 아차, 싶어서 흘깃 그에게 시선을 주었다. 만약 이번에도 놀리면 정말 가만 안 두려고 했는데…… 의외로 태성에게선 아무런 말이 없었다. 그저 기현의 어깨를 힘주어 짚어 줄 뿐. 어째 갈수록 치고 빠지는 타이밍을 잘 아는 것 같았다.

"경치 좋네요."

혼자 머쓱해져서 그냥 해 본 소리였다. 인파를 거슬러 올라가는 동안 꽃나무는커녕 꽃잎 한 장도 나부끼지 않았고, 당연하게도 벚나무가 늘어선 길에 가까워질수록 사람이 더 많아지고 있었다. 이래서야 꽃은커녕 사람들 얼굴만 구경하다 끝날 것 같았다. 시끄럽고, 붐비고……. 기현은 물론이고 태성 역시 좋아하지 않는 것들뿐이었다.

그런데 신기하게도 경치 좋다고 소리를 내 말하는 순간부터 이 풍경이 어쩐지 나쁘지 않은 것처럼 느껴졌다.

"지금 윤기현 씨가 모자 쓰고 있는 거 보고 느낀 건데요."

"네."

"아까도 잠깐 말했던 거지만…… 시구하면 유니폼 입죠?"

"싫습니다."

"아니, 왜?"

내가 무슨 말을 했다고? 태성이 눈을 크게 뜨며 목소리를 높였다.

"아무래도 밤이 되니 아직은 쌀쌀한 것 같은데……. 빨리 걷죠."

"그래요?"

팔뚝을 쓸며 걸음을 재촉하자 태성이 야한 눈매를 금세 누그러뜨리고 기현의 안색부터 살폈다.

"근처에 편의점 있던데. 커피라도 사 올까요?"

"아뇨, 그 정돈 아니고요."

"아…… 억울하네."

"왜요?"

"기현 씨가 춥다는데 밖이라 손도 못 잡아 주고."

"춥다고는 안 했습니다. 조금 쌀쌀하다고 했지."

끝까지 가 봤자 별것 없다는 것을 잘 알고 있다. 길은 그리 길지 않고, 사람들 발에 짓밟혀 색이 바랜 꽃잎이 여기저기에 눌어붙어 있겠지. 지긋지긋한 인파는 조금도 줄어들지 않으리라. 그렇지만…….

"갈까요?"

그럼에도 불구하고 살면서 한 번쯤은 해 볼 만한 일이라는 생각이 들었다.

"……다음엔 진태성 씨도 모자 쓰고 나와요."

"왜요?"

"다 쳐다보잖아요. 얼굴 가린 의미가 없다고요."

"으음."

"……왜 그렇게 웃어요."

"다음을 또 기대하는 윤기현 씨가 귀여워서…… 아, 잠깐만요. 같이 가요!"

이 밤, 누군가와 나란히 서서 봄의 경치를 감상하는 일은.

외전 7-2

We Are What We Are

We Are What We Are

"괜찮으십니까?"

서태식이 몇 번이고 물어 왔다.

"그 정도로 상태가 안 좋아 보이나요?"

기현은 까칠한 뺨을 쓸어 보았다.

"그렇게까지 나빠 보이진 않는데……."

사실 평소의 그를 잘 모르는 사람들의 반응은 더 좋았다. 약간은 수척해진 얼굴, 한껏 그늘이 드리운 눈꺼풀……. 그런 것들이 기현의 외모를 깊이 있게 만드는 모양이다.

진태성은 물론이고 기현의 주변 사람들은 전전긍긍했지만, 바싹 마를 수밖에 없는 시기였다. 어머니의 기일 직후인데다 꽤 긴 유럽 출장이 잡혔다. 어지간해선 이 시기에 몸을 망치는 것으로 왈가왈부하지 않을 사람들이 이번만큼은 제발 적당히 하시라 만류를 할 정도로 빡빡한 일정이었다.

일단 거대 규모의 전자 박람회와 디자인 엑스포가 연달아 개최되는 데다 협력사와의 미팅도 시간 단위로 잡혀 있다. 게다가 출장 직전까지는 내년도 예산 편성이 있었다. 그래서 기현은 한 달 이상 제대로 잠을 잘 수 없었다. 아니지, 말이 한 달이 넘은 거지 거의 두 달 가까이 되는 시간이었다.

서태식이 걱정을 하는 것도 당연했다. 사정 모르는 남들이 보기엔 좀 더 성숙한 태가 느껴지는 것 같았겠지만, 기실 불면으로 쓰러지기 직전이었으니까.

꼭 필요한 출장이긴 했어도, 이렇게까지 빡빡한 일정을 주문한 건 기현 자신이었다. 어차피 진태성도 한국에 없는 시기이고. 그렇다면 차라리 죽을 듯이 바쁘게 생활하면 조금이라도 낫지 않을까 싶어서.

그런데 효과는 영 없는 것 같았다. 잠은 여전히 오지 않았고, 몸만 축나고 있었다.

"잠이 영 안 오시면 가볍게 식사라도 하시는 게 어떨까요?"

모래를 씹고 있는 것처럼 입이 온통 깔깔한데 속에 뭐가 들어가겠냐만…… 진심으로 걱정해서 하는 소리라는 걸 알기에, 기현은 무심하게 고개를 끄덕였다. 노력은 하겠다고.

"혹 드시고 싶은 게 있으시면 바로 사람을 수배해 보겠습니다. 한밤중이어도 좋으니 말씀만 하십시오."

"글쎄……. 영국에서 괜찮은 요리를 기대하는 건 좀 그렇지 않을까요."

"농담도 하시는 걸 보니 그래도 다행입니다."

"그래요? 농담이 아닌데. 서태식 씨가 여기서 제일 유명한 레스토랑을 가 봐야 해. 그래야 그런 소리 안 하지."

실없는 소리에도 서태식은 연신 다행이라는 듯 반응했다. 기현은 어쩐지 미안해져서 그의 권유대로 뭐라도 먹어 봐야겠다고 생각했다. 어차피 잠도 자지 않을 거면.

"그…… 연락은 없었나요?"

주어는 없었지만, 누구를 가리키는 건지 뻔했다. 서태식은 제가 다 미안해하는 얼굴로 고개를 끄덕였다.

"이사님께는 없었고……. 어제 조 실장이 사장님 상태가 어떠신지 묻는 메시지를 보내긴 했습니다."

"아아…… G사와 미팅 중이었을 때였나?"

"네. 괜찮으시다고 답했습니다. 악몽도 꾸지 않고, 식사도 제때 하고 계신다고."

"잘했습니다."

오늘까지만 런던에 머무르고, 내일 베를린을 들르는 것으로 기현의 모든 일정이 끝난다. 반면, 태성은 지금 비엔나에 있었다. 정확한 일정이 잡히기 이전부터…… 아마 작년부터로 기억하는데, 하여튼 태성은 비엔나에서 정기적으로 열리는 페어를 기다리며 내내 이를 갈고 있었다.

현대 미술 쪽으로는 그리 조예가 깊지 않아 잘은 모르겠지만, 어떤 유명한 평론가가 대원 미술관을 대대적으로 비판한 모양이었다. 대원은 돈으로 모든 것을 해결하려고 드는 습관이 있는데, 어차피 자금력은 중국이나 일본에 비해 부족할 게 뻔해서 곧 밑천이 드러날 것이라고 했던가?

어쨌든 그로 인해 오래간만에 퓨즈가 나가 버린 것 같은 태성은 이 기회에 돈으로 할 수 있는 모든 지랄은 다 떨어 주고 오겠다며 서슬 퍼런 낯으로 몇 번이고 곱씹었다. 즉, 대원의 위신이 달린 일이었다. 게다가 태성과 썩 사이가 좋은 편이 아닌 국내 미술계에서도 흥미롭게 지켜보는 모양이었고.

그런 와중에 발표된 올해의 페어 일정이 예년과 달리 조금 꼬이는 바람에 태성은 출국을 서둘러야 했다. 이번 페어는 처음부터 끝까지 마음에 드는 구석이 정말 단 하나도 없다고. 수틀리면 누구 모가지 하나는 우습게 따 버릴 것 같은 매서운 눈으로 욕을 퍼부으면서.

태성이 틀어진 일정에 그렇게까지 짜증을 낸 건 역시 기현의 곁에 있어 주지 못한 게 미안해서일 것이다. 기현이 기일 전부터 스스로를 진창에 처박는다는 사실을 알게 된 태성은 가능한 함께 있어 주려 노력했다. 하지만 각자 짊어지고 있는 일이 있다 보니 어쩔 수 없는 때가 있었다. 이렇게 오랜 시간 떨어져 지내는 건 상당히 오랜만이긴 했지만.

떠나기 전날 밤. 무거운 발걸음으로 미적거리다가 몇 번이고 기현에게 되돌아와 키스를 퍼부었지만, 그럼에도 태성은 가야 했다. 당연한 일이었다. 반대의 상황이었더라도 기현 역시 아쉬울지언정 끝내 걸음을 옮겼을 것이다.

태성의 어깨 위에도, 자신의 어깨 위에도 책임져야 할 사람이 무던히도 많았다. 일정을 다 취소하고 급하게 핸들을 꺾으며 돌아와도 괜찮은 것은 드라마 속 주인공들뿐이다. 곁을 지켜 주지 못한 태성에겐 조금의 서운함도 없었다.

그러나, 그와 별개로…… 힘에 부치니 자꾸만 생각나는 건 어쩔 수 없었다. 이젠 좀 괜찮아진 줄 알았는데. 오래간만에 길게 떨어져 있었더니 또 이 모양 이 꼴이 되어 버렸다.

악몽에 시달리지는 않는다는 건 거짓말이 아니었다. 애초에 제대로 잠이 들 수 없었으니. 서태식의 성화에 때마다 뭘 입에 밀어 넣고는 있지만 제대로 소화하지도 못했고, 점점 그마저도 시늉에 가까워졌다. 자꾸만 무릎이 내려앉는 기분이었다. 이렇게 피곤한 와중에도 잠이 오질 않는다는 게 끔찍했다.

인천 공항을 떠나는 순간부터 돌아갈 날짜만 손에 꼽고 있었다. 태성은 기현이 귀국한 이후에나 들어올 것 같다고 했다. 일주일 정도 더 걸린다고 했었나……. 여기서든 돌아가서든 그의 부재는 여전하겠지만, 그래도 신무원에 발 붙이고 있는 편이 나을 듯싶었다. 그것도 아니면 태성의 집이라거나. 약간이라도 태성의 흔적이라도 남아 있는 곳이라면 어디든 잠들 수 있으리라.

"아……."

핸드폰을 들여다보던 서태식의 얼굴이 갑자기 묘해졌다. 당황한 것 같기도 하고, 놀란 것 같기도 하고.

"무슨 일입니까?"

"아닙니다. 음……."

아닌 게 아닌 얼굴인데. 기현은 눈을 가늘게 뜨고 서태식이 하는 양을 지켜보다 그냥 고개를 돌려 버렸다. 시간이 좀 흘렀어도 기현에게 거짓말을 하지 못하는 점은 여전했다. 뭐, 서태식의 그런 점이 마음에 드는 거였지만.

"남은 일정이 뭐였죠?"

"저녁 일곱 시 반에 주재원들과 간단한 식사가 예정되어 있습니다만……."

"있습니다만?"

"그때까지 시간이 조금 많이 빕니다."

"그랬죠. 그래서 백화점을 둘러보기로 하지 않았던가요."

런던의 유명 백화점에 프리미엄 라인을 입점하는 것이 가전 사업부의 숙원이었는데, 올해 초에 드디어 쾌거를 거두었다. 덕분에 자사 이미지는 물론이고 주가까지 올랐으니 여기까지 와 놓고 들르지 않는 게 이상하다. 잘한 일엔 아낌없이 칭찬해 줘야 일하는 사람들도 힘이 나지.

"매장은 주재원들과 함께 둘러보셔도 됩니다. 지금은 좀 쉬시죠."

"식사 후엔 너무 늦을 것 같은데."

"어차피 속도 좋지 않다고 하시니, 주재원들과 백화점부터 둘러보신 다음에 부근의 펍이나 카페에서 간단하게 식사하시는 것도 나쁘지 않을 것 같습니다. 기삿거리로 쓸 수 있으니 홍보팀도 좋아할 거고, 매장을 주재원들과 함께 보는 것도 의미가 있을 것 같고요."

이렇게까지 서태식이 강하게 나오는 건 처음이었다. 의아했지만, 그 정도로 제 낯빛이 좋지 않은 듯해 그러겠노라 고개를 끄덕였다. 그러곤 조금이라도 잠을 청해 보려 시트에 몸을 묻었지만, 눈만 감고 있을 뿐 정신은 점점 더 또렷해지는 것 같았다. 먹는 약의 양을 더 늘릴 순 없다고 했는데.

기현은 손등으로 눈을 가린 채 깊은숨을 내쉬었다. 스스로가 한심했다. 말마따나 제 어깨에 짊어진 것들이 그렇게나 많은데. 아픈 것도 죄고, 스스로를 컨트롤하지 못하는 것도 죄였다. 만약 기현이 감기라도 걸려 하루를 앓게 되면 전 계열사의 한 달이 삐거덕거린다. 그걸 모르지 않으면서 고작 한 사람의 부재로, 부하 직원이 제발 좀 쉬시라고 읍소할 정도로 휘둘리다니.

언제나 태성 쪽에서 기현의 애정과 용서를 갈구하는 것처럼 보이지만, 사실 그가 없으면 안 되는 건 단연 이쪽이었다. 사실 비행기를 타는 내내 심장이 쿵쾅거렸던 건 잠이 부족해서이기도 했지만, 갑자기 불안함이 엄습해서이기도 했다. 만약…… 만약 사고라도 난다면. 그래서 태성을 잃게 된다면. 그마저 곁에 둘 수 없게 된다면, 그러면 그땐…….

"서태식 씨. 혹시 약을—"

"더 드시면 안 좋습니다. 박사님이 제 손 붙들고서 당부하셨어요. 지금 드시는 것 이상으로는 못 드시게 잘 살피라고."

"그건 나도 아는데…… 조금 힘이 들어서."

"그럼…… 일단 호텔 도착하셔서 조금 쉬신 후에 결정하시는 게 어떨까요?"

기현은 가만히 눈을 감았다. 얼굴에서 손을 거두지 않은 채라 서태식이 제 기색을 읽기 어렵다는 걸 알면서도 손가락 하나 까딱일 힘도 없었다. 나이가 들긴 한 건지. 별것도 아닌 일로 서러워졌다. 원인을 따지자면 다 자업자득인데, 어쩐지 이대로 홀로 호텔 방에 처박히고 나면 울컥 눈물이 터질 것만 같았다.

+ ♝ +

런던은 전체적으로 지가(地價)가 미쳐 날뛰는 도시 중 하나고, 당연히 숙박업소의 가격도 예외가 아니었다. 대체로 얼마나 면적이 좁은 편이냐면, 차량이 바로 진입할 수 있는 게이트가 있는 호텔은 런던에서 이곳이 유일할 정도였다. 침대 하나 들어가면 꽉 차는 방이 다른 도시에 비해 서너 배는 비쌌다. 멀끔하게 리뉴얼을 한 곳이라면 더는 가격이 문제가 아니었다. 몇 달을 서둘러도 빈방을 구하는 것 자체가 어려웠다.

하여튼 여러모로 정을 붙이기 어려운 도시였다. 쌀쌀한 날씨의, 회색빛이 단번에 떠오르는 동부에서 오랜 시간을 보내서 그런 걸지도 모르겠다. 뉴욕에서 결코 좋았던 기억이 없었으니까. 그렇다고 햇살이 키스한다는 서부가 잘 맞는 건 결코 아니었지만.

"여기는 스위트룸…… 아니지, 이 호텔은 모든 스위트룸을 하우스라고 부른다죠?"

난데없는 소리를 하며 서태식이 기현의 눈치를 보았다.

"아아. 그렇죠."

보통은 프레지덴셜과 같은 거창한 수식어를 붙이거나 호텔의 이름을 반복해서 붙이는 최상급 객실이 있기 마련인데, 이 호텔은 그런 룸이 아예 독립된 별채로 마련되어 있었다. 매너 하우스라는 근사한 현판까지 붙여서. 지금 서태식이 말하고 싶어 하는 주제도 그 하우스 관련이리라.

"어제 슬쩍 봤는데 입구도 아예 따로 있고……. 전 세계에서 유일하게 우편 번호가 있는 객실이라면서요?"

"그렇다고 하더군요."

윤의택 역시 런던에 들를 일이 생기면 그곳에서 머물렀던 것으로 안다. 서태식 또한 당연히 기현을 위해 해당 하우스를 준비하려 했다.

원래 국빈급 인사가 숙박할 예정이 아닌 이상 늘 비어 있기 마련인데, 무슨 일인지 기현이 런던에 묵을 예정인 날을 기점으로 아예 그 주가 통째로 예약이 완료되어 버렸다고 했다. 심지어 출장을 오기 몇 달 전, 통상적으로 예약이 가능해진 시점에 바로 연락을 넣었음에도 불가능하다는 답을 받았다.

기현은 송구스러워하는 서태식의 보고에도 별 감흥이 없었다. 대동한 인원이 적지 않은 와중에 혼자서 하룻밤에 4만 파운드 이상을 치러야 하는 곳에서 머무르고 싶지 않았다. 먹고 걸치는 것에 대한 취향은 확고한 편이었지만, 공적인 자리에서까지 까다롭게 구는 스타일은 아니었다.

그리고 차마 서태식에게 말을 하지 못했지만, 머릿속에 모래 폭풍

이 부는 가운데 커다란 공간에 혼자 덩그러니 남고 싶지 않았다.

"그…… 아침에 로비에서 개를 본 것 같은데."

"아아, 네. 여기의 마스코트라고 하더군요."

"혹시 내가 산책을 시켜 주고 싶어 한다거나 객실에 잠시 데리고 오고 싶다고 하면…… 호텔 측에서도 싫어하겠죠? 당연히."

"어, 음……."

서태식의 어쩔 줄을 몰라 하는 목소리를 듣고서야 기현은 퍼뜩 정신이 들었다. 정말 미쳤구나. 지금 내가 무슨 소리를…….

"아닙니다, 내가 지금—"

"그…… 전 세계에서 유일하게 우편 번호가 있다는 그 스위트룸, 아니지, 그…… 매너 하우스? 그곳 말입니다."

"아뇨, 그건 정말 괜찮은데."

보고받았을 때부터 괘념치 않은 일이고, 지금 상황에선 더더욱 달갑지 않은데 서태식은 아까부터 자꾸만 매너 하우스 타령을 하고 있었다. 그것도 어쩐지 기현을 떠보는 것 같은 느낌으로.

"혹시—"

말도 자꾸만 더듬는 게 수상해서 서태식의 이름을 부르려고 한 찰나, 갑자기 그가 한숨을 푹 내쉬었다.

"아, 죄송합니다. 저는 정말이지 숨기는 데 재능이 없는 것 같습니다."

"무슨……?"

목적지에 거의 다다랐는지 자동차의 속력이 서서히 느려졌다. 기현은 서태식의 얼굴과 창밖을 번갈아 바라보았다. 거대한 철문을 지나 드롭오프존과 잘 꾸며진 코트야드가 서서히 모습을 드러냈다. 바로 어제도 마주했던 풍경이었다.

"이쪽으로 쭉 걸어가시면 아까 말씀드렸던 그 매너 하우스의 입구가 나올 겁니다."

미약한 기대로, 그리고 어떠한 예감으로 기현의 손끝이 가볍게 떨렸다.

"서태식 씨. 갑자기 그게 무슨……."

어쩌면, 혹시.

"지금 아마 사장님께서 가장 필요로 하시는 분께서 기다리고 계실 겁니다."

"뭐……?"

이미 솔직하게 반응을 보이는 심장과 달리, 뇌가 받아들이는 속도는 어쩐지 평소보다도 느린 것 같았다. 이미 서태식이 무슨 이야기를 하는 건지 다 알아들었으면서 좀처럼 빠르게 반응할 수가 없었다.

"그게 어떻게……."

당연했다. 태성은 분명 아주 중요한 일로 비엔나에 머무르고 있다고 했다. 지난 한 달간 온종일 연락이 어려울 때도 종종 있을 정도로. 이번 일을 망치면 대원뿐만 아니라 AR에도 피해가 갈 수 있을지도 모른다고 했었다. 기현을 위해 일정을 조정하지도 못할 정도로 중요한 일이라 미안하다고. 대신 잘하고 오겠다고.

"분명히……."

"조금 전에 연락이 닿았습니다. 하지만 시간이 얼마 없다고 하셨습니다. 곧 공항으로 가셔야 한다고……."

그제야 피가 도는 기분이었다. 기현은 거의 때려 부술 기세로 차문을 열었다. 크게 휘청거리는 기현의 등 뒤로, 주무시고 계시면 적당한 시간에 깨우겠노라 서태식이 소리쳤지만…… 이미 아무 말도 들리지 않았다. 심장이 급한 발걸음에 맞춰 쿵쿵 바닥으로 내려앉는 소리만 들릴 뿐이었다.

다리가 도무지 말을 안 들었다. 부러지기 직전의 나뭇가지처럼 자꾸만 힘이 뚝뚝 빠져서 크게 넘어질 뻔했다. 그렇게 먼 거리도 아닌데 걷는 걸음걸음이 천근만근 같았다.

내내 후회했다. 차라리 처음부터 그를 몰랐더라면 어땠을까. 당장 곁에 없어서 이렇게 괴로울 거였다면.

벌건 눈으로 그런 생각이나 하다가 고개를 저었다. 태성이 없다고 하더라도 이미 기현의 삶은 지옥이었다. 어차피 달라질 게 아무것도 없다면, 손에 그 남자 하나라도 쥐고 있어야 공평하지 않겠는가.

그리고 마침내, 몽롱한 시야 끝에 익숙한 실루엣이 턱 걸렸다. 깨끗하게 쓸고 닦은 반질반질한 대리석 계단 위, 심드렁하게 앉아 다리를 꼬고 있는…… 무료하고 아름다운 얼굴. 진태성.

"아……."

기척을 눈치챘는지 태성이 그를 향해 고개를 돌렸다. 눈 아래 무심한 점이, 길게 뻗은 눈매가 상냥하게 휘어졌다.

"왔어요?"

"어떻게……."

그렇게 열심히 뛰어와 놓고선, 기현은 어쩐지 그 이상 다가가질 못하고 머뭇거리기만 했다. 진짜인가. 눈앞에 있는 사람이, 진짜 진태성이 맞는 걸까.

"……어떻게 여기에 있어요."

쥐어 짜인 것 같은 형편없는 기현의 목소리에 태성이 복잡한 표정으로 웃었다. 드디어 얼굴을 봐서 좋기는 한데, 안쓰럽기도 하다는 듯.

"서태식 그 사람 진짜 안 되겠네."

태성이 천천히 걸음을 옮겼다. 기현은 할 수만 있다면 도망치고 싶었다. 명치 아래가 저릿저릿해서 견딜 수 없었다. 어이가 없어서 자꾸 헛웃음이 터졌다. 대체 왜 이러지?

"분명 잠도 잘 자고, 밥도 잘 먹는다고 들었는데……. 얼굴이 이게 뭡니까."

커다란 태성의 손이 기현의 손목을 감싸 쥐었다. 그러면서 세게 품 안으로 당기는 바람에 그의 가슴께에 이마가 제법 세게 부딪혔다. 아프진 않았다. 그런 걸 떠나서 남들이 봤을 때 상당히 좋지 않은 모습일 게 뻔했다. 보통 이럴 때 태성을 구박하는 게 제 몫이었는데, 도저히 그런 말이 나오질 않았다. 그가 즐겨 쓰는 향수 냄새를 맡는 순간, 그제야 살 것 같다는 생각이 들어서.

"여기…… 이번 주는 내내 예약이 되어 있다고 들었는데."

"내가 예약한 것 맞습니다."

태성이 순순히 인정했다.

"언제부터…… 아니, 왜 미리 말 안 해 줬어요?"

"확실하지 않았으니까요. 혹시라도 시간을 낼 수 있으면 오려고 했을 뿐입니다."

기대했는데 일이 어그러지면 더 속상하지 않았겠냐며, 태성이 태연하게 말했다.

"바쁘다고…… 했잖습니까."

"그건 윤기현 씨도 마찬가지 아닌가."

"그렇지만……."

거대한 문이 느리게 열리고, 기현은 마치 그 안으로 빨려 들어가듯 태성의 뒤를 쫓아 걸었다.

"일단, 좀 잡시다."

"자자고요?"

"한숨도 못 잔 얼굴이잖아요. 음, 내가 최대한 뭉갤 수 있는 시간이……."

초조한 듯 태성이 손목시계를 들여다보곤 멀거니 뒤에 선 기현을 잡아끌었다. 멋없게도 아무런 말이 나오질 않았다. 그리고 그건 태성 역시 마찬가지인 것 같았다. 오랜만이라거나, 보고 싶었다거나 그런 낯간지러운 인사를 나눌 법한데도.

그저 멀거니 마주 보고서 눈을 느리게 깜빡이다…… 다시 시선이 교차한 그 순간. 누가 먼저라고 할 것도 없이 서로를 끌어안고, 뺨을 감싸며 급하게 입술을 겹쳤다. 갈급하게 목울대를 꿀꺽인 것은 기현 쪽이었다. 태성은 그런 기현의 반응이 의외라는 듯, 미간을 옅게 찌푸리다 이내 욕심껏 혀를 밀어 넣었다.

그러다 숨이 모자라면 잠시 입술만 맞대다, 다시 잘근잘근 여린 살갗을 씹고, 못 견디고 또 혀를 섞었다. 그런 와중에도 자꾸 웃음이 새어 나와서 곤란했다. 고개를 기울이다 슬쩍 실눈을 뜨면 태성의 입매 역시 부드럽게 호선을 그리고 있었다. 세상에. 처음 키스하는 어린애들도 이렇게 애가 닳지는 않을 거였다.

"앞으로…… 세 시간 남았네요. 아니지. 이제 두 시간 오십구 분이군요."

쪽쪽 소리까지 내며 입을 맞추느라 말이 자꾸만 끊겼다. 얼마 남지 않은 시간, 이제 무얼 할 거냐는 질문은 사실 의미가 없었다. 맞는 말이었다. 태성이 권한 것처럼 조금이라도 자야 했다. 당장 쓰러져도 이상하지 않을 상태였다.

그런데…… 당장 그와 몸을 섞지 않으면 다른 의미로 죽을 것 같았다. 태성의 품에 안기는 그 순간부터 그랬다. 엉망진창으로 그에게 뒤가 뚫리고 싶다고. 엉망진창으로 젖어 함께 들썩이고 싶다고. 벗은 그의 몸에 기대 거세게 울리는 맥박 소리에 귀를 기울이고 싶다고.

"아, 진짜 이러면 안 되는데……."

"안 될 게 뭐가 있어요, 새삼."

"재워야 하는데."

태성이 안쓰럽다는 듯 기현의 마른 뺨을 자꾸만 더듬었다. 그렇게 애절할 수가 없는 그의 얼굴을 보고 있자니 여태까지 우울했던 게 한 번에 날아가 버렸다.

"이렇게까지 미안해할 일도, 걱정할 일도 아닙니다. 그냥 나는……."

둥그렇게 조형된 커다란 창을 바라보면서, 기현 또한 자신에게 남은 시간을 가늠해 보았다.

'주재원들과의 약속이 저녁 일곱 시 반이라고 했었지. 지금이 몇 시더라? 음…….'

모르겠다. 서태식은 푹 쉬라고 했고, 그 외에 별다른 말은 하지 않았으니. 고작 세 시간 머무르다 공항으로 떠나야 하는 태성보다는 여유가 있으리라.

"이럴 땐 그냥, 모르는 척 먼저 이끌어 주면 되는 겁니다."

"……."

"아무래도 내 입으로 말하기는…… 좀 쑥스러우니까."

평소엔 그렇게 눈치가 빠르면서 이럴 땐 왜 그러냐고 장난스럽게 흘겼더니, 태성이 여전히 걱정을 지우지 못한 얼굴로 기현의 여기저기를 살펴보았다. 그러면서도 어쩔 수 없이, 훑어보는 시선의 끝에는 오싹할 정도로 육욕이 뚝뚝 떨어져서 기현은 웃음이 새어 나가지 못하게 아랫입술을 깨물며 태성의 목에 팔을 감았다.

"남은 심각한데 왜 자꾸 웃어요?"

당장에라도 허리 아래가 빠근한 것 같은 얼굴로 안겨 왔던 주제에, 자꾸만 바람 빠지는 소리를 내며 기현이 피식거리자 태성이 아프지 않게 코끝을 깨물었다.

“하룻밤에 4만 파운드인 매너 하우스에서, 고작 세 시간 동안…….”

수많은 고귀하신 분이 이곳에 머물렀겠지만, 그 짧은 시간을 오직 섹스에만 소비하고 가 버리는 사람은 아마도 우리 둘이 처음일 거라고.

“이젠 두 시간 오십팔 분입니다. 카운트할수록 울적해지네.”

“그래요, 그러니까 그동안—”

기현이 무어라 말을 갈무리하기도 전에 태성의 혀가 감겨 왔다. 드디어 그가 깨달은 모양이다. 이렇게 망설이는 시간조차 아깝다는 걸.

옷을 벗기려는 서로의 손이 자꾸만 헛돌았다. 어쩐지 조금 떨려서 그러는 것 같기도 했다.

솔직히 태성과 할 수 있는 대부분의 섹스는 다 해 보았다고 생각한다. 훤한 낮에 침실이 아닌 곳에서 몸을 섞는 것은 일도 아니었다. 눈을 가리거나, 손을 묶거나, 도구를 사용하는 것 정도는 아무렇지도 않았다.

유수의 브랜드에서 기현만을 위해 특별 제작해 준 정장을 걸치고, 내로라하는 재계 인사가 모두 모이는 포럼에서 축사를 마친 뒤, 연회장과 연결이 된 호텔의 객실로 올라가자마자 속옷만 겨우 내리고서 바로 태성을 받아 낸 적도 있었다.

바로 아래에서 기자들이 젊은 사장님의 축사를 받아 적고, AR의 주가와 미래를 논하는 기사를 송고하는 동안 기현은 구멍 안쪽 깊숙한 곳까지 태성의 것을 받아 내려 허리를 흔들어 댔다. 밖의 사람들은 짐작도 하지 못했을 것이다. 섹스에 환장한 남창처럼 엉덩이만 내놓고선 급하게 태성의 좆을 졸라 댔던 그의 모습을.

아마 장소와 차림이 그래서인지 자꾸만 묘한 배덕감이 전신을 훑고 가 헐떡이며 태성에게 울며 빌었던 것 같다. 제발 나, 어떻게 좀 해 달라고.

그러고 보니 차고 안이긴 했지만, 카섹스도 했었다. 새 사무실에서의 섹스를 제외하고는 정말 모든 걸 다 해 봤다고 생각하는데, 회사에서만큼은 절대 하고 싶지 않으니까. 정말이지 태성과 관계를 갖는 일에 대해서는 새삼스러운 것이 없다는 말이다.

그런데도 이상하게 자꾸만 몸이 달아서 어찌할 바를 모르고 있었다. 시간이 부족해서일까? 아냐, 아니다. 그런 종류의 초조함은 아니었다. 뭘까. 당장에라도 눈앞에 선 이 사람을 가지고 싶어서. 먹어치우고 싶어서. 살결이 닿지 않으면 돌아 버릴 것 같은, 끓어넘칠 것 같은 원초적인 감각이 밀려왔다. 아니, 범람해 온몸을 적시고 갔다.

"잠깐만, 옷을……."

"어딘가에 있을 겁니다, 침실이던가."

미리 준비해 두었다며 태성이 달랬다. 당장 어디에 있는지 생각은 안 나는데, 하여튼 있기는 있다고.

"현지의 오래된 양장점을 소개받았는데…… 잘 어울릴 것 같아서."

이런 식으로 필요하게 될 줄은 몰랐지만 선물로 마련해 둔 게 있으니 걱정하지 말라며, 태성이 기현의 셔츠를 완전히 찢어 버렸다. 아무렇게나 옷을 벗어젖힌 건 그 또한 마찬가지였다. 팝콘처럼 와르르 터져 나간 단추가 바닥을 굴렀다.

머릿속이 뚝뚝 끊기고 있는 건 기현뿐이 아닌 듯했다. 태성 역시 탁한 목소리로 몇 번이나 감탄사를 늘어놓았다. 동시에 태성의 시선이 하우스 내부를 꼼꼼하게 한 바퀴 훑었다. 바닥은 싫고, 소파도…… 좀 그렇고, 침실까지는 애매하게 멀고. 하다못해 욕실까지는 가야 어매니티로라도 윤활제를 대신할 수 있을 텐데. 그런 계산을 하는 게 뻔했다.

기현은 넝마가 된 옷을 걸친 채로 태성의 뺨을 감싸 쥐었다. 예전엔 가면이라도 쓴 것 같은 사람이라고 생각했는데. 이제는 흘끗 굴리는 눈만 봐도 무슨 생각을 하는지 훤히 다 읽힌다는 게…….

"그냥 소파로 가요."

"하지만……."

"정말 괜찮으니까."

분명 30분도 채 안 되어 후회할 걸 뻔히 알면서, 기현이 먼저 태성을 살살 부추겼다. 하긴. 기현은 적어도 섹스에 있어서만큼 자신의 학습 능력이 매우 부족한 편인 것 같다고 생각했다. 끝에 가선 늘 좋다 못해 괴로워하면서도 가끔 이렇게 먼저 나서서 태성의 혼을 빼놓고 싶을 때가 있었다.

"이대로 그냥 박아 줘도 상관없을 것 같으니까."

"……."

"아니, 제발 그래 줬으면 좋겠으니까……."

기현이 한 손을 아래로 뻗어 슬쩍 태성의 것을 눌렀다. 그대로 움켜쥐기엔 잔뜩 발기한 그의 좆이 너무 커다래서 어쩔 수 없었다.

"안이 다 녹을 때까지 사정해 줬으면 좋겠어요."

그런데도 태성에게 무리한 일을 졸라 대는 말이 툭툭 튀어나오는 걸 보면 역시 지금 제정신이 아닌 게 분명했다. 아무리 익숙해졌다고 한들 대체 이걸 어떻게 받아들여야 할까. 그리고 경악스러운 와중에도 꾸역꾸역 잘도 그의 좆을 삼켜 대는 제 뒤는 또 뭐란 말인가……. 멍하니 그런 생각이나 했다.

"당장 넣어 줬으면 싶어서, 안에 싸 줬으면 좋겠다 싶어서 미칠 것 같으니까, 그만…….”

어쩐지 지금은 정말 괜찮을지도 모르겠다. 저도 모르게 자꾸 이런 헛소리가 튀어나오는 걸 보면.

“내가…….”

태성은 말을 삼키고서 기현의 등을 쓸었다. 곧은 척추를 훑다 어깨뼈를 문지르는 손짓에 망설임이 묻어났다. 잠부터 재워야 하는데, 이런 쓸데없는 생각은 애초에 날아간 지 오래인 것 같고……. 지금 그는 자신이 과연 제어를 할 수 있을까 싶어서 망설이는 것 같았다.

“혹시라도 내가…….”

마침내 태성의 손가락이 속옷 밴드 부분에 걸렸다.

“정말로 기현 씨 몸 어딘가를 부수기라도 할 것 같으면.”

그땐 꼭 말하라는 뒷말은 격렬한 키스에 섞여 끝까지 이어지지 못했다. 태성이 속옷을 벗기자마자 기다렸다는 듯 퉁 하고 튕겨 나오는 잔뜩 발기한 성기가 민망했다.

꼬박 일에 매달려 거의 잠도 자지 못했던 건 태성 역시 마찬가지일 텐데도, 기현의 허리를 감싸안은 그는 무슨 로봇이라도 되는 것처럼 천하무적인 듯 굴었다. 비처럼 쏟아지는 키스를 간신히 받아들이는 동안 몸이 자꾸만 흔들렸다.

“아…….”

허리와 엉덩이를 단단히 받친 태성의 손 덕에 이동하는 동안 기현의 발은 땅에 닿을 일이 없었다. 기현은 헐떡이며 태성의 입술과 혀에 매달렸다. 소파까지 향하는 동안 태성의 탄탄한 배에 문질러진 성기는 한계까지 일어서 아플 정도였다. 엉덩이를 움켜쥐고 있는 커다란 손을, 그 체온과 악력을 견디기 어려웠다.

조금만 더 세게 문질러 줬으면. 아예 가볍게 때리는 정도도 나쁘지 않을 것 같았다. 아니면 손가락으로 뒤를 바로 쑤셔 주는 것도 좋을 것 같은데.

"아…… 으읏……."

소파의 차가운 가죽에 등이 닿는가 싶더니, 곧장 다리가 활짝 벌어졌다.

"그래도, 여기는……."

기현이 두리번거리며 태성의 눈치를 살폈다. 섹스에 미친 사람처럼 덤벼들긴 했지만, 전면 테라스가 바로 앞이었다. 프라이버시를 중요하게 여기며 설계된 공간에서 그럴 일은 결코 없을 거라 생각하지만, 그래도 혹시나…….

"다른 소파도 있잖아요."

"이게 유일한 가죽 소파라고요."

어차피 드나드는 사람은 아무도 없을 거고, 벨벳 커버 위에 정액을 흘리고 싶은 게 아니라면 잠자코 있으라는 태성의 말에 기현이 굳은 몸을 조금씩 풀려고 노력했다.

"이미 줄줄 흘리고 있는 것 같지만."

태성이 빳빳하게 일어서 말간 액을 흘리고 있는 기현의 것을 아프지 않게 밀었다. 고작 그 정도 접촉으로도 배꼽 아래가 확확하게 달아올랐다.

"아, 다행이네."

잠시 태성의 손이 닿았던 발목이나 허벅지 부근이 허전해졌다. 그러더니 뒤에서 무언가 툭툭 떨어지는 소리가 났다. 옆에 놓인 테이블에서 원하는 것을 손에 넣었는지 태성은 흡족한 얼굴로 기현의 몸을 단단히 붙들었다. 그러곤 다소 우악스럽게 무언가를 아래쪽에 들이부었다. 끈적끈적한 것이 벌어진 허벅지와 회음부, 뒷구멍으로 줄

줄 흘러내렸다.

"오일이 있었어요. 물론 이런 용도로 쓰라고 둔 건 아니었겠지만."

태성이 속삭였다. 그 말을 들어서 그런지 그와 몸이 밀착하면 밀착할수록 좋은 향이 번지는 것도 같았다. 평소 기현이 좋아하는 냄새였다. 산뜻하고, 자연스러운. 하지만 오일이 당장 적시고 있는 부위가 부위이다 보니 이상하게 부끄러워졌다. 뭐랄까. 예전에 포럼 이후 급하게 했던 섹스 때와 비슷한 수치심이 얼핏 밀려왔다.

"으, 으읏……."

"분명히 말해 두지만, 나는 재우려고 했어요."

무언가 깨지는 소리가 났다. 오일을 전부 부은 태성이 바닥에 병을 던져 버린 모양이었다. 이내 별다른 전희도 없이 곧장 성기 끝이 뒷구멍을 문지르기 시작했다. 유희로 그러는 게 아니라 바로 삽입하기 위한 동작이었다.

"윤기현 씨가 원한다면 자장가까지 불러 줄 생각도 있었다고."

"아, 아윽…… 윽……!"

잔뜩 힘이 들어간 기현의 허벅지가 파들파들 떨렸다. 이미 한껏 사정한 것처럼 흠뻑 젖은 아랫도리에서 추적이는 소리가 났다.

게걸스럽게 오일을 집어삼킨 기현의 뒤는 한 달이 넘도록 아무것도 받아들이지 않았던 게 무색할 정도로 태성의 굵은 성기를 쉽게 품었다. 물론 기현은 빠듯한 감각에 숨이 턱턱 막혔지만, 허리 위에서 벌어지는 상황을 배반이라도 하듯 쫀득한 내벽은 태성의 것을 감싸며 조이기 바빴다.

"하, 이게…… 말이 되는 거야?"

"아, 으응……."

"응? 윤기현."

"너무…… 아……."

"하아……."

태성이 느리게 탄성을 내뱉으며 크게 허릿짓을 했다. 그러면서 기현의 야해 빠진 구멍을 힐난했다. 대체 어떻게 생겨 먹은 몸이길래 박아 줬으면 좋겠고 쑤셔 줬으면 좋겠다는 생각만으로도 이렇게 쉽게 흐물흐물 풀어질 수가 있는 거냐고.

"그런 게…… 아니…… 응, 아아……!"

오금에 손을 건 태성이 기현의 무릎이 가슴에 닿을 정도로 몸을 굽혀 버렸다. 그 바람에 그의 것이 더욱 깊게 안을 파고들어 기현은 몸을 잘게 떨었다. 가뜩이나 넓게 다리를 벌린 탓에 제 것이 얼마나 흥분해 정액을 쏟아 내고 있는지, 거대한 태성의 성기가 제 구멍을 얼마나 깊숙이 채우고 빠져나가고 있는지가 훤히 보였다.

"응, 태, 아, 조금만……."

성기 중 가장 두꺼운 부분이 기현이 잘 느끼는 곳을 미끄러지듯 부드럽게 문질렀다. 애매한 사정감에 기현의 몸이 뒤틀렸다.

"이거, 불안해서 출장 가겠어요? 이렇게 남자 좆이라면 환장을 한 것처럼…… 하, 엉덩일 흔들어 대는데."

"조금만, 아…… 더……."

"이보다 어떻게 더 깊이 넣습니까."

"그게…… 읏…… 아니라……."

안으로 잔뜩 흘러든 오일 때문인지 그의 것이 느끼는 곳을 제대로 짚지 못하고 그저 스쳐만 가는 것이 답답했다. 기실 태성이 모를 리가 없었다. 눈을 감고도 어딘지 찾아내라면 찾아낼 수 있을 테니까. 그런데도 모르는 척 자꾸만 다른 곳으로 좆을 미끄러뜨리는 게 얄미웠다.

"알잖…… 아요."

"뭐를?"

기현이 백기를 들며 스스로 다리를 잡아 벌렸다. 이미 훤히 벌어져 한계였지만 늘 그랬듯, 하려고 하면 또 됐다. 태성의 말마따나 어이없을 정도로 야해진 몸이었다.

"여기, 세게, 박…… 으읏, 박아 줘…… 요……."

30분이 뭐야, 이렇게 바로 후회할 거면서. 기현은 눈을 꾹 감은 채 태성이 좋아하는 종류의 음탕한 애원을 흘렸다. 구멍 안쪽에, 누가 건드리기만 해도 질질 쌀 수 있는 곳을, 당신의 자지로 마구 쑤셔 줬으면 좋겠다고.

"읏…… 윤기현."

태성이 으르렁거리는 것 같은 앓는 소리를 냈다. 어떻게 좀 해 달라고 매달리는 동안, 답답한 마음에 자기도 모르게 뒤를 조인 모양이었다.

"대체, 이런 건 누구한테 배워서……."

"흐, 아으, 읏!"

바라 마지않았던 것처럼 태성의 성기가 가장 느끼는 내벽 안쪽을 퍽퍽 짓찧어 주었다. 섬뜩한 쾌감이 전신을 휘감았다. 발가락 끝이 빳빳하게 굳었다 잔뜩 오므라들기를 반복하는 것을 보고 태성이 조금 웃었다. 하지만 여유가 없기는 그 또한 마찬가지였다.

"흐읏—!"

태성이 예민한 부분을 치받은 지 몇 번 되지도 않아 기현의 것이 울컥하고 정액을 쏟아 냈다. 그간 몸도 마음도 거의 극한으로 몰려 있어서인지 더욱 쾌감에 민감한 반응을 보이게 되는 것 같았다.

"아, 안……."

사정감에 몸이 축 늘어질 틈도 없이 태성이 집요하게 포인트만 쑤셔 대는 바람에, 아랫도리가 금세 빳빳하게 일어서기 시작했다.

"이건, 잠깐…… 아, 잠……."

기현이 미친 듯이 고개를 내저었다. 물론 좋았다. 좋으니까 자꾸만 사정하는 거였다. 그런데 이런 수순으로 이어지면 분명히 또 여러 차례 연달아 싸게 될 거고…… 그렇게 한계까지 쥐어 짜이다 보면 가끔 물처럼 투명해진 정액을 쏟아 낼 때도 있었다. 다른 건 몰라도 그런 식의 사정은 어쩐지 실금을 한 기분이라 부끄러웠다.

물론 태성은 그런 식으로 연달아 싸지른 정액으로 범벅이 된 아랫배를 보고는 더욱 흥분하곤 했다. 기현의 상태가 괜찮을 때면 은근히 먼저 요구할 때도 있을 정도로.

"그거 알아?"

"으읏, 흐…… 아……!"

"오로지…… 키스만 했어, 우리."

태성의 속삭임에 정신이 번쩍 들었다. 무슨 말을 하고 싶은 건지 알 것 같았다. 지금까지 뭐 하나 제대로 한 게 없다고. 한 발 빼 준 것도 아니고. 뒤를 풀어 준 것도 아니고. 그렇다고 젖꼭지를 빨거나 엉덩이를 주무르지도 않았는데. 키스 몇 번에 곧장 삽입한 걸로 넌 이렇게 쉽게 사정을 한 거라고.

"으, 으응, 응……!"

하지만 민망함도 그 순간뿐이었다. 당장 터질 것 같은 아랫도리와 구멍 안을 가득 메우고 있는 태성의 좆에 그저 정신이 나간 채로 몸을 움찔거리는 것으로도 벅찼다.

"아, 나는, 진, 아, 진태성, 나……."

"응, 너는."

"……아!"

그리고 이 와중에도. 이렇게나 분위기에, 열감에 휩쓸린 와중에도 보고 싶었다는 말은 죽어도 입 밖으로 나오질 않았다. 익숙한 진태성의 품 안이, 다정한 살결이, 이 온도가 그리워서 내내 밤을 지새웠으면서.

"윤기현."

"흐으……."

순간 퍽 하는 소리가 날 정도로 태성의 것이 기현의 뒤를 세게 꿰뚫었다. 열기로 도톰하게 부푼 내벽 어딘가를 찍어 누른 채로, 그 부분만 집요하게 비벼 대자 기현이 벌벌 떨며 연이어 사정했다. 오일에 태성의 정액까지 뒤섞여 요란하고 음란한 소리가 났다.

"나는, 당신 걱정…… 많이 했어. 정말 많이."

방금까지 엉망진창으로 안을 두드렸던 사람이라고는 믿기지 않을 정도로 부드러운 목소리였다. 기현은 멍하니 눈을 깜빡였다. 대체 뭘까……. 보고 싶다는 말보다도 걱정했다는 말이 앞서는 그의 마음은.

"나, 많이 졸린데……."

문득 든 생각인데, 태성과 있으면 자기도 모르는 인격이 튀어나오는 것만 같았다. 철부지 10대가 되는 것 같기도 하고, 까칠한 보통의 회사원이 되는 것 같기도 하고. 이래도 괜찮은 걸까. 다른 건 몰라도 불면의 투정으로 태성에게 정신 나간 섹스를 졸라 대는 건 확실히 문제긴 했다.

"그래도 더 할 수 있을 것도 같습니다."

"이런, 방금 그 말은 정말 후회하게 될 것 같은데요."

태성이 천천히 허리를 움직였다. 그러곤 고개를 떨어뜨려 음미하듯 기현의 체취를 들이켰다.

"아…… 얼마나 남았어요?"

"음, 두 시간…… 삼십 분 정도?"

"아아…… 이번엔 정말 빨리 사정했네요."

"뭐?"

기가 막힌다는 듯 태성이 고개를 쳐들었다.

"여보세요, 빨리 넣고 싸 달라고 했던 게 어디 사는 누구였더라?"

"아니, 뭐…… 그냥 그렇다고 했을 뿐인데요."

그렇게까지 자존심이 상할 평가였냐는 기현의 태연한 목소리에 태성이 어이가 없다는 듯 웃었다. 삐딱했던 그의 입꼬리가 점점 둥글게 올라갔다.

"이제야 좀, 평소의 윤기현답네."

"뭐……. 일은 잘된 겁니까?"

"예예, 참 빨리도 여쭈시네요."

태성이 손톱을 세워 바짝 일어선 기현의 유두를 긁어내렸다. 자극으로 부푼 곳을 엄지로 쓸고 연이어 비트는 바람에 색색거리는 숨소리가 터져 나왔다. 이미 잔뜩 젖은 아랫도리에선 조금만 몸을 뒤틀어도 추적이는 소리가 났다. 각자 빠르게 사정하고 다시 제대로 된 전희를 나누려니 이런 점이 안 좋았다.

"뭐, 평소처럼 그렇죠."

"잘된…… 흣, 모양이네요."

안쪽에 들어찬 태성의 성기가 아까보다 조금 더 부피를 키워 나가기 시작했다.

"아으, 읏……."

태성이 기현의 이마에 쪽 소리가 나도록 입을 맞추었다. 여유 따윈 진작 사라진 지 오래였지만, 아까보다 괜찮은 척하는 기현이 좋아 견딜 수 없는 듯 열렬한 눈빛을 띤 채로.

일부러 묻진 않았지만 사실…… 기현은 가끔 궁금해지곤 했다. 아직도 태성이 자신을 그렇게 생각하는지. 한마디의 사랑도 허락하지 않는 주제에 이대로도 정말 괜찮으냐고 괜히 시험해 보고 싶은 못된 마음이기도 했고. 정말 그런 일방통행이 가능한 걸까, 순수한 마음에서 우러나오는 의구심이기도 했고……. 또다시 절망하고 싶지 않아 예비하는 체념이기도 했다.

하지만 조금 전 수천 마디를 담은 태성의 그 눈짓 하나로, 기현은 마지막의 마지막까지 뾰족하게 얼어붙었던 마음이 전부 녹아내리는 것 같았다.

“보고 싶었다는 말은…… 돌아가서, 한국에서 해 줘요.”

“하고 싶은 사람이 해야지……. 강요를 하면, 으읏…… 어떡해요.”

“이런, 또 못된 말이나 하려고.”

태성이 다시 한번 쪽 소리가 나도록 입을 맞추었다. 자기가 퍼부었던 얄미운 소리는 생각도 안 하고서 또 저러지.

“나는 아직도 진태성 씨가 없으면 잠이 들지 못한다는 걸…… 이번에 확실히 깨달았습니다.”

혹시라도 그가 또 먹먹한 얼굴을 할까 봐 팔을 들어 길게 드리운 흰 목을 끌어안았다. 당겨 안자 더욱 깊숙하게 박히는 태성의 성기에 숨이 턱 막혔지만, 그래도 잘 참아 냈다.

“그러니 건강하게 오래오래 살아요. 당신이 아니라 나를 위해서.”

이 말까지는 헐떡이지 않고 하고 싶었는데. 다행이었다.

태성에게선 잠시 아무런 반응이 없었다. 어느새 땀이 고인 살결이 부딪혀 미약하게 뒤척이는 소리만 들릴 뿐이었다.

“……이상한 결론이네요.”

이윽고 흘러나온 목소리는 평소와 다름없었으나, 말끝에 묻어나는 깊은 울림은 미처 숨길 수 없었나 보다. 기현은 모르는 척해 주기로 했다. 그리고 몰랐는데, 태성이 입을 떼자마자 그와 맞닿은 심장이 엇비슷한 속도로 뛰고 있다는 게 느껴졌다.

"음. 어째 이야기가 좀 이상하게 흘러간 것 같은데……."

"뭐, 이상하면 좀 어떻습니까."

무려 주인님께서 내리신 명령인데, 따르지 않을 수 있겠냐며 태성이 고개를 끄덕였다.

"확실히 기억하고 있습니다. 윤기현 씨가 마지막까지 부탁한다고 했던 것."

그러니 걱정 말라고. 그걸 들어주기 위해서라도 오래 살 생각이었다고. 원래 기현이 아무렇게나 말을 해도 척하면 알아듣는 것이 자신의 역할 아니었냐고. 그렇게 웃으면서.

"참, 여기까지 오면서 생각난 건데…… 우리가 아직도 못 해 본 일이 있다는 걸 깨달았습니다."

"뭔데요?"

"놀이공원이요. 한 번도 가 본 적 없잖아요."

기현은 정말 곤란하다는 듯 얼굴을 찌푸렸다. 이 사람이 어디서 무슨 바람이 들어서 이러는 건지 모르겠다. 인파가 많은 것도 취약이지만 모두가 생글생글 웃고 있는 동화 속 세상은 더더욱 취향이 아니었다.

"무슨 일 있어요? 지난번엔 난데없이 꽃을 보러 가자고 하더니."

"남들도 다 하는 건데 뭐 어떻습니까. 돈 아까울 것도 없는데."

"하긴. 고작 세 시간 동안 섹스나 하자고 한화로 4억 이상을 공중에 흩뿌린 마당이니……."

그까짓 놀이공원. 못 갈 것도 없지, 싶었다.

"약속한 겁니다? 가는 걸로."

"마음대로 하세요."

자포자기한 것 같은 기현의 목소리에 태성이 불한당처럼 질 낮은 웃음을 흘렸다.

기현은 머리 옆을 짚고 있는 태성의 손을 끌어다 시간을 확인했다. 실없는 소리를 하느라 10분이나 지나 버렸다. 시간 낭비를 한 것도 문제였지만, 어느새 이렇게 몸이 연결된 채로 잘도 엉뚱한 이야기를 나눌 수 있게 됐다는 게 어이없었다. 놀이공원에 가자느니, 그런 어린애들 같은 약속이나 하면서.

"혹시나 해서 묻는 건데."

……진태성이 저렇게 서두를 열 때 멀쩡한 소리를 했던 적이 없는데.

"밖에서 해 볼 생각은 없어요?"

그럼 그렇지. 기현은 코웃음을 쳤다.

"정신 나갔습니까?"

"어차피 여기론 사람들이 접근도 안 할걸요. 마침 테라스에 데크도 깔려 있고, 테이블도 있고……."

"그놈의 테라스가 여기에만 딸려 있어요?"

"지금이 마음대로 굴어도 되는 기회인 것 같아서 그랬죠."

이런 구조의 테라스가 싫은 거라면 서울로 돌아가 밖에서 해 줄 용의는 있는 거냐며, 태성이 집요하게 물고 늘어졌다.

"대체 내 말의 어디에 그렇게 해석할 여지가 있는 겁니까?"

"불안해하면서 나한테 매달리는 윤기현 씨를 보고 싶어서요."

"그러니까—"

"여기가…… 내 아래에 짓눌릴 때까지 깊이 박아 대면서."

"하……."

그렇게 물릴 정도로 관계를 가졌는데도. 오늘 입은 옷부터 지갑에 든 지폐가 몇 장인지까지 매일같이 보고를 받고 있는데도. 아직도 같이해 보지 못한 일들이 있고, 가끔 서로의 낯선 얼굴이 보일 때가 있고, 또 함께하고 싶은 것들이 자꾸만 생긴다는 것이 신기했다.

"흐읏!"

"조금만 힘을 빼 봐요. 아까부터 너무 조이는 것 같은데."

"그, 렇지만……."

태성의 커다란 손이 느릿느릿 늑골을 쓸고 갔다. 달콤하고 야한 한숨이 절로 흘렀다. 내가 미쳤지. 앞으로 두 시간 남짓을 어떻게 시달릴지 생각하니 후회가 막심했다. 그 와중에도 태성에게 꿰뚫린 온몸이 꿀처럼 녹아내릴 것만 같다는 게 가장 큰 문제였지만.

드디어 밀려오기 시작한 잠기운과 다시없을 열락에 절어 의식이 가물가물 몽롱한 가운데…… 어쩌면 기현은 앞으로 태성이 귀국하기 전까지, 혼자서도 푹 잠들 수 있을 것 같다는 생각이 들었다. 이 호텔이 세워진 이후 가장 허망하고 값비싸게 치른 것임이 분명할, 진태성과의 이 짧은 시간 덕분에.

외전 8-1
Someday Oneday

Someday Oneday

째깍째깍. 시곗바늘이 움직이는 소리가 벼락이라도 치는 것처럼 실내를 크게 울렸다. 그 정도로 숨이 막히는 정적이었다.

위에 놓인 것이라곤 케이스에 담긴 얇은 서류 두 부와 USB가 전부였음에도, 긴 테이블에 마주 앉은 사람들의 얼굴에는 사뭇 비장함이 감돌았다. 최대치로 높인 조도가 자리한 이들의 얼굴에서 그림자를 거두어 낸 탓일까, 무표정한 면면은 사람이 아니라 설치된 미술품처럼 현실감이 없어 보였다.

벽에 걸린 대형 스크린을 기준으로 왼쪽의 가운데 자리에는 윤진서가, 오른쪽의 가운데 자리에는 기현이 앉아 있었다. 몇 년째 계속되고 있는 지리멸렬한 소송의 끝을 보기 위해서였다.

이번에는 반드시 합의를 봐야 했다. 가장 핵심적인 문제가 정리되질 않으니 신사업 부분에서든 자금 확보 측면에서든 귀찮은 제약 사항이 자꾸만 발생했고, 덕분에 주요 주주들의 인내심은 거의 한계에

이른 상태였다.

이럴 바엔 차라리 끝장을 보는 건 어떨까, 그런 생각을 안 해 본 것도 아니었다. 어차피 진흙탕 싸움이 되어 버린 것, 받아 낼 수 있는 것은 끝까지 받아 내고 몇몇 기업이 그러했던 것처럼 가족이 아닌 남보다 못한 사이로 완전히 갈라서는 것도 고려해 보았다.

하지만 현재 두 사람에겐 손해가 될 게 뻔해서 선불리 움직일 수 없었다. 그간 윤 회장이 목 놓아 부르짖었던 AR의 고결한 이미지가, 그 명성 덕에 쌓아 올릴 수 있었던 다양한 이해관계가 윤기현과 윤진서의 발목을 자꾸만 붙들었기 때문에.

"시간을 조금 더 줘. 판을 엎겠다는 건 아니고……. 어차피 이쪽 사정 다 알잖아."

손끝으로 무료하게 테이블 위만 두드리던 윤진서가 마침내 입을 뗐다.

"어차피 재단에서도 우리와 영영 갈라서고 싶은 것은 아닐 거 아냐."

"좋습니다. 저희 역시 제안하셨던 부분, 긍정적으로 검토해 보겠습니다."

"그래."

윤진서가 의자의 팔걸이를 움켜쥐며 천천히 몸을 일으켰다. 뒤를 이어 기현 또한 일어섰고, 양옆으로 포진해 있던 무리 역시 두 사람을 따랐다. 비슷한 색의 정장을 갖춘 탓에 양쪽으로 새카만 물보라가 일어나는 듯했다.

"윤기현."

USB를 집어 든 채 그대로 돌아서서 나가려던 윤진서가 고저 없는 목소리로 기현을 불렀다.

"무슨 일로 그러십니까?"

윤진서의 격의 없는 부름에 서태식이 얼굴을 와삭 구기며 앞으로 나섰다. 아무리 측근들만 있는 자리라고 해도 그렇지, 이렇게 편하게 기현을 부르는 윤진서의 태도가 마뜩잖은 모양이었다. 그러나.

"괜찮습니다. 잠시 자리 좀 비워 주겠어요?"

부드러운 기현의 타이름에 어쩔 도리 없이 물러설 수밖에 없었다. 상사가 괜찮다는데 한낱 부하 직원이 무어라 대거리를 하는 것도 모양새가 이상하지 않은가. 윤진서가 함부로 이름을 불러 젖힌 것은 이번이 처음은 아니었지만, 기현은 매번 아무렇지 않은 듯 굴었다. 불쾌함에 꿈틀거리던 서태식의 미간이 평평하게 가라앉았다.

기현 또한 그의 마음을 모르지 않았다. 서태식은 한 번쯤 기현이 세게 치고받아 주길 바라면서도, 한편으론 언제나 한결같은 태도를 취하는 그의 모습에 안심하곤 했다.

"아버지가 고른 사람이었던가?"

끝까지 적개심을 감추지 않은 채 회의실 문을 닫는 서태식을 흘끔 바라보며 윤진서가 픽 웃었다.

"지금 와서 그런 게 뭐가 중요하겠어요."

"계속 곁에 둘 생각이면 자기 감정 다스리는 것부터 가르쳐. 나와 마주칠 때마다 저렇게 죽일 듯이 노려보는 놈을 어디에 써먹겠다고."

"왜요. 인간적이잖아요."

"인간적?"

감상적인 기현의 말투에 윤진서가 코웃음을 쳤다.

"너를 무슨, 당장에라도 깨질 것 같은 유리 인형으로 대하는 게 어디가 인간적이야? 덜떨어진 거지."

고개를 모로 기울이는 윤진서는 어쩐지 조금 지친 것처럼 보였다. 기현은 새삼 제 이복누이가 예전과는 많이 달라진 것 같다고 생각했다. 이전에는 윤진서가 이런 방식으로 자신의 감정을 드러내는 일은 상상도 할 수 없었는데 말이다.

화보에서 꺼낸 것처럼 흠집 하나 잡을 데 없는 외양은 여전했지만, 확실히 신경질적인 표정이 늘었고, 말투도 다소 거칠어진 것 같았다. 그런데도 훨씬 보기 좋다고…… 어이없게도 그런 생각이 들었다. 그저 그림 같았던 예전보다 확실히 생기가 도는 모습이었다. 아마 기현뿐 아니라 다른 사람들도 분명 그렇게 여길 것이다.

하지만 윤진서가 그런 평가나 듣고 싶어 하지는 않을 테니 섣부른 말은 삼키기로 했다. 최근 들어 서로의 민낯을 편하게 드러내고 있지만, 그렇다고 보통의 남매처럼 친근한 관계가 된 것은 결코 아니었다. 이건 윤진서의 달라진…… 그래, 인간적인 면모에 감탄하는 것과는 전혀 다른 문제였다. 사이좋은 보통의 남매라……. 아마 앞으로도 영영 그런 날은 오지 않을 테다.

"설마 서태식 씨 흉이나 보자고 사람 불러 세운 건 아닐 테고."

기현은 짧게 고개를 내저으며 아무렇지 않은 척했다. 지금은 서태식의 인간적인 면모를 운운할 때가 아니었다. 윤진서를 앞에 두고 이런 허튼 생각이라니. 확실히 자신 또한 마음이 많이 녹은 모양이다.

"혹시 추가로 협의가 필요한 부분이 있다면 다른 사람들도 있는 자리에서—"

"이런 상황에서 내가 달리 할 말이 뭐가 있겠어."

윤진서가 말을 툭 자르며 기현을 향해 돌아섰다.

"어차피 사정 다 알고 있을 테니 돌리지 않고 말할게. 돈 문제야. 지금 우리 쪽은 수익이랄 것도 없는 상황인데 당장 합의금을 마련하는 건 불가능해."

"지금이야 그렇겠지만 조만간 현금 다발 움켜질 게 뻔하잖습니까.

자동차 관련 상품도 나올 거고, 백화점 카드는 말할 것도 없고, 무엇보다 보험이—"

"내가 가진 것들로 틀어막을 수 있었으면 이런 부탁도 안 했어."

윤진서의 손가락에 힘이 들어가는 것이 보였다. 옛날엔 사람 취급도 하지 않았던 기현에게 이런 사정까지 털어놓게 된 상황을 분하게 여긴다기보다…… 그저 스스로에게 화가 난 듯했다. 처음으로 원하는 방향으로 나아가지 못하고 있는, 무력한 자신의 모습에.

"명색이 금융 그룹이 자금줄이 막혔다고 여기저기 손을 벌릴 순 없잖아. 돈을 주 종목으로 다루는 기업은 이미지가 생명이고, 신뢰가 무기나 다름없어."

"그렇다고 제가 혈연을 들먹이며 전부 없던 일로 할 수 없는 노릇입니다. 저 역시 주주들을 등에 업고 있어요."

"합의금을 내놓지 않겠다는 건 아니야. 물산과 유통 쪽의 내 지분을 전부 내놓는 것 정도면 상쇄가 될까?"

"……지금 유통 쪽 지분을 전부 내놓겠다고 하신 것 맞습니까?"

다소 놀란 탓에 기현의 목소리가 살짝 뒤집혔다. 정작 폭탄선언을 내던진 윤진서는 아무 일도 아니라는 듯 평온하게 고개를 끄덕였다.

"필요하다면 레저도 일부 포기할 수 있고. 네가 직접 가져가든, 지주사에서 가지고 가든 그건 마음대로 하고."

"여기서 제 지분이 더 늘어나면 위험해집니다. 개인 명의든, 지주사 명의로든."

"너에겐 진태성이 있잖아."

갑자기 튀어나온 남자의 이름에 당황한 기현은 괜히 손등으로 입가를 문질렀다. 윤진서가 한심하다는 듯 혀를 짧게 찼다.

기현 또한 인정했다. 그나마 저에게 바라는 것이 있는 윤진서니까 넘어가 준 거지, 지금 자신의 몰골은 남들에게 책잡히기 딱 좋았다. 그렇지만 이런 상황에서, 그것도 윤진서의 입에서 듣게 될 거라고 생각도 못 했던 진태성의 이름을 듣고 나니 당황한 기색을 감추기 어려웠다.

"……여기서 진태성 이사가 왜 나옵니까."

"그 남자라면 사모펀드 꾸려서 내놓은 주식들 확보하고, 과정까지 보기 좋게 포장해 주는 거…… 그리 어려운 일도 아닐 것 같은데."

"그렇지만—"

"물론 사정 아는 사람들에겐 내가 지분은 내놓았어도, 아주 포기하지 않았다는 건 알게 해 줄 거야. 너와 짜고서 벌인 일이라는 정보 정도는 흘려 두는 걸로도 충분해."

"진태성 씨를 믿고 물산과 유통 지분 전체를 포기하겠다고요?"

"그런 종자를 어떻게 믿겠니. 다만 너에 대한 그 사람의 충성을 믿을 뿐이지. 그 남자, 네가 바라는 건 무엇이든 다 해 주잖아."

기현은 한 손으로 연신 마른세수를 했다. 사람들과의 입씨름에서 쉽게 휘둘리지 않는 편인데, 생각도 못 했던 부분에서 진태성의 이름이 불쑥 거론되니 평정을 유지하기 어려웠다. 말로는 사업에 관한 이야기 같았지만, 윤진서가 풍기는 뉘앙스는 상당히 묘했다.

자신이 바라는 것은 무엇이든 다 들어주는 진태성. 더 곤란한 것은, 윤진서의 말은 부정할 길 없는 사실이라는 데 있다.

"물론 주식을 전부 팔아 치워도 합의금이나 사업 투자금으론 턱없이 부족하겠지만, 적어도 내가 금융 그룹을 가볍게 여기지 않는다는 선전 포고론 받아들여질 거야. 중간에 진태성이 끼든, 사모펀드를 끼든 너와의 연결 고리가 끊어지지 않았다는 걸 알면 투자자들도 안심할 거고."

간단하게 자신의 계획을 나열하던 윤진서가 일순 얼굴을 확 일그러뜨렸다.

"세상에. 서태식이 왜 그 모양으로 널 싸고도는지 알겠다."

"……예?"

"진태성 이름 좀 들먹였다고 그렇게 흔들리는 표정을 하면 어쩌자는 거야. 너 다른 데서도 이렇게 얼뜨기처럼 구는 건 아니지?"

윤진서가 가볍게 혀를 차며 손에 쥔 핸드폰을 흘끗 들여다보았다.

"합의 기사는 홍보팀과 상의해서 내도록 하고, 방금 말한 내용은 진태성과 잘 상의해 봐. 어쨌든 너에게 손해가 되는 건 아니잖아."

기현은 선선히 고개를 끄덕였다. 금융 그룹 상당수의 지분 확보에 이어 백화점을 비롯한 유통 부분까지 전부 자신이 거둘 수 있다면…… 손해가 아닌 정도가 아니었다. 계획대로만 된다면, 아직도 그를 고깝게 대하는 중역들도 함부로 목소리를 내기 어려워질 것이다.

"그나저나 매형 일은 어떻게 됐어요? 꽤 떠들썩하게 뉴스가 나갔던데."

나름대로 분위기 좀 풀어 보겠답시고 아무 주제나 고른 거였는데, 허용 범위를 넘어선 친근함이었던 모양이다. 주제넘게 굴지 말라는 듯 윤진서가 눈을 가늘게 좁혔다.

기현은 괜한 질문을 했다는 듯 두 손을 든 채로 반 발자국 뒤로 물러섰다. 입을 꾹 다문 윤진서는 언젠가의 김 관장과 똑같은 표정을 하고 있었다. 별 뜻 없이 물어봤다는 뜻에서 취한 제스처였는데, 기현의 태도가 껄렁하게 느껴진 모양이었다.

"지금 상황에서 굳이 내가 나설 필요가 있을까? 사람들 시선 신경도 안 쓰고 밖에서 놀아나다 사진이 찍힌 건 그 인간이고, 덕분에 난 동정표라도 활용할 수 있을 테니 아쉬운 건 내 쪽이 아니지."

이번엔 기현 쪽에서 탐색하듯 윤진서를 훑어보았다. 동정표라고? 평생을 쌓아 온 자신의 평판에 그런 식의 오점이 생기는 것을 두고 볼 윤진서가 아닌데…….

"아아……."

잠시 고민하던 기현은 그제야 윤진서가 자신의 유통 지분을 전부 포기하겠다고 한 이유를 깨달았다.

"그렇네요. 매형이 가진 지분이 아직 남아 있군요."

윤진서는 당연하다는 듯 고개를 끄덕였다. 한심한 남편이 불륜을 저지르는 사진이 대서특필로 보도되었지만, 그녀는 이혼을 염두에 두고 있지 않을 터였다. 푼돈 수준인 위자료보다 다른 것들을 요구하는 것이 훨씬 더 이득일 테니까. 아마도 명목상으로 쥐여 줬던 여러 계열사의 지분과 부동산이겠지.

"그게 결혼의 의의인 거야. 이런 예기치 못한 상태에서 활용할 수 있는 예비 자원. 물론 그 인간도 날 그렇게 여겼을 거고. 다만 나는 상대에게 흠이 잡히지 않게 조금 더 꼼꼼하게 관리를 해 왔고, 그래서 전부 독식할 기회를 얻었을 뿐인 거지."

윤진서가 무미건조하게 말하며 옷매무시를 가다듬었다. 기현은 그런 그녀를 보며 아무 말 없이 고개를 끄덕였다.

"어쨌든 이 일 관련해선 말 새어 나가지 않도록 알아서 단속 잘해. 특히 서태식 포함한 네 수족들."

못마땅하다는 듯 기현을 훑어보는 윤진서의 눈에는 불신이 가득했다. 적어도 일과 관련해서는 그보다 진태성을 더 신뢰하는 듯한 느낌이었다. 할 말은 그게 전부였는지 문 쪽으로 걸어가던 윤진서가 잠시 걸음을 멈추고 돌아섰다.

"이건 노파심에 하는 소리긴 하지만…… 설마 날 네 누나로 생각하는 건 아니겠지?"

잠시 망설이다 묻는 그녀의 태도가 의외로웠고, 그 물음에 담긴 내용 또한 의외였다. 기현은 바로 답을 하지 않고 턱 끝을 쓸었다. 당연히 그렇게 여기지 않았지만, 윤진서가 어떤 의도에서 묻는 것인지 알 수 없는 탓이었다.

"난 여전히 네 슬픔이나 연민이 역겨워."

한 자 한 자 또박또박 내뱉는 윤진서의 눈가에 숨길 수 없는 피곤함이 묻어났다.

"능력도 없고, 염치도 없고, 자존심도 없는 혼외자. 나에게 네 존재는 여전히 그 정도야."

그럼에도 불구하고 이렇게 마주 앉아 일 이야기를 나누는 건, 그러니까 윤진서가 예전처럼 버러지가 아닌 사람으로 기현을 대하는 건…… 그녀의 말마따나 이젠 적당한 감투를 썼기 때문이리라.

능력도 없고 염치도 없고 자존심도 없는 비루한 혼외자일지라도, 어쨌든 기현은 자신만의 방법으로 윤 회장을 함락했다. 흠집이 덕지덕지 났을지라도 왕좌에 앉은 사람은 누가 뭐라고 해도 윤기현이었다.

"그렇지만 나는 태어나서 단 한 번도, 그렇게까지 무언가에 몰두해 본 적이 없어서…… 그건 조금 부럽다고 생각했어."

나 자신까지 태워 버리고 싶었던 불같은 복수도, 영혼을 걸고 매달렸던 지긋지긋한 사랑도. 살면서 그 무엇도.

"……이런 생각도 하는 걸 보면 나도 이제 나이가 든 모양이지."

그게 전부였다. 아주 잠시 타오르는 듯했던 윤진서의 눈은 평소처럼 덤덤하게 가라앉아 있었다. 대답을 바라지 않은 본인의 소회였을 뿐인지, 윤진서는 이미 완벽한 자신의 치장을 다시 한번 점검하며 문 쪽으로 마저 걸어갔다. 밖에선 내부의 움직임에만 촉각을 곤두세우고 있었는지, 적절한 순간에 회의실의 문이 공손하게 열렸다.

기현은 그녀의 뒷모습을 집어삼켜 버린 육중한 문을 바라보다 문득 언젠가의 일을 떠올렸다. 무작정 백화점으로 찾아가 윤진서에게 제 편에 설 것을 권했던 일이었다. 지금 생각해 보면 참으로 허술하기 그지없는 계획이었을 뿐인데, 용케 윤진서가 제 말에 귀를 기울여 준 것 같았다.

"어쩌면 그만큼 간절했는지도 모르지……."

그렇게나 경멸하던 자신의 말에 모든 것을 걸고 싶어질 정도로, 윤진서 또한 내심 다른 삶을 바랐을지도 모르겠다.

가만히 눈을 깜빡이던 기현은 느리게 핸드폰을 꺼내 들었다. 윤진서가 이해가 가면서도, 이해가 가지 않았다. 사실 졸렬하다 비웃어도 할 말이 없지만, 그녀의 고단했던 삶까지 이해해 주고 싶지는 않았다.

한낱 과거로 치부하기엔 그간 너무나 많은 일이 있었다. 진태성을 받아들이는 것으로 생애 남은 모든 감정을 소비해 버린 기현은, 윤진서의 일에까지 기력을 소모하고 싶지 않았다.

"아…… 난데요. 지금 통화 가능합니까?"

어쨌든 확실한 건, 윤진서는 여전하다는 거다. 그 누구보다 신무원에 어울리는, 윤 회장이 그렇게나 고집하던 귀족적인 사고방식에 가장 적합한 태도 그대로. 그러니 기현 또한 그에 걸맞은 방식으로 적이자 동반자인 그녀를 예우해 줄 생각이었다. 윤진서의 말마따나 자신의 말만 듣는 건방지고 아름다운 검을 손에 쥐고서.

"누구 마음대로? 그렇게는 못 할 것 같습니다."

"아니, 이봐요. 당장 전시를 앞둔 와중인데 어쩌면 그렇게—"
"죄송하다는 말도 없을 수 있냐고요? 전혀 죄송하지 않으니까 그렇죠."
"이 새끼가 진짜!"
박 의원이 부들부들 떨리는 손으로 태성에게 삿대질을 했다. 그는 여기저기 들어갈 뒷돈 때문에 골치가 아픈 참이었다. 그러던 와중 대학 동기인 최 교수가 친척의 이름을 빌려 전시회 여는 것을 추천했다. 그림은 공산품처럼 가격을 매길 수 없으니 높게 받아 선거 자금으로 쓰라는 것이었다.
곱씹을수록 훌륭한 계획이었다. 캔버스에 점 몇 개만 찍으면 그게 바로 현대 미술이 아니고 뭐란 말인가.
그런데 눈앞에 앉은 저 남자가, 진태성이 모든 걸 망쳐 놓았다. 별 어려움 없이 갤러리까지 섭외를 마치고 보좌관을 쪼아 대충 그린 그림들도 전부 준비된 상황이었다. 한데 전시를 바로 이틀 앞두고 대관했던 갤러리에서 일방적으로 취소를 통보해 왔다. 당연히 길길이 날뛰었지만 갤러리 직원들은 앵무새처럼 피치 못할 사정이 생겼다는 말만 되풀이할 뿐이었다.
오늘은 내가 누구지 아느냐며 직접 갤러리까지 찾아왔는데도 소용이 없었다. 분이 풀리질 않아 갤러리 입구에 깔린 화환들을 신경질적으로 걷어차고 있는데, 돌연 나타나 자신을 대원 미술관의 관장이라고 소개한 이 남자가 전부 본인의 지시였노라고 말했다. 말의 내용도 고까웠지만, 별일 아니라는 듯 구는 그의 뻔뻔한 태도에 박 의원의 눈이 뒤집혔다.
"야. 내가 이걸로 뭐 엄청난 돈이라도 모아 보겠대? 그냥 급하게 틀어막을 곳만 메꾸고 끝내겠다는데 뭐가 그렇게 아니꼬워서 그래?

어차피 네놈도 뭔지도 모를 그림 들고 와서 세기의 예술품이니 뭐니 대충 입이나 털고 돈 받아 가잖아. 적어도 너희 하는 짓보다는 내가 양심이 있어!"

"그럼 국회의원을 할 게 아니라 미술관을 차리지 그러셨습니까."

"뭐? 뭐가 어쩌고 어째? 내가 이번 선거만 당선이 되면 3선 의원이야, 알아?"

"당선되면 3선 의원이라……."

무표정하게 중얼거리는 태성의 말투에 박 의원의 얼굴이 사정없이 구겨졌다. 놀라는 것도, 비웃는 것도 아닌…… 조금 불쌍하게 바라보는 듯한 시선이었다.

"말씀하신 것처럼 졸작들을 가지고 세기의 예술품인 양 포장해야 하는 시기가 곧이라서, 비슷한 장난질은 용납하기 힘듭니다. 박 의원님 하는 짓을 보고 덩달아 욕심내는 사람들이 분명 생길 거고, 그러면 한데 묶여서 의심받기 딱 좋거든요."

태성은 따분한 듯 다리를 꼬았다. 한두 번 겪어 본 일이 아니라는 양 무심하기 짝이 없는 태도였다. 배지를 단 이후로 처음 받아 보는 취급에, 박 의원은 치솟는 혈압을 다스리려 뒷덜미를 주물렀다.

"아니지…… 잠깐만. 그러고 보니까 이름이 익숙한 게……. 그, 뭣이냐, 당신 AR의 그 윤기현이랑 말 많은 사이 아니야?"

심드렁했던 태성의 얼굴이 단박에 굳었다. 이번에 당선되어야 고작 3선 타이틀을 단다는 놈의 입에서 나올 이름이 아니었다.

"그렇지? 맞네. 윤기현이가 똘마니 삼아서 데리고 있다는 놈. 허허……. 그러면 이렇게 뻔뻔하게 나오면 안 되는 거 아닌가? 내가 수틀려서 여기저기에 윤기현이 고발이라도 하면 어쩌려고 그래?"

분위기가 순식간에 심상치 않게 바뀌었건만, 눈치가 없는 박 의원은 건수를 잡았다고 생각했는지 큰 소리로 나불나불 떠들어 대기 시작했다.

"아니지, 방금 나랑 비슷한 방법이라고 했던가? 그럼 윤기현이도 이런 식으로 현금 자산 늘리고 있다는 뜻이겠네? 너 이 새끼, 윤기현 밑에서 비자금 뭐 그런 거 불법으로 만들어 주고 있는 것 맞지? 야, 사람을 이렇게 띄엄띄엄 보면 안 되지. 명색이 내가 국회의원—"

"내가 이런 이야기를 쉽게 꺼낸 건……."

더 들을 가치가 없다는 듯 박 의원의 말을 자르며 태성이 자리에서 일어섰다. 제 흥에 취해 테이블까지 쾅쾅 두드리며 일장 연설을 늘어놓던 박 의원이 당황한 표정으로 태성을 올려다보았다.

"당신은 그야말로 아무것도 아니기 때문입니다."

태성은 곱씹을수록 어이가 없어 자꾸만 헛웃음을 터뜨렸다. 자신과 사이가 좋지 않은 사람들도 제 앞에서 함부로 기현의 이야기를 입에 올리지 않았다. 두 사람이 그렇고 그런 사이라는 걸 짐작해서라기보다, 태성이 기현에게 지나칠 정도로 조심스럽게 굴었기 때문이다.

그리고 혹여 이 주제로 조금이라도 수틀리는 일이 생겼을 때, 태성은 손속에 자비를 두지 않았다. 몇 번이나 잔혹한 일이 발생하자 아무도 윤기현의 이름을 입에 올리며 태성을 자극하지 않았다. 그런데 당장 있을 선거에서 당선조차 불확실한 일개 국회의원이 감히.

"야! 너 이 새끼 거기 안 서? 이 길로 나가서 바로 기자들 소집할 줄 알아! 여기 녹취 파일도 다 있다고! 소송 걸 거야, 내가! 너랑 윤기현이 싹 다!"

박 의원이 내지르는 고함이 문밖까지 쩌렁쩌렁 울렸다. 마시던 잔까지 집어 던졌는지 쨍그랑 깨지는 소리도 들렸다.

"어떻게 처리할까요?"

조동수가 조심스럽게 물었다. 어느덧 태성과 함께한 시간이 그렇지 않은 시간의 배가 넘는 그가 판단하기로는, 이럴 때 괜히 말을 얹는 것보다 쥐 죽은 듯 구는 편이 나았다.

"여기 아무도 없나?"

"미리 전부 물려 뒀으니 걱정 안 하셔도 됩니다. 그래도 혹시 모르니 CCTV는 손을 써 두겠습니다."

태성은 귀찮다는 듯 고개를 끄덕였다.

박 의원에게 전시회를 권했다는 교수가 제 이름을 모를 가능성은 크지 않았다. 아무것도 모르는 사람이 대뜸 갤러리부터 대관해서 그림을 팔아 보라고 권유하지는 않았을 테니까. 그렇다면 대원 미술관의 관장이 이 시즌에 굉장히 민감하다는 것도, 평소 일 처리며 성격이며 어디 하나 빠지는 곳 없이 지랄 맞다는 것 또한 모를 리가 없다.

게다가 지금은 제법 예민한 시기라서 업계 큰손들 모두 경매나 판매는 자제하고 있었다. 그런데도 작은 갤러리의 주인부터 시작해서 주변의 온갖 사람을 쥐어짜 기어이 일을 벌인 거였다. 고작 교수와 재선 의원 따위가.

"몰랐는데, 요즘 내가 굉장히 만만하게 느껴지나 봐."

"네?"

"저 인사, 알아서 치워."

"음, 네. 알겠습니다."

"아니지. 사고로 처리하는 게 좋겠어. 그래야 멍청한 새끼들이 정신을 차리겠지."

조금 과한 태성의 처사에 놀라긴 했지만, 조동수는 별말 없이 고개를 끄덕였다.

"그런데 이렇게 공석이 생기면……."

"내버려 둬. 저 새끼 끌어 주던 인사든, 소속 정당이든 알아서 눈치채고 연락 취해 오겠지. 어쨌든 초선은 아니잖아, 저거."

"네."

"아, 그림 그려 준 건 누구라고?"

"보좌관의 자녀들이라고 들었습니다. 공교롭게도 딸과 아들이 모두 미대생이어서……."

태성은 아무 말도 듣지 못한 것처럼 느리게 눈을 감았다 뜨는 것으로 대답을 대신했다. 아무리 그래도 거기까진 손을 쓰고 싶지 않았다. 정확히 말하자면…… 잘못 없는 사람들에게서도 기어이 피를 본 것을 알게 되면, 윤기현이 그다지 좋아할 것 같지 않았다.

"윤기현 씨 얼굴을 봐서라도 착하게 살고 싶은데 꼭 이렇게 주제 파악을 못 하는 새끼들이 튀어나와. 죽지도 않고."

무거운 목을 좌우로 꺾으며 태성이 중얼거렸다. 확실히 기현 곁에 자주 모습을 비췄더니 착각하는 사람이 많아진 것 같았다.

'만약 내가 고분고분한 성격처럼 느껴졌다면, 부드러운 표정을 짓고 있었다면…… 그건 다 윤기현과 함께 있을 때뿐인데.'

주의 깊게 살펴보지 않았어도 윤기현이 단 하나의 예외 사항이라는 걸 모르지 않을 텐데, 어째서 자신도 괜찮을 거라고 판단해 선을 넘는 멍청한 놈들이 이렇게 많은지.

"오늘 안에 처리하도록 하겠습니다."

"혹시라도 허튼 미끼 무는 놈들 나올 수 있으니까 언론사부터 단속하고."

"네."

태성이 일하는 방식은 예전과 크게 달라지지 않았다. 여전히 온갖 방식으로 돈을 세탁했고, 그 과정에서 정보를 사고팔아 꼼꼼히 장부에 채워 넣었으며, 필요할 때마다 그간 축적된 못된 짓거리를 아낌없이 휘둘러 사람들을 겁먹게 했다. 무게 잡으려 애쓰던 어릴 때와 비교해 훨씬 더 노련한 방식으로 조용히 원하는 것을 손에 넣곤 하는 요즘이었다.

그런데도 이렇게 만만히 보는 놈들이 있다니. 윤기현은 알고 있을까. 이런 변화를.

"……이런."

굳은 표정을 풀지 않은 채로 재킷 안쪽에서 핸드폰을 꺼내던 태성이 액정에 뜬 이름을 확인하고는 맥이 탁 풀린 웃음을 흘렸다.

"무슨 일 있으십니까?"

우뚝 멈춰 선 태성이 걱정스러워 돌아보았던 조동수는 부드럽게 올라간 그의 입매를 보고 짧게 고개를 끄덕이며 물러섰다. 세상에서 태성이 저런 표정을 지을 수 있게 만들 수 있는 건 오직 한 사람뿐이었다.

"왔어요?"

기현이 빼꼼 고개를 내밀었다. 볼을 쉼 없이 움직이며 우물거리는 걸 보니 뭘 먹고 있었던 모양이다.

"설마 지금 이 시각까지 식사, 아직이었습니까?"

"아뇨. 과일 먹고 있었습니다."

태성은 기현의 손짓을 따라 얌전히 식탁 앞에 앉았다.

"벌써 복숭아 철이더라고요. 자두도 나오기 시작했고."

오늘 기현은 기분이 좋아 보였다. 여러 종류의 과일만 수북하게 담은 접시가 네 개나 되었는데, 하나하나 가리키며 부산스럽게 설명을 늘어놓았다.

"우리 백화점과는 처음 계약한 농장들인데, 벌써 반응이 좋은 것 같더군요. 다행입니다."

"음, 윤기현 씨."

"네."

"혹시나 해서 묻는 건데."

"뭔데 그렇게 뜸을 들입니까?"

"임신이라도 한 건 아니죠?"

"……뭐라고요?"

"내가 아무리 윤기현 씨한테 정신이 팔렸어도 콘돔은 꼬박꼬박 챙겼던 것 같은데. 아니었나?"

황당한 소리에 기현은 잠시 멍하니 눈을 깜빡였다. 그러다 과즙이 손목을 타고 흐를 때가 되어서야 퍼뜩 정신을 차리고 세모나게 눈을 치켜떴다.

"지금 그걸 농담이라고 하는 겁니까?"

"아니, 귀여워서 그랬죠. 서른 훌쩍 넘은 사람이 과일 까먹으면서 그렇게 귀엽게 굴 건 또 뭡니까."

기현은 말을 말자는 듯 포크를 내려놓았다. 맥락 없는 태성의 농담에 기분이 조금 상한 것 같더니, 과일이 정말 입맛에 맞았는지 눈치를 보며 슬그머니 다시 손을 뻗었다.

태성은 보지 못한 척 괜히 콧잔등만 만지작거렸다. 확실히 시간이 흐를수록 예전보다 말랑말랑해지는 것 같긴 하다. 서로를 대하는 모습이라거나 둘 사이에 흐르는 긴장감 같은 것들이 다른 방향으로 바뀌고 있었다. 끈적끈적하고 달콤한 냄새를 풍기는 이 과일들처럼.

그래도 그렇지 이렇게까지 귀여워질 필요는 없잖아. 태성은 한껏 땅겨진 입매를 들키지 않으려 애썼지만, 별수 없이 웃음이 터져 나왔다.

"사실 오늘 기분이 별로 좋지 않았는데, 윤기현 씨 덕분에 괜찮아졌습니다."

"내가 뭐라고 할까 봐 선수 치는 거죠?"

고개를 끄덕이며 태성 또한 포크를 집어 들었다.

"기분 상했던 건 사실이에요. 내 눈치 보느라 오늘 직원들이 고생 좀 했죠."

태성은 관심 없는 척 손에 쥔 포크를 살펴보았다. 이전에 기현에게 추천해 줬던 신인 도예가의 작품인 듯싶었다. 당시엔 크게 감흥을 보이지 않는 것 같았는데, 태성 몰래 따로 의뢰한 모양이다.

어쩐지 가슴 안쪽이 간지러워져서 태성은 몇 번이나 깊게 숨을 내쉬어야 했다. 기현의 사적인 공간에 이렇게 당연하다는 듯 자신 몫이 갖추어져 있는 것도, 아닌 척 자신의 말을 유심히 귀담아듣는 윤기현도…… 이 모든 것이 전부 다 달콤했다.

"그래서 대체 무슨 일이 있었는데요?"

냅킨으로 찐득찐득해진 손목 언저리를 닦아 내며 기현이 여상하게 물었다. 얄팍한 수작이라며 대놓고 태성의 흉을 보았으나 확실히 그가 일과 관련해 먼저 감정을 드러내는 경우는 드물었다. 심지어 기분이 상했다는 말까지 하는 건 처음 듣는 듯했다.

"누가 내 이름 대면서 진태성 씨 협박이라도 하던가요?"

농담처럼 들렸을까. 기분 상했다는 사람한테 너무 대수롭지 않게 굴었나. 말을 내뱉고 나서야 슬쩍 걱정이 밀려왔지만…… 속이 뒤틀린 그를 위로한답시고 호들갑을 떠는 건 기현의 성미에 맞지 않고,

태성 역시 좋아하지 않을 것 같았다.

"윤기현 씨한테 그러는 놈들도 있습니까?"

"어떤 사람을 말하는 거죠?"

"조금 전 했던 말 그대로입니다. 괜히 내 핑계나 대면서 윤기현 씨한테 협박하는 놈들, 혹시 있었나 싶어서요."

"설마요."

"아니면…… 음, 윤기현 씨를 꼬시려고 든다거나. 뭐 그런 이상한 놈들? 하긴. 그런 새끼들이야 당연히 많았겠죠. 윤기현 씨는 예쁘니까."

원래도 이런 종류의 장난을 좋아하는 태성이긴 했지만, 원래 하려던 말이 아니라는 건 기현이 아니라 누구라도 알 수 있을 터였다.

"진지하게 답하자면 아무도 없습니다. 모임이나 행사만 가도 젊고 훤칠한 애들 많은데, 나 같은 아저씨에게 누가 관심을 두겠어요."

하지만 어쩐지 더 깊게 캐묻는 것보다 물 흐르듯 자연스럽게 넘어가 주는 것이 나을 것 같았다.

태성은 기현이 벌이는 모든 일을 전부 파악하고 있지만, 기현은 그렇지 못했다. 당연히 알려고 들면 못 할 것도 없다. 그러나 물밑에서 하는 일이 많은 태성이니, 모르는 척 넘어가 주는 순간도 있어야 할 것 같았다. 그래서 대충 윤곽이 잡히는 사건들도 다 알면서 눈을 돌려 버린 지 좀 되었다.

"그리고 그런 놈들이 있다고 한들 뭐 어떻습니까. 어차피 진태성 씨가 알아서 처리해 줄 텐데."

순간 기현의 모습을 담고 있던 태성의 눈동자에 무어라 형용할 수 없는 감정들이 스쳐 갔다. 다 잊은 것처럼 굴고 있지만, 아직도 서로를 할퀴었던 지난날이 선명했다. 그런 와중에 용케도 자라난 기현의 신뢰가, 달짝지근한 마음이, 함께 공유하는 모든 것이…… 그저 고맙고 벅찬 것 같았다.

기현은 어쩐지 부끄러워져서 어색하게 고개를 돌려 버렸다. 아직도 태성의 저런 눈빛에는 적응이 힘들었다. 그에게서 첫사랑이라도 하는 것 같은 소년의 얼굴을 마주할 때마다 명치 아래가 저릿저릿해서 견딜 수 없었다.

"당연히 그렇긴 하지만, 이렇게 공적으로 허락을 내려 주면 나중에 기현 씨가 곤란해지는 것 아닙니까?"

"진태성 씨가 못된 짓 했던 게 하루 이틀도 아닌데 뭐 어떻습니까."

"하하. 그건 그래요. 내가 원래 좀 못됐지."

태성은 웃으며 고개를 끄덕였다. 듣고 나서야 깨달았다. 아마도 자신은 기현이 이런 말을 해 주길 내심 바랐나 보다. 당신을 믿고 있다거나 그래도 괜찮다는 다정한 위로보다…… 너 나쁜 놈인 거 잘 알고 있다는 덤덤한 되새김이.

"그나저나 인테리어 업체는 왜 물어봤습니까? 여기 손본 지 1년 조금 지난 것 같은데."

그럴 거면 처음부터 싹 다 고치지 그랬냐는 뜻을 담은 물음이었고, 한편으론 이제라도 다시 마음을 먹은 게 장하다는 칭찬이기도 했다.

별채는 사람이 오래 쓰지 않았던 데다 예전에 지어진 이후로 한 번도 손을 댄 적이 없어서 여기저기 불편한 구석이 많았다. 태성 역시 부분적으로 손을 대기보다 전부 뜯어고치는 게 어떨까 싶었지만 다른 곳도 아닌 별채여서, 기현에게 사연이 많을 곳이라서, 무어라 쉽게 간섭하기가 어려웠다.

기현은 생모의 기일을 앞두고 있을 때처럼 바싹 마른 얼굴로 밤을 지새우다 가구는 침대와 식탁, 소파만 새로 들여놓고, 대리석과 타일만 교체하는 수준으로 타협을 봤다. 기현이 그 정도라도 변화를 꾀하려 애썼던 게 불과 1년 전의 일이었다.

"새로 집을 구할까 합니다."

"집을 구하다니요?"

"오늘 윤……."

윤진서와의 일을 말하려던 기현은 잠시 망설였다. 태성 앞에서 체면 차릴 것은 없지만, 제 나이를 생각해서라도 사람 이름을 쉽게 불러 대고 싶지 않았기 때문이다. 그러자면 윤진서가 아니라 윤 회장이라고 불러야 하는데……. 그 말은 여전히 입 밖으로 내기 어려웠다.

아직도 기현은 윤 회장이라는 말을 들으면 윤진서가 아니라 윤의택이 떠올랐다. 이렇게 오랜 시간이 흘렀는데도 좀처럼 말끔히 지워 내지 못한 감정들이 넘실넘실 흘러넘쳤다.

"윤진서 대표와…… 이야기를 나누었습니다."

"아아. 합의하기로 했습니까? 혹시 윤진서가 신무원을 조건으로 내걸던가요?"

"아뇨. 그건 아닙니다. 그냥 문득 든 생각인데, 각자 맡은 계열사에 집중하게 됐으니 굳이 이런…… 그러니까 신무원이라는 형태를 유지할 필요가 없을 것 같아서요."

"음……."

태성은 선뜻 무어라 답을 하지 못했다.

기현이 지난 일을 지워 내기 위해 끊임없이 발버둥 치고 있다는 건 누구보다 잘 안다. 아직도 가끔 악몽과 불면에 시달리긴 하지만…… 그래도 예전보다는 아주 조금씩 괜찮아지고 있었다. 조금이라도 별채를 손보고, 새로운 물건으로 덧입히려 했다는 것이 그 증거였다. 그러다 보면 언젠가는 윤기현도 아무런 꿈도 꾸지 않고 푹 잠드는 날이 오겠지, 딱 그만큼만 바라고 있을 뿐이었다.

"예전부터 생각했던 일이기도 합니다. 손을 댈 엄두가 나지 않아서 그저 생각만 하고 있었는데…… 마침 좋은 기회가 생긴 것 같아요."

그런데 기현은 상상도 못 한 방향으로 한 걸음 더 발을 내디뎠다. 용감하게도, 당연하다는 듯 자신을 둘러싸고 있던 모든 것을 조금씩 부수기로 마음먹은 모양이었다.

"……반대하는 사람이 적지 않을 겁니다. 집안사람들이 아니라 전사적 차원에서 제동을 걸 수도 있어요. 신무원은 그냥 집이 아니니까."

"맞아요, 그럴 겁니다. 소송 직후에 각자 집까지 얻는 걸 보니 사이가 완전히 틀어졌다느니 그런 말이 돌기도 하겠죠. 으음. 말하고 보니 윤진서 대표가 가장 크게 반대할 것도 같네요. 이미지를 끔찍이도 챙기는 사람이니까."

"생각해 둔 방향은 있습니까?"

"아예 박물관 같은 걸로 바꾸면 어떨까 싶어요. 왜, 기업 연혁을 소개하는 기념관 같은 것 있잖아요."

"으음. 신입 사원들 OT 때나 잠깐 들르지 않을까 싶지만…… 그래도 그런 용도로 탈바꿈한다면 찬성표를 던지는 사람이 아주 없진 않겠군요."

"대신 말씀하신 것처럼 유지 비용을 어떻게 충당할 것인지에 대해서도 고민이긴 합니다."

"지금부터 여러 가지 준비가 필요하겠네요."

"뭐, 아직 확정된 것도 아니니까……."

"윤기현 씨 생각만 바뀌지 않는다면, 그렇게 될 겁니다."

태성이 시큰둥하게 말했다. 대수롭지 않은 목소리로, 당연히 당신이 바라는 대로 될 것이라고. 램프 속 요정이 자기 주인을 타이르듯이.

"그러니 쓸데없는 걱정은 말고, 윤기현 씨는 앞으로 신무원을 떠나 어디서 살지 고민해 보는 게 좋을 겁니다."

이미 살기 좋은 곳에는 전부 건물이 올라갔는데, 어디를 수배하면 좋을까……. 태성은 생각에 잠겨 턱 끝을 문질렀다. 섣불리 움직였다가 소유주가 기현이라는 소문이라도 나면 골치 아파질 게 뻔했다.

"어쨌든 이번 일은 내가 알아서 해 볼 테니까, 가장 필요로 하는 것만 말해 줘요. 신무원이나 별채 느낌을 최대한 참고하겠지만 그래도 새집에 이런 건 있었으면 좋겠다, 하는 것들."

"으음……."

기현 또한 덩달아 턱을 괴고서 잠시 생각에 잠겼다. 집중하는 모양인지 입술이 부리처럼 삐죽 튀어나온 것을 보고 태성은 몇 번이나 손을 뻗을 뻔했다.

견디기 어려웠다. 키스하고 싶다거나 당장 기현의 안을 파고들고 싶다거나 하는…… 그런 원초적인 감정과는 조금 달랐다. 몸 안쪽이 사정없이 쥐어 짜이는 기분이었다.

할 수만 있다면 기현을 손안에 넣은 채로 움켜쥐고 싶었다. 볼을 길게 늘이거나, 뾰족하게 부푼 입술을 세게 잡아당기고 싶었다. 정 안되면 의자에 놓인 푹신한 방석이라도 마구잡이로 두들겨 패고 싶었다. 윤기현이 귀여워서 당장에라도 뭔가를 쥐고, 흔들고, 터뜨리고 싶었다.

태성은 이따위 생각이나 하는 자신이 당황스러웠다. 성감이 일어나면 약간의 가학심 또한 불이 붙었지만, 이런 이상한 방향은 아니었는데 말이다. 너무 좋아하면, 좋아서 견딜 수 없으면 이런 말도 안 되는 생각도 하고 그러는 걸까?

"이런 쪽으로는 잘 모르니까 당장 생각이 나는 건 없지만…… 그래도 진태성 씨 방은 있어야 할 것 같죠? 아무래도."

"내 방이요?"

"매번 침실에서만 있을 건 아니잖아요. 서재까진 어렵더라도 필요할 때 쉴 수 있는 공간은 있는 게 좋겠죠. 여기 있는 오래된 가구들 몇 개도 가져갈 수 있다면 가져가고 싶고……."

기현이 주위를 두리번거렸다.

"오래된 가구라 옮길 때 많이 상할까요? 저번에 수리할 때도 자꾸 옮기고 그러면 틀어질 수 있다고 주의받았는데."

"흠……. 그 정도야 뭐, 어려운 일은 아니니까요."

태성은 괜히 헛기침하며 식탁 모서리를 바라보았다. 골똘히 생각에 빠진 기현의 얼굴이 귀여워서 죽을 것 같았다. 그런데 사람 기분을 이상하게 만드는 그 얼굴을 한 윤기현이, 새로 지을 집에 자신의 방도 있을 예정이라고 무심히 말했다. 기현이 내주겠다고 한 건 고작 방 한 칸에 불과한데, 어째서 온 마음을 주겠다는 열렬한 고백처럼 들리는 건지 모를 일이었다.

"그래서…… 기분은 좀 풀렸습니까?"

"아. 별일 아니었어요. 그냥…… 오랜만에 못된 짓을 저지르게 만드는 사람이 있었습니다."

"그래요?"

"윤기현 씨가 신경 쓸 거 없습니다. 늘 그렇듯 그 사람 상대로 하고 싶은 말 다 했고, 내 방식대로 처리까지 마쳤으니까요."

"으음……."

"됐습니다. 어차피 중요한 일도 아니었고."

"오늘 이야기 나누던 도중에 윤진…… 아니, 윤 대표가 당연하다는 듯 진태성 씨를 거론하더군요."

굳이 알리고 싶지 않은 이야기라 이대로 어영부영 넘어가려는데, 의외로 기현이 쉽게 물러서질 않았다.

"나를요?"

"진태성 씨가 내 곁에 있는 게 당연하다는 듯 말을 해서 좀 어이가 없었지만, 틀린 말은 아니었으니 반박하진 않았습니다."

잠시 불편하지 않은 침묵이 흘렀다. 미세한 떨림이 멈추지 않는 손끝을 감추기 위해 태성은 흘러내린 머리칼을 자꾸만 쓸어 넘겼다. 제 심장의 주인이 어떤 방향으로 이 대화를 끝맺을지 짐작이 가면서도 믿기지 않았다.

"그리고 아까도 말했지만, 나는 진태성 씨가 대단한 성인군자라 곁을 내준 게 아니고요."

"……아."

기현을 향한 고백은 습관과도 같았고, 태성은 자신이 그런 종류의 말을 돌려받을 것이라는 기대를 접은 상태였다. 아니, 애초에 기대조차 하고 있지 않다는 게 옳겠다. 이 부분에 있어서 태성은 기현에게 어떠한 욕심도 부릴 수 없는 죄인이었다.

"……이런, 윤기현 씨."

그런데……. 기현과 함께 있으면서 놀랄 일이 더 남았을까 싶었는데. 대단한 사건이 일어나리라 짐작하지도 않았던 오늘, 그에게서 코끝이 시큰해지는 위로를 받았다. 아니, 마음을 받았다.

잠시 아무 말도 못 한 채 시선으로 기현의 얼굴을 덧그리던 태성은 이내 평소처럼 삐딱하게 등받이에 몸을 묻었다. 그 뻔뻔한 작태에 다시 포크를 든 기현의 입가에도 옅은 미소가 스쳐 지나갔다.

"좋아요. 앞으로도 최선을 다해서 못된 짓 해 보겠습니다."

기현은 별말 없이 고개를 끄덕였다. 포크에 푹 찔린 과육이 서걱

거리며 무너지는 소리가 달았다. 태성은 깊게 숨을 들이켰다. 익숙하지만 좀처럼 질릴 일이 없을 것 같은 과일 향이 두 사람의 머리 위를 부유했다.

외전 8-2
Be my eternal love

Be my eternal love

“확실히 매력이 있는 종목이에요. 진태성 씨도 실제로 해 보면 재미있다고 느낄 겁니다. 물론 저도 아직 잘하는 건 절대 아니지만……. 뭐, 연습을 좀 해 보려고 해도 한국에선 이런 환경을 갖추는 것 자체가 어려우니까요.”

기현은 몇 번째 같은 말을 반복하고 있었다. 추운 날씨 때문인지, 혹은 처음으로 좋아하는 경기를 직접 관람한 이후여서인지 꽁꽁 언 뺨은 장밋빛이었다.

“다른 경기는 종종 본 적 있지만, 아이스폴로 월드컵을 실제로 본 건 처음입니다. 휴가를 내기 애매한 때라 늘 날짜가 맞지 않았거든요.”

역시 몇 번이나 했던 말이었다. 그렇게 좋을까. 태성은 어쩔 수 없이 웃으며 고개를 끄덕였다.

“윤기현 씨가 그렇게 좋아하니, 앞으론 관심 가져 보도록 노력하겠습니다.”

"경기가 좀 생소하긴 하죠?"

그래도 여기 풍경이 참 예쁘지 않냐며 기현이 말을 돌렸다. 의외였다. 먼저 들어가서 쉬어도 된다거나 재미도 없는데 그렇게까지 애쓸 필요가 없다는 대꾸가 아니라, 이 아름다운 경치를 보다 보면 자연스레 즐거워질 것이라는 독려라니.

"뭐, 저도 설경을 그리 즐기는 편은 아니긴 하지만……."

"그래요. 참 예쁘네요."

대충 대꾸하는 것이 느껴졌는지 기현의 눈초리가 뾰족해졌지만, 순간일 뿐이었다. 태성은 들리지 않게 한숨을 쉬며 기현을 툭툭 쳤다.

"저도 아쉽지만 이만 들어가는 게 좋을 것 같은데요."

아까 전부터 커다란 카메라를 든 무리가 이쪽을 흘끔거리고 있었다. 아이스폴로 월드컵의 스폰서 브랜드들이 대부분 고가의 시계나 양주 브랜드여서 그런지 남성 패션지에서도 취재차 방문한 듯했다. 외신은 몰라도 한국, 아니, 아시아권 기자들에게 노출되어 봤자 귀찮은 일만 생길 터였다. 기현 역시 태성의 시선이 닿는 곳을 눈치챘는지 이내 선선히 고개를 끄덕였다.

"이런. 독일에서 마주쳤던 기자도 있네요."

"혹시 모르니 서태식 씨에게 연락해 두는 게 좋지 않겠습니까? 사진이 찍혔을지도 모르니까."

"그렇게 하죠. 참, 식사는요?"

"지금이라도 물어봐 주니 눈물이 나게 고맙네요."

"설마 아직입니까?"

"그건 아니지만 이제야 내게 관심을 주는 것 같아 기뻐서 그렇습니다."

"뭐야, 왜 그래요. 어린애도 아니고."

기현이 팔꿈치로 태성의 명치를 아프지 않게 쿡쿡 찔렀다. 뭐…… 그가 심통을 내는 것도 이해가 안 가는 건 아니었다. 무려 한 달 만의 만남이었으니까.

기현은 독일 지사에서 회의를 마친 후 운 좋게도 3일 정도 휴가를 낼 수 있었다. 사실 쉬겠다는 뜻을 밝혔을 때, 직원들이 다소 미적거리며 답을 꺼린다는 것을 눈치채긴 했다. 그렇지만 아이스폴로 월드컵을 코앞에 두고 포기할 순 없어서 애써 모르는 척했다.

그리고 태성은 그런 기현의 일정에 맞추어 지금 막 스위스에 도착한 참이었다. 그나마 참석한 살롱 옥션이 모두 유럽에서 개최가 되어 다행이었다. 물론 시간을 낼 수 있는 상황이라면 지구 반대편에서라도 기꺼이 날아왔을 남자였지만.

"옥션은 어땠습니까?"

"마음에 드는 건 없었지만 초대해 준 사람 면을 무시할 순 없어서…… 그냥 적당히 골랐습니다."

대수롭지 않은 일인 것처럼 말하지만, 태성의 일정 또한 살인적이긴 했다. 궂은 날씨에 조그만 젯으로 소도시들을 오가느라 평소보다 배는 피곤했다. 그렇지만 그렇게나 보고 싶었던 주인님의 곁에 있노라니 이 정도는 기꺼이 견딜 만했다. 게다가…….

"어쨌든 윤기현 씨, 앞으로 3일 내내 휴가인 것 맞죠?"

"어…… 그렇긴 한데……."

"그리고 휴가 내내 같이 뒹굴기로 한 것도 잊지 않았죠?"

알프스 등반이나 다름없는 높은 해발고도의 시골 마을까지 날아오는 대신, 지겨울 정도로 붙어 있기로 단단히 약속을 받아 낸 터였다.

"같이 아이스폴로 해 보기로 한 것도 기억해 주셨으면 합니다만."

"그럼요."

태성이 화사하게 웃으며 기현에게 어깨동무했다. 월드컵이고 나발이고 조금도 관심 없지만, 아이스폴로 운동복을 갖춰 입은 기현은 제법 자신의 취향일 것 같았다. 출전 선수들이야 브랜드 로고가 덕지덕지 붙은 두툼한 방한복을 입고 있지만, 슬쩍 살피니 가볍게 경기를 즐기는 사람들의 옷차림은 훨씬 가볍고 산뜻해 보였다.

"음……."

"왜요?"

"아닙니다."

별일 아니라는 듯 태성은 고개를 내저었다. 생각이 짧았다. 제법 정도가 아니라, 너무나 취향일 게 분명해서 걱정스러울 지경이었다. 그도 그럴 게 지금의 기현도 위험할 정도로 태성의 상상력을 자극하고 있었다. 타이트한 크림색 팬츠에 옅은 색의 가죽 장갑, 새하얀 패딩 위로 벨트를 조여 맨 모습이라니.

극과 극은 닮아 있다고 했던가. 태성은 기현이 이렇게 빈틈이라곤 찾아볼 수 없을 정도로 단정하게 착장했을 때면 음험한 생각이 들끓었다.

"일단 내가 바라는 소원부터 들어줘요."

"소원이요? 휴가 같이 보내기로 한 것치고는 너무 거창해진 것 아닙니까?"

"글쎄요. 윤기현 씨만 들어줄 수 있는 소원이니까, 거창하다면 거창한 거고 소소하다면 소소한 거고."

기현은 수상하다는 듯 태성을 흘끔 바라보았다. 분명 뭔가가 있었다. 하지만 자신이 그리 좋아하는 종류의 이벤트는 아닐 것 같다는 예감이 들었다.

"일단 들어갑시다. 이렇게 추운 날씨일 줄은 몰랐어요."

그렇지만 이 자리에서 옥신각신하기엔 짐도 채 풀지 못한 태성의 옷차림이 몹시 얇아서, 별수 없이 그가 이끄는 대로 걸음을 옮겨야 했다.

"……이게 다 뭡니까?"

기현은 태성이 소파 위로 쏟은 물건들을 멍하니 바라보았다. 큼지막한 통에 담긴 러브젤이나 콘돔 박스야 그렇다 치더라도…….

"보안 심사 통과가 되기는 하던가요, 이런 것들이?"

용도를 알 수 없는 성인 용품 몇 가지를 보니 어이가 없기보다 걱정부터 앞섰다. 수갑이라거나 흉측한 생김의 딜도 같은 것은 없었지만, 그래도.

"애초에 호텔로 배송을 받았습니다."

그럼 그 택배들을 한데 모아 이렇게 잘 정리해 둔 건 대체 누구란 말이지. 태성은 동행 없이 홀로 막 이곳에 도착한 터였다. 설마 호텔 직원들? 아니면 설마 자신이 부리는 비서들? 기현은 두 손을 들어 홧홧해진 뺨을 꾹 눌렀다.

'생각할수록 민망해질 것 같으니 이 문제는 아예 의식하지 말아야겠다.'

태성이 자신을 곤란하게 만들 사람도 아니고, 무엇보다 자신이 부리는 사람들에게 섹슈얼한 면모를 상상하게 할 사람도 아니니…… 그저 알아서 잘 처신했겠거니 하는 수밖에.

"그나저나 이런 거 별로 안 좋아하지 않았습니까?"

일부러 주제를 돌리려 꺼낸 말이었지만, 태성이 준비한 물품들이 의아한 것도 사실이었다. 몸을 맞댄 시간이 짧지 않았으므로 성인 용품 또한 당연히 사용해 본 바 있었다.

그리고 몇 번이나 사용해 본 끝에, 결국 두 사람 모두 이쪽은 취향이 아닌 것 같다고 결론을 내린 상태였다. 태성은 자신의 것이 아닌 다른 무언가가 기현의 뒤를 파고드는 것을 마뜩잖아했고, 기현 역시 이물감이 불편해 좀처럼 집중이 되질 않았다.

"실은 정조대와 로터 같은 걸 생각해 봤는데…… 말을 탔을 때 사용하면 몹시 위험할 것 같더군요. 상상은 상상으로 끝내야겠죠."

"……뭐라고요?"

물음표를 그린 채 소파 위에 널브러진 기구들을 들여다보던 기현의 입이 떡 벌어졌다.

"밖에서 그런 걸…… 아니, 심지어 말을 탄 사람한테 그런 걸 시킬 생각이었습니까?"

"어디까지나 상상이었습니다."

태성은 뭐가 그리 대수냐는 듯 어깨를 으쓱였다.

"매번 그보다 훨씬 크고 위험한 걸 잘도 물고 빨면서 뭘 그렇게 놀랍니까."

"지금 그걸 말이라고 해요?"

"어쨌든…… 상상과 현실이 다르다 보니 맥이 빠져서 평범하게 젤과 콘돔만 주문했을 뿐입니다."

"그럼 이건요?"

"사은품인가 보죠. 난 정말 주문한 적 없어요. 결제 페이지라도 보여 줄까요?"

기현은 탐색이라도 하듯 태성을 살펴보았다. 어떠한 이유로도 자신을 속이지 않는, 아니, 그럴 수 없는 이 남자는 몸을 섞을 때만큼은 뻔뻔스럽기 그지없었다.

"같이 씻을까요? 윤기현 씨가 배고픈 게 아니라면."

태성이 뻐근한 뒷덜미를 주무르며 욕실 쪽을 향해 턱짓했다. 기현은 무의식중에 고개를 끄덕이다 퍼뜩 아침의 일이 떠올라 조심스럽게 운을 뗐다.

"저……."

"왜요?"

"사실 제가 아침에 도착하고서……."

망설이는 목소리에 야하게 흐드러졌던 태성의 미소가 단숨에 시들어 버렸다.

"윤기현 씨. 설마 지금 아이스폴로나 하러 가자는 건 아니겠죠?"

"아뇨, 아닙니다. 다만……."

"다만?"

"으음, 저는 미리…… 준비를 했습니다."

"준비? 무슨 준…… 아아."

삐뚜름하게 고개를 기울이던 태성이 무언가를 짐작하고는 눈을 크게 떴다. 기현은 좀처럼 보기 힘든 태성의 놀란 얼굴이 귀엽게 느껴져서 헛기침하듯 짧게 웃음을 흘렸다. 그러다 이럴 때가 아니라는 걸 깨닫고 태성을 만나면 하려고 했던 말을 천천히 떠올려 보았다.

"그러니까…… 오랜만이잖아요, 우리. 바빠서 거의 한 달은 못 한 것 같은데."

"그래서?"

"그래서, 미리 준비해 두면 편할 것 같았어요. 진태성 씨는 늘 개의치 않고 덤벼들고, 나도 뭐…… 이젠 그런 상황에 연연하진 않지만…… 그래도."

태성이 자극을 받을 수밖에 없는 말이었다. 그래도 조금이나마 덜 날뛰길 바라며 기현은 차분한 척 이어질 말을 골랐다.

국내보다 해외에서 만나는 경우가 많았던 해도 있었다. 누구나 선망하는 여행지나 고급 호텔에서의 섹스가 싫었던 건 아니었지만, 사실 그런 시설은 기현에게 어떠한 감흥도 주지 못했다. 태성 또한 마찬가지일 터였다. 하룻밤에 억 소리가 난다는 이국의 호텔 방보다 자주 쓰는 샴푸 냄새가 밴 서로의 침구 위에서 뒹굴 때 몸이 가장 끓어올랐으니까.

"또 여기는…… 정말 와 보고 싶었거든요. 진태성 씨와."

그렇지만 이번 휴가는 뭔가 다른 느낌이었다. 해변처럼 알록달록한 선 체어가 늘어선 생모리츠의 눈부신 설산도 처음이었고, 아이스폴로 월드컵 관람도 처음이었으며, 유명한 선수에게 직접 레슨을 받을 수 있게 된 것 또한 처음이었다. 무엇보다 이 모든 순간을 태성과 함께 처음 겪어 볼 예정이라는 것이 기현의 가슴을 가장 뛰게 했다.

"어떻게 설명해야 좋을지 모르겠지만…… 사실 여태 누구한테 아이스폴로 좋아합니다, 이런 말 하기가 좀 그랬거든요."

"그랬어요?"

"그럼요. 친숙하고 수더분한 이미지를 구축해도 모자랄 판인데, 제가 어디 가서 그런 말을 하겠습니까. 하여튼 그런 이유로…… 진태성 씨와 여기에 올 수 있게 되어서 참 좋았어요."

태성이 천장에 매달린 샹들리에를 바라보았다. 혀로 안쪽을 쓸어 보는 듯 한쪽 볼이 불룩했다. 껄렁한 얼굴이었으나 생각에 잠긴 눈빛은 그 어느 때보다 진지해 보였다.

"그러니까 윤기현 씨는, 나와 함께여서 좋다는 거죠."

다행스럽게도 태성은 기현이 무슨 말을 하고 싶었던 건지 대충은 이해한 듯했다.

"그렇죠."

"남들에게 말하기 뭣해서 혼자서 좋아했던 것들을 나와 공유할 수 있게 되어서 기쁘다는 거고."

"그런…… 거겠죠?"

"그래서 나를 만나면 기쁘고 벅찰 것 같아서, 당장에라도 박히고 싶은 마음에 알아서 준비했다고…… 그렇게 알아들으면 되는 겁니까?"

"그렇…… 다기보다는……."

태성의 손이 기현의 얼굴을 멋대로 감쌌다. 처음부터 대답을 바라고서 던진 질문이 아니었던 모양이다.

"가끔…… 윤기현 씨가 날 어떻게 하고 싶은 건지 모르겠습니다."

시야가 어룽어룽하지 않을 정도의 가까운 거리에서, 태성이 기현을 뚫어져라 바라보며 중얼거렸다. 실내의 온기에도 채 녹지 못한 차가운 겨울의 냄새가 훅 끼쳐 왔다.

"고작 성인 용품 몇 개에도 질겁을 하며 물러서 놓고는, 내가 오면 못 참을 것 같아서 미리 구멍을 깨끗하게 했다는 말을 들으면……."

뺨을 더듬던 무도한 손이 기현의 목선을 훑더니 결심이라도 한 듯 어깨를 단단히 짚었다. 두꺼운 패딩 위를 뚫어 버릴 것처럼 긁어내리던 기다란 손가락이 느리게 벨트 안을 파고들었다.

"대체 어떡하면 좋겠어요, 내가."

바닥에 깔린 러그가 어찌나 푹신한지 쇳소리도, 무게감이 있는 옷이 떨어지는 소리도 들리지 않았다.

"그건……."

기현은 눈을 내리깐 채로 다행이라고만 생각했다. 태성이 딱 이 정도로만 흥분하길 바랐다. 제 말을 듣자마자 눈이 뒤집혀 그대로 박아 넣는 것은 아닌가 걱정했는데. 숱하게 몸을 섞었어도 그의 것은 도무지 익숙해질 수가 없는 크기였다.

"내가 정말……."

태성이 조심스럽게 벗겼던 건 겉옷뿐이었다. 셔츠는 거의 찢어발기듯 옆으로 벌어졌고, 딱 달라붙는 팬츠의 파스너는 조금 전의 벨트처럼 어디론가 아무렇게나 날아가 버렸다. 순식간이었다.

"잠시만, 옷을…… 앗!"

그러나 태성은 급해서인지, 혹은 일부러인지 바지를 완전히 벗기지 않은 채로 기현을 소파 쪽으로 밀었다. 꼴사납게 넘어지지 않으려 간신히 소파의 등받이를 움켜쥐자마자 등 뒤에서 딸각이는 소리가 났다. 기현은 짧게 숨을 들이켰다.

"진태성 씨, 잠깐만요, 이건—"

"바라던 거 아니었어요?"

다리도 제대로 벌리기 어려운 상태였지만 태성은 개의치 않고 동그랗게 솟은 하얀 엉덩이 위로 젤을 흩뿌리기 시작했다.

"아……!"

기현은 골을 타고 흐르는 끈적끈적한 액체의 느낌에 몸서리를 쳤다. 평소에도 젤을 쓸 때는 시트를 못 쓰게 될 정도로 흠뻑 적시는 편이긴 했지만, 이런 자세는 생소하고 불편했다.

"흐, 자, 잠깐…… 읏……."

참을성 없는 기다란 손이 거칠게 둔부를 가르는가 싶더니, 뜨끈한 것이 곧장 구멍 안쪽에 닿았다.

"잠깐만, 아, 아무리 그래…… 그래도……."

엉덩이 바로 아래에 벗겨지다 만 하의가 달라붙어 있어 기현은 옴짝달싹 못 한 채 태성의 혀를 받아 내야 했다. 빠르게 삽입할 거라고 생각했지, 구멍부터 빨릴 것이라곤 생각하지 못했다. 그렇지만 피하려고 움직일 때마다 더 깊이 졸라 대는 것처럼 느껴져 그마저도 쉽지 않았다.

"진태성 씨……."

이런 어중간한 차림을 하고서, 심지어 아직 키스도 하지 않은 상태로 막무가내인 전희를 받아들이고 싶진 않았다.

"진태성 씨, 잠깐만요……."

흔들리는 기현의 목소리 끝에서 무언가를 읽어 냈는지, 태성이 서서히 입술을 떼어 냈다.

"아무리 그래도 지금 바로 들어가는 건 무리겠죠."

엄지와 검지로 뻐끔거리는 구멍을 벌리며 무언가를 가늠하던 그가 낮은 목소리로 기현의 허락을 구했다.

"괜찮겠어요?"

말만 정중할 뿐, 태성은 이미 다른 손으로 콘돔의 포장을 찢고 있었다. 바스락거리는 비닐의 소리를 들으며 기현은 슬쩍 고개를 끄덕였다. 사실 뒤로 혀부터 집어넣었던 직전의 애무가 당황스러웠지, 충분히 예상한 상황이었다.

"흐으……."

기현의 골반을 세게 잡아끌며 태성이 곧장 삽입을 시도했다. 얇은 막에 씐 귀두 끝이 쿡쿡 입구를 찌르다, 부드럽게 둥글리며 구멍 안을 파고들기 시작했다. 이미 익숙한 것 같으면서도 도무지 익숙해지지 않는 감각이었다.

"윤기현 씨, 솔직하게 말해 봐요. 씻기만 한 거 아니죠?"

"무슨……."

"여기로 손가락 몇 개나 넣었어요?"

"그런 적 없…… 하아…… 없, 습니다."

"거짓말."

태성이 아프지 않게 엉덩이를 내려쳤다.

"흣, 왜…… 아앗!"

"그럼 왜 이렇게 헤프게 받아들이는데?"

"응, 그런, 말…… 아……!"

찰싹이는 소리와 함께 뽀얗게 올라붙은 엉덩이 살이 찰지게 파르르 흔들렸다. 그 바람에 잔뜩 긴장한 구멍이 조였다 풀어지기를 반복하며 태성의 성기를 조금씩 먹어 치우기 시작했다.

"못 보던 사이에 더 야해진 것 같지, 왜."

기현은 여기서 더 마르면 볼품없어 보일 것 같다며 다시 트레이닝에 열을 올리기 시작했다. 덕분에 태성이 출장을 가기 이전부터 조금씩 살이 붙어서 지금은 딱 보기 좋은 상태가 되었다.

"아읏!"

그런데 오랜만에 손에 닿은 기현의 몸은 보이는 것과 다르게 확 달라진 느낌이었다. 손이 닿지 않은 지 고작 한 달이었는데. 가까이에서 보니 허벅지에도 예전보다 살이 오른 것 같기도 하고. 섬세하게 붙은 근육 덕분일까, 잡히는 살결마다 뭐라도 바른 것처럼 쫀득하게 손에 달라붙었다.

태성은 셀 수 없을 정도로 관계를 나누었으면서도 주체하지 못하고 기현에게 덤벼드는 스스로가 어이없었다. 그렇지만 어쩔 도리가 없지 않은가. 아이처럼 들뜬 기현의 얼굴도, 쭈뼛거리며 좋아하는 장소에서 좋아하는 것을 보기 위해 자신과 함께 있는 지금 이 순간이 좋다고 속삭이는 목소리도, 매번 다른 감각으로 제 손에 감겨드는 살결도……. 그야말로 모든 것이 야하고 사랑스러웠으니까.

"으, 으응……."

기현이 괴로운 듯 헤드에 이마를 묻었다. 끝이 분명하지 못하게 흐트러지는 목소리가 더더욱 태성의 허릿짓을 조르는 듯했다. 눈보라에 젖은 코트를 그제야 내던지며 태성이 기현의 한쪽 어깨를 붙들었다.

"아, 아앗……!"

셔츠 너머로 꿈틀거리는 어깨뼈에 입술을 가져다 댄 채 태성이 크게 안쪽을 휘저었다. 해후나 자극이 목적이 아니라, 그야말로 빠른 사정을 유도하는 듯한 급한 움직임이었다.

기현은 모든 것이 빨라 가벼운 멀미가 느껴질 정도였다. 태성의 좆이 이렇게 빨리 무시무시하게 크기를 키울 거라곤 짐작하지 못했던 데다, 심지어 이렇게 잘 느끼는 부분만 곧장 찍어 댈 줄 몰랐다.

"아, 흐, 흐윽!"

태성이 움직일 때마다 잔뜩 발기한 성기가 소파의 등받이에 문질러졌다. 기현의 기분과 관계없이 앞과 뒤로 가해지는 물리적인 자극이 거셌다. 이러다 곧 사정할 것 같았다.

"으, 으응……."

그래, 그것까진 괜찮았다. 태성의 말마따나 3일 내내 뒹굴며 게으르게 보내기로 약속했으니까. 그렇지만 시작부터 빠르게 호텔 소파를 더럽히고 싶지는 않았다.

"아, 흐, 읏!"

"후……."

태성은 자꾸만 굳게 다물리는 구멍이 버거운지 숨을 깊이 내쉬었다.

"저기, 태성, 씨, 이거…… 아, 소파…… 가, 아읏!"

"새삼스럽게…… 하, 그런 걸 따지는 겁니까?"

"그렇…… 지만…… 으응……."

"이런 것 신경 쓰지 않고 잘만 쌌잖아요."

저질스러운 태성의 매도에 한 줌 남아 있던 이성이 전부 무너지는 기분이 들었다. 그 말 그대로였다. 매번 참지 못하고 아무 곳에나 사정하는 음탕한 몸뚱이인데 뭐가 문제일까 싶었다. 간신히 소파 가죽을 붙들고 있던 기현의 손등 위로 시퍼런 핏줄이 툭툭 불거졌다. 몸 깊은 곳에서부터 감각이 쥐어 짜이는 듯한 느낌이었다.

"아……!"

그와 동시에 발가락이 곱고…… 정말로 싸 버리고 말았다.

"흐……."

몰아치는 감각에 고개를 푹 떨구자, 지금 무슨 기분인지 다 안다는 듯 태성이 가볍게 어깨를 토닥여 주었다.

"……나는 정신 좀 차릴 겸, 씻고 올게요."

터뜨릴 듯 안을 가득 메우고 있던 태성의 것이 천천히 빠져나갔다. 어찌나 세게 조이고 있었는지 거대한 좆을 꺼내는 순간 팡, 하고 거품이 터지는 소리가 났다. 침대 위로 툭 떨구어진 콘돔 안엔 아무런 흔적도 남아 있지 않았다. 태성은 아직 사정할 기미도 보이지 않았는데, 혼자 가 버리고 만 거다. 기현은 민망함에 고개를 들지 않은 채로 가쁜 숨만 몰아쉬었다.

"잠시만 쉬고 있어요. 몸 닦아 줄 테니까."

손가락 하나 까딱하기 싫은 기분을 안다는 듯, 태성이 땀이 번진 뒷덜미에 입을 맞추며 살살 달래 주었다. 기현은 작게 고개를 끄덕이며 동그랗게 말고 있던 몸을 일으켰다. 움직일 때마다 아래에 잔뜩 고여 있던 젤이 물처럼 녹아 후드득 쏟아져 내렸다.

태성은 옷을 벗어 던지며 욕실로 향하고 있는지, 바닥에 무언가

떨어지는 소리가 들렸다. 점차 멀어지는 소리를 미루어 그가 상당히 급하게 걸음을 옮기고 있다는 걸 추측할 수 있었다. 급하긴 급한 모양이었다. 바로 씻으러 간 것을 보니. 평소 같았더라면 녹아내린 젤을 펴 바르며 잔뜩 달구어진 뒤를 실컷 괴롭혔으리라. 아니면 씻으면서 하자고 졸랐겠지.

기현 또한 느리게 몸을 일으켜 거추장스럽게 달라붙은 옷들을 전부 벗었다. 어깻죽지를 주무르는 손끝이 붉었다. 짧고도 긴 휴가는 지금부터 시작이었다.

+ ♝ +

"흐, 응……."

기현은 넓게 다리를 벌린 채 가쁜 숨을 헐떡였다. 이미 한 차례 사정을 한 탓에 귀두 끝에서부터 흐른 정액이 음모와 사타구니를 잔뜩 적시고 있었다. 이건…… 이상했다.

태성은 아직 씻고 있고, 제 몸은 어딘가 잘못된 게 분명했다. 혼자 앞서가 버려 놓고는 태성에게 뒤치다꺼리까지 맡기기 민망해서, 기현 또한 다른 욕실에서 간단한 샤워를 마친 참이었다. 가운을 여미며 바깥 풍경을 바라볼 때까지만 해도 괜찮았다.

창밖으로 아직 발자국조차 남지 않은 새하얀 눈밭이 펼쳐져 있었다. 그림처럼 하늘을 수놓은 구름 떼, 타닥타닥 불씨가 튀는 소리가 아늑한 벽난로와 섬세하게 반짝이는 샹들리에까지. 모든 것이 완벽했다. 아마 태성과 몇 차례 몸을 더 섞게 될 거고…… 이후엔 노곤한 몸으로 그의 가슴에 얼굴을 묻은 채 나머지 경기를 관람하겠지.

사실 좋아하는 스포츠를 관전하는 즐거움보다는, 평소 뭔가를 묻는 일이 별로 없는 태성이 설명을 부탁하는 일이 기꺼웠다. 그야말로 바라 마지않던 꿈같은 휴일이었다. 그런데…….

"아, 으읏……."

이상하게도 씻고 나온 이후로 몸이 달아올라 견디기 어려웠다. 처음에는 따뜻한 물에 몸을 녹이고 나니 점점 체온이 올라가는 건가 보다, 그렇게 여겼다. 그런데 시간이 지날수록 그런 종류의 온기가 아니라는 걸 깨닫게 됐다. 몸이, 정확히는 구멍 안이 뜨겁고, 가렵고, 답답한 느낌이 들어 아찔해졌다.

뭘까. 씻고 나와서 한 것이라곤 아주 약간의 젤을 써서 다시 빽빽해졌을 뒤를 풀어 주었을 뿐이다. 홀로 매만진 시간도 그리 길지 않았고, 그저 입구에 문지르는 수준이었다. 그 애매한 행위로 이렇게까지 몸이 달아오를 순 없었다.

욕실 문을 여닫는 소리에 기현의 몸이 움찔 튀었다. 동시에 구멍이 아까보다 훨씬 더 빠르게 개폐를 반복하기 시작했다. 어떻게든 안을 쑤시고 싶은 것을 참느라 허벅지를 쥐어짜듯 움켜쥐고 있는 참이었다.

태성이라면 이 이상한 감각을 다스려 줄 수 있을 것 같았다. 아니, 그 거대한 좆 말고는 딱히 떠오르는 게 없었다. 당장 먹어 치우고 싶었다. 거칠게 뒤를 뚫려, 엉망으로 흔들리며 울고 싶었다. 제 몸이 무엇을 원하는지 안다. 아는데…… 한편으론 그에게 이런 꼴을 보이고 싶지 않았다.

진태성 앞에서 이성을 놓은 게 한두 번은 아니긴 했어도. 스스럼없이 여러 가지 요구를 할 때도 있었지만. 그렇지만 이건 꼭…… 예전, 얼결에 삼킨 비타민을 최음제로 착각하고는 정신없이 그에게 매달렸을 때와 비슷한 감각이어서. 영문을 모르겠다는 핑계 아래 깔려 있던 자신의 음탕함이 불쑥 고개를 내민 것일까 봐, 몸이 자꾸만 움츠러들었다.

"으응……."

"……기현 씨?"

어느새 성큼 다가온 태성이 의아한 목소리로 기현을 불렀다.

"……으음. 이게 대체."

무슨 일이냐고 물으려던 태성의 목소리는 한숨 소리에 묻혀 끝까지 들리지 않았다.

"이상, 해요…… 나……."

"……그런 것 같아 보입니다. 물론 나에겐 대단히 자극적으로 느껴지지만."

태성의 중얼거림을 무시하며 기현이 막무가내로 손을 뻗었다. 조금 전까지 무슨 생각을 하고 있었더라? 하나도 기억이 나질 않았다. 허리 아래 묶인 타월의 매듭을 찢을 듯 풀어 버리는 손길이 다급했다.

장골부터 툭툭 불거진 힘줄이 어디까지 연결되어 있는지 뻔히 아는데, 더는 보고만 있기가 어려웠다. 그리고 민망하게도, 태성의 좆이 안을 쑤셔 대는 감각을 떠올리자마자 실금하듯 정액이 줄줄 흘러버렸다.

"빨리……."

기현은 울 것 같은 얼굴을 하고서 태성의 손을 잡아끌었다. 좆이 아니면 손가락이라도 좋았다. 무엇이든 좋으니 달아오른 구멍 안을 거칠게 긁어내려 주길 바랐다.

"하으…… 으응……."

무표정한 낯을 한 태성이 주문에 응하듯 무심히 손끝을 밀어 넣었다. 무서울 정도로 내벽이 수축하는 것이 느껴졌다. 음란한 기대로 전신이 벌겋게 들떴다. 그러나 그와 동시에 입구에 태성의 손가락이 닿자마자, 이것으론 안 된다는 것을 깨달았다. 부족했다. 찢을 듯 안을 가득 메워 줄, 거칠게 내벽을 짓찧어 줄 물건이 필요했다.

"겁도 없이 내가 보는 앞에서 당신에게 약을 탈 새끼는 없을 텐데……."

평소라면 제 좆을 졸라 대는 기현을 기꺼이 귀여워해 줬을 테지만, 상황이 상황이다 보니 태성 또한 선불리 움직이질 못했다. 만약 기현에게 실질적으로 필요한 것이 남자의 자지가 아니라 약 성분을 다스릴 수 있는 해독제라면. 혹시라도 위험한 상태라면 이러고 있을 때가 아니었으니.

"기현 씨, 혹시 모르는 사람이 준 걸 먹었습니까?"

"아니……."

"아니면 여기에 있는 미니바라도 이용했거나—"

"그런 적 없으니까, 빨리, 제발……."

곤혹스러운 얼굴로 빠르게 주변을 살피던 태성은 이내 무언가 짚이는 것이 있다는 듯 기현 옆으로 손을 뻗었다.

"혹시 나 없을 때 젤 썼어요?"

"……응?"

"씻고 나서, 나 몰래 준비 같은 걸 또 했습니까?"

"아니…… 응, 그렇지만……."

"혹시 이거, 맨손이 아니라 콘돔을 낀 채로 발랐어요?"

기현은 반쯤 눈이 풀린 채로 고개를 끄덕였다. 태성의 말마따나 한 달 만의 섹스였다. 그 못지않게 자신 또한 관계를 원하고 있었다. 수월하고 빠르게 태성의 성기를 머금고 싶었다는 말이다. 아까처럼 대뜸 뒤가 빨리는 것까지는 아니더라도…… 공들인 전희보다 사정없는 삽입이 끌리는 때가 있었다. 바로 지금처럼.

"어쩐지 사은품을 덕지덕지 붙여 주더라니……."

태성은 곤란해하며 젤을 살펴보았다. 자못 심각한 낯을 했던 건 언제였는지, 어쩐지 웃음을 참는 것도 같았다.

"저 러브젤이 콘돔의 겉면에 발린 오일에 어떠한 반응을 보인다고 하더군요."

문제의 러브젤을 시트 위에 내던지며 태성이 빙글빙글 웃었다. 열에 들떠 태성의 말을 곧장 인지하지 못하던 기현이 한 박자 느리게 눈을 크게 치떴다.

"지, 금 그걸……."

"기현 씨가 성실했던 덕분에 오히려 몸에 불이 붙은 거죠. 그래도 그렇게까지 심하지는 않다고 했으니까."

기현은 시트를 쥐어뜯으며 가쁜 숨을 내뱉었다. 물론 사람들이 평균적으로 사용하는 만큼만 사용했더라면 그랬을지 모르겠지만, 이미 저 젤의 절반가량을 소비한 상태였다.

"나, 나는…… 그러려고……."

원인이 무엇인지 명확해지자 이상하게도 몸 안쪽이 더욱 격렬하게 반응을 보이는 것 같았다. 미미하던 성감은 시간이 지날수록 맹렬해졌다. 조금 전 내벽을 흠뻑 적셨던 문제의 젤이 어디까지 자신을 음탕하게 무너뜨릴지 두려웠다.

"그나마 이상한 약 같은 게 아니라 다행인 건지……."

경악스러운 와중에도 한숨처럼 흐트러지는 태성의 목소리를 들을 때마다 구멍이 욱신거렸다. 지금도 이렇게 좋은데, 그의 커다란 자지가 뒤를 쑤셔 준다면 몇 번이고 사정할 수도 있을 것 같았다.

"……태, 성 씨?"

우려하던 상황까지는 아니라는 것을 깨달은 태성은 곧장 기현의 위로 몸을 기울였다. 머리 위를 짚었던 손이 오금 뒤를 붙든다고 생각한 순간, 비닐이 벗겨지는 소리가 들렸다.

"아…… 안……."

기현은 당황해 입을 빼금거렸다. 태성이 이로 콘돔의 포장을 찢어 내고 있었다. 분명 저기 발린 오일이 마찰을 일으켜서 문제가 된다고 하지 않았던가? 지금 이 상태에서 콘돔을 쓰면…… 어떻게 되는 거지?

"그렇게까지 큰 문제는 없을 거라고 하니까."

"아니, 그건, 아, 아앗—!"

질릴 정도로 거대한 좆이 단박에 구멍 안을 꿰뚫었다. 두툼한 귀두가 내벽을 후벼 파는 듯했다. 그와 동시에 자리를 잡으려 태성이 크게 허리를 쳐올리자 반 정도 진입했던 그의 자지가 끝의 끝까지 밀려 들어왔다.

"흐으, 응……!"

어이없게도 삽입하자마자 기현의 성기에서 말간 정액이 뚝뚝 흘렀다.

"너무, 깊, 으응, 깊어……."

구멍 입구야 아까 전부터 조금씩 풀어 주었던 탓에 녹진해져 있었지만, 안쪽 깊숙한 곳의 사정은 또 달랐다. 시작부터 이렇게 끝까지, 단박에 파고든 적은 없었다. 아니, 있었던가……. 잘 모르겠다. 그저 멍하기만 했다. 단 한 가지 생각 외엔 무엇도 떠오르질 않았다. 기현은 예민한 곳에서 끓어오르는 낯 뜨거운 감각에 도리질을 쳤다.

"음, 조금…… 심한데요."

아래를 끊어 먹을 듯 조여 대는 구멍 입구를 툭툭 두드리며 태성이 느릿하게 움직였다. 내벽 주름에 고여 있던 젤들이 콘돔에 발린 오일에 닿으며 한층 더 격렬한 반응을 보이기 시작했다.

"아, 흐아, 빼요, 더는……."

"빼라고요?"

바투 붙어 있던 태성이 슬쩍 몸을 물렸다. 기현은 재빨리 다리를 뻗어 그의 허리에 감았다.

"그게 아니, 라, 콘…… 돔, 그거 그만, 응, 그만……."

"기현 씨가 이렇게 매달려 있으면 아무것도 할 수 없잖아요."

"흐으……!"

꼿꼿하게 일어선 젖꼭지를 어루만지자 기현의 고개가 뒤로 퍽 꺾였다. 엄지와 검지로 부푼 유실을 꼬집듯 움켜쥐고 문지르자 비명 같은 신음이 터졌다. 벌어진 다리가, 드러난 허벅지 근육이 잘게 떨리고 있었다.

"잠깐만, 요, 자, 지가……."

"응?"

"태…… 아, 태성 씨 자지가……."

모르는 척 유륜에 입술을 묻으니 젖은 몸이 요동을 쳤다. 기현이 무슨 말을 하려는지 알 것도 같았다. 빌어먹을 콘돔을 씌우지 않은 날 것의 좆을 조르고 싶은 모양인데, 정신을 붙들 수 없을 정도로 몰아치는 쾌감에 그 간단한 말마저도 쉽지 않은 듯했다.

"그냥 안에…… 으, 싸, 줘요, 그만……."

혀끝으로 유두를 이리저리 쓸며 태성이 허리에 단단히 감긴 기현의 다리를 떼어 냈다. 빠져나갈 것을 알았는지 내벽이 멋대로 감기며, 태성의 것을 영영 놓아주지 않을 것처럼 굴었다.

"착하지."

"아흐, 으……!"

"갖고 싶은 거 줄 테니까."

달래듯 아래로 손을 넣어 등줄기를 톡톡 두드리자 잔뜩 굳은 기현의 몸이 조금씩 풀리기 시작했다. 태성은 콘돔을 찢어 내듯 벗어 던지고는 늘어진 오금에 팔을 걸었다. 몸이 당겨 크게 흔들릴 때마다 기현의 성기에서 물 같은 정액이 픽픽 튀었다.

"빨리……."

붉게 익은 손끝이 하얀 둔부를 잡아 벌리고 있었다. 평소의 기현이라면 절대 하지 않았을 행동이었다. 자꾸만 뒤로 휘어지는 허리를 하고서, 구멍을 움찔거릴 때마다 물처럼 녹은 젤이 뚝뚝 흐르며 시트 위에 젖은 흔적을 남겼다. 마치 애액처럼.

"예전에…… 비타민 먹고 잔뜩 흥분했던 것 기억합니까?"

태성의 나긋한 물음에도 기현은 고개를 내저었다. 분명 목소리를 들었을 텐데, 이해하지 못한 척 굴고 있다. 아마 이번 일 못지않게 부끄러웠던 기억이라 일단 부정부터 하고 보는 듯했다.

"그때도 그랬지만…… 이 감각에 취한 것 같다고 여길수록 몸은 더 격렬하게 반응합니다. 머리에서 자꾸 신호를 보내니까."

오물거리는 기현의 구멍을 빤히 바라보며 태성은 천천히 삽입을 시도했다. 평소보다 배 이상으로 조여 대는 바람에 아무리 미끈하게 길을 터 두었어도 쉽지 않았다. 직전까지 수월했던 삽입의 감각이 낯설 정도였다.

"아…… 앗……!"

그러나 귀두가 파고든 이후로는 젖은 내벽이 알아서 움직이며 태성의 좆을 삼키려 들었다.

"……기현 씨."

"아……!"

샤워를 한 것이 무색하게도 금세 땀이 흘렀다. 기현의 배는 자신이 사정한 정액으로 엉망진창이었다.

태성은 여유를 부리지 않고 크게 허리를 움직였다. 완전히 뽑아낼 듯 아슬아슬하게 좆을 물렸다가, 말캉한 엉덩이가 골반에 짓눌릴 정도로 세게 박아 넣었다. 짧지만 단단한 손톱이 태성의 등을 사정없이 할퀴고 갔다.

"흣, 흐아, 앗……!"

거센 움직임에 태성의 고환이 철썩이는 소리를 내며 기현의 젖은 살 어딘가를 끊임없이 두드렸다. 접합부에서 하얀 포말이 보글보글 일었다.

"진짜 널 어떻게 하면 좋을까, 내가."

윤기현, 하고 이름을 부르자 끌어안은 팔과 다리에 잔뜩 힘이 들어갔다. 부르면 또 반응하는 게 귀여워서 귓불을 깨물었더니 다리에 힘이 풀릴 정도로 야한 숨을 토해 낸다.

"진지하게…… 후, 정조대를 고민해 봐야겠습니다."

"그런, 응, 말, 흐으…… 아, 태성, 씨, 거기…… 아……!"

"이렇게 야한 구멍을 두고 그간 잘도 밖으로 나돌아 다녔네요, 내가."

섹스 따위는 관심도 없었던 것처럼 유럽 왕실 인사들이나 즐기는 고상한 스포츠를 운운하다가 쑥스러운 얼굴로 미리 구멍을 풀어 두었다고 고백했다. 오래간만에 마주했으니 당장에라도 당신의 좆을 받아 낼 수 있도록.

익숙해졌다고 생각하면서도 도무지 익숙해지지 않았다. 노골적인 말로 기현을 희롱하고, 그러다 가끔 울리기도 하고, 그 단정한 입으로 상스러운 단어를 뱉어 달라 종용하는 것은 분명 자신이었지만…… 사실 태성을 정신 못 차리게 휘두르는 건 언제나 기현 쪽이었다.

"아, 안…… 돼, 아, 아앗—!"

기현이 몸을 크게 뒤틀더니 감전이라도 된 것처럼 허리를 잘게 떨어 댔다. 그와 닿은 아랫배가 젖어 드는 것을 보아하니 기현이 한 차례 더 사정한 것 같았다. 정액의 색으로 보아 더는 흘릴 것도 남아 있을 것 같지 않았는데.

"흐으, 이거, 응, 그만…… 그……."

혹시 소변을 본 거라면 딱히 상관없다고 기현을 달래 주려는데, 태성이 상체를 슬쩍 들어 올림과 동시에 아래에서 퍽, 하고 물풍선이 터지는 것 같은 소리가 났다. 놀라 아래를 보니 기현의 귀두 끝에서 물처럼 투명한 정액이 쏘아지듯 흘러나오고 있었다.

"자, 잠깐……. 그렇게 우, 움직이지……."

기현의 얼굴과 몸이 순식간에 발긋하게 달아올랐다. 태성이 몸을 일으키는 바람에 직전까지와는 다른 각도로 안을 찍어 대는 것이 큰 자극으로 다가온 모양이었다.

"흐, 아, 아읏……!"

그러나 조금 전의 사정과는 비교도 안 될 정도로 물처럼 말간 정액이 분수처럼 뿜어져 나왔다. 사출의 과정마저 자극이 되었는지, 구멍 안쪽이 크림처럼 녹아내려 태성의 좆에 감겨들었다. 이렇게 흐물흐물하게 풀어졌으면서, 한편으론 꽉 문 채로 놔주지 않는 기현의 내벽이 신기했다.

"하……."

태성 또한 더는 견디기 어려워서 크게 허리를 박아 올리며 기현의 안에 사정했다. 길고 버거운 한숨이 터졌다.

"내가 잘못했어요."

이내 그는 부랴부랴 기현의 이마에 입을 맞췄다. 여운을 느낄 틈도 없었다. 사실 방금 전에 쌌던 것처럼 또 사정해 보라고, 그렇게 음란하게 흐트러지는 모습을 또 보고 싶다고 조르고 싶었지만…… 염치는 없어도 눈치는 있는 편이었다. 여기서 기현을 더 괴롭혔다간 정신 차린 후 자신을 안 보려고 들 게 뻔했다.

"일부러 이런 콘돔을 고른 건 정말 아니었습니다."

흘겨보는 기현의 눈가가 붉었다.

"시간은 부족했고, 안전하다는 문구가 가장 크게 적혀 있었어요. 가격도 일반적인 제품들보다 비쌌고. 기현 씨에게 직접적으로 닿는 거니까, 좋은 게 좋은 거라고 생각했습니다."

"……거짓말."

"그렇게 날 몰라요? 의도했던 거였더라면 기현 씨가 스스로 구멍을 쑤시는 모습까지 전부 보여 달라고 조른 후에야 넣어 줬을 겁니다. 야한 말도 몇 번이나 더 시켰을 거고."

"이제 그럼…… 어떻게 하면 되는 거예요. 깨끗하게 씻으면…… 괜찮아지는 거겠죠?"

기현은 몸을 일으키려다 힘이 빠졌는지 도로 풀썩 누워 버렸다. 보기 좋게 근육이 붙은 가슴이 크게 오르락내리락했다.

"글쎄요. 내 정액으로 가득 채워 보면 어떻게든 되지 않을까요?"

태성은 눈물이 배어 짭조름한 눈꺼풀 위에 입을 맞춘 채, 이미 잔뜩 벌어진 기현의 다리를 단단히 붙들었다.

"자, 잠깐만요."

"왜요?"

"정말로 또 할 거예요?"

"그럼 그 한 번으로 끝낼 거라고 생각했어요, 내가?"

"그렇지만 지금 제 상태가…… 앗, 미쳤어요?"

"음…… 생각해 보니 이 말을 깜빡한 것 같은데, 보고 싶었습니다."

"진태성 씨, 나는…… 아……!"

"그리고…… 사랑해요."

힘이 빠진 주먹이 태성의 어깨를 몇 번이나 치고 갔다. 안 하느니만 못한 심술궂은 고백이었다.

기현이 이번 휴가 때 고른 숙소는 유럽에서 흔히 볼 수 있는 고성의 느낌을 따 와 설계한 호텔이었는데, 엄밀히 말하자면 호텔이라기보다 휴양지의 풀빌라 리조트와 가까운 구조였다.

산 중턱에서부터 담장과 객실을 계단식으로 차곡차곡 쌓아 올려 오가는 사람들은 내부를 전혀 들여다볼 수 없었고, 반대로 객실 안에서는 뻥 뚫린 전면 창을 통해 어느 곳에서든 굽이굽이 펼쳐진 설산의 전경을 눈에 담을 수 있었다.

특히 기현과 태성이 묵고 있는 독채는 개별 정원이 딸려 있었다. 말이 정원이지, 생모리츠 전체를 발아래 둔 기분이었다. 꽁꽁 얼어붙은 호수 위에 비친 알프스산맥이라거나, 눈으로 뒤덮인 풀장 위를 장식한 진저브레드맨과 꼬마전구들이 사랑스러웠다.

"몸은 좀 어때요?"

그리고 기현은…… 오전에 예정되어 있던 경기 관람을 조금 전 취소한 참이었다. 이 그림 같은 풍경을 배경 삼아 짐승처럼 뒹굴고 말았다. 물론 태성은 본인이 의도한 바가 아니라고 했지만.

만약 작정하고 준비한 거였다면 이러저러했을 것이라며 덧붙이는 변명, 아니, 음담패설에는 조금도 귀를 기울이지 않았지만…… 있는 대로 좆을 세우고서도 혹시나 기현이 이상한 것을 먹은 게 아닌지 걱정하는 모습만큼은 진심으로 느껴져서 별수 없이 고개를 끄덕이고 말았다.

물론 앞으로 젤이든 콘돔이든, 섹스에 필요한 물품을 살 때는 반드시 기현의 허락을 거치겠다는 약속을 받아 냈다.

"내가……."

형편없이 갈라지는 목소리가 민망해 연신 헛기침을 하며 기현은 더욱 단단히 가운의 끈을 동여맸다.

"다시는 진태성 씨 데리고 여기 오지 않을 겁니다."

"나 아니면 아무도 없다면서요. 이런 거 같이 즐길 사람."

얄미운 말에 눈을 흘기자 태성이 웃으며 기현의 손을 잡아끌었다. 얼떨결에 앉은 소파는 새것처럼 보송보송했다. 까무룩 잠든 사이 태성이 바꿔 놓으라 지시한 모양이었다. 이 산골짜기까지 대체 무슨 수로 새 소파를 수배해 온 건진 모르겠지만.

"이틀째엔 아무 짓도 안 하고 얌전히 경기나 관람할 생각이었습니다."

"나더러 그 말을 믿으라고요?"

"정말이에요."

태성이 뒤에서 기현의 허리를 끌어안았다. 녹아내린 몸 여기저기를 주무르는 손길이 세심했지만, 기현은 일부러 딴청만 피웠다.

좋았는지 싫었는지를 따지자면…… 당연히 좋았다. 이제 슬슬 익숙하다고 생각하다가도 매번 고통스러울 정도로 치닫는 쾌락에 눈이 멀어, 끝의 끝에 가서는 태성을 은근히 졸라 대기도 했다. 그렇지만 이렇게 좋았노라 어물쩍 넘어갔다간 태성이 또 말도 안 되는 짓을 벌일 게 뻔했으니 좀 엄하게 굴 필요가 있었다.

"대신 좋아한다던 선수와 저녁 약속 잡아 뒀어요. 알렌 하워드 맞죠?"

기분이 상한 척을 하려 애쓰던 기현의 고개가 팩 돌아갔다. 아이스폴로를 좋아하는 사람이라면 도저히 무시할 수 없는 이름이었다.

"그걸 어떻게 알았어요?"

"생모리츠로 휴가 올 계획 세울 때부터 몇 번이나 말했잖아요. 알렌, 일리야…… 또 누구였더라?"

"그……."

태성이 손을 꼽으며 유명한 선수들과 감독 이름을 헤아리자 기현은 말문이 막혀 몇 번이나 입을 달싹였다.

"아니에요?"

멍한 얼굴로 자신을 돌아보는 기현의 볼을 톡톡 두드리며 태성이 콧잔등을 찡그렸다.

"으음, 하지만 그 선수는……."

"알아요. 확실히 돈으로도 회유가 안 되는 사람이긴 하더군요. 그래서 오기 직전까지 관심도 없는 옥션에서 상당히 애를 먹긴 했죠."

크리스마스 선물을 받은 소년처럼 기현의 눈이 동그랗게 벌어졌다.

"……진태성 씨."

"대신, 단둘이서는 절대 안 됩니다. 나도 같이 갈 거예요."

"좋아요."

"연락처를 주고받는 것도, 이후에 따로 폴로 레슨 약속 같은 걸 잡는 것도 안 됩니다. 그냥 평생에 한 번 있을 단독 팬 미팅 정도로 치고 끝내요. 알겠어요?"

"그럴게요."

기현은 얼떨떨한 표정으로 고개를 끄덕이다, 이내 퍼뜩 드는 생각이 있어 태성을 흘끔흘끔 살폈다.

"혹시나 해서 묻는 건데…… 혹시 질투…… 해서 그러는 겁니까?"

그래서 괜히 심술 맞게 툭툭거리고, 직전까지의 섹스에서도 죽일 듯이 몰아붙였던 걸까.

“이런. 윤기현 씨.”

엄한 얼굴을 하던 태성이 어쩔 수 없다는 듯 웃음을 터뜨렸다.

“그걸 이제야 알았습니까?”

태성이 기가 막힌다는 듯 한숨을 내쉬다 결국 기현을 완전히 돌려 세웠다.

“내가 욕심이 많다는 걸 모르지도 않으면서 말이죠.”

“그렇지만…… 이건…….”

몇 번이고 볼에 세게 입을 맞추는 태성 때문에 기현의 목소리가, 발음이 우물우물 안으로 말려 들어갔다.

“그만해요. 간지러우니까…….”

“전화로 다른 남자들 이름을 나열할 때마다 내가 얼마나 속이 뒤집혔는지 압니까? 이쪽은 윤기현 씨가 보고 싶어서 바싹바싹 말라 가는 것도 모르고.”

기현은 눈을 내리깔고서 입술을 사리물었다. 다른 사람도 아닌 태성을 두고서, 게다가 조금 전까지 실컷 휘둘려 놓고서 이런 생각을 하는 게 참 어이가 없긴 한데…… 어쩐지 그가 귀엽게 느껴졌다.

동시에 잠시 잊고 살았던 언젠가의 기억들이 떠올랐다. 영화를 보는 중이었던 태성을 멋대로 오해했던 때나, 얼토당토않은 자신의 소문을 듣고 침울해했던 태성이나…….

당장에라도 무언가를 부수고 깨뜨리지 않으면 안 될 것 같았던 그 때와 비교하면, 이토록 서로의 마음이 너그러워진 것이 신기했다. 물론 그 끝은 언제나 온 근육이 비명을 질러 대는 끈적끈적한 섹스라는 건 달라지지 않았지만.

"어쨌든 질투는 났지만…… 좋아하는 것을 같이 보고 싶었다고 말해 줘서 기뻤습니다."

"사람을 죽일 듯이 몰아가 놓고 결말만 그럴싸하면 답니까?"

몸을 세게 밀치려는 기현의 손에 깍지를 끼며 태성이 부드럽게 입을 맞추었다.

"사흘 되는 날에는 우리답게 느긋하게 있어요. 돌아가서 할 일 적당히 정리하면서, 적당히 맛있는 것 먹고, 적당히 뜨겁게 섹스나 하면서."

"뭐라고요? 그렇게 질리도록 해 놓고선 또 하고 싶다는 생각이 들어요?"

"아무것에도 취하지 않은 윤기현 씨 얼굴을 못 봤잖아요."

태성이 턱 끝을 치켜들며 뻔뻔하게 제 욕심을 늘어놓았다. 기현은 어림도 없다는 듯 코웃음을 치며 고갤 돌려 창밖을 바라보았다. 태성이 오기 전까지는 당장에라도 눈이 쏟아질 것처럼 우중충하던 하늘이 어느새 파랗게 개어 있었다.

"그리고 오늘 윤기현 씨가 다른 남자를 만나러 가기 전에 꼭 선물하고 싶은 게 있는데."

"정조대는 정중하게, 아니, 정중하지 않게 사양하겠습니다."

"오. 그걸 깜빡 잊고 있었네. 상기해 줘서 고마워요."

옅은 웃음을 흘리며 태성이 쿠션 밑으로 손을 넣었다. 길고 고운 손이 끄집어낸 물건은…… 안에 무엇이 들어 있을지 뻔히 예상되는 사이즈의 벨벳 케이스였다.

어쩐지 멋쩍어진 기현은 한 손으로 연신 마른세수를 했다. 태성에게 반지를 선물 받는 게 처음은 아니었다. 남해로 휴가 갔을 때 반지를 건넸던 이후로도, 그는 몇 번이나 이 정도 크기의 케이스를 내밀었다. 시중에 파는 보석 브랜드는 다 섭렵하는가 싶더니, 그다음은 옥션의 컬렉션을 털기 시작했다.

다른 물건이라면 그만 좀 하라고 짜증을 냈을 텐데. 유독 반지를 선물로 내밀 때는 그러지 못했다. 손가락에 끼우지도 못할 물건을, 영원을 맹세하는 연인들의 상징을 공들여 고르고 내미는 남자의 마음을 무시하기 어려워서.

물론 몇 번 받아 봤다고 해서 이런 간질간질한 기분이 익숙해지는 것은 아니었다. 평소에도 태성과 선물을 주고받는 빈도가 적진 않았다. 생각난 김에, 지나가다가 봐서, 그런 이유로 고가의 미술품이나 희귀한 서적 등을 무심하게 건네주곤 했다.

서로 가진 것이 많다 보니 오히려 이렇게 제대로 포장된 선물을 건넨 기억은 많지 않아서. 심지어 반지 같은 걸 주면서 이렇게 뜸을 들인 적은 없었던 터라.

"이전에 그랬죠? 청혼을 하려거든 제대로 준비하라고."

"청혼…… 이라고요?"

"기억 안 납니까?"

기현은 뜬금없는 말에 미간을 옅게 찌푸렸다. 청혼. 음. 언제였더라…….

"아아."

희미하게 떠오른 기억에 기현이 당황스럽다는 듯 흘러내린 앞머리를 쓸어 넘겼다.

일전에 민우가 받아 온 가정통신문을 보며 고민하는 기현을 보고, 태성이 대뜸 결혼이나 하자는 말을 던진 적이 있었다. 애까지 있는 마당에 남편 하나 두는 게 뭐가 문제냐면서. 반쯤 장난이라는 것을 알면서도 심장이 덜컥 내려앉았지만, 기현 또한 평소처럼 웃으며 퇴짜를 놓고 말았다. 이렇게 멋없이 청혼하기가 있냐고.

이후로는 농담으로라도 결혼 같은 말을 꺼내지 않기에 기현 역시 까맣게 잊고 있었다. 그런데 태성은 그때를 줄곧 마음에 두고 있었던 모양이었다.

“사실 걱정도 많고 고민도 많았습니다. 웬만한 것으로는 잘 놀라지도 않는 이 잘난 남자를 어떻게 하면 감동하게 할 수 있을지.”

딸각. 경쾌한 소리와 함께 케이스가 열렸다. 융단을 덧댄 상자 안에 단단히 고정된 물건은…… 짐작대로 반지이긴 했지만 조금 독특한 형태였다. 링의 한가운데에 투박한 형태의 무언가가 달려 있었다. 이걸 대체 무어라 설명을 해야 할지 모르겠지만…… 조그맣고 독특한 구조물 정도로 표현하는 것이 적합하지 싶다.

“결혼하자는 말을 대체 어떻게 근사하게 꾸밀 수 있을지 많이 고민했습니다.”

태성이 기현의 무릎 위에 케이스를 올려 두며 물었다.

“미술관을 하루쯤 비워 버리고, 꽃으로 전부 채워 볼까…… 그런 고민도 했었죠. 하지만 윤기현 씨는 돈으로 보이는 정성에는 큰 감흥을 느끼지 못하는 사람이니까.”

……그리고 전혀 몰랐는데, 언제부터인지 태성은 아주 자연스럽게 한쪽 무릎을 꿇고 있는 상태였다.

“그래서 참회부터 구걸까지, 할 수 있는 모든 입바른 소리를 떠올려 봤지만…… 전부 의미가 없더군요.”

기현은 얼떨떨한 얼굴로 제 앞에 무릎 꿇은 태성과 손에 쥔 반지 케이스를 번갈아 가며 바라보았다.

“……진태성 씨.”

“실제 법이 어떠한지와 관계없이, 평생 윤기현 씨의 곁에 있고 싶습니다.”

흔하디흔한 고백이었다. 게다가 두 사람은 영원이라는 말이 얼마나 덧없는지 누구보다 잘 알고 있었다. 단꿈에 젖어 결혼이니 뭐니 현실감 없는 맹세나 속삭일 풋풋한 시기의 연인들도 아니었다.

그렇지만. 그럼에도 불구하고. 새삼스럽고도 진부한 태성의 그 말이 자꾸만 가슴 안쪽을 두드렸다. 평생 곁에 있고 싶다는 말. 이미 이유도 목적도 잃은 자신의 형벌에 지치지도 않고 사랑한다고 속삭여 주던 그가, 이제는 평생을 욕심내고 있었다.

그리고 기현은 한결같고 뻔뻔한 진태성의 사랑에 어쩐지 울컥 눈물이 날 것 같았다. 아직도 자신을 지옥으로 밀어 넣곤 하는 그 시절과 절대 별개일 수 없는 태성이 고맙고…… 또 사랑스러웠다.

여러 가지 감정이 뒤섞여 혼란스러웠지만, 이것만은 확실했다. 진태성은 저더러 가진 것이 너무 많다고 했으나, 사실 예전이나 지금이나 기현이 온전히 가진 것은 결국 이 남자뿐이었다.

"하지만 윤기현 씨에게 어떠한 보답이나 대답을 바라고서 벌이는 일은 아니니까……."

그러면서 태성이 슬쩍 꿇은 쪽 다리의 바짓말을 걷어 올렸다. 그의 발목에 가느다란 무언가가 반짝이고 있었다.

"그게…… 뭡니까?"

"일종의 구속입니다."

"구속?"

"윤기현 씨가 받은 그 반지로만 이 잠금을 풀 수 있어요. 심혈을 기울여 제작한 탓에 함부로 부수거나 절단할 수도 없습니다."

다소 멍한 얼굴로 눈만 깜빡이던 기현은 결국 크게 웃음을 터뜨렸다. 태성의 발목에 자리한 구속구의 보석들이 눈부시게 반짝였다.

"혹시 이거……."

"맞아요. 내가 만든 겁니다, 그거."

기현은 링의 한가운데 위치한 무언가를 유심히 들여다보았다. 아마 이것을 잠금 부분에 대고 누르면 풀 수 있는 모양이었다. 조금 찌그러져서 그렇지, 이렇게 보니 하트 모양인 것도 같고…….

"그거 남들이 보면 어떡하려고요."

"음? 내가 윤기현 씨 허락도 없이 남들에게 맨다리를 드러낼 일이 있으면 안 되는 거 아닙니까?"

그거야 그렇지만. 기현은 괜히 입술을 달싹였다. 사실 태성에게 묻고 싶은 건 그런 게 아니었다. 그에게 정말 하고 싶었던 말은…….

"내가…… 평생 풀어 주지 않으면 어떡하려고요."

"별수 없죠. 그렇게 평생 사는 거지."

깊은 한숨으로 기현의 어깨가 크게 들썩였다. 남자가 그렇게 대답해 주리라는 걸 알고 있었다. 다 알면서도 괜히 물어본 거였다. 아마 진태성은 발목이 썩어 문드러지더라도 구속을 풀지 않을 것이다. 조금 전 그의 말대로 평생, 영원히.

"그러니 윤기현 씨."

태성이 기현의 발을 끌어 자신의 무릎 위에 올려 두었다. 왕에게 충성을 서약하는 기사라도 된 것처럼.

"나와 결혼해 주겠습니까?"

기현은 먼 데로 시선을 돌렸다. 사실 이런 호화로운 풍경이 허락된 지 그리 오래되지 않았다. 모든 일이 까마득한 옛날 같았지만, 여전히 많은 것을 주저하게 했다.

그렇지만 분명한 것은, 조금씩 앞으로 나아가고 있다는 것이다.

지난여름, 기현은 결심했던 대로 신무원을 해체하겠노라 발표했다. 그리 멀지 않은 곳에 자신의 새로운 왕국이 천천히 지어지는 중이었다. 또 뭐가 있었지……. 아. 이제 윤진서에게 윤 회장이라고 부르는 일이 더는 어렵지 않았다. 훌쩍 자란 윤민우는 여전히 자신을 어떻게 대해야 할지 혼란스러워했지만, 그래도 보통의 아이들처럼 쭈뼛쭈뼛 가정통신문을 내밀곤 했다.

기현은 뻐근해지는 명치 아래를 꾹꾹 눌렀다. 그래. 이토록 많은 것이 변했으니, 하나쯤 더 변한다고 해서 이상할 것 같지 않았다. 어쩐지 그래도 괜찮을 것 같았다.

"예전에…… 진태성 씨 앞에서 죽어 버려야겠다는 생각을 한 적도 있었죠."

"……."

"나를 부르는 목소리도, 엉망이 되어 차를 두드리는 당신의 손도…… 전부 똑똑히 보고 듣고 있었지만 그래도 개의치 않았습니다. 다 놓고서 도망치고 싶었으니까."

분명 그런 때가 있었다며 기현이 느리게 고개를 주억거렸다.

"그리고 실제로 성치 않은 몸으로 기어코 당신에게서 도망치기도 했었죠. 잠시 한쪽 귀가 먼 채로."

"……그랬죠."

같은 시간을 떠올리고 있는지 태성의 눈가가 움찔 떨렸다. 자신만큼이나 이 남자에게도 괴로운 기억일 것이다.

"나는…… 길지 않은 시간 동안 지치지도 않고 나를 붙드는 진태성 씨를, 진태성 씨의 말을…… 여태 한 번도 받아 준 적이 없었습니다."

상념에 잠겨 있던 아름다운 얼굴이 천천히 들렸다. 깊은 눈매는 곧 이어질 기현의 말을 예상이라도 한 것처럼 크게 일렁였다.

"그런 내가…… 이제 와 진태성 씨를 온전히 가져도 되는 겁니까?"

가지고 있던 모든 용기를 쥐어 짜낸 탓에 기현의 입술이 파르르 떨렸다.

"이제 와 무어라 진태성 씨에게 허락의 말을 한다는 것 자체가…… 그리고 그런 생각을 하는 내가 너무 뻔뻔하고…… 이상하지 않습니까?"

주어와 목적어가 엉망으로 뒤엉킨 말이었다. 이건 진태성에게 묻는 물음이기도 했지만, 자문하는 것이기도 했으며, 이미 제 목소리를 들을 수 없게 된 사람들에게 구하는 허락이기도 했다.

"윤기현 씨."

태성은 무릎 위에 올린 기현의 발을 조심스럽게 쥐었다. 그리고 천천히 하얀 발등 위로 고개를 숙였다. 섹슈얼한 의도는 없는, 그런 느낌조차 찾아볼 수 없는…… 말 그대로의 맹세 같은 입맞춤이었다.

"이제 와서가 아니라, 나는 언제나 당신의 소유였습니다."

숙인 고개가 천천히 들리자 기현이 언제나 찬양해 마지않던 아름다운 얼굴이 드러났다. 모든 것을 다 내려 둔 것 같은 후련하고 청량한 미소를 띠고서.

"내가 너무 미워서 죽어 버리고 싶었던 과거의 윤기현 씨도, 시간이 지나 조금씩 다른 형태의 관계를 떠올리게 된 윤기현 씨도 전부 틀리지 않았습니다. 사람이 양면적인 감정을 갖는 게 대체 어디가 이상합니까."

얼굴만큼이나 아름다운 손가락이 움찔거리는 발등을 애틋하게 쓸었다. 한참을 그러길 반복하던 태성은 몸을 반쯤 일으키고는, 기현의 젖은 뺨을 가만가만 어루만져 주었다.

"그러니 행복해지고 싶은 스스로에게 너무 가혹하게 굴지 말아요."

그제야 기현은 자신이 울고 있다는 것을 깨달았다. 여태 의식하지 못했던 것이 이상할 정도로, 당황스러울 정도로 뚝뚝 눈물이 흐르고 있었다.

"이런……. 그렇다고 정말로 울리고 싶었던 건 아닌데."

"아뇨, 이건…… 나, 나이가 드니까 괜히 눈물이 많아져서……."

민망해진 기현이 고개를 돌리려 했지만, 더는 하나도 양보하지 않겠다는 듯 빈틈없이 껴안아 오는 태성이 먼저였다.

"윤기현 씨."

"……."

"윤기현 씨?"

"……왜 자꾸 불러요."

"사랑한다고요."

어김없는 여상한 고백에 기현의 어깨가 한 차례 더 크게 들썩였다.

"여태 몰랐는데 우리 주인님이 울보였네."

"……이 상황에서도 놀리는 게 어디 있습니까?"

찰싹. 태성을 밀치는 기현의 손길이 매서웠다.

"이제 결혼한 사이인데 언제까지고 딱딱하게 윤기현 씨라고 부를 순 없잖습니까."

태성이 난데없이 얻어맞은 가슴께를 문지르며 슬쩍 물러섰다.

"그럼 주인님이라는 말은 괜찮고요?"

하여튼 감상에 젖도록 놔두는 법이 없지. 코로 길게 한숨을 내쉬던 기현은 어쨌든 태성의 말도 안 되는 농담 덕에 눈물을 그쳤다는 것을 깨달았다. 이런……. 속으로 중얼거리던 기현은 조금 전의 한탄마저도 태성의 말버릇이라는 것을 눈치채고 미간을 콱 찌푸렸다. 저 얄미운 남자가 이렇게까지 자신을 잘 다루게 된 것이 조금 억울했다.

"끼워 줄까요? 반지."

상념에 빠질 틈을 주지 않겠다는 듯 태성이 몸을 바투 붙이며 물었다. 휘둘리지 않도록 노력해야겠다고 생각에 잠겼던 보람도 없이, 기현은 얼결에 고개를 끄덕이고 말았다.

투박하게 생겼지만, 다이아몬드가 촘촘히 둘린 반지가 기현의 왼쪽 네 번째 손가락에 끼워졌다. 빠르지도 느리지도 않은 속도였고…… 그게 전부였다. 세상이 뒤집히기라도 할 줄 알았는데, 반지가 끼워지는 순간은 민망할 정도로 싱거웠다. 기현은 가운 소매로 얼굴에 번진 눈물을 닦아 냈다. 눈물샘이 한번 터지니 감정을 좀 다스린 이후에도 여운이 쉽게 가라앉지 않았다.

참 별것 아닌데. 이게 대체 뭐라고. 다른 사람들 다 끼고 다니는 반지가 뭐라고 그렇게까지 자신을, 태성을 몰아세웠던 걸까…….

"아……."

"왜요?"

"음…… 진태성 씨는 정말 반지가 없어도 괜찮습니까?"

이제야 진태성의 손가락이 텅 비었다는 것을 눈치챈 기현이 우물쭈물 물었다. 처음 그가 선물했던 커플링도 결국 기현이 전부 보관하고 있고, 이번에는 아예 기현의 반지만 준비되었다. 진태성은 발에 걸고 있는 저 괴상한 물건으로 충분한 걸까. 그 역시 반지가, 평범한 사랑의 과시가 욕심나지 않을 리 없는데.

"음. 사실…… 있기는 있습니다."

태성이 열이 오른 눈가를 다시금 가만가만 어루만져 주었다. 차가운 체온이 기분 좋아 기현은 순순히 얼굴을 내주었다.

"내 반지로만 풀 수 있는 구속구도 하나 더 있고요."

반사적으로 고개를 끄덕이던 기현의 몸짓이 뚝 멈추었다. 절절했던 고백이 언제였냐는 듯 태성의 손이 불손한 움직임을 보이고 있었다.

구속구? 대체 어디에, 무엇을. 물론 그 말을 듣자마자 번뜩 떠오른 부위가 있었지만, 깊게 생각하고 싶지 않았다. 발목이나 팔목 같은 곳은 아닐 게 뻔했다.

"어때요, 확인해 볼래요? 제대로 작동하는지."

"……내가 미쳤지, 정말."

"괜찮아요. 원래 부부 싸움은 칼로 물 베기라잖아요."

"허락한 지 10분도 안 되어서 혼인 무효 소송 송장 받아 보고 싶습니까?"

가운을 젖히려는 불손한 손등을 내치자, 태성이 아예 힘을 실어 소파 위로 기현을 쓰러뜨려 버렸다.

"그렇게 해요. 사귀자는 말도 매일같이 했는데, 청혼이라고 매일 못 할 게 뭐가 있겠습니까."

"지금 그걸 말이라고……!"

"그리고 나는 원래부터 쉽지 않은 자기를 좋아했으니까. 나쁘지 않습니다, 이런 패턴도."

불편한 듯 한쪽 눈을 찡그렸던 기현의 눈이 화등잔처럼 커다래졌다.

"……진태성 씨."

평정을 잃은 기현의 표정이 꼭 만화를 보는 것 같아서 태성은 은근하게 가운 속을 더듬던 중인 것도 잊고 크게 웃어 버렸다.

"진태성 씨, 조금 전에……."

"왜요? 결혼하면 원래 여보, 자기, 뭐 그렇게 부르는 거 아닌가?"

"아니, 잠깐만. 그렇게 어물쩍 넘길 게 아니라 그런 호칭은……."

태성이 불한당 같은 웃음을 흘리며 기현의 코끝에 입을 맞추었다.

"잠깐만요, 지금 어딜 만지는 겁니까!"

"에이, 사랑한다니까요."

"대체 누가……!"

"누구긴. 내가, 우리 자기를."

검은 머리가 파뿌리가 될 때까지. 영원히.

외전 9-1
My ride or die

My ride or die

“그래서 개정안에 맞추려면…… 부회장님?”

회의실 어딘가에 아무렇게나 시선을 던지고 있던 기현이 느릿느릿 고개를 들었다. 누가 부르니 반사적으로 머리를 들었을 뿐, 회의에 전혀 집중하지 않았다는 것을 증명이라도 하듯 탁한 눈빛을 한 채였다.

“괜찮으십니까?”

“아…….”

몇 차례 눈만 깜빡이던 기현은 그제야 맑게 갠 눈빛을 하고서 좌중을 돌아보았다. 난감함과 당황스러움을 덕지덕지 바른 수십 쌍의 눈길이 그를 향하고 있었다.

“미안…… 흠, 미안합니다.”

민망해진 기현은 괜히 헛기침하다 흘러내리지도 않은 앞머리를 연신 쓸어 넘겼다.

"잠시 생각할 게 있어서……."

"하하. 회의가 너무 길어지긴 했지요."

"그러게나 말입니다. 날이 이렇게 좋으니 회의실에만 있을 게 아니라 근교 CC라도 돌고 싶네요. 요즘 국내에도 괜찮은 곳 많이 오픈했더라고요."

"아이고, 박 전무. 요즘은 골프보다 테니스가 인기예요. 골프는 늙은이들이나 하는 취미라고 그러잖아."

"에이, 이 사람아. 우리 연차면 이제 늙다리 맞지, 뭘."

임원들이 눈치껏 실없는 농담을 주고받으며 분위기를 환기했다. 어색하게 고여 있던 정적이 조금씩 풀어지는 동안 기현은 의미 없이 제 주변을 둘러보았다. 각을 맞춰 쌓아 둔 두꺼운 문서철과 몇 대의 태블릿, 노트북, 그리고…… 손만 슬쩍 뻗어도 닿을 거리에 있는, 여태 아무런 알림도 울리지 않았던 핸드폰.

"그럼 이어서 말씀드리겠습니다. 개정안에 따라 호텔과 리조트 부지에 반드시 설치해야 하는 시설들이 추가되었는데……."

조심스럽게 직속 상사의 안색을 살피던 서태식이 설명 중이던 안건으로 되돌아갔다. 기현은 뻐근한 목덜미를 주무르며 반대편 손으로 태블릿 화면을 터치했다.

"한 상무님, 계속 말씀하시죠."

"아, 네. 그…… 서 본부장 말이 사실이라면 지금이라도 제주도로 예산 돌리는 게 낫지 않겠습니까? 예상보다 비용이 배는 들어가게 생겼는데…… 부산에 새 건물 올리는 게 과연 이득일까요?"

"아이고. 최 사장님이 뭘 모르시네. 리노베이션이 말처럼 쉬운 게 아니에요. 그것도 매몰 비용 상당합니다."

"에헤이. 누가 그걸 모르나? 호텔 새로 짓는 것보다 장사 잘하고 있는 호텔 고치는 게 이익이 클 것 같으니까 하는 소리 아닙니까."

살살 제 눈치를 볼 땐 언제고 임원들끼리 불이 붙기 시작했다. 기현은 아무래도 좋은 심정으로 핸드폰을 흘끗거렸다. 업무용 핸드폰이 아니라 연락처에 오직 단 한 사람만이 저장된, 그만을 위한 전용 기기였다.

서태식이나 조 실장에게도 번호를 알려 주긴 했지만, 실제 이 핸드폰으로 연락을 주고받는 사람은 진태성뿐이다. 평소였다면 오후 일정이 지루하다는 투정이나 저녁은 어떻게 할 거냐는 은근한 기대를 품은 메시지가 올 법한 시간대였다.

그러나 어제부터 지금까지 진태성에게선 아무런 연락이 없었다. 기다리고 기다리다 회의 시작 전 바쁘냐고 조심스레 메시지를 보내 봤지만, 그마저도 무시당했다. 아직 확인 안 한 걸 보니 많이 바쁜 게 분명하다고 애써 스스로를 위로하곤 있어도, 불안함에 자꾸만 가슴이 벌컥벌컥 뛰었다.

"후……."

"그…… 쿨럭, 그러니까 제가 하려던 말은, 주주들 반발도 생각하자는 겁니다."

목을 옥죄던 넥타이를 느슨하게 풀자, 시비조로 말을 꺼내려던 임원의 목소리가 순식간에 차분해졌다. 기현은 그제야 조금 전 자신의 한숨 소리가 제법 컸음을 알아차렸다.

중요한 자리였다. 부회장인 자신이 참석하는 일정 중 중요하지 않은 것이 어디 있겠느냐마는, 오늘은 그를 눈엣가시로 여기는 몇몇 임원을 완전히 찍어 누르기로 작정한 날이었기 때문에 다른 날보다 각오를 단단히 다지고 온 참이었다.

특히 특권 의식에 젖어 자꾸만 말도 안 되는 요구를 해 대는 윤희연의 꼴이 보기 싫어서, 그쪽 인사들에겐 대놓고 망신을 줄 생각도 있었다. 그런데…… 진태성에게 연락이 오질 않아서. 오로지 그 이유 하나로 조금도 회의에 집중할 수 없었다.

"삽 뜰 준비까지 다 해 놓고서 법 좀 개정된다고 이렇게 큰 사업 단박에 꼬리를 내릴 거면, 앞으로 누가 우리 AR과 손을 잡아 주겠습니까."

저도 모르게 툭 튀어 나간 목소리에선 권위라곤 먼지만큼도 찾아볼 수 없었다. 기현은 아차, 싶어 공연히 이마며 눈썹을 문질렀다. 스스로가 한심해서 견딜 수 없었다. 진태성과 좀 싸웠다고 이렇게까지 기분이 바닥을 치는 게 어이가 없었고, 공과 사를 구별하지 못해서 애꿎은 사람들이 제 눈치나 보게 만드는 것도 한심했다.

'아니지. 애초에 그걸…… 싸웠다고 할 수 있는 건가?'

진태성은 평소와 다름없었다. 저 혼자 괜히 꽁해져서 어젯밤, 이유도 없이 그에게 못되게 굴었을 뿐이다.

"이번 전시는…… 음, 뭐랄까요. 이전과는 다르게……."

"도전적이죠?"

기현은 거대한 구조물 앞에서 으음, 하고 목만 울렸다. 주제가 뭐라고 했더라. 영원할 수 없는 것들, 이라고 했던가. 주제를 듣자마자 연상되는 부정적인 기운을 반영하듯 드넓은 전시실은 칙칙하기 짝이 없었다. 마무리 작업을 위해 입구 쪽에서 드문드문 들려오는 날카로운 소음도 우중충한 분위기 조성에 일조하고 있었다. 어찌 보면 이러한 꾸밈이 관람객의 상상을 제한하는 것 같기도 하다.

"개인적으론 이 작가 그림이 가장 마음에 듭니다. 미술 전공자도 아닌데 발상이 재미있더군요."

"뭐, 정돈된 느낌은 없지만…… 괜찮네요."

"맞아요. 오히려 그런 점이 흥미를 불러일으키는 것 같아요. 잘 다듬은 세공품이야 널리고 널렸으니까요."

섬뜩한 시선으로 덧없는 사랑을 노래한 캔버스를 가만히 바라보던 기현은 머뭇거리며 태성에게 물었다.

"혹시 이 주제를…… 고른 이유가 있습니까?"

진태성의 평소 취향과는 거리가 먼 기획이었다. 그림 자체에 대한 선호도는 어떨지 모르겠지만, 이 작품들을 굳이 '영원할 수 없는 것들'이란 주제 아래 모아 두는 건 그의 스타일이 아니었다. 차라리 젊음이나 사랑 같은 노골적인 주제를 골랐으면 골랐지, 이렇게 참신한 그림에 뻔하고 진부한 시선을 덧씌울 수 있는 주제 선정은, 이런 식의 공간 활용은 진태성이 그렇게나 경멸하는 업계 꼰대들이나 하는 짓이었다.

"마음에 안 들어요? 이번 전시."

"왜요?"

"에이, 내가 윤기현 씨를 모르나."

그러면서 진태성이 장난스레 기현의 어깨를 툭 쳤다.

"마음에 안 드는 거 있죠, 지금."

"그렇다기보다…… 의아해서요. 유한성이 꼭 부정적일 방향일 필요는 없잖아요? 진태성 씨가 줄곧 선호하던 컬렉팅과는 조금…… 결이 다르게 느껴져서요."

윤기현은 침착한 목소리로 이런저런 핑계를 댔다. 사실 진태성에게 좀…… 서운했다. 어이없게도 전시를 둘러보는 내내 그에게 자꾸만 섭섭해져서 기분이 스르륵 가라앉고 말았다.

생모리츠에서 함께 휴가를 보내고 돌아온 이후, 처음으로 그가 손을 댄 대규모 전시였다. 망해 버린 사랑으로 분노하고, 영원은 없다고 우울해하고 슬퍼하는 작품들만 골라 걸어 둔 이 기획이 저 남자의 지휘하에 진행되었다는 소리다.

일부러 제 신경을 긁겠다고 이런 주제를 선택하진 않았을 거다. 원래 예술은 자기 파괴적일수록 사람들의 사랑을 받기 마련이고, 진태성은 컬렉터들과 관람객들의 수요에 부합한 결과물을 내놓은 것에 불과하다.

무엇보다 진태성은 언제나 제 앞에서 죄인임을 자처하는 사람이었다. 차라리 마음에 안 드는 게 있다고 직접 말을 하면 말했지, 다른 것도 아닌 대원 미술관을 이용해 감정을 드러내려 하진 않을 것이다.

그러니 이건 홀로 하는 삽질이 틀림없었다. 대체 무슨 생각으로 이런 전시에 날 초대한 거냐, 당신이 나한테 무려 청혼까지 하고서 처음 기획한 전시라는 건 알고 있느냐……. 이딴 걸 진태성에게 따지고 드는 게 오히려 말도 안 되는 짓이다. 결혼한 배우더러 로맨스 장르를 찍지 말라고 억지 쓰는 것과 무엇이 다르단 말인가.

하지만, 그래도…….

"그림이 신선하긴 하지만…… 글쎄요. 이 주제에 부합하는 신선함인지는 잘 모르겠습니다."

"그래요? 흠. 기현 씨 평가가 이렇게 박한 건 처음인 것 같은데……."

진태성이 심각한 얼굴로 턱을 쓸며 큰일이네, 하고 중얼거렸다.

기현은 아래로 삐죽 꺾이는 입꼬리를 단속하려 괜히 부산스럽게 굴었다. 그는 귀국한 이후로 지금까지 전자, 모터스, 호텔 등의 계열사에 연인들을 위한 깜짝 이벤트를 진행해 보라는 지시를 내렸다. 다른 사람도 아니고 무려 부회장이 손수 내린 오더인데, 그 내용이 소소하기 짝이 없어서 한동안 사내 게시판이 북적였다고 들었다.

소비자들도 영문 모를 사은 행사는 그렇게 몇 달째 계속되는 중이었고, 직원들 사이에선 혹시 기현이 결혼하는 것 아니냐는 추측도 조심스레 불거지고 있다고 했다.

진태성 또한 이 소동을 모르지 않았다. 아마도 그럴 것이다. 원래도 자신이 내리는 지시는 하나도 놓치지 않고 파악하고 있던 사람이니까. 딱히 기현에게 내색하진 않았지만, 평범한 직원들도 수상쩍게 여기는 이상기류를 그가 읽지 못했을 리가 없다.

새콤달콤한 문구를 담은 이벤트 팝업이 뿌려지는 날이면, 진태성은 유난히 달짝지근한 목소리로 상상도 하기 싫은 민망한 행위를 제안하곤 했다. 혹시라도 귀여운 짓을 한다고 놀리기라도 하면 사은 행사고 뭐고 당장 다 때려치울 생각이었는데, 또 눈치는 빨라 그에 대해선 일절 언급도 없이 온몸으로 나 지금 기분 되게 좋다는 티만 냈다.

그렇게 그간 자신이 은근히 내보인 만족감과 나름의 애정 표현을 잘 알면서, 정작 저 남자는 사랑 따윈 영원할 수 없다는 전시나 기획하고 있었다. 여전히 발목엔 괴상한 구속구를 두르고는, 예전보다 반짝반짝한 윤기가 도는 얼굴을 하고, 굳이 자신을 초대해서 이 우중충한 작품들이 어떠냐는 감상이나 묻고 있는 거다.

"변명을 해 보자면, 관람객들은 SNS에 올리기 좋은 전시를 선호합니다. 그 자체로도 어떠한 메시지를 주기도 하고, 그래서 전시가 완성이 되기도 하니 현대 미술의 방향이 바뀌었다고 해도 과언이 아니죠."

"……알고 있습니다."

기현은 작은 목소리로 동의했다. 진태성은 요즘의 추세와 고전적인 취향 사이에서 고민하는 중이었고, 대원 미술관의 색깔에 걸맞은 방향으로 여러 가지 실험을 해 봐야 할 것 같다고 몇 번이나 기현에게 말한 적 있었다.

"크게 훑어보면 전시실 전체가 이 뻔한 주제와 뻔한 작품을 냉소적으로 바라본다고 느끼게 하기도 합니다. 특히 메인에 걸린 저 그림은……."

남의 속도 모르고서 진태성이 친절하게 설명을 이어 갔다. 이런 유치한 감정을 느끼는 스스로가 당황스럽고 끔찍해서, 기현은 차마 내색도 못 하고 괜히 툴툴거리기만 했다. 전시 의도를 다시 한번 친절히 설명해 주면서, 그가 슬쩍 자신의 상태를 살피는 것을 알면서도 자꾸만 뚱하니 얼어 버리는 낯을 단속할 수 없었다.

"그런 의미에서 이 섹션의 그림들이 다소 불친절하긴 하지만……."

지잉, 지금의 진태성만큼이나 눈치가 없는 진동음이 그의 말을 툭 끊어 먹었다. 가볍게 눈짓으로 사과하고 품 안에서 핸드폰을 꺼냈는데…… 의외의 이름이 액정에 떠 있었다.

"왜 그래요?"

제법 늦은 시간인데, 무려 윤희연에게서 걸려 온 전화였다.

"괜찮으니까 편히 받아요. 요즘 호텔 문제로 정신없잖아요."

"네. 미안합니다."

기현은 양해를 구하며 통화 버튼을 눌렀다. 아마 내일 있을 임원회의 때문에 시비라도 걸려는 게 아닐까 싶었다.

―호텔 공사 관련 예산 말인데.

"또 뭡니까."

인사는커녕 밑도 끝도 없이 본인 할 말부터 꺼내는 무례함에 눈살이 찌푸려졌지만, 윤희연이 멋대로 구는 게 하루 이틀이 아니었으므로 기현은 그러려니 하며 퉁명스레 대꾸했다. 말도 안 되는 트집으로 지주사에서 투자금을 뜯어내려는 요구겠거니, 할 따름이었다.

—보안 쪽에 빠진 항목이 있던데? 제일 중요한 걸 빼먹었어, 너.

한데 윤희연은 생각도 못 한 주제를 들먹여 기현을 당황스럽게 했다.

"보안이라뇨?"

—지문 인식 말이야. 우리 직계 가족만 출입할 수 있는 시스템.

순간 윤희연이 뭘 말하는 건지 한 번에 인지하지 못해서 기현은 잠시 눈만 깜빡였다.

"밤늦게 전화해서 한다는 소리가…… 아니, 그게 대체 왜 필요합니까?"

—뭐? 왜 필요하냐니? 너야말로 그걸 말이라고 해? 아려 호텔에 그 시스템이 빠지는 게 말이 돼?

허어. 기현은 말문이 막혀 코로 길게 한숨을 내쉬었다.

"……우리가 왜 굳이 국내에, 그것도 초호화 호텔을 짓기로 한 건지 잊었습니까?"

해운대 해변이 한눈에 들어오는 금싸라기 부지에 아려 호텔을 새로이 지을 예정이다. 위치상 모객이 어려울 리는 없겠지만, 그 위치를 선점하기 위해 들인 비용을 헤아려 본다면 굳이…… 하고 말줄임표가 떠오르는 것도 사실이었다.

지금도 이 문제로 여기저기서 우려의 목소리가 끊이지 않았지만, 기현은 신규 호텔 개관을 포기할 생각이 없었다. 아마 윤진서와 윤희연도 마찬가지일 것이다. 이 사업은 세 사람의 진짜 역량을 선보이는 데뷔 무대와 다름없으니 말이다.

장남이 겪은 불의의 사고가 보도된 이후부터 지금까지 AR그룹은 윤의택 회장이 깔아 둔 레일 위를 순조로이 달려왔다. 앞으로도 얼마간은 그가 그린 청사진에서 크게 이탈할 일이 없을 것이다.

윤의택이라는 이름이 주는 안정성은 무시할 수 없는 이점이기도 했고, 이미 거대한 유기체가 되어 버린 이 기업을 사적인 감정만으로 굴릴 수도 없으니 기현 또한 어느 정도는 미리 짜인 틀에 맞춰 움직여 왔다. 뒷방 늙은이들 표현을 빌리자면 머리에 피도 안 마른 애송이 주제에 평탄히 승계 진행이 가능했던 까닭도 여기에 있다.

"윤의택 회장의 그림자를 지우자고 수익도 크게 안 날 새 호텔 올리기로 한 것 아니었습니까?"

—그거야 그렇지.

그렇지만 언제까지고 윤의택의 그림자에 갇혀 살 순 없는 노릇이었다. AR의 미래를 보여 달라는 주주들의, 언론의, 사람들의 은근한 요구가 나날이 뚜렷해지고 있다. 당사자인 기현도 시대의 흐름에 동감하는 바였다. 정확히는 그 기대에 부응하고 싶다는 기현의 개인적 욕심과 욕망이 선명해지기 시작했다.

더 잘하고 싶다. 지금보다 더 뛰어난 사람이 되어 곁을 지켜 주는 이가 자신을 더더욱 좋게 봐 주었으면 싶었고, 걱정이 많은 그를 안심시키고 싶어졌다.

그래서 기현은 최근 신중히 여러 사업 모델을 검토했고, 최종적으로 부산의 호텔 건설을 권력 이양의 모의 실험실로 낙점했다. 국내 호텔 개관 사업을 고른 데엔 여러 가지 이유가 있었지만, 그간 윤의택이 추구하던 레저 사업 방향과 전면으로 부딪힌다는 점이 결정적인 계기였다. 보도 자료가 배포되자마자 굵직한 계열사의 임원진들이 비밀리에 우려를 표했던 것도 이 대목 때문이었다.

—뭐, 우리 회장님이 국내 특급 호텔 운영에 회의를 느끼고 있었다는 건 알 사람들은 다 아는 이야기니까.

"말은 바로 합시다. 정확히는 윤희연 호텔 사장이 허구한 날 밀어붙이는 고급화 전략에 신물을 느꼈던 것 아닙니까."

—그게 왜? 결론만 놓고 봤을 때 틀린 말은 아니잖아? 그렇게 따지자면 삽 뜰 수 있었던 것도 내 기여도가 없진 않는 거지.

"결론만 놓고 보자고요? 그럼 제가 나선 덕에 이 프로젝트가 주목받을 수 있었다고 말해야 맞지요. 세상 사람들은 그런 걸 결론이라고 부릅니다."

—뭐…… 그거야 그래. 얌전하던 막내가 난데없이 회장님 뜻에 정면으로 반하는 신사업을 벌이겠다고 나섰으니까.

다른 재벌가도 아니고 윤의택 회장의 말이 법이고 진리였던 그 AR에서 이런 일이 일어날 줄 누가 알았겠냐며 여기저기서 수군거렸다. 윤 회장이 사실은 치매로 요양 중이라더라, AR도 이제 끝이다, 어려서 그런지 의욕만 앞선 놈을 차기 회장이랍시고 밀어주는 그룹 전체가 정신이 나간 거다…….

그런 식으로 뒤에서 비웃던 임원들이 잠잠해진 건 신사업 전개를 앞두고 기현이 내건 주요 의제를 받아 본 이후였다.

호텔 사업은 표면상으론 윤희연이 중심인 것처럼 보였지만, 윤희연은 윤진서의 돈 없인 한 발자국도 움직일 수 없었고, 그 윤진서도 윤기현의 허락 없인 AR의 이름을 달고 있는 모든 것에 함부로 자금을 들이밀 수 없었다. 작다면 작은 프로젝트 하나로 이 거대한 공룡의 새 주인이 누구인지 모두가 다시 한번 깨닫게 되는 계기가 된 셈이었다.

또한 새 호텔 조성은 자금 흐름부터 로열티 문제, 전산 및 보안 시스템의 협의부터 각종 하청 업체 선정까지 다양한 분야에서 기현이 영향력을 펼쳐 보기 적합했다. 심지어 건설사를 끼고 움직이다 보니 양지로 드러내선 안 될 인맥들까지 일부 내보일 수 있었다.

즉, 이번 신사업은 아직도 단꿈에 젖어 있는 늙은 호랑이들에게 이제 누구의 시대가 왔는지 제대로 보여 줄 기회였다. 동시에 자신이 쥔 무기가 다른 핏줄들에 비해 얼마나 우월한지 마음껏 휘둘러 볼 수 있는 비무장이기도 했다.

손해를 감수할 만한 범위 내에서 다양한 분야의 간을 보기는 딱 좋은…… 그래, 부산의 호텔 개관은 문자 그대로 기현에게 훌륭한 모의 실험실이 되어 주었다. 한데…….

—그런데 그 얘긴 갑자기 왜 하니? 새삼 생색이라도 내고 싶어? 네 덕에 호텔 새로 올린다고?

"……의도가 명확한 신사업에, 윤의택 회장이 구축한 시스템을 욱여넣는 게 대체 무슨 의미가 있습니까?"

심상치 않은 기현의 태도에 진태성이 작게 미간을 찌푸렸다. 뭐라 조언하려 입을 벙긋하려는 그를 턱짓으로 물리치고, 기현은 계속해서 윤희연을 물어뜯었다.

"지문 인식 장치? 총수 직계 가족이면 어디도 거칠 것 없이 호텔 문 마음대로 열어젖힐 수 있는 그거 하나 달자고 몇억, 아니, 몇십억을 공중에 흩뿌리자는 겁니까, 지금?"

아려 호텔은 오직 총수 일가를 위한 특수한 시스템 몇 가지를 갖추고 있다. 가장 대표적인 것이 지문 인식만으로도 객실 체크인이 가능하다는 거였고, 기현 또한 갈 곳이 딱히 없었던 과거에 이용한 적 있었다.

당연한 말이지만 사업장 입장에선 손해였다. 성수기에도 신무원 사람들의 취향을 고려한 몇몇 객실은 항상 비워 둬야 했고, 투숙 비용도 지불하지 않는 소수를 위해 자체 시스템을 계속 업데이트해야 한다. 담당 직원들을 단속하고 교육하는 비용 역시 꾸준히 발생한다.

가뜩이나 윤의택이 남기고 간 모든 것이 싫은 기현 입장에선 매우 못마땅한 일이었다. 그런데도 여태 이 구시대적인 허영을 방조하고 있었던 이유는, 사실 별거 없다. 철거 비용이 예상보다 막대했기 때문이다. 제 기분 좀 풀자고 그 큰돈을 쓰느니, 윤의택과 김연수가 질색하던 사업 분야에 투자하는 것이 훨씬 더 보람차고 건설적이었다.

—뭐야, 너 왜 이렇게 애처럼 굴어? 끼고도는 그 남자 애인이랑 다투기라도 했니?

"뭐라고요?"

—그렇잖아. 새로 프로그램 개발하자는 것도 아니고 원래 있던 시스템 가지고 오는 건데 돈이 뭐 그렇게 많이 든다고 이렇게 까칠하게 굴어? 우리 같은 사람들만 쓸 수 있는 기능이 있다는 것 자체가 권력이 된다는 걸 몰라?

"……권력이요."

—그래, 권력.

기현은 잠시 눈을 꾹 감았다. 윤희연의 지적대로 타이밍이 썩 좋지 않긴 했다. 실제로 애인…… 인지 뭔지 모르는 남자에게 일방적으로 마음이 상한 상태였다. 게다가 기현은 윤의택이 남긴 흔적 중 신무원 사람들만 누릴 수 있는 이런 종류의 특권을 가장 증오했다. 다소 감정적인 와중에, 감정적으로 반응할 수밖에 없는 사람이, 격하게 감정을 건드리는 주제를 끌고 나온 것이다.

—아마 이 문제는 언니도 내 편 들어 줄 것 같으니까, 날 밝았을 때 다시 얘기하자.

윤희연은 어이없어하며 멋대로 대화를 갈무리하려 들었다. 완전히 신호가 끊어지기 전 '별꼴이야. 앤 아직도 이러네' 하고 누군가에게 중얼거리는 날카로운 그녀의 목소리가 메아리처럼 귓가에 맴돌았다.

"……기현 씨."

아무 말도 하지 않고 곁을 지키고 있던 진태성이 기현의 어깨를 슬며시 짚어 주었다.

"미안합니다. 갑자기 이런 전화가 와서……."

기현은 민망함에 고개를 슬쩍 돌린 채로 태성이 극찬하던 그림만 고집스레 바라보았다.

다 들었겠지? 거리도 멀지 않았고 전시실은 조용했으니까……. 최악이었다. 어디에 털어놓지도 못할 유치한 이유로 혼자 진태성에게 마음이 상해선 멀쩡한 전시 트집이나 잡고, 윤희연에게 일 문제로 성숙하게 대처하지 못하는 꼴도 보이고 말았다. 심지어 이 프로젝트가 어떤 의미인지 진태성 또한 너무나 잘 알고 있는데 말이다.

"음, 나는 나쁘지 않을 것 같은데요. 윤희연이 제안한 일."

"……뭐라고요?"

괜히 이곳저곳 눈길을 주던 기현은 작게 입을 벌리고서 생각에 잠긴 태성을 올려다보았다.

"실리를 따지자면 윤희연의 말도 딱히 틀린 건 없습니다. 새로 지을 때 공사 비용 약간만 보태면 되는 거니까 생각보다 비용은 저렴할 거고, 이미 있는 시스템 가져다 쓰면 되니까 개발을 따로 해야 하는 것도 아니잖아요?"

"……진심으로 하는 소리예요?"

진태성은 대수롭지 않다는 듯 고개를 끄덕였다.

"네. 그렇게까지 견적이 부담스럽진 않을 것 같은데요. 아닙니까?"
"필요도 없는 일에 추가 비용이 나가는 건데 왜 부담이 없습니까?"
"대신 얻게 되는 것들이 상당하니까요."

울적한 그림들을 등에 업고서, 진태성이 기현을 향해 돌아섰다. 구둣발 소리가 고요한 전시실 안에 쩌렁쩌렁하게 울렸다. 기현은 그 공명을 따라 괜히 자신의 심장이 툭 부스러지는 것 같다고 느꼈다. 정말로 괜히 말이다.

"총수의 직계 가족만 이용할 수 있다는 그 시스템이, 누군가에겐 굉장히 매력적으로 느껴질 수도 있어요. 다급한 논의가 필요할 때 사람들이 괜히 기현 씨를 찾는 게 아니잖습니까."

그거야…… 맞는 말이긴 하다. 회담 장소를 급히 수배하려 AR의 문을 두드리는 유명 인사들이 간혹 있었다. 시스템상으론 총수 일가의 누군가가 객실을 이용 중인 것으로 보일 테니, 입실만 조용히 할 수 있다면 호텔 직원들조차 눈치챌 수 없는 밀회가 가능하기 때문이다. 아마 자신 못지않게 다른 이들, 윤진서나 윤희연도 비슷한 청탁을 종종 받았을 거다.

"기현 씨 입장에선 지문으로 객실 문 한 번 열어 주고, 제법 쓸 만한 사람들에게 빚을 지울 수 있게 되는 겁니다. 심지어 부산까지 와서 갖는 은밀한 회동? 건질 게 꽤 많아 보이는데요."

"……."

"어차피 호텔 사업으로 막대한 이윤을 남기려던 것도 아니었고, AR의 부회장씩이나 되는 사람이 이익을 반드시 금전의 형태로 추구할 필요도 없잖아요? 저라면 기분은 좀 상하더라도 진행은 고려해 볼 것 같습니다."

"……."

"아니, 진행하는 게 어때요? 공사 비용 약간 초과하는 것 말고는 기현 씨가 손해 볼 건 하나도 없는데."

기현은 당황해서 입술만 달싹였다. 진태성의 말도 틀린 건 아니었다. 틀린 정도가 아니라 그의 판단이 전적으로 옳다. 오히려 감정에 치우쳐 아이처럼 굴고 있는 건 자신이었으니까.

그래도, 다른 사람도 아니고 진태성이라면 자신의 언짢음을 공감해 줄 거라 여겼다. 신규 호텔 건설은 본격적으로 윤의택의 그림자를 걷어 내려 벌인 일이었고, 앞으로 기현이 나아가고자 하는 길의 초석이 될 터였다. 구체적인 구상부터 관련 계열사 협상까지, 진태성에게 전부 털어놓았기 때문에 그는 누구보다 이번 일에 임하는 기현의 마음가짐을 잘 알았다.

'아니, 그런 장황한 설명 같은 건 다 집어치우고서라도…… 윤의택이 나에게 어떤 의미인지, AR에서 그의 이름을 완전히 끌어내리고 싶다는 게 어느 정도로 무게가 있는 일인지 세상 사람 아무도 모른다고 해도, 진태성 당신만은 알아줘야 하는 거잖아.'

'기분은 좀 상하더라도'라고 덧붙인 걸 보면, 태성도 조금 전 윤희연의 요청이 기현에게 어떻게 느껴졌을지 이미 잘 알고 있다는 소리다. 그런데…….

"이런, 기현 씨."

잠시 생각에 잠겨 이것저것 헤아려 보던 진태성이 기현의 어깨에 서둘러 팔을 둘렀다. 멍하니 있는 사이 몸이 크게 돌아가고, 정신을 차려 보니 어느새 남자의 품 안이었다.

"기현 씨를 서운하게 하려던 건 아니었어요."

"아뇨, 나는……."

"미안합니다."

찰나 스친 눅눅하고 다감한 그 눈빛. 요즘 들어 기현에게 특히 익숙해진 눈길이었다.

"내가 미안해요."

"아뇨, 진태성 씨가 왜……."

진태성의 대응은 틀리지 않았다. 그에게 순간 섭섭했지만 그건 진태성의 잘못이 절대 아니었다. 그는 여느 때처럼 상황에 맞는 적절한 조언을 건넸고, 홀로 마음이 상해 있던 기현이 예민하게…… 정확히는 AR그룹의 부회장답지 않게 과민하게 반응했을 뿐이다.

기현은 진태성에게서 한 발자국 물러서며 형편없는 몰골을 가다듬었다. 표정을 얼리고, 목을 울려 목소리를 단장했다.

"오히려 내가 진태성 씨에게 사과해야죠. 미안합니다."

"기현 씨."

"잘 알겠지만…… 신무원 사람들이 이런 식으로 특권이니 권력이니 하는 헛소리를 하면 아직도 좀…… 차분히 대응하는 게 어렵습니다. 고친다고 고친 건데도 쉽지 않네요."

평소처럼 적당히 쌀쌀맞고 차분한 대꾸였다. 한데 착각일까? 자신을 바라보는 진태성의 표정이 어째 점점 어두워지는 것 같았다.

"왜 그래요?"

"기현 씨."

"네."

불러 놓고서도 진태성은 한참 동안 말이 없었다. 지금 이 상황을 혹은 자신의 기분을 뭐라 설명할지 모르겠다는 듯, 입술을 여러 차례 감쳐물며 침묵만 늘렸다.

기현은 어쩐지 아득한 기분이 들어 몇 번이나 손가락을 움찔거렸다. 진태성을 부르고 싶은데 입이 안 열리고, 그를 붙잡고 싶은데 어디에 손을 대면 좋을지 모르겠다. 진태성이 잇새로 연한 살갗을 긁듯이 짓씹을 때마다 자신을 위협하려는 게 아니라 상처 주고 싶지 않아 고민 중이라는 걸 아는데도 덜컥 겁이 났다. 이상하게 극단적인 방향으로 상상이 흘러갔다.

'이런 나한테…… 질렸을 수도 있어. 매번 뻣뻣하게 굴고, 떠받들어 주는 걸 당연하게 여기니까…….'

심지어 지금 진태성은 자신이 혼자서 꽁한 이유조차 모르고 있지 않은가.

"그—"

"기현 씨."

망설이던 기현이 작게 입을 열어 진태성을 부르려고 했으나, 낮게 가라앉은 그의 목소리가 침묵을 깨는 것이 먼저였다.

"내가 뭐 잘못했어요?"

"갑자기 그게 무슨……."

"나한테 기분 상한 거 있는 것 같은데."

"네? 아뇨. 진태성 씨에게 내가 왜—"

"혹시 바쁜데 억지로 불러내서 싫었습니까?"

"그건 또 무슨……."

"거절해도 상관없었어요. 우리가 그런 걸로 불편해할 사인 아니잖아요. 난 그냥 오랜만에 내가 손댄 전시라 기현 씨한테 제일 먼저 보여 주고 싶었을 뿐이고—"

"그래서 나 부른 걸 아는데 내가 어떻게 편하게 거절합니까."

진태성의 말을 자른 건 어디까지나 너무 당황해서, 당신의 초대가 싫었던 건 아니라고 다급히 변명하고 싶어서였다. 끝까지 말을 내뱉고 나서야 제 목소리가 상당히 뾰족했다는 게 떠올랐다. 지금까지 대화의 흐름대로라면 상대방이 자신의 의도대로 받아들이기 어렵겠구나, 하는 생각도 뒤늦게 들었지만…… 이미 엎질러진 물이었다.

"……그래요, 미안해요. 기현 씨 한창 바쁠 때인 거 알면서도 불러내서."

"아뇨, 나는 그런 뜻이 아니라……."

잠시 무표정한 낯으로 생각에 잠겨 있던 진태성은 곧 부드럽게 표정을 가다듬고 기현의 팔을 붙들었다.

"그래도 다행이네요. 내가 당신 생각해서 불렀다는 건 알아줘서."

"……진태성 씨."

"데려다줄 테니까 이만 갑시다."

잠깐만, 나는…… 그런 의도가 아니라. 진태성 씨, 나는……. 윤기현은 속에서 와글와글 부푸는 말을 미처 솎아 낼 수 없어 그냥 고개만 주억거리고 말았다.

가뜩이나 전시 하나 가지고 혼자 꽁해 있는 스스로에게 자괴감이 드는 와중이었다. 그런데 기껏 생각해서 필요한 조언을 해 준 진태성에게 이따위로 굴어 버렸다.

차라리 처음부터 물어볼 걸 그랬다. 자신은 얼굴도 본 적 없는 계열사 직원들조차 뭔가 있는 거 아니냐고 수군거릴 정도로 낯간지러운 행사를 지시하고 있는데, 정작 당신은 왜 이런 우중충한 전시나 기획한 건지. 예전에는 자신이 좋아하는 그림이나 전시물을 잔뜩 들여왔으면서, 사랑에 관한 전시도 곧잘 열곤 했으면서…….

"윤기현 씨."

진태성의 목소리에 한숨이 가득 묻어나 기현은 필사적으로 표정을 굳혔다. 그게 분위기를 더 험악하게 만들 수도 있겠다는 생각이 나중에야 들었다.

'……오늘 진짜 최악이다.'

생각하기도 전에 말과 행동이 먼저 나가고, 뒤늦게야 깨닫고는 계속 후회만 하고 있다.

"……네."

"이거 하나만 기억해요. 우리 둘 사이에 무슨 일이 있어도 무조건 내 잘못이에요."

"그런 게…… 어딨습니까."

"다른 사람도 아니고 진태성이 윤기현 속상하게 만드는 건 있을 수 없는 일이니까요."

무조건 내가 잘못했고, 내가 죄인인 거라며 진태성이 옅게 웃었다. 크게 헛숨을 들이켜던 윤기현은 결국 침묵을 선택했다. 여기서 말을 보탰다간 더 꼴사나운 모습을 보일 것만 같았다.

데려다주는 길, 진태성은 운전하는 내내 가벼운 농담을 건넸다. 그저 제 기분 풀어 주자고 하는 말인 걸 알아 기현은 하염없이 목이 메었다. 그러려던 게 아니었는데……. 혀끝에 맴도는 변명을 어떻게 꺼내 보일까 망설이는 사이, 집에 다다랐다.

평소의 진태성이라면 짧게나마 안에 머물렀다 갔을 것이다. 당신 씻고 나오는 것만 보겠다고, 그래서 씻고 나오면 잠드는 것만 보고 가겠다고, 혹 정말 바쁠 때면 별채 현관문을 열어 주고 앞에 멀뚱히 서서 짧게 이야기라도 나눈다거나 하는 식으로 말이다. 자동 센서가 몇 번 꺼졌다 켜질 때쯤 되어야 이제 정말로 가라고 그를 밀어내면 아쉬움 가득한 얼굴로 가벼이 입을 맞춰 주고 손을 흔들었다.

그런 사람이 대문 앞에서 내려 주고 그냥 가 버렸다. 착각일 수도 있겠지만 다시 핸들을 쥐는 그의 얼굴이 유독 어두워 보였던 것도 같다. 피곤한 듯 관자놀이를 짚는 진태성의 손끝에서 짙은 한숨이 묻어났다.

그렇게 흰 새벽이 지나고, 오늘. 퇴근 시간이 가까워지도록 진태성에게선 아무런 연락이 없었다.

"오늘 회의는 이쯤에서 마칠까요?"

핸드폰만 죽어라 노려보던 기현이 한숨을 삼키며 등받이에 몸을 묻었다.

"제일 중요한 방향이 정해지질 않았으니 이후의 이야기는 무의미할 것 같군요."

"그렇지만 부회장님."

"그리고 예산이나 공사 일정 같은 문제는 집행 계열사에서 알아서 할 몫 아니겠습니까? 여기서 다룰 주제는 아닌 것 같은데."

기현은 수북하게 쌓인 서류의 의제를 훑어보았다. 진태성을 생각하느라 중간중간 넋을 놓긴 했어도, 오늘 회의가 마음에 차지 않았던 것은 사실이다.

"바쁘신 분들께서 어렵게 시간 내주셨는데 생산적인 논의는 진행되지 않은 것 같아 저도 매우 아쉽습니다."

회의 내내 삐딱하게 굴었던 윤희연과 가까운 임원들이 두어 번 헛기침하며 기현의 시선을 피했다.

"다들 수고하셨습니다. 다음에는 좀 더 잘 준비해 봅시다."

껄끄러운 얼굴로 묵례하고 돌아서는 이들을 머릿속에 새겨 두고, 비교적 성실히 임하려 했던 사람들을 격려하고, 괜히 곁을 서성이는 측근들의 이야기를 짧게 들어 주고, 뒷정리는 서태식에게 맡긴 채로 기현은 훌쩍 회의실을 벗어났다. 양손엔 사적으로 쓰는 핸드폰과 카드 몇 장이 꽂힌 얇은 지갑만 덜렁 움켜쥔 채였다.

머뭇거리다 통화 목록에 빼곡하게 적힌 이름을 꾹 눌러 본다.

[진태성]

여전하다. 신호는 가는데 받지는 않는다. 엘리베이터의 버튼을 누르는 기현의 손에 불필요한 힘이 잔뜩 들어갔다.

"부회장님."

자리를 수습하고 나온 서태식이 기현과 눈이 마주치자마자 고개를 저었다. 진태성이든 조 실장이든 따로 연락이 없었다는 뜻이다.

저도 모르게 서태식을 향해 상체를 기울이고 있던 기현은 조금 멋쩍은 낯이 되어 도로 턱을 당기고 허리를 곧게 폈다. 민망했다. 얼마나 기다리는 소식이 있다는 티를 냈으면, 서태식이 보자마자 신호를 줬을까.

"……음, 남은 일정 없죠?"

"예. 바로 댁으로 모시겠습니다."

"아뇨. 호텔로 가겠습니다."

"호텔이라 하심은……."

"아려 호텔에 연락해서 라운지 좀 비워 놔요."

목을 조이고 있던 넥타이를 완전히 풀어내며 기현이 중얼거렸다. 평소와는 확실히 다른 상사의 모습에 서태식이 어어, 하고 길게 목소리를 끌다 조심스레 물었다.

"실례인 줄 알지만 묻겠습니다. 혹시 어제 무슨 일 있으셨습니까?"

"……글쎄요."

서태식에게라도 조언을 구해 볼까 하는 마음이 잠시 일기는 했으나, 단단히 꼬인 자신의 심사를 어떻게 설명하면 좋을지 알 수 없었다. 무엇보다 당사자인 진태성에게도 쉬이 털어놓지 못한 이야기를 서태식에게 꺼내 보이고 싶진 않았다.

"대원 쪽에서 아직 아무 연락 없긴 했는데, 며칠 전 조 실장이 곧 있을 페어 때문에 정신이 없을 거라곤 했습니다."

물론 하루 이틀 기현을 보좌하는 것이 아닌 서태식은 홀로 고민이 많은 상사의 속내를 쉽게 짚어 냈다. 영문은 모르겠지만 기현이 이상하게 굴면 적어도 진태성과 관련한 문제라는 걸 이젠 너무나 잘 안다.

"아마 그 문제로 바쁘신 것 아닐까요? 국내 페어 앞두고선 자잘하게 삐끗하는 일이 많아 늘 고생하셨던 것으로 기억합니다. 게다가 대원 미술관에서 큰 기획 전시도 앞두고 있고요."

"……."

"그래도 부회장님 말씀 있으시기 전까진 저희가 먼저 대원 쪽에 연락 취하지 않겠습니다. 편히 지시해 주십시오."

이어 고맙게도 서태식은 술과 안줏거리만 준비해 두고 라운지 직원들은 전부 물러나 있으라고 할 테니, 눈치 보지 말고 마시라는 격려 아닌 격려만 건넸다.

"저, 부회장님."

곁에 서서 함께 엘리베이터를 기다려 주던 서태식이 조심스레 기현을 불렀다.

"이런 말씀 올려도 될지 모르겠습니다만…… 별일 아닐 겁니다."

무슨 뜬금없는 소린가 싶어 서태식을 돌아보는데, 마침 엘리베이터의 문이 열렸다. 열림 버튼을 눌러 주며 서태식이 과장되게 손짓했다.

"그럼 들어가십시오. 내일은 오후 늦게 연락드리겠습니다."

"……서태식 씨."

"주제넘은 말씀인 것 알고 있습니다만, 저는 자주, 아니, 매번 진태성 관장이 부회장님께 진심이라고 느낍니다. 그것도 상당히요."

"……."

"다른 건 몰라도 진태성 관장 때문에 부회장님께서 속상하실 일은 영영 없으실 거라고 장담합니다."

기현은 새삼스러운 기분이 들어 서글서글하게 웃는 그의 낯을 빠르게 훑어보았다. 신무원으로 처음 발을 들일 땐 잔뜩 긴장해서 두리번거리던 사람이, 이제는 제법 방자한 참견까지 하면서 미소를 띤다. 이렇게 보니 손에 쥔 거라곤 진태성 하나뿐이었던 그 시절부터 지금까지, 시간이 꽤 흘렀구나 싶었다.

"건방지게 굴었다는 것 알고 있습니다. 죄송합니다. 하지만 오늘은 유독 마음을 쓰시는 것 같아서……."

"알면 됐습니다."

"예, 그렇지만 대원과 관련해선 정말로 부회장님께서 걱정하실 것 하나도 없다고 생각합니다."

그러면서 서태식이 뒤통수를 긁적였다. 기현 또한 픽 웃으며 엘리베이터 안으로 몸을 실었다.

"쉬십시오. 연락드리겠습니다."

깊이 허리를 숙이는 충직한 비서의 머리꼭지를 보며 기현은 작게 고갯짓만 했다. 투명한 엘리베이터의 벽 너머로 회의실에서 후다닥 뛰쳐나온 비서진들이 뒤늦게 인사를 건네는 것이 보였다.

이곳에서 살아남을 수나 있을까 심란해하던 시절도 있었는데. 이제 윤기현은 측근까지 여럿 거느리고 있는, 이 작고도 거대한 왕국의 어엿한 왕이었다. 초라한 몰골로 모르는 남자에게 왕으로 만들어 달라 제안했던 때부터 지금에 이르기까지…… 한 손가락으론 헤아릴 수도 없는 세월이 갔다.

"……변하지 않는 게 이상하지."

저도 모르게 말을 툭 내뱉어 놓고는, 그 내용에 가슴이 자르르 아려서 기현은 조용히 눈을 내리깔았다. 기현을 태운 탓에 다른 층에서 멈추지 않는 엘리베이터가 빠른 속도로 추락했다.

"음, 이게…… 뭐였……."

기현은 제 앞에 놓인 술병을 검지로 길게 문질렀다. 아니, 문질렀다고 생각했다. 와장창. 요란한 소리를 듣고 나서야 제힘에 못 이긴 술병이 바 뒤편으로 넘어가 깨졌다는 걸 깨달았다.

"뭐야."

손가락에 묻어나는 물방울을 하염없이 노려보던 기현은 공기 중에 확 퍼지는 알코올 향에 미간을 찌푸렸다.

'내가 이렇게 독한 걸 마시고 있었나?'

눈에 보이는 대로 따라 마셨던 탓에 입에 뭐가 들어가는지도 정확히 의식하지 않고 있었다.

"나 취한…… 건가……?"

중얼거리는 자신의 목소리가 낯설어, 기현은 괜히 입을 틀어막고서 주위를 두리번거렸다. 술자리는 되도록 피하고 있고, 평소에도 와인이나 가볍게 마시는 정도였다. 이렇게 본격적으로 흥청망청 퍼

마신 일이 드물다는 뜻이다.

언제였더라? 취했다고 느껴 본 게……. 그나마 뉴욕에 있을 때? 하지만 그때도 이만큼 정신이 없진 않았다. 무엇보다 당시엔 술 같은 걸 살 돈도 없었다.

"그래, 그랬던 때도 있었지……."

도어맨의 정중한 인사를 받으며 올라와 온갖 사치스러운 가구로 무장된 방에 누워 당장 내일 샌드위치를 사 먹을 돈도 없어서 전전긍긍하던 시절.

기현은 꼬르륵 귀여운 소리를 내며 침몰하는 동그란 얼음을 물끄러미 바라보았다. 홀로 자리한 라운지 안은 아주 작은 한숨 소리도 천둥처럼 울릴 만큼 고요했고, 그래서 더 불편했다.

분명 어딘가에 직원들이 상주 중이긴 할 텐데……. 갑작스러운 오너의 진상 짓에 다들 당황하고 있겠지? 객실에서 조용히 마시는 쪽이 나았으려나, 뒤늦게 그런 생각도 들었다.

잔 표면에 맺힌 물방울만 하릴없이 콕콕 눌러 대던 기현은 바 위로 느릿느릿 상체를 숙였다. 빰이 잔뜩 눌린 꼴이 볼썽사나울 게 분명했지만…… 보는 눈이 없으니 괜찮지 않을까. 진태성이 봤다면 틀림없이 당황스러운 말로 놀렸을 거다. 그래도 뭐…… 어차피 그 사람은 오늘 내내 간단한 답장조차 주지 않고 있으니까…….

"음……."

엎드린 채 눈을 감고 있으니 술기운이 훅 올라왔다. 아, 이젠 부정도 못 하겠다. 취한 거 맞는 것 같다. 망연히 눈을 깜빡일 때마다 발끝에서부터 파도가 밀려왔다. 머리꼭지까지 뜨끈한 물에 잠긴 것 같은 기분에 기현은 실실 웃고 말았다.

"뇌가 녹아 버렸나? 왜 자꾸 웃음이 나지……."

삐죽 밀린 볼을 한 채 손가락으로 테이블을 톡톡 두들겨 보는데, 제 몸이 아닌 것만 같았다. 뼈가 말랑말랑해진 게 분명하다. 멋대로 흐물거리는 몸을 추스르려 애쓰던 기현은 문득 지금 이 감각이 매우 익숙하다 생각했다. 따뜻하고, 부드럽고, 물에 잠긴 것 같고, 또…….

"……진태성?"

저도 모르게 튀어나온 이름에 기현은 입술을 꾹 감쳐물었다.

"미쳤…… 지, 진짜."

독한 술을 병으로 퍼마시고도 습관처럼 진태성부터 떠올리는 자신이 어이가 없었다. 심지어 뭐? 이딴 느낌이 진태성과 닮았다고?

"작작 좀……."

기현은 물 먹은 종이처럼 자꾸만 축 늘어지는 몸을 애써 일으켰다. 홧김에 술이나 들이켜면 허튼 생각을 좀 덜 할 줄 알았는데…… 오히려 하나부터 열까지, 온갖 일에 진태성을 떠올리고 또 온갖 것에 진태성을 대입하고 있다.

"진짜, 윤기현. 제발……."

작작 좀 하자고 반복해서 중얼거리던 기현은 어느 순간 자신의 상태를 깨닫고 또다시 입을 턱 틀어막았다.

"나…… 혼잣말하는 주사가 있었잖아?"

지금 이 순간에도 실없는 속말을 자꾸 내뱉고 있었다. 꼭 누구 들으라는 듯이.

"하, 그만……."

그만하자, 그만 생각하자……. 그러면서 저도 모르게 또 꿍얼거리고 있다.

기현은 빠르게 고개를 좌우로 털며 얼음 몇 개를 잔으로 투하했다. 호박과 금을 한데 섞어 녹인 듯 반짝이는 액체가 사방으로 튀며

빛무리를 그렸다.

"……."

반짝반짝한 풍경에 절로 시선을 빼앗겨 작게 입을 벌리고 있던 기현은 금세 자신의 상태를 깨닫고 눈을 질끈 감았다. 지금 진태성을 떠올린 것은 자신의 잘못이 아니었다. 화려하고 예쁜 것을 보니 자연히 그가 연상되는 걸 어떡하란 말인가.

진태성, 진태성, 진태성……. 반복해서 입술을 달싹이던 기현은 뭔가에 찔린 사람처럼 돌연 몸을 크게 떨었다.

"잠깐만. 이게…… 어디…… 어디로 갔지?"

핸드폰을 찾으려 주머니를 뒤적이는데, 꼴사납게 손이 헛도는 바람에 애꿎은 옷을 죄 찢어 먹을 뻔했다.

"어디에……."

다급한 마음에 기현은 자꾸만 서투르게 굴었다. 분주하기만 했지, 힘은 하나도 들어가지 않은 손길이었다.

왜 이 생각을 못 하고 있었을까? 어쩌면, 어쩌면…… 진태성은 몇 번이나 연락했는데 취해서 진동을 못 느꼈을 수도 있다. 어제에 이어 자신이 계속 쌀쌀맞게 군다고 영문도 모르고서 낙담하고 있을지도 모른다.

그래서 분주하게 손을 놀렸건만.

"아직도…… 말이 없네."

허탈하게도 화면에는 아무런 알림도 뜨지 않았다.

"아직도 연락이 없어……."

기현은 어느덧 새카맣게 암전된 핸드폰 화면을 멀뚱멀뚱 바라보았다. 그러다 괜히 짜증이 나서 아무 곳에나 핸드폰을 던져 버리곤, 풀썩 바 위로 엎드렸다.

서태식은 대원 쪽에 연락하지 않겠다고 약속했지만, 조 실장이 슬쩍 찔러보면 제 상태를 공유해 주긴 할 거다. 먼저 말하지 않겠다고 했지, 그쪽에서 묻는 말에 대답하지 않겠다곤 한 적 없었으니까.

'그럼 내일이면 전화 오지 않을까……. 혼자서 술 마셨다는 말을 들으면…… 진태성은 뭐라고 하려나?'

라운지까지 통째로 비워 술잔을 기울인 건 처음이라 그가 무슨 반응을 보일지 잘 모르겠다.

"그러니까 왜…… 연락이 없는 건데……."

기현은 소심하게 중얼거리며 바에 이마를 쿵 박았다.

왜지? 진태성이 손수 기획한 전시를 보고 기분이 상한 건 명백한 사실이다. 자신은 그를 의식해서 어울리지도 않는 짓이나 하고 있던 참인데, 정작 그 사람은 생모리츠에서의 청혼 같은 건 아무렇지도 않은 것처럼 보였으니까.

'아니, 아무렇지도 않은 정도가 아니지. 영원한 사랑이 어디 있냐는 그림이 마음에 든다는 소리나 하고 있었잖아.'

그래서 치졸하게 굴었다. 시종일관 꽁한 태도로 진태성을 당황하게 해 버렸다. 어제 자신의 태도가 나빴다는 걸 부정하려는 건 아니다. 부끄러워 외면하려 들었지만, 자신의 기분이 왜 삐딱해졌는지도 너무나 잘 알고 있다. 다만…… 갑자기 제 마음이 이런 식으로 널을 뛰는 이유를 도무지 짐작할 수 없었다.

그간 기현은 진태성에게서 매일같이 고백받아 왔다. 사귀자는 말은 이제 물릴 지경이고, 사랑한다는 말도 빠짐없이 듣고 있다. 그리고 그는 진지한 청혼을 하기 이전부터 자기니 여보니 하는 낯 뜨거운 호칭으로 잘도 자신을 불러 댔다.

뭐…… 그런 것들이 아니더라도, 이젠 연인을 넘어서 부부 같다는 생각을 자주 하곤 했다. 함께 살을 맞대고 보낸 시간의 위력은 결코 가볍게 여길 수 있는 것이 아니었다. 가족 관계서에 나란히 이름이 적힐 순 없더라도, 이 사람과는 이렇게 평생 함께할 것 같다는 확신이 기현에게도 분명히 있었다.

그리고 반지는 남해의 별장에서도 이미 선물 받은 적 있다. 생모리츠에서처럼 적극적으로 그의 마음을 받아 주진 않았지만, 사실 그때도 기현은 태성의 고백이 애틋했고 마음이 아렸다. 그러니 먼저 죽지 말고 내 마지막을 수습해 달란 부탁을 했던 거다.

할 거 다 해 놓고선 유럽의 설산에서 나누었던 이야기들이 다 뭐라고, 그가 건넨 반지가 대체 뭐라고 갑자기 이렇게 자신을 이상하게 만든 건지 모르겠다. 진태성의 청혼이, 행복해져도 된다는 허락이자 위로가 매우 감동적이었던 건 맞지만…… 그 이전에도 비슷한 말은 숱하게 들어왔는데 말이다.

윤희연 때문에 화가 났던 것도 그렇다. 호텔의 지문 인식 시스템은 윤의택 회장의 사상이 담긴 정수나 다름없고, 하필 그걸 달자고 제안한 사람이 윤희연이라 기분이 더 상했던 건 맞다. 그렇지만 고작 그런 이유로 손익 계산도 불가능할 정도로 머리가 굳진 않았다. 그딴 말을 못 견뎌서 다 엎자고 들 거였으면 AR이란 그룹을 자신의 것으로 만들 생각도 안 했다.

만약 똑같은 전화가 지금 다시 걸려 온다면 조금 더 냉정하게 대처할 수 있을 것 같다. 윤희연에겐 생각해 보겠다고 말한 다음, 신무원 사람들을 다 불러다 놓고 이 주제로 협상부터 하지 않을까. 당신들이 의식조차 하지 않고 누리고 있는 것들도 언제든 자신이 거두어 갈 수 있다는 걸 똑똑히 각인시키는 쪽이 좋겠지.

'그런데 어젠 왜 그렇게 감정적으로 굴었을까. 어떻게 하면 되는지 이렇게 잘 알면서. 그리고 진태성은 맞는 말 했잖아. 날 생각해서 타일러 준 건데 뭐가 그렇게 짜증이 나서 그따위로 뚱하게 굴었던 거지?'

자기가 좋아하는 그림 많이 걸렸다고 제일 먼저 보여 주고 싶었다는 사람이다. 우중충한 해석이니, 평소답지 않은 방향이니 하는 것도 실은 자신의 추측에 불과하다. 기획 의도가 뭐냐고 대놓고 묻지도 못하는 주제에 마음속으로 꼬투리나 잔뜩 잡고. 그러면서 혼자 울적해하고…….

"……나라도 질리겠다."

하, 또 이러고 있다. 이번이 몇 번째지. 기현은 저도 모르게 말을 툭 내뱉고는 지레 겁을 먹어 아랫입술을 꽉 깨물었다. 아주 꼴불견이 따로 없었다.

"지겨워, 다 지겨워……."

코로 길게 한숨을 쉬자 바 위로 짧게 김이 서렸다. 기현은 몇 번이나 더 그러다가 비틀거리며 상체를 일으켰다. 아니, 일으키려고 애썼다.

'이 정도면 못난 짓은 충분히 했어. 그만 정신 차려야지. 내일은 신무원 사람들에게 전부 연락 돌려야겠다. 그 지문 인식 기능…… 넣기는 넣어야겠지.'

괜히 윤희연에게 심하게 뿔을 내선…… 이제 와 무게 잡고 하는 말이 먹힐지나 모르겠다.

"윤기현 씨."

일 해결하고 나면…… 진태성에게 연락이 올까? 술 마셨다는 말 들으면 걱정은 할 거야. 전화는커녕 답장도 없는 사람한테 계속 말 붙이는 것도 좀 그러니까…… 이젠 얌전히 있는 게 낫겠지?

"기현 씨."

"……음?"

귓가에 어쩐지 익숙한 음성이 울렸다. 뭐야. 기현은 천근만근 무거운 머리를 들어 올리려 애썼다.

"대체 얼마나 마신 겁니까."

바의 모서리를 쥔 채로 병든 닭처럼 꾸벅거리고 있자니, 어느 순간 시야가 훅 높아졌다.

"설마 저걸 혼자서 다 비운 건 아니죠?"

뭐지? 기현은 느릿느릿 눈을 깜빡였다. 흔들리지 않으니 더는 어지럽지도 않고 초점도 점점 또렷하게 잡힌다.

"기현 씨?"

어쩐지 아래턱이 따뜻하다 싶더니 뭔가가 부드럽게 제 얼굴에 감겨 있었다. 그러고도 몇 초 흐른 후에야 기현은 자신을 붙잡아 주고 있는 것이 누군가의 손이라는 걸 깨달았다. 당황스럽게도 그 누군가는…….

"속은 괜찮아요?"

진태성…… 이었다.

"안줏거리라도 차려 달라고 하지, 술만 냅다 들이켰습니까?"

남자의 낮게 가라앉은 목소리에 조금 뿌옇던 시야가 비로소 선명해졌다. 운무에 휩싸인 것 같던 윤기현의 세상이 비로소 다채로운 색으로 탁 트였다.

"앞으로 술은 이렇게 많이 마시지 않는 게 좋겠어요. 얼굴이 창백하잖아."

"……."

"차라리 벌겋게 익는 쪽이 낫지, 허옇게 질리는 건 술이 안 받는다는 소리니까…… 앞으론 적당히 마시도록 합시다."

"그……."

"체온도 평소보다 낮잖아요."

기현은 놀라기도 하고, 민망하기도 해서 몇 번이나 매운 기침을 토한 끝에야 입을 열 수 있었다.

"많이…… 마시진 않았습니다."

진태성은 말없이 어질러진 바 위를 훑어보았다. 뒤편의 깨진 술병을 확인한 그의 눈썹이 크게 씰룩이는 것을 보고 기현은 뻘쭘함에 코끝만 매만졌다.

"언제…… 왔어요? 나는……."

상태가 괜찮다는 걸 증명하기 위해 몸통을 뒤로 당기고 허리를 바르게 세우려고 했는데, 꼴사납게도 그러다가 스툴에서 미끄러질 뻔했다. 진태성이 잡아 주지 않았더라면 거하게 뒤통수가 깨졌을 거다.

"가만히 있어요."

"미안, 아니…… 진짜로…… 언제 왔어요? 인기척 못 느꼈는데……."

"입구에서부터 몇 번이나 불렀어요."

"……그랬, 어요?"

"네. 목소리가 작진 않았다고 생각하는데."

그 지경으로 취했냐는 말 없는 책망이었다. 기현은 애꿎은 귓불을 문지르며 얼굴을 살짝 틀었다. 그나저나 평소보다 몸이 차갑다는 말이 정말일까? 진태성이 어딜 짚어 줘도 이렇게 델 것처럼 뜨거운데…….

"왜, 흠, 전화를 안 하고……."

"윤기현 씨가 바에서 혼자 술 마시고 있다는 얘기를 듣고 나니까 여유가 조금도 없었습니다. 바로 달려오느라 뭘 해야겠다는 생각을 미처 못 했네요."

그러면서 허락도 없이 옆자리에 털썩 앉는데, 고작 그 행동만으로도 기현은 마음이 울렁거렸다. 훅 끼치는 향수 냄새라거나 진태성의 옷에서 묻어나는 바깥바람 같은 것들이 어쩐지 눈가를 붉어지게 했다.

"답 못 해 줘서 미안해요. 급한 일이 있었습니다."

"……."

"이제야 겨우 숨 돌릴 짬이 났거든요."

기현의 뺨을 손끝으로 톡 건드리며 진태성이 웃었다.

왜 자꾸 웃지. 기현은 속으로 구시렁거리면서도 잠자코 그의 말을 듣고만 있었다. 혹시라도 입을 열었다가 헛소리라도 늘어놓으면 큰 일이니까.

자려고 누웠더니 부끄러웠던 일이 떠올라 이불을 발로 차고 싶어진다던 사람들의 말이 이제야 공감이 갔다. 기현은 언제고 오늘을 떠올리면 민망함에 이불이고 뭐고 아무거나 마구 걷어차고 싶어질 것 같았다.

"해결 다 하고 나오자마자 조 실장이 말도 안 되는 소릴 하잖아요. 당신이 혼자, 그것도 아려 호텔 라운지를 다 비우라고 지시하고선 술을 마시고 있다고. 그래서……."

진태성이 말끝을 길게 늘였다. 턱을 괴고서 뚫어져라 바라보는 낯이 참…… 이 와중에도 반짝반짝 빛이 났다.

"무슨 일이에요? 오늘 회의 있었잖아요."

"……."

"서 본부장 달달 볶아도 기현 씨가 혼자서 술 마시고 싶어 했다고만 하던데."

"……."

"혹시 회의 중에 누가 뭐라고 했습니까?"

당신 괴롭힌 사람 누구냐고, 빨리 말해 보라고 채근하는 게 아주 극성 학부모가 따로 없었다. 저런 식으로 말할 건 또 뭐야? 술기운

때문인지 기현은 별것이 다 서러워졌다.

"이상하네. 왜 자꾸 내 눈을 피하지?"

"……."

"윤기현 씨, 나 좀 봐요."

기현은 눈을 내리깐 채로 해로운 진태성의 낯을 외면했다. 애가 탄 그의 목소리에 저열한 만족감을 느끼는 한편, 조금 전까지 기현을 울적하게 했던 주제가 다시금 수면 위로 둥실 떠올라 가슴 언저리가 따끔거렸다. 대체 왜 이러는 건지. 롤러코스터의 궤적도 요즘 제 감정 기복보단 정신 사납지 않으리라.

"많이……."

"음? 잘 안 들려요."

"많이, 바빴…… 습니까?"

좀 더 목소릴 높여 봤지만, 개미 기어가는 소리도 이것보단 클 것 같았다. 다행스럽게도 진태성은 용케 알아듣곤 고개를 끄덕여 주었다.

"네. 제법 큰 액수의 어음이 잘못 처리됐어요. 까딱했다간 대원 미술관 날아갈 뻔했을 정도로."

뭐? 놀란 기현의 몸이 팩 돌아갔다. 그러다 앞으로 완전히 허물어질 뻔한 걸, 진태성이 단단히 붙들어 주었다. 허리에 감기는 남자의 손은 차갑고 또 뜨거웠다.

"조심해야죠."

"잠깐만요. 방금 뭐라고 했어요?"

미술관이 날아가? 생각도 못 했던 이야기에 취기가 반쯤은 가신 것 같았다.

대원 쪽에 그만큼 영향을 끼칠 수 있는 곳이 어디 있지? 아니면 대원 쪽의 자금줄이 마른 건가? 최악의 경우를 연달아 떠올리던 윤기현은 이내 마음을 가라앉히고 깊이 심호흡했다. 설마. 그건 아닐 거다. 그렇게까지 큰일이었다면 어제 무슨 일이 있었든 조 실장이 연락을 줬을 거다. 하다못해 금융 그룹의 수장인 윤진서가 가만히 있지 않았겠지.

"어디…… 쿨럭, 어디 쪽이랑 거래였길래 어음이 잘못 처리가 됐습니까?"

"잘 해결됐으니까 걱정 안 해도 됩니다. 실수였어요."

"그래도 그렇지, 다른 것도 아니고 어음에 문제가 생겼는데 그게 어떻게—"

"기현 씨가 신경 쓸 일 아니에요. 괜찮습니다."

……뭐라고? 기현은 어쩐지 발아래가 쑥 꺼지는 기분이었다.

"아까 있었던 회의 얘기나 해 봐요. 무슨 이유로 기현 씨가 이렇게나 술을 들이켰는지 알아야겠으니까."

엄청난 이야길 던져 놓고서 진태성은 몰라도 된다고 한다. 내 일은 네가 알 바 아니고, 넌 왜 이런 돌발 행동을 벌인 건지 설명이나 해 보라며 태연하게 재촉하고 있다.

기현에게 신무원이 있듯 진태성에겐 대원 미술관이 있다. 각 공간을 취급하는 방식은 조금 다를지라도 두 사람에겐 보통의 의미가 아닌 장소들이다.

비록 신무원은 해체 수순을 밟고 있지만, 그렇다고 해서 기현에게 그 이름이 주는 무게감이 달라지는 건 아니었다. 대원 미술관도 마찬가지다. 거긴 진태성의 태내와 다름없는 장소다. 그를 아프게 하는 곳이고, 괴롭게 하는 곳이면서 또 살게 하는 곳이었다. 그런데…….

"내가 왜…… 신경 쓸 일이 아닙니까……?"

망연함에 더듬거리며 묻는 기현의 목소리에 떨림이 잔뜩 고여 있었다. 다른 계열사도 아닌 미술관이 날아갈 뻔했다는데…… 무슨 일인지 알 거 없다고?

"그거야—"

"당신 일이잖아요……."

"기현 씨."

"미술관에 문제가 생겼다면서……."

한데 왜……. 멍하니 중얼거리던 기현은 몇 초 후에야 자신이 무슨 말을 입에 담았는지 깨닫고 빠르게 도리질했다.

"아닙니다. 방금 진태성 씨가 했던 말 그대로네요, 신경 쓰지 말아요."

"윤기현."

정중한 호칭을 뗀 태성의 부름에 기현의 입술이 꽉 다물렸다.

"나 좀 봐요."

"……."

"나 보라고 했잖아."

진태성이 축 처진 기현의 어깨를 붙들었다. 아프진 않았으나 옴짝달싹도 할 수 없는 단단한 손길이었다. 먼 곳만 보며 회피하던 기현은 결국 뚫어져라 자신을 바라보는 남자의 시선을 속절없이 받아 내는 수밖에 없었다.

"이것 좀…… 놓고……."

"요즘 기현 씨가 예민하다는 거 잘 압니다. 안팎으로 호텔 건 물고 늘어지는 사람이 한둘이 아닌데, 뒤에서 신경 써야 할 자잘한 일도 많죠. 어젯밤에 걸려 온 윤희연의 전화처럼요. 그런데……."

"……."

"어제도 그렇고 요즘 다른 문제로 혼자 생각이 많은 것 같다는 거,

내 착각입니까?"

어깨를 쥐고 있던 남자의 손이 목빗근을 넓게 감싼다. 진태성은 기현의 목덜미를 쥔 채 음미하듯 길게 한숨을 쉬며 나지막이 물었다.

"정확히는 생모리츠에서 휴가 보내고 온 이후로, 계속이요."

정처 없이 흔들리던 기현의 눈동자가 어느 지점에서 우뚝 멈추었다. 뭐?

"잠깐만요. 내가 언제……."

요즘? 어제가 아니라 귀국한 이후로 내 상태가 계속 이상했다고?

"그때부터 내가 하는 말이나 행동, 하나도 못 믿고 있잖아."

헉하고 숨을 들이마시느라 기현의 흉곽이 살짝 부푸는 것을 확인한 진태성이 눈을 가늘게 뜨며 추궁을 이어 갔다.

"혹시 내가 했던 말이…… 부담스러웠습니까? 물리고 싶어요?"

대경한 기현은 천치처럼 '그런 게 아니라……' 하고 반복해서 중얼거렸다. 소리도 내지 못한 채 입속말로만 머물러서 진태성이 보기엔 그저 입술만 달싹이는 것으로 보였으리라.

어제의 태도를 지적할 줄 알았는데, 진태성은 훨씬 이전부터 자신이 이상했다고 말한다. 전혀…… 몰랐다. 그렇다면 짧지 않은 시간 동안 자신의 감정 기복을 묵묵히 감내하고 있었다는 소린데……. 기현은 고개를 툭 떨구었다. 어제 진태성이 생각에 잠겨 잠시 아무 말 없었던 것도 역시 나름대로 화를 삭이느라 그랬던 건가 보다.

'오늘 내내 연락이 없었다고 투정을 부릴 일이 아니었구나. 그럼 다른 때엔 내가 또 얼마나 재수 없게 굴었다는 거지?'

그가 자신을 견뎌 주는 게 너무나 당연해져서 미안하게도 짐작되는 일조차 없었다. 그도 그럴 것이 군산의 공장에서 함께 돌아온 이후로 진태성은 언제나 지극히 자신을 모셨던 데다…….

"또."

진태성이 손가락을 탁 튕기며 기현의 주의를 끌었다.

"지금도 또 그러고 있잖아요."

"아, 이건……."

"어려워할 거 없습니다. 생각해 보니 너무 부담스럽다, 앞으로 그런 식의 접근이나 고백은 싫다, 편하게 말해 주면 돼요."

그러고선 진태성은 바 뒤로 건너가 잔을 꺼내 왔다. 손에 잡히는 대로 쥐었는지 위스키 종류에는 어울리지 않는 와인 잔이었다. 얼음도 채우지 않고, 둥글고 넓적한 잔이 가득 차도록 콸콸 술을 따른 그가 몇 모금 꿀꺽꿀꺽 들이켰다. 그가 고른 잔만큼이나 진태성답지 않은 모습이었다.

"진태성 씨."

기현은 홀린 듯 입을 열었다.

"진태성 씨, 나는……."

자신을 향하는 그의 눈길은 깊고 또 아득하기만 하다. 어찌할 바를 모르고서 잠시 뜸을 들이던 기현은 결국 술을 몇 모금 넘겼다. 만류하고 싶은 듯 미간에 세게 빗금을 긋는 진태성을 흘끗 보다가, 당장 떠오르는 대로 말을 툭 내뱉고 말았다.

"미안합니다."

"……."

"미안해요, 내가……."

불덩어리가 심장을 할퀴고 가는 것 같았다. 기현은 고작 그 몇 마디를 내뱉는 것만으로도 숨이 가빴다. 취기에, 넘쳐흐르는 감정에, 온갖 것이 뒤엉켜 어질어질했다.

"기현 씨가 미안할 거 없어요. 내 일방적인 고백이었고—"

"아뇨, 나는…… 요즘 나는……."

"……."

"진태성 씨가…… 무섭, 습니다."

"……뭐?"

갈피를 잡지 못해 버거웠던 것도 찰나였다. 아니, 여전히 제 속은 저도 모르겠다. 다만 술김에 어영부영 미안하다는 말을 내뱉고 나니, 그 이후로는 혀를 깨물고 싶어도 속에 가득 찼던 말이 알아서 흘러넘쳤다.

"……무서워요. 당신이."

"내가…… 무섭다고요?"

속내를 다스리지 못한 진태성을 오랜만에 보는 것 같다. 살짝 커다래진 눈에 날 것 그대로의 의아함이 둥실둥실 떠 있었다. 원망도 책망도 아닌, 두렵다는 호소를 듣게 될 줄은 몰랐는지 크게 당황한 모양이다.

"내가 한창 개새끼처럼 굴었을 때도…… 아, 음. 그러니까……."

가만가만 속삭이던 태성은 아차 싶었는지 곧장 입을 다물었다. 그때도 무섭다는 말은 한 적 없지 않냐고, 아마 그런 얘길 하고 싶었던 것 같다.

눈도 제대로 못 마주치고 손장난만 치던 기현은 그제야 긴장이 풀리는 기분이었다. 제 앞에서 예전 이야길 입에 올릴 정도로 놀란 그의 모습이 조금…… 상황에 맞지 않는다는 걸 알면서도 아주 조금, 귀엽다는 생각이 들었기 때문이다.

"진태성 씨 잘못이 아닙니다. 지금 생각해 보니 무섭다는 표현도 적절하지 않은 것 같군요. 그냥…… 이건 내 문제예요."

기현은 손바닥으로 가볍게 입을 틀어막은 채 몇 번 호흡하다, 그마저도 부족해 술을 더 들이켰다.

진태성은 창백한 기현의 낯과 바 뒤쪽을 번갈아 가며 바라보았다. 아까 잔을 가지러 갈 때 박살 난 술병의 상태를 슬쩍 확인했다. 혹시 기현이 분을 못 이기고 내던진 건 아닌가 싶었는데, 잔해가 나뒹구는 위치나 깨진 형태를 보면 그건 아닌 것 같았다.

게다가 그 부근은 거의 말라 있었다. 처음엔 조금 의아했으나 금세 답이 나왔다. 난데없는 주사를 부리고 있는 윤기현이 혼자서 한 병을 다 마셔 버린 거다. 다 비워 버렸으니 병이 여기저기 굴러도 주변이 젖을 일이 없었던 거겠지.

'그렇다면 빈속에 양주를 두 병 가까이 마셨다는 건데…….'

자신에게 뭐 얼마나 속상한 일이 있었는진 몰라도 기현의 몸이 상하게 둘 순 없었다. 더는 마시게 두면 안 될 것 같아 태성은 적절한 순간만 엿보는 중이었다.

"……아요."

그런 진태성의 눈치를 보며, 기현이 곧 닳아 없어질 것 같은 작은 목소리로 속삭였다.

"……안, 하니까……."

물기에 잔뜩 흐무러진 입술이 작게 움직였다. 아까와는 비교도 안 되게 움츠러든 모습이었다. 이런 지경인 사람을 몰아세워 봤자 될 일도 안 된다. 하지만 속이 푹푹 끓어 기현을 재촉하지 않을 수가 없었다. 부담스러운 것도 아니고 무섭다니. 윤기현이, 진태성을 무서워하다니.

"뭐라고요?"

"불안…… 한 것 같아요. 진태성 씨가…… 나한테……."

불안하다고? 진태성 때문에 윤기현이?

"내가 윤기현 씨한테……?"

"……질렸을까 봐."

상체를 기현 쪽으로 잔뜩 기울인 채 그의 말꼬리를 따라 중얼거리던 태성의 눈이 휘둥그레졌다. 처음엔 들은 말이 바로 인지가 안 되어서 잠시 곱씹다가, 믿을 수 없어 턱을 바싹 뒤로 당기며 물러났다.

"잠시만요."

"안 어울리는…… 투정이라는 거 아는데……."

"아뇨, 잠깐……. 아니, 그러니까 지금……."

"……."

"내가 윤기현 씨한테 질렸을까 봐 불안하다고 한 것 맞습니까?"

"……."

"기현 씨."

"……하지만…… 그렇잖아요."

"대체 뭐가 그래?"

진태성은 어이가 없어 허, 하고 짧게 헛웃음을 쳤다.

"진태성 씨는 매번 그런…… 말을 해 주는데, 나는 여태 아무런 답도 내놓지 않고 있으니까……."

허어. 뭐가 어쩌고 어째? 이번에야말로 진태성은 정말 화가 날 것 같았다. 물론 말이 그렇다는 거지, 윤기현에게 진짜로 화를 낼 수 있겠냐마는.

"윤기현."

"……."

"고작 그런 이유로 내가 당신한테 질렸을 것 같다고 생각했다는 거야?"

"그거야…… 내가 뻣뻣하게 군 시간이 짧지 않으니까요."

고집스레 술잔만 응시하던 기현이 조심스레 고개를 들었다. 바로 어제 영원한 건 없다고 말했던 주제에, 처음 만났을 때와 꼭 같은 싱그러운 낯을 한 진태성이 그를 바라보고 있었다.

사랑. 후회. 순종. 그리고 다시 사랑.

나이테처럼 겹겹이, 또 견고하게 짜인 온갖 감정이 담긴 눈길이었다. 그 다감한 시선에 기현은 또 울컥하고 말았다.

"당신 손잡고 군산에서 서울로 올라왔을 땐…… 그래요, 그땐 솔직히 나한테 사귀자느니, 사랑한다느니…… 진태성 씨의 그런 고백에 응해 주지 않을 이유가 충분히 있었다고 생각합니다. 하지만 지금은 아니잖아요. 이제 나는, 당신과 나는……."

기현이 갑자기 격정적으로 구는 통에 태성은 좀처럼 갈피를 잡지 못하고 빠르게 눈만 깜빡였다. 그제야 제대로 실감하는 것이다. 저 사람 지금 취했지. 똑바로 앉아 또박또박 발음하고 있어도 나 때문에 불안해서 진탕 술을 마신 직후였지, 하고.

"기현 씨, 그건…… 그럴 수밖에 없잖아요."

"대체 왜요?"

"……다른 사람도 아니고 진태성과 윤기현이니까."

"그러니까 그게 대체……!"

기현은 저도 모르게 언성을 높였다. 이러다가 또 미안하다는 사과나 들을 것 같아, 이내 당신은 아무 말도 하지 말라며 태성을 제지했다.

"괜찮다고 했잖아요."

"……."

"그래요. 예전 일 다 잊었다곤 못 합니다. 아직도 불면은 습관이고, 어머니 기일이 가까워지면 흐릿하게나마 악몽을 꾸니까."

돌이켜 생각해 보니 예전엔 태성도 훨씬 가벼웠던 것 같다. 쿡쿡 찔러 대듯 하는 고백은 장난기가 가득했고, 기현에게도 뭔가를 바라는 것처럼 느껴졌다. 언젠가는 이 거친 노도를 부드러이 추억할 수 있으리라. 당신과 나도 다른 사람들처럼 평범한 관계가 될 수도 있으리라. 그런 기대도 조금은 엿보였다.

그랬던 그가 언제부터 이렇게 변했더라……. 지금의 진태성은 기현을 거의 신처럼 모시고 있었다. 그 옛날 사제들도 이렇게까지 극진할 순 없을 거다.

"근데…… 그래도 괜찮다잖아."

"……."

"당신 곁에 있다고 한 건 나야. 내 선택인데 왜……."

기현은 한 차례 더 잔을 기울였다. 뒤늦게야 태성이 제지하려 했지만, 이미 담긴 술을 전부 비워 버린 상태였다.

"음. 내가…… 하고 싶은 말은, 그러니까……."

취기가 훅 밀려오는지 기현이 고개를 좌우로 짧게 털었다. 젖은 입술을 손등으로 벅벅 문질러 닦아 내곤 또 생각에 잠겨 잠시 천장을 올려다보았다.

'이게 아니야.'

이렇게 징징대려던 게 아니었다. 주정뱅이의 한탄을 들어 주고 있는 진태성을 위해서라도, 허심탄회하게 속을 다 내비쳐야 한다. 내일이 되면 부끄러움에 이 주제는 언급조차 할 수 없을 테니까 지금 다 끝내 버리자.

"내가 갑자기 짜증 낸다고 느낀 적 많았죠? 이유도 알 수 없이, 정말 갑자기요. 그러니까 어느 순간부터 나는…… 나한테 무조건 미안하다고 사과부터 하는 진태성 씨를 보면 울컥 화가 날 때가 있습니다. 분명 당신만의 잘못이 아닌데. 특히나 아까처럼 진태성과 윤기현 사이엔 그럴 수가 없다고 말할 때면, 정말이지…….”

“…….”

“그래서 어제도 삐딱하게 굴었습니다. 그랬는데…… 연락이 없어서……. 이런 일이 한두 번이 아니었으니까 드디어 진태성 씨가 나한테 좀…… 지친 건가 싶기도 하고…….”

“…….”

“……왜 자꾸 웃어, 사람 말하는데.”

“아, 미안합, 음…… 이게 아니라.”

태성이 입가를 슬쩍 가리며 턱을 틀었다. 분명 웃음을 감추는 걸 테다. 기현은 그것도 어쩐지 못마땅해서 뾰족하게 눈을 치켜떴다.

“기현 씨.”

“…….”

“설마 지금 울어요?”

“안 웁니다.”

“우는 것 같은데…….”

“안 운다고 했지.”

기현은 아랫입술을 감쳐문 채로 바의 모서리를 노려보았다. 섹스할 때 반사적으로 흘리는 눈물을 제외하곤 진태성의 앞에서 울어 본 적이 없었다. 아, 아니다. 몇 번 있긴 했구나. 그렇지만 그건 모두 그럴 만한 순간이었다.

그에 반해 지금은…… 지금은 절대 안 된다. 이렇게까지 진지하고 진솔하게 속내를 털어놓는 건 처음인데, 도중에 꼴사납게 울어 버리면 말의 무게도 너무 가벼워지고 말 거다. 비록 취기가 올라 두서없이 말을 늘어놓은 거긴 해도 말이다.

게다가 스무 살 어린애도 아니지 않은가. 이 나일 먹고 술에 취해

울어 버린다면 나중에 이불이 아니라 드레스룸을 다 걷어차도 모자랄 정도로 부끄러운 일이 될 거다.

"자. 술은 그만 마시고."

여기저기서 치고 올라오는 갖가지 감정에 매몰되고 싶지 않아 뭐라도 할 생각이었는데, 태성에게 손목이 붙들리는 바람에 아무것도 할 수 없었다.

"이거 놔요."

"……."

"진태성 씨. 손 좀—"

"윤기현."

기현은 흐물흐물 접힌 허리를 퍼뜩 바르게 세웠다. 무섭게 부른 것도 아닌데 절로 긴장하게 되는, 이상한 힘이 실린 음성이었다. 다 들어 놓고 아무런 대꾸도 하지 않은 건 고의가 아니었다. 저만 바라보는 남자의 시선에, 그 목소리에, 제 손목을 틀어쥔 악력에…… 숨기려야 숨길 수 없는 진득한 무언가가 절절 끓고 있어서 뭐라고 쉬이 반응하기가 어려웠다.

"윤기현."

파르르 떨리는 기현의 속눈썹을 눈에 담으며 진태성이 작은 목소리로 한 번 더 속삭였다.

"그냥…… 모르는 척해 주면 안 됩니까?"

"……."

"안 울었고, 안 울 거니까……. 하여튼 그냥 모르는 척해 줘요."

그제야 기현을 붙들고 있던 태성의 손이 툭 떨어져 나갔다.

"……기현 씨."

그는 손바닥으로 눈가를 덮은 채 '내가 진짜……'라거나 '이걸 진짜 어떻게……'와 같은 의미 없는 감탄을 몇 번이나 반복했다.

"우리 진실 게임 할까요?"

그렇게 얼마간 시간이 흘렀을까. 비로소 평소 같은 표정으로 낯을 갈무리한 진태성이 난데없는 제안을 꺼냈다.

"……뭘 하자고요?"

"윤기현 씨가 용기 내서 속마음 다 털어놨으니까 내 얘기도 들려줘야 공평하지 않겠어요?"

와인 잔에 얼음을 얼마간 덜어 놓고 술병을 기울이던 진태성이 슬쩍 미간을 찌푸렸다. 이제야 본인이 술과 어울리지 않는 잔을 가지고 왔다는 걸 깨달았나 보다.

"음, 어쨌든…… 한 모금 마실 때마다 내가 숨기고 있었던 거 들려줄게요."

이건 진짜로 이상한데……. 질문에 대답을 못 하면 그때 벌칙으로 술을 마시는 게 보통 아닌가? 그런데 진태성은 본인이 잔을 기울일 때마다 뭔가를 말해 주겠다고 한다. 진실 게임 같은 거 해 본 적도 없지만, 그가 주장하는 룰이 엉망진창이라는 것 정도는 알겠다.

"그렇게 하는 거…… 아니지 않나요? 진실 게임."

진실 게임이라는 단어를 소리 내 발음하는 것도 어쩐지 민망했다. 기현이 그 대목을 유독 속사포처럼 빠르게 말하자, 진태성은 피식 웃고는 어깨를 으쓱거렸다.

"진행자 마음이죠. 그럼 시작할까요."

혹시 궁금한 게 있다면 무엇이든 답해 줄 테니 물어봐도 좋다고 말하며, 진태성이 가볍게 입술을 축였다.

"잠깐만요. 그 말은 진태성 씨도 뭔가 숨긴 게 있었다는 거죠? 나한테?"

"그럼요."

그럼요? 방금 그럼요, 라고 했어? 태평스러운 대꾸에 어이없어하자 진태성이 장난스레 눈을 찡긋거렸다.

"기현 씨도 속으로 그런 생각 했으면서 나한텐 내색도 안 했잖아요."

"그거야—"

"그거랑 비슷한 겁니다."

기현을 놀리고 싶어 안달이 난 사람처럼 굴어 놓고선…… 진태성은 의외로 곧장 입을 열지 못하고 애꿎은 술만 쭉 들이켰다.

"와, 이거 생각보다 어렵네요."

평소 주량에 한참 모자라는 수준인데도 어쩐지 취하는 기분이라며 그가 짧게 웃었다. 자꾸만 웃는 진태성이 얄미웠으나 그래도 보기엔 좋아서, 기현은 시큰둥한 척 얼음이나 뒤적였다.

"얼마 전에 차 바꿨잖아요, 나."

"아, 네."

난데없이 진실 게임 같은 유치한 걸 해 보자고 하고, 그러면서 평소답지 않게 망설이기에 대체 무슨 말을 꺼내려고 저러는 건가 내심 긴장하고 있었다. 그런데 새로 산 자동차 얘기가 왜 나오는 거지? 조금 뜬금없지만, 기현은 일단 잠자코 진태성의 진실 게임을 들어 보기로 했다.

"최상위 트림도 아니고 살짝 어중간한 걸 골라서 기현 씨도 의아해했었죠."

"그랬…… 었죠?"

진태성은 대원의 실질적 소유주나 다름없다. 그 정도 위치에 있는 사람이 회사 명의론 잘 고르지 않는 차종이라 의외라고 생각하긴 했다. 의전용으론 여러모로 불편할 터라 조 실장이 말리지 않았다는 게 신기하기도 했고.

하지만 다른 사람도 아니고 진태성이다. 그는 좋고 싫음의 기준이, 정확히는 미추(美醜)의 기준이 매우 뚜렷했다. 신제품의 초침 디자인이 별로라고 그간 꾸준히 수집하던 컬렉션 하나를 다 치워 버린 남자였다.

그래서 기현 또한 대수롭지 않게 흘려들었다. 더 좋은 차는 마음에 차지 않는 구석이 있었겠거니 했을 뿐이다. 게다가 새로 들여온 차도 억대는 가뿐히 호가했다. 결코 나쁜 차는 아니었다.

"그거 사실 내 취향 아니에요. 윤기현 씨 때문에 고른 겁니다."

그런데 진태성이 말도 안 되는 소릴 했다.

"윤기현 씨 때문에 고른 거라고요. 그 차."

태성이 소유한 차들을 속으로 헤아려 보던 기현은 놀라 눈을 동그랗게 떴다. 자신 때문이라니. AR모터스의 차도 아닌데 그게 왜 자신 때문인지 짐작조차 되지 않았다.

"일할 때…… 그러니까 진태성 씨가 출퇴근할 때 쓰는 그 차 말하는 거 맞죠?"

"네, E클래스."

"그게 왜 나 때문이에요?"

"원래는 무난하게 다른 사람들이 타는 걸로 고를 생각이었어요. 회사 오너 하면 떠오르는 그런 종류로."

그러면서 태성은 슬쩍 미간을 찌푸렸다. 다시 생각해도 새 차가 마음에 들지 않는다는 듯이.

"아니, 그게 왜……. 우리 회사 차도 아니잖습니까."

"그렇죠."

"혹시 내가 그 차가 좋다는 말을 한 적이 있던가요?"

기현 또한 나름의 취향이 있지만, 태성처럼 까다로운 건 아니었다. 게다가 차 같은 소비재는 어느 수준 이상만 되면 크게 가리지도 않았다. 심지어 출퇴근할 때의 용도라면 외관을 우선순위에 두지도 않는다.

아무리 생각해 봐도 그에게 특정 차종이 좋다고 했던 기억이 없다. 만약 그랬다고 하더라도 지나가듯 툭 던진 말이었을 것 같은데……. 겨우 그런 이유로 진태성이 자신의 고집을 꺾고 차를 고르진 않았을 거다.

제 말이라면 허투루 듣는 게 없긴 해도, 의미 없이 하는 소리와 약간의 진심을 담은 권유는 충분히 구별할 줄 아는 사람이다. 대부분 기현에게 져 주고 있지만, 그렇다고 모든 선택지를 넘겨주는 건 또 아니었다. 진태성 특유의 장난기와 능글맞음은 여전했다.

그리고 기현은 태성의 그러한 면모를 좋아했다. 무엇보다 아름다움을 논할 때 살짝 서늘해지는 그의 얼굴을 도무지 싫어할 수 없었다. 스트레스를 받는 일이 생겨도 저를 빤히 쳐다보는 진태성의 낯을 보고 있으면 스르륵 기분이 풀리곤 하는데, 저 껍데기를 어떻게 싫어한단 말인가.

진태성도 이를 모르지 않았다. 잘 알다 못해, 자신의 이점은 남김없이 활용할 줄 아는 사업가였다. 본인의 확고한 미적 감각을 밀어붙이는 편이 이득이라는 걸 잘 아는 사람이, 고작 일할 때 쓰는 차 한 대 새로 뽑는 일로 제 말을 따르고, 또 그걸 털어놓지도 못하고서 숨겨 두고 있었다고? 이건 말이 되질 않는데…….

"조 실장에게 맡겨 둔 참이었는데 마침 시간이 비더군요. 그래서 같이 매장에 갔는데…… 아무래도, 직원들도 대충 느낌이 올 것 아닙니까. 나를 보면."

기현은 순순히 고개를 주억거렸다. 그야 그랬…… 겠지? 조 실장 외에도 부리는 사람들 두엇 데리고 갔을 테니. 범상치 않은 인물이라고 여겼을 거다.

"위에서 보여 주는 뻔한 차 중에 하나 고르고, 1층으로 내려오는데…… 나와 비슷한, 아니, 분명 나보다 나이가 있어 보이는 손님이 안으로 들어왔어요. 40대까진 아닌 것 같았지만."

아까 진태성이 이런 심정이었을까? 지금 그가 무슨 얘기를 하고 싶은 건지 도통 알 수가 없어서 조금 답답해지려고 했다. 하지만 무려 진실 게임까지 들먹이며 입을 연 그의 의도를 아직은 알기가 어려워 기현은 잠자코 받아 주기로 했다.

"그런데 그 사람한테는 내 것보다 아래 등급을 권해 주더군요. 내가 조금 전 골랐던 차는 손님이 타기엔 너무 나이 들어 보일 거라고 하면서요."

"그렇겠네요."

영업 사원의 판단은 합리적이었다. 회사 대표 같은 특수한 사정이 아니고서야 30대가 그 브랜드에서 가장 비싼 세단을 사서 기사도 없이 직접 몰고 다닐 일은 흔치 않을 거다. 고가의 브랜드일수록 소비자의 허영심을 자극하는 전략이 보편적이지만, 무턱대고 비싼 물품을 권하는 것도 썩 좋지만은 않다.

"그게 싫었습니다."

"예?"

"나한테는 묻지도 않고 제일 중후한 세단을 권했잖습니까. 마흔도 안 된 사람이 몰기엔 너무 나이 들어 보인다는 그 차요."

기현은 멀뚱멀뚱 진태성을 바라보다가 천장 쪽으로 눈을 몇 번 굴렸다.

"음…… 지금 진태성 씨가 무슨 말을 하고 싶은 건지 이해가 잘…… 안 가는데요."

내가 취해서 그런 건가? 진짜로 저게 무슨 소리지? 아무런 맥락도 없는 에피소드의 나열에 마음속 물음표가 점점 커져만 갔다. 어째 대화의 아귀가 심히 안 맞는 기분이었다.

"새삼스러운 말이지만 기현 씨는 내 얼굴 제일 좋아하잖아요."

그건 정말 새삼스럽고 갑작스러운 말이었다. 술도 안 마셨는데 목구멍 안쪽이 타들어 가는 것 같아 절로 마른기침이 튀어나왔다.

"아니, 쿨럭, 그 얘기가 여기서 왜 나와요?"

"윤기현 씨가 불안했던 것처럼 나도 비슷한 방향으로 불안을 느낄 때가 종종 있다는 겁니다."

"대체 어디가 비슷한 방향이라는 겁니까?"

"음, 그럼 결이 같다고 해 둘까요? 시간이 더 지나고 나이가 들면 윤기현 씨도 내 얼굴에 질리는 날이 올 수 있잖아요."

"뭐…… 라고요?"

기현의 입술이 서서히 벌어졌다. 팡, 하고 입안에서 작은 비말이 터질 정도로 느릿느릿한 움직임이었다.

"잠깐만요. 고작 그런 이유로 E클래스를 골랐어요?"

"네."

"예뻐서 고른 게 아니라?"

"그게 예쁘긴 뭐가 예뻐요. 커스텀도 마음대로 못 하는 등급인데."

"농담…… 이죠?"

"농담 같아요?"

태성은 술잔을 기울여 거의 녹은 얼음 조각을 와르르 입에 털어 넣었다.

"나와 안 어울리는 짓이라는 거 압니다. 윤기현 씨한테 말하기 쪽팔린 일이라는 것도 알고. 그래서 입 밖으로 내지 않으려고 했어요. 오늘 일이 아니었으면 평생 내색조차 하지 않았을 겁니다. 기현 씨가 멋대로 나에 대한 환상을 품어 주길 바랐으니까요."

"아니, 그건 또 무슨 말도 안 되는 발상입니까? 어떻게 그런 이유로 사람을 버려요?"

"맞아요. 윤기현 씨는 나와 달리 선한 사람이니까, 같이 늙어 가는 나를 쉽게 내치지 않을 거라고 믿고 있긴 합니다만."

"그런 얘기가 아니잖아요."

"네, 말도 안 되는 삽질이라는 걸 아는데…… 어느 순간 그렇게 되더군요. 윤기현 씨를 진심으로 사랑하니까."

"……."

"아주 어이없는 것들이 마음에 걸리고, 불안하고, 사소한 것들이 자꾸만 신경 쓰여."

그러면서 태성이 기현의 뺨을 부드럽게 쓸었다.

"언제부터 했는데요? 그런 생각."

"글쎄요……. 꽤 됐죠?"

약간의 부끄러움마저 완전히 털어 낸 진태성이 기현을 똑바로 바라보았다. 길게 드리운 속눈썹, 젖은 입술, 까딱이는 눈썹과 높은 미간, 그리고 술잔을 쥔 예쁜 손까지……. 그야말로 진태성을 구성하고 있는 모든 것이 윤기현에게 터질 것 같은 애정을 쏟아 내고 있었다.

"최근엔 또 뭐가 있었지. 아. 몇 달 전에 비서실에 사람 새로 들어왔다가 금방 다른 계열사로 갔죠?"

"그렇긴 한데……."

기현의 밑으로 온 지 3주는 되었을까? 함께 손발 맞춰 보니 신입에겐 더 적합한 부서가 있을 것 같다며 서태식이 전배를 요청하기에 수락해 준 적 있었다. 어차피 그 신입은 기현과 직접적으로 부딪힐 일 없는 한참이나 낮은 직급인데다 실무자인 서태식이 그리 판단한 이유가 있을 거라 생각해서 별다른 이유도 묻지 않았다.

"그거 내 입김 들어간 겁니다."

"……예?"

"내가 그 사람 싫어하는 티 많이 냈거든요. 서 본부장한테."

"그게 무슨……. 싫어하다니…… 신입과 아는 사이였습니까?"

"아뇨. 근데 그 사람 윤기현 씨 취향이잖아요."

뭐라고? 기현은 정말로 당황해서 아무런 반응도 보일 수 없었다.

"취향이라니요. 몇 번 본 적도 없어서 인상도 희미한데……."

"곁에 계속 두고 있었으면 마음에 들어 했을 겁니다. 분명히."

단언하는 그의 눈동자에 못마땅함이 옅게 스쳐 갔다. 처음엔 얼떨떨했고 그다음은……. 기현은 못 들을 소리를 들은 것처럼 파르르 어깨를 떨었다.

'내가 뭐, 사람 얼굴만 보는 그런 정신 빠진 놈인 줄 아나.'

어이가 없으면서도 한편으론 발끝에서부터 퍼지는 간지러운 느낌에 정신을 차릴 수가 없었다. 이건, 그러니까 이건…….

"질투하는 거 맞아요. 그것도 지독하고 유치하게."

"……."

"당신 취향인, 그것도 나보다 한참 어린 새끼랑 나 없는 곳에서 사이좋게 밥도 먹고 커피도 마시고 할 걸 생각하니까 눈이 돌아가더라고."

"허……."

"내 성격이 꼬인 거야 알고 있었지만…… 그래도 이런 건 확실히 나답지 않은 일이긴 해요."

기현의 앞에 놓인 잔을 솜씨 좋게 자신의 앞으로 끌고 온 진태성이 말없이 새 술을 따랐다.

"또 뭐가 있었더라?"

당신은 몰랐겠지만, 훨씬 이전부터 당신 한정으론 제법 머저리처럼 굴고 있다며 태성이 자조했다. 말투야 그랬지만 어쩐지 홀가분한 기색이었다.

"그간 많은 일이 있었죠, 우리."

"……."

"그래서 그런가? 죄 깨지고 금이 간 것들도, 절대로 처음처럼 되돌릴 수 없을 거라 생각했던 어떤 부분도…… 시간이 지나고 나니까 그럭저럭 빛이 난다고 느껴질 때가 있어요."

그러면서 진태성이 술이 찰랑거리는 잔을 톡 건드렸다.

"예전에 본 설치 미술품 중 하나였는데 금이 간 유리잔을 산처럼 쌓으면, 보기 싫었던 실금도 새롭게 빛이 차오르는 통로처럼 보이곤 합니다. 하나하나 들여다보자면 형편없는 오브제에 불과한데, 차곡차곡 쌓아 올린 하나의 덩어리는 그저 예쁘기만 하더군요."

"……."

"몰래 꼴사납게 굴었던 일 털어놓자니 지금도 되게 민망하긴 한데…… 난 이런 우리의 모습이 그리 싫지 않은 것 같아요."

형편없는 것, 낡은 것, 오래된 것을 하나하나 그러모아 빚은 우리의 지금 이 순간이, 예전과는 전혀 다른 이유로 서로를 잃을까 봐 불안해하는 우리의 이 모습이…….

"아까부터 몇 번이나 말했지만 이건 틀림없이 사랑이라고 생각하니까요."

"……."

"말도 안 되는 일로 불안해하고, 질투나 하는…… 그런 치졸한 감정이 역설적으로 우리를 평범하게 만들어 주는 것 같습니다."

진태성의 손톱 끝이 크리스털 잔에 부딪힐 때마다 청아한 종소리 같은 것이 울렸다. 그게 뭐 대단한 거라고 진태성은 눈꼬리를 접어 가며 크게 미소 지었고, 그리고…… 기현은 눈을 감는 그 날까지 지금 진태성의 웃는 얼굴을, 지금 이 순간을 절대 잊지 못하리라는 확신을 했다.

"가끔 보면 진태성 씨와 나는…… 우리는, 쓸데없이 비장해지는 구석이 있는 것 같아요."

"비장해진다고요? 어떤 점에서요?"

"뭐라 설명하긴 어려운데…… 그럴 때 있잖아요. 이렇게 편하게 속마음 꺼내 보이기보다는, 예쁘고 감동적인 말만 해야 할 것 같은 순간들이요. 우린 그렇게 지냈던 날이 제법 많았던 것 같습니다."

"으음."

"같은 실수를 반복하기 싫으니까 잘해야겠다는, 앞으론 좋고 아름다운 것만 보여 주자는 생각이 은연중에 있었던 것 같아요. 그렇다고 그동안 진태성 씨와 불편했다는 건 아니고요."

장난스럽게 사귀자고 쿡쿡 찌를 때도 진태성은 충분히 진심이었을 거다. 남해에서 반지를 건넸을 때도, 생모리츠에서 결혼하자는 말을 꺼냈을 때도 일부러 무게를 잡은 건 아니라는 사실을 안다. 나 죽고 나서 윤씨들 선산에 묻히게 내버려 두지 말라고, 그러니 나보다 당신이 오래 살아야 한다고 농담처럼 툭 던졌던 기현의 당부 또한 이루 말할 수 없이 진정이었으니까.

"……난 진태성 씨가 기획한 전시가 싫었어요."

"어떤…… 아, 어제 봤던 것 말입니까?"

가장 밑바닥에 깔려 있던 부끄러운 고백이 불쑥 튀어나왔다. 뇌를 거치지 않고 멋대로 흘러나온 말에 허둥지둥했던 것도 잠시, 기현은 오히려 편안한 심정이 되어 고개를 끄덕였다.

뭐 어떤가. 여기서 무슨 말을 하더라도 질투가 나서 남의 회사 신입 직원을 갈아 치우고, 좋아하지도 않는 디자인의 차를 샀다던 진태성보다야 나을 거다. 기현은 자꾸만 새어 나오는 웃음을 감추지 않고 삐딱하게 턱을 괴며 진태성을 바라보았다.

"내가 연인이나 부부들을 대상으로 하는 사은 이벤트 기획하라고 지시했던 거, 알고 있었죠?"

"그럼요."

왜 모르겠냐며 피식 웃던 진태성이 순간 걸리는 것이 있는 듯 우뚝 움직임을 멈추었다.

"그러면 진태성 씨도 이번에 사랑은 영원하다, 뭐 이런 주제를 고를 수도 있었잖아요."

"……잠깐만. 기현 씨."

진짜 당황했는지 태성이 입을 틀어막고서 잠깐만, 하고 몇 번이나 반복해서 말했다.

"이전에도 진태성 씨에게 비슷한 말을 몇 번이나 들었으면서 왜 이번엔 이렇게까지 어이없는 생각이 드는 걸까……. 나도 이런 내가 이해가 안 가서 계속 고민 중이었는데요, 이젠 알 것 같네요."

지금도 제 얼굴은 허옇게 질려 있을까? 아마도 아닐 거라고 생각한다. 기현은 열이 올라 뜨끈뜨끈한 뺨을 문지르며 작게 중얼거렸다.

"생모리츠에서 그랬죠. 나한테 행복해지고 싶은 마음 숨기지 말라고요. 그 말을 듣고 나니 예전엔 안 그러던 말도, 행동도 쉽게 하게 된 것 같아요."

"……."

"진태성 씨와 함께 행복해지고 싶어서."

이제 당신도 나에게 바라는 것이 생겼으면 해서. 나의 행복에 당연하다는 듯 침범해 주길 바라서. 무조건 미안해하지 않아 주었으면 해서.

왜냐하면, 내가…….

"진태성 씨를 사랑하고 있으니까요."

그 말이 뭐라고 눈꺼풀 뒤쪽이 달군 듯 뜨거워졌다. 기현은 바 뒤로 줄지어 놓인 술병의 철자를 시선으로 덧그리며 꼴사나운 울음을 참았다. 오늘 진태성과 있을 때 꼴사납지 않았던 적이 없었고, 울어도 되는 순간은 어디에도 없지만, 이번엔 정말로 웃으며 말해 주고 싶었다.

"사랑하고 있어요."

사리물었던 입술에서 힘을 풀며 기현이 진태성을 돌아보았다. 남자는, 기현이 사랑하는 진태성의 눈동자는 물기로 말갛게 부풀었다 마르기를 반복하고 있었다. 설마 우는 건가? 술김에 그렇게 느껴지는 걸 수도 있고, 어쩌면 기현도 취기가 올라 보고 싶은 대로 보는 것일 수도 있다.

그러나 이 초라한 고백은 진심이었다. 당신을 사랑한다고 힘주어 말할 때마다 내도록 속을 갑갑하게 했던 무언가가 완전히 깨져 나가는 기분이었다. 진정으로 홀가분했다. 그리고 진심으로 행복했다. 무슨 이유로 지금껏 이 말을 진태성에게 내주지 않았을까 의아할 정도다.

"사랑해요. 말로 다하기 어려울 만큼."

옅게 갠 기현의 낯을 뚫어져라 바라보는 태성은…… 뭐랄까, 약간의 공포마저 느끼고 있는 것 같았다. 얼음 하나가 반쯤 녹을 정도로 오랜 시간이 지나고 나서야 태성은 잔을 쥐고 입술을 감쳐물었다. 그리고, 웃었다. 이전까지와는 느낌이 조금 다른 미소였다.

"진태성 씨."

"……."

"괜찮습니까? 속 안 좋아요?"

입꼬리를 파르르 떨다 입가를 슬쩍 가리는 진태성의 모습이 심상치 않아 보였다. 기현은 못된 생각은 훠훠 내저어 쫓아 버리고, 조심스레 진태성을 향해 손을 뻗었다.

아까는 우는 것 같아 놀랐는데…… 이젠 자신의 사랑한다는 말에 감동해서 우는 그의 모습도 보고 싶어졌다. 사람 마음은 참 종잡을 수가 없다. 제 고백을 듣고 그 또한 행복하길 바라면서도, 울리고 싶어지다니. 이래서 사귀는 사람이 생기면 작정하고 여러 가지 이벤트를 기획하는구나 싶기도 하다.

"태성 씨."

"……음."

괜찮다는 듯 손을 들어 보인 진태성은 잠시 크게 숨을 들이쉬었다. 어깨와 흉곽이 크게 부풀었다가 가라앉기를 몇 번, 그가 돌연 병째로 술을 들이부었다.

"미쳤어요?"

"……."

"이 독한 걸 그렇게 마시면 어떡합니까!"

화들짝 놀란 기현이 술병을 낚아챘다. 격한 움직임에 불에 그을린 바닐라 향이 공기 중으로 확 번져 나갔다. 물론 아까보다야 술기운이 가시긴 했어도 기현 또한 취했던 상태라, 이번에도 애꿎은 병이 바닥으로 나동그라졌다.

“그거 일부러 던진 건 아니었어요. 나도 취해서 힘 조절이 좀…….”

뒤늦게야 너무 의식하고 변명했나, 그런 생각이 들었다. 바람 때문에 문이 세게 닫힌 거라 변명하는 사춘기 소년 같았을 것 같다.

“기현 씨.”

진태성은 그런 건 하나도 중요하지 않다는 듯 나직하게 기현을 불렀다. 아까보다 취기가 조금 오른 모습이었다. 아니…… 뭐랄까, 간절히 취하고 싶은 것처럼 보였다.

“……윤기현.”

“왜 자꾸 부릅니까.”

“이번 전시에서 그 주제를 고른 건…….”

“괜찮습니다. 그냥 혼자서 꽁했던 거니까 신경 쓸 거 없어요.”

“아닙니다. 굳이 그런 주제를 고른 건…… 일종의 타협이었습니다.”

“타협…… 이라니요?”

“큰 문제가 없다면 당신은 순조롭게 회장 자리까지 거머쥐겠죠. 그런 윤기현 씨의 곁에 서려면…… 나도 대원을 어느 정도 정돈할 필요가 있다고 생각했습니다. AR이 그러했듯 지주사를 만들고, 대표 이사로 내 이름을 올리는 게 가장 그럴싸할 거고.”

“하지만…….”

그룹의 지배 구조를 전면 개편할 계획이 있다는 말은 이전에도 들은 적 있다. 그러나 진태성이 그걸 일컬어 ‘AR이 그러했듯’이라는 표현을 쓸 줄은 몰랐다.

기현은 놀라움을 감추고 침착하게 그의 말에 귀를 기울였다. 다른 사람도 아니고 진태성이다. 자신의 모든 것을 갈아 일군 대원에 ‘AR이 그러했듯’이라는 말을 덧입히기까지 그가 얼마나 힘겨운 사투를 벌였는지 기현은 잘 알았다. 윤기현이라서 잘 알 수밖에 없었다. 그의 입버릇인 진태성이어서, 윤기현이어서 하는 표현은 이럴 때 써야 하는 거다.

"그러려면 지금부터 자잘하게 손을 봐야 하는 것들이 있습니다. 대원 미술관이 원래 하던 역할…… 물밑에서의 돈세탁 같은 일을 포기할 생각은 없지만, 이젠 이런 것도 하고 있다. 진태성 관장이 좇대로 굴렀던 예전과는 다른 방식으로 운영하려 애쓰고 있다는 티를 좀 낼 필요가 생긴 거죠."

"설마 그게……."

"네. 이번 전시를 시발점으로 삼았던 겁니다. 요즘 대중이 좋아할 법한 주제잖아요. SNS에 사진 올리기도 좋고."

그러한 풍조를 딱히 싫어하는 건 아닙니다만, 하며 태성이 잇새로 길게 한숨을 내쉬었다.

"내 입맛보다는 남들이 좋아할 걸 계산해 가며 공간을 만든다는 것 자체가 저한텐 좀 버거운 일이었습니다."

"……."

"그래도 어찌어찌 해내긴 했고…… 무난한 주제였으니 당신도 편안히 감상할 거라고 생각했어요. 그래서 바쁜 거 알면서도 와 줄 수 있겠냐고 물어봤던 겁니다."

영원한 건 없다느니 어쩌고저쩌고했던 그 우중충한 주제도…… 결국은 윤기현, 자신을 위한 것이었단 소리다. 그를 지탱하는 심과도 같았던 것들을 전부 부러뜨리고, 오직 자신의 곁에 번듯하게 서고 싶은 그 마음 하나로 꾸민 전시였다고.

조금 전 거친 몸짓 때문에 술이 튄 손을 탁탁 털며 태성이 앞으로 몸을 기울였다. 기현이 조금만 더 허리를 곧게 펴면 그대로 키스라도 할 수 있을 정도로 거리가 가까워졌다.

"잠깐만요. 하나 더 있어요."

손을 뻗어 태성의 입술을 턱 막고, 기현이 소심하게 중얼거렸다.

"나, 진태성 씨한테 사과할 거 하나 더 남아 있습니다."

손에 닿는 진태성의 입김이 살짝 격렬해졌다. 쓸데없이 비장해지지 말자 해 놓곤 그 어느 때보다 비장하게 보이는 기현이 귀엽다는 듯 그는 자꾸만 피식 웃었다.

"전시 볼 때 윤희연 일로 진태성 씨에게 화풀이했던 거…… 미안합니다."

"음? 그거야……."

"평소였다면 절대 그런 식으로 행동하지 않았을 겁니다. 그건 유치하다 못해 끔찍한 짓이었어요."

"……."

"진태성 씨도 잘 알겠지만…… 내가 아무리 신무원 일로 화가 나도 그렇게 감정적으로 굴진 않잖아요. 그런데 전시를 보면서 괜히 혼자 꽁한 기분이 들었던 데다—"

"나는 나름대로 티를 팍팍 내는 중인데 저 새낀 쥐뿔도 모르는 것 같으니 알게 모르게 서운함도 쌓였을 거고."

그가 대꾸하며 일부러 입술을 크게 우물거리는 통에 손바닥이 간질거렸다. 질색하며 손을 떼어 내려고 하자, 진태성이 놓치지 않고 손등에 짧게 키스했다.

"맞죠?"

"……네, 맞아요. 지금 다시 윤희연에게 전화가 온다면 어제 같은 실수 절대로 하지 않을 자신 있습니다."

누군가에게 이해받을 수 없는 사랑을 하고 있다. 진태성과 자신의 과거를 떠나, 손에 쥔 것이 많은 이들의 연애 놀음은 어쩔 수 없는 부분이 있기 마련이다.

예를 들면 편의점에서 이것저것 사들이고, 길거리에서 파는 음식을 궁금해하고, 퇴근 후 지친 몸을 이끌고 오늘 무슨 일이 있었노라 맥주 캔을 늘어놓고 한탄하는 그런 것들. 저와 진태성이 가끔 흉내 내고 또 동경하는 평범한 일상이었으나, 어디 가서 말할 거리는 못 됐다.

집사님과 그를 가장 비참한 밑바닥에 처박아 두곤 밖에 나가서 물어보면 이런 취급을 받는대도 신무원에 살고 싶다는 사람이 널렸다며 비웃던 김연수에겐 동의하지 않았지만, 손에 쥔 걸 실제로 놓고 싶은 생각은 조금도 없으면서 무늬만 소박한 것들을 원한다고 입 밖으로 내는 건 열심히 살아가는 사람들에 대한 기만일 터다.

"앞으로도 우린 또 부딪히게 될 겁니다. 보통 사람들과는 규모가 다른 사업 문제로, 사람 문제로, 그 지긋지긋한 돈 때문에요. 사랑하니까 더더욱 상대방에게 냉정해지는 순간이 있을 수밖에 없을 거예요."

"그렇겠죠. ……사랑하니까."

진태성이 음미하듯 목을 울리며 답했다.

"네. 그런데 그걸 알면서도 당장 이런저런 일로 기분 좀 상했다고, 방향에 맞게 조언해 준 진태성 씨한테 그런 식으로 화를 내 버리면…… 앞으로 당신이 나한테 무슨 조언을 해 줄 수 있겠어요."

"……."

"생각해 보니까 이 일부터 사과했어야 하는데…… 내가 지금 취해서 두서도 없고, 아직도 살짝 알딸딸해서……. 하여튼 미안합니다. 근데 나 말은 똑바로 하고 있죠? 발음 정확해요?"

"네. 정확합니다."

"다행이네. 어쨌든, 음. 앞으론 그런 일 절대 없을 거예요."

기현은 조금 뿌듯한 얼굴을 하고 진태성을 바라보았다.

"이제 나는 진태성 씨에게 숨기는 거 하나도 없어요."

그에게 하고 싶었던 말은 다 털어놓았다. 자존심 같은 건 전부 내려 두고 솔직해지니, 부끄럽긴 해도 마음은 편했다.

좋다. 간질간질하다. 행복하다. 긍정적이고 단편적인 문장들이 머릿속에 둥실거렸다. 어쩐지 조금 더 어른이 된 것 같기도 했다.

기현은 진태성을 향한 애정과 용기를 낸 자신에 대한 뿌듯함으로 가슴이 벅차올랐다. 그 기색을 모를 리 없는 진태성의 입가에도 미소가 내걸렸다. 붓으로 그린 것 같은 부드럽고 따뜻한 곡선의 눈매와 입꼬리는 기현으로서도 처음 보는 것이었다.

"기현 씨는 숨기는 게 하나도 없다고 하니까…… 이거 찔려서 안 되겠는데요."

"찔린다고요? 뭐가 또 있습니까?"

"으음……."

"아니에요. 이상한 일로 질투했던 얘기는 안 들려줘도 괜찮습니다. 나중에 내가 좀 뚱해 보이고 심심한 것 같으면 그때 말해 주세요."

"거창한 건 아니고요. 기현 씨한테 한 번도 제대로 말해 준 적 없었던 것 같은데, 내 여기에……."

소리 내 웃은 태성이 기현의 손을 잡아끌어 하복부의 아슬아슬한 곳에 슬쩍 올려 두었다.

"보기 싫은 흉터가 하나 있죠."

기현은 얼떨결에 고개를 주억거렸다. 그러다 이 몸짓이 그에게 다른 의미로 해석될 수도 있다는 걸 깨닫고 얕게 어깨를 튀었다.

"고개 끄덕인 건 흉터가 있다는 사실을 알고 있다는 뜻이었어요. 신경 쓰지 말아요. 보기 싫다고 생각해 본 적 없으니까."

"괜찮아요. 하여튼 그거 서문희 작품입니다."

서문희. 태성의 계모이자 대외적으론 대원의 안주인. 현재 그의 처지도 김연수와 다를 바 없는 것으로 안다. 진태성이 예전에 지나가듯 언급했던 이후론 기현도 그의 집안 문제엔 신경 쓰지 않는 중이다. 굳이 궁금해하지도 않았고, 몰래 캐내지도 않았다. 진태성이 그러길 원하는 것 같아서.

'서문희, 서문희라…….'

오랜만에 서문희의 이름을 듣게 되어 뒤늦게 태성이 했던 말을 곱씹던 기현은 순간 마음이 덜컥 내려앉는 대목이 있어 쨍하니 낯을 얼렸다. 태성이 너무 아무렇지도 않은 듯 말해서 바로 깨닫지 못했는데, 방금 엄청난 얘길 들은 것 같다.

"서문희 작품이라 하지 않았습니까?"

"네."

"그럼 그 사람 때문에 생긴 흉터라는 거예요?"

"그렇죠."

"아니, 무슨 짓을 했길래 그렇게 큰 흉터가 남은 겁니까?"

"하하."

"진태성 씨. 나 지금 심각합니다. 웃지 말고, 얼버무리지도 말고 똑바로 말해 줘요. 무슨 일인데요."

기현 또한 김연수와 그가 부리는 사람들에게 심심치 않게 얻어터졌지만, 지금은 흉 하나 지지 않고 멀끔하다. 무료 변호를 위해 법정에 섰다가 납치당했을 때 입었던 상처도 다 아문 지 오래다. 그런데 어린애를 얼마나 심하게 괴롭혔으면 아직도 그 흔적이 남아 있단 말인가.

"불로 지져서 그렇습니다. 인두 같은 걸로요."

"지졌…… 다고요?"

"네. 술집 마담일 때 부리고 있던 사람들이 속 썩이면 그런 식으로 낙인을 찍어 줬다고 하더군요."

잠자코 태성의 하복부에 손을 올리고 있던 기현의 몸이 크게 들썩였다.

"낙인? 낙인이라고 했습니까?"

"네. 너무 아파서 기절했는데…… 정신을 차려 보니 노비 할 때 비(婢), 그 글자가 여기에 새겨져 있었어요."

남아 있던 술기운이 싹 가셨다. 아니, 가신 게 취기인지 핏기인지 알 겨를이 없었다. 기현은 어떤 낯을 해야 할지 갈피조차 잡지 못했다. 놀라는 얼굴을 하고 싶지 않고, 그가 원치도 않는 연민 같은 걸 내보이기도 싫다. 어떻게 해야 하지. 어떻게 행동해야 진태성이 상처받지 않을까.

"편하게 들어도 괜찮아요. 그냥 나 하고 싶어서 하는 얘기니까."

진태성이 아프지 않게 볼을 툭 두드려 주었다. 그의 눈동자에 비치는 자신의 얼굴은 가관이었다.

"문신도 아니라 딱히 지울 방법이 없었습니다. 아니, 방법이야 있었을 수도 있는데…… 글쎄요. 그땐 그 꼴을 보는 순간, 그냥…… 아무 생각도 나질 않고, 당장 저걸 어떻게든 하지 않으면 돌아 버릴 것 같더군요."

"……."

"그래서 거울을 깨고, 파편을 쥐고서 살갗을 북북 그어 댔어요. 까딱하다간 정말 위험했을 텐데 조 실장이 응급 처치해 준 덕에 살았습니다. 아, 그때도 조 실장이 날 돌봐 주고 있었거든요."

애매하게 시선을 비끼고 있던 진태성이 드디어 기현을 직시했다.

"이제 나도 하나도 없습니다. 윤기현 씨한테 숨기고 있는 거."

"……."

"어떡합니까? 기껏 좋은 말 해 줬더니, 이런 우중충한 얘기나 털어놓는 남자를 사랑해서."

신경 써서 입었을 진태성의 드레시한 셔츠가 기현의 손아귀 안에서 형편없이 구겨졌다. 태성은 덜덜 떨리는 기현의 손을 꾹 잡아 주며, 반대편 팔을 뻗어 사랑하는 이의 마른 어깨를 끌어안았다.

"이런. 윤기현 씨가 왜 울어요. 울리려고 한 얘기는 아니었는데."

다만 나는, 하며 진태성이 잠시 망설였다.

"기현 씨가 마음 쓸 걸 알면서도 굳이 이 타이밍에 이 얘길 꺼낸 건……."

"……."

"그래요, 나도…… 윤기현 씨와 행복해지고 싶어서요. 나의 가장 싫은 부분까지 전부 공유하고 나면 그럴 수도 있을 것 같다는 생각이 들었어요."

진태성이 가만가만 귓가에 속삭였다. 환하게 웃는 그와 반비례해 기현의 울음은 커져만 갔다. 오늘 몇 번이나 참았는데 기어이 눈물을 쏟고야 말았다.

뭐라 설명할 수 없는 마음이다. 진태성 대신 화를 내 주고 싶고, 잘 견뎠다고 칭찬해 주고도 싶었다. 말해 줘서 고맙다는 생각도 들고, 자신이 좋아하는 모습만 보이고 싶어 약했던 시절의 얘기는 꼭꼭 숨겨 두고 있었던 그가 가엽기도 했다.

이게 사랑이 아니면 대체 뭐란 말인가. 진태성 때문에 아팠던 날보다, 아직 그를 몰랐던 어린 날에 벌어졌던 끔찍한 일로 속이 새카맣게 내려앉는데.

"어떻게든 기현 씨보다 오래 살아 보겠지만, 그래도 만약에 내가 먼저 죽는다면……. 그런 내가 괘씸하더라도 기현 씨 곁에 묻힐 수 있게 해 줘요."

"……."

"허락해 줄 거죠?"

"……이 시점에서 그런 얘길 왜 꺼내요. 비겁하게."

"이런. 비겁하게 들렸어요?"

그래도 어떡하겠어, 나 사랑한다며. 그러면서 진태성이 눈물이 번진 뺨에 입을 맞추었다. 입술을 길게 대고 있었던 탓에 쭈욱, 하는 우스꽝스러운 소리가 났다. 그 어떤 꾸밈도 없는 투박하고 소탈한 키스였다.

"기현 씨."

"……사랑해요."

"……."

"그 말 하려고 했던 거죠?"

올려다본 그의 낯은 더없이 가벼워 보였고, 그러면서도 무언가를 애써 견디는 듯 힘겨워 보였다.

"그럼요. 사랑하고 있어요, 윤기현 씨를."

평소보다 훨씬 더 껄렁하고 가벼운 말투였다. 진태성의 뺨에 떨리는 손을 가져다 대자, 그가 투정이라도 부리듯 가볍게 볼을 비벼 댔다. 그렇게 서로에게 닿은 채로 한참 동안 바라보기만 했다.

"이만 가서 쉴까요? 걸을 수 있겠어요?"

"누가 할 소리를."

취기가 가신 내일이면 우리는 또 어떤 얼굴을 할까. 이렇게 술을 많이 마신 것도, 진태성과 이런 이야기를 나눈 것도 처음이라 감이 잘 오지 않았다.

간밤의 주사가 부끄러워서 서로 내색도 안 할 수 있고, 오히려 한 층 더 공격적으로 서로를 놀려 댈지도 모른다. 진태성의 벗은 몸을 보고 그 망할 흉터가 눈에 들어와 왈칵 울어 버릴 수도 있겠다.

그래도 윤기현은 더는 불안해하지 않기로 했다. 홀로 앓지도, 괜한 걱정 같은 걸 하지도 않고 다가오는 날 그대로 덤덤하게 맞이할 것이다.

예전에는 가장 힘든 일은 다 끝났는데도 끊임없이 바라는 것이 생기는 자신이 이상하다고 생각했다. 간신히 손에 얻은 이 평온을 깨뜨리고 싶지 않아 그저 현상 유지에 급급했던 나날. 숨김없이 행복해지고 싶다는 오랜 소망 옆에 커다랗게 진태성의 이름을 적어 두고 나니, 이제야 그간 괴로웠던 이유를 알 것 같다.

'나는 이 사람을 사랑해. 사랑했고, 사랑하고 있고, 사랑하고 싶어. 이런 내가 이상한 게 아니야. 이 감정은 죄가 아니니까.'

그 이전까진 막연하기만 했던 행복이 제법 구체적으로 기현의 가슴에 들어찼다. 또 사소한 오해가 생겨 서글퍼지면 이렇게 진태성과 술 한잔 나누면서 다 털어놓으면 된다. 앞으로 무슨 일이 생기든 우리가 사랑한다는 사실은 달라지지 않을 테니 말이다.

외전 9-2
놀이

놀이

끼익. 고르고 골라 들여온 매트리스가 더는 못 견디겠다는 듯 듣기 싫은 비명을 내질렀다. 잔뜩 흐트러진 신음이 터지고 욕설 섞인 감탄사가 산발적으로 흘러나온다. 당장에라도 질식하지 않는 게 이상할 정도로 공기의 밀도가 높았던 탓에 엉켜 있는 두 사람은 이따금 호흡을 길게 뒤섞곤 했다.

진태성은 만족스럽게 목을 울리며 기현의 가슴에 남겨 둔 잇자국을 쓸었다. 하루를 꼬박 소비해야 했던 진득한 정사가 드디어 끝을 향해 달려가고 있었다.

“아, 맞다. 민우와 민하가…… 이름을 바꾸고 싶은 것 같아요.”

수고했다고, 이제 다 끝났다는 뜻에서 기현에게 입을 맞추려 비스듬히 고개를 기울이던 태성이 순간 멈칫했다. 지금 내가 뭘 들은 거지?

“이름이요?”

“예전에도 돌림자로 지은 이름 촌스러워서 싫다고, 응, 민우가…… 투정 부린 적 있었는데……. 그땐, 그냥 하는 말 같아서 가볍게…… 하아, 넘겼지만…….”

사정의 여운에 젖어 나른하게 풀어졌던 태성의 눈매가 순식간에 사나워졌다. 아니, 진짜로 궁금해서 물어본 게 아니었다. 애새끼들이 이름을 바꾸고 싶어 하든 부모를 바꿔 달라고 하든 그딴 건 알 바 아니다. 서로 사랑한다는 고백까지 주고받은 이후로 처음 갖는 잠자리에서 조카들 개명 문제가 대체 왜 나오냐고. 하여튼…… 윤기현은 이상한 구석에서 센스 없었다.

“그랬어요?”

곧장 아무렇지 않은 척 대꾸해 주었지만, 태성이 눈을 세모나게 뜨고 있든 네모나게 뜨고 있든 어차피 기현은 눈치채지 못했을 거다. 그에게 종일 박히고 싸느라 온 기력을 소진해 버린 참이었으니. 슬쩍 확인해 보니 과연 이곳저곳이 잔뜩 붉어져선 겨우 눈만 깜빡이고 있었다.

엉뚱한 소리나 하며 두 사람분의 체액으로 흥건히 젖은 윤기현을 보고 있자니 양심도 없이 또 욕심이 일었다. 다 풀렸는데. 정말 딱 한 번만, 금방 끝내는 것도 어려우려나. 인제 그만 재우고 쉬게 해야 한다는 걸 알고는 있는데…….

“네. 근데 갑자기 어제, 민하도 진지하게…… 개명하고 싶다고 하고…… 흣, 그만…….”

그건 태성이 하고 싶은 말이었다. 이제 진심으로 그만하려고 했다. 가뜩이나 잠이 부족한 사람이다. 슬슬 정리하고 따뜻한 물에 몸 좀 녹이면 기분 좋게 눈 감을 수 있을 테니, 그렇게 해 주려고 했다. 태성 기준으로도 이 정도 섹스면 충분히 포식한 셈이었다.

“애들 얘기 들어 보니까…… 내가 좀, 무심했던 것도…… 아, 아앗!”

"기현 씨 힘든 줄 알았는데. 아직 할 만한가 봐요."

그런데…… 진심으로 뿔이 나서 안 될 것 같다. 몸이 이 지경이 되어서도 그 애새끼들 얘길 꺼낸다는 건 그만큼 중요하게 생각하고 있다는 거잖아.

"태성…… 씨, 안 돼……."

"그만해요?"

"흣……!"

"정말로 그만할까?"

기현의 아랫입술을 부드럽게 깨물었다. 안쪽의 부드러운 살갗으로만 하순을 진득하게 빨아 대자 견디기 어려운지 우는 것도 앓는 것도 아닌 묘한 신음이 와르르 터져 나왔다.

"아, 흐읏……."

"아니죠? 한 번 더 할 수 있잖아요."

"아뇨, 못…… 해. 빼요, 그거 빼, 아읏……!"

턱이며 입가에 쪽 소리가 나도록 입을 맞추니 그가 간지럽다는 듯 작게 웃었다. 그러나 그 순간도 찰나였다. 태성을 피해 이리저리 뒤척이던 몸짓에서 금세 야릇함이 묻어났다.

"갑자기 왜 이러는 건데요……."

억울한지 기현이 수분기 가득한 목소리로 물었다. 왜기는? 아무래도 윤기현은 기력과 함께 눈치까지 사라진 게 분명하다. 평소 같았으면 진작 자신의 심술을 알아채고도 남았을 사람이 오늘은 유독 둔했다.

만약 윤민우와 윤민하가 진심으로 기현이 아끼는 조카였다면 태성 또한 신경 썼을 것이다. 자신을 곁에 둔 이상 기현은 아이를 볼 수 없을 거고, 후계는 자연스레 그의 조카들에게로 넘어가게 될 테니까.

기현이 갖은 일 겪어 가며 이룩한 왕국이다. 태성은 까마득한 시간이 흐른 후에도 그의 이름이 찬란하길 바랐고, 그러기 위해선 이 다음 AR의 주인이 될 사람 역할이 매우 중요했다.

말귀 못 알아먹는 갓난쟁이들도 아니고, 초등학생이면 돈의 위력을 충분히 아는 나이대니 다루기도 쉽다. 실제로 애들을 챙겨 본 적은 없지만 적어도 기현보단 저를 찾게 할 자신은 있었다. 원래 애새끼들은 위험하고 자극적인 것에 환장하기 마련이니까.

그렇지만 그 두 꼬맹이는 다른 사람도 아니고 무려 윤인범의 핏줄이다. 윤의택 회장이 건재하던 시절, 기현이 신무원에서 어떤 취급을 받아 왔는지 잘 알고 있다는 말이다.

지금이야 법적으로 기현의 자식이 되어 살살거리지, 과거엔 윤인범을 비롯한 어른들을 따라 천것으로 대했다는 것도 잘 안다. 그런데 그런 것들을 뭐 하러 굳이 챙겨 줘? 회사 물려받을 다른 조카가 없는 것도 아닌데.

"아, 그만, 정말 그만, 아……!"

"왜요. 아직도 좆 끝에서 물이 줄줄 새는데. 기분 좋잖아요."

"힘들…… 힘듭니다, 그만……."

"거짓말."

"흐, 아아, 앗!"

"윤기현 씨 상태는 내가 더 잘 알아. 지금 정말로 못 할 정도는 아니에요."

"아읏……!"

"충분히 쉬었잖아. 앞으로 두어 번은 더 할 수 있어요."

"……뭐?"

놀라 호흡을 멈춘 탓에 기현의 흉곽이 크게 부풀었다. 너무 어이가 없어서, 쉴 만큼 쉬지 않았느냐는 물음과 앞으로 두어 번은 더 하겠다는 선언 중 뭐부터 반박하면 좋을지 알 수 없는 것 같았다.

"아……!"

물론 태성으로선 모두 진심이었기 때문에 뱉은 말을 충실히 이행할 생각이었다.

"진짜, 앗, 미쳤, 미쳤어……."

"……싫어?"

"……."

"아까도 물었잖아요. 그렇게 싫어요?"

입구에 귀두를 문지르며 묻자 기현이 어물어물 말을 삼켰다. 뒤는 녹진하게 풀어져 수월하게 진입이 가능한 상태다. 뻔히 다 알면서도 태성은 완전히 삽입하지 않고 한 번 더 물었다.

윤기현은 쾌락에도 약하지만 자신이 이런 표정을 짓고 바라볼 때면 속수무책으로 무너진다. 함께 진탕 술에 취해 온갖 이야길 털어놓은 밤 이후로 태성은 좀 더 능숙하게 기현을 다룰 수 있게 됐다.

"그만할까요, 그럼."

갖가지 체액으로 난잡해진 기현의 아랫배를 쓸며 묻자, 분하다는 듯 그가 입술을 감쳐물었다.

"말을 해 줘야 알지. 하지 마?"

눈을 내리깐 채로 입만 벙긋거리던 기현이 결국 고개를 팩 돌렸다. 에두른 허락이었다.

"진태성, 당신, 진짜, 아……!"

큰일이다. 저걸 정말 어쩌면 좋지. 남들 앞에서야 어렵고 무서운 분이지, 실상은 이렇게나 순해 빠진 사람이다. 기현이 다른 이들 앞에서 이런 태도를 보이는 걸 허락할 생각도 없지만, 태성은 괜한 뿌듯함에 어디 가서 자랑이라도 하고 싶은 마음이었다.

"일부러…… 하, 이래요? 애들 얘기하면서 왜 당신이라고 불러."

진짜 애 낳고 사는 부부 된 기분이잖아요. 귓불을 잘근 깨물며 속삭이자 기현이 눈을 흘겼다. 달아올라 붉어진 뺨을 하고서 째려본들 하나도 안 무섭다. 오히려…….

"예쁘네."

"으, 으응……."

"지금 정신 못 차리게 예뻐요, 기현 씨."

"모, 못, 해……. 아읏!"

"어떡하겠어요. 기현 씨가 너무 예뻐서 좆이 식지를 않는데."

말도 많고 탈도 많았던 그놈의 전시도 무사히 끝났고, 기현도 부산 호텔 건으로 내내 바쁘다가 드디어 시간이 맞은 거였다. 분위기야 더할 나위 없이 좋았다. 각자 어느 정도는 벼르고 있었던 탓이다.

오늘 언제 만났더라? 점심 먹기엔 조금 이른 시간이었던 것 같다. 기현이 자신의 집으로 찾아왔고, 그때부터 배를 맞추는 데 여념이 없었다. 전희 같은 게 필요하지 않을 정도로 몸이 달아 있었다. 서로가 애틋하고 조심스러워 어쩔 줄을 몰라 하면서도 몸에 닿는 모든 자극을 게걸스레 집어삼키기 바빴다.

실컷 박고 박히다가 허기가 지면 간단한 간식거리를 챙겨 와 침대 위에서 대충 해결했다. 여전히 윤기현의 아래에 좆을 욱여넣은 채로, 비스킷이나 빵 같은 걸 먹여 주며 서슴없이 음담을 속삭였다. 평소라면 더럽다고, 먹다가 키스하지 말자고 질색했을 윤기현이 오늘은 어쩐 일로 먼저 달려들어서…… 문자 그대로 물고 빠느라 정신을 차릴 틈이 없었다.

과일 껍질을 벗기다 말고 서로의 몸을 만지고, 그래서 찐득찐득해진 살결을 비벼 대며 천박하게 뒤엉켰다. 박고, 싸고, 중간중간 물을 마시다 키스하고, 그러곤 또 좆을 쑤셔 넣고, 축축해진 혓바닥이 마르고 닳도록 서로를 빨면서 내도록 몸을 섞었다.

이젠 슬슬 정리해야 할 것 같다가도 잔뜩 흐무러진 얼굴로 체리를 한 입 베어 무는 윤기현의 낯이, 와……. 욕이 나올 정도로 꼴려서 별수 없었다. 입에 머금은 과육이 녹아 사라질 때까지 키스하고 키스하다가 한 차례 더 허리를 흔들고 말았다. 그게 직전까지, 그러니까 윤기현이 조카들 개명 같은 얘길 하기 전까지 벌어진 일이었다.

"하, 아아……."

"응, 알겠으니까 기현 씨, 조금만 더……."

이제 정말로 그만해야겠다는 생각이 들었던 건, 분명 방수 커버를 씌웠을 매트리스에서 물웅덩이 위를 걷어차는 것 같은 소리가 들릴 때쯤이었다. 성인 남자 둘의 무게에 짓눌린 시트는 어느 순간부터 철벅철벅 물을 죽죽 쏟아 내고 있었다.

손으로 슬쩍 훑어 보니 기현의 뒤도 더는 좆을 물 수 있는 상태가 아니었다. 안은 풀릴 대로 풀리고 겉은 살짝 부어 조여서, 넣고 있기만 해도 가볍게 쌀 수 있을 듯했지만……. 그 말을 꺼냈다간 기현이 당분간 손도 못 잡게 할 것 같아서 이쯤에서 그만두기로 했다. 만약 기현이 태성의 속내를 읽을 수 있었다면 저 인간 양심도 없다며 베개를 집어 던졌을 거다.

"아, 으응……."

어쨌든 그러한 생각의 흐름에 슬슬 정리하고 몸 닦아 주려고 했는데.

"나 힘들…… 어……."

"알아."

윤기현이 불을 붙인 거다.

이건 전적으로 윤기현 탓이다. 온종일 뒹굴어 놓고선. 제 생각만 하게 만들어 놨더니. 섹스 끝에 한다는 얘기가…… 뭐? 윤민우와 윤민하?

"대체 왜 이러는…… 아, 왜, 하아……."

"사랑해."

태성은 땀이 맺힌 자리마다 입을 맞추며 끊임없이 속삭였다.

"사랑해요, 기현 씨. 사랑해."

사랑해.

"사랑해…… 윤기현."

"그걸 지금…… 변명이랍시고, 읏……!"

"내가 사랑하는 거 알잖아."

진태성을 사랑하는 윤기현은 결국 이 한마디에 모든 것을 놓아 버리고 만다. 그는 더는 저에 대한 애정을 숨기지 않았다. 그걸 목도하는 순간이 그 어떤 쾌락보다 강렬해서 진태성은 눈을 꾹 감은 채 격랑처럼 몰아치는 온갖 감각을 견뎌 냈다.

"아, 아앗, 아!"

기현의 손끝이 태성의 등을 후벼 팔 듯이 긁고 갔다. 아무래도 손톱이 짧다 보니 할퀴었다기보다 갈고리로 살가죽을 파내려고 한 것 같은 묵직한 흔적이 남고 만다. 뒤늦게야 그 사실을 알게 된 기현은 최대한 태성에게 매달리지 않으려 자제하는 편이었는데, 지금은 도무지 견딜 수 없는 모양이다.

"아, 좋은데요. 기현 씨, 조금만 더 세게."

"흐, 흐으, 으……."

"응, 그렇게. 더 아프게 해 줘요."

"정도껏…… 아, 미쳐야지, 자꾸 무슨, 으응, 무슨 소릴……!"

그리고 진태성은 그 아픔마저 기꺼웠다. 아니, 좋았다. 사실 이런 쪽으로도 흥미가 있었던 것 아닌가 몇 번 착각했을 정도로 아찔했다.

"기현 씨는?"

"흣, 빨리, 끝내기나……."

"기현 씨는요."

애정 표현을 재촉하자 간신히 정신 줄을 붙들고 있던 기현이 지금 그게 할 말이냐며 헛웃음을 터뜨렸다. 차라리 영원토록 몰랐더라면 괜찮았을 텐데, 사랑하는 사람에게서 사랑한다는 말을 들었을 때의 충만함을 알고 나니 아귀처럼 기갈이 들어 매달리게 된다. 대충하는 말이어도 좋으니 또 들려주었으면 했다. 그래서 태성은 뻔뻔하게 기현을 재촉했다.

"윤기현, 빨리."

"사랑…… 하니까, 너 이러는 걸…… 받아 주고 있지, 이, 개자식아……."

기현이 태성의 어깨를 툭 밀쳤다. 나름대로 성질을 부리곤 있는데 목소리에 울먹임이 가득해서 귀엽기만 했다. 아, 여기서 더 놀렸다간 뒷감당이 안 되겠지. 태성은 볼 안쪽을 세게 깨물며 웃음을 참고 부드럽게 허릿짓을 이어 갔다.

"응, 이번이 마지막이에요. 정말로요."

"내가, 다음에는…… 절대로…… 아!"

"사랑해요, 기현 씨."

잠깐……. 그래서 무슨 이유로 윤기현을 이렇게 괴롭히게 됐더라? 선뜩한 성감과 감당하기 어려운 애정으로 뇌가 흐물흐물 녹아 버린 것만 같다. 그때처럼 술에 취한 것도 아닌데 사람이 품을 수 있는 갖가지 마음이 멋대로 버무려져 어지럽기까지 했다. 하긴. 라운지에서 진실 게임을 했던 그날도 실은 술에 취했다기보다 분위기와 감정에 취한 거였지.

태성은 생각하기 싫은 사소한 것들을 저 멀리 던져 둔 채 기현의 상체 위에 자신의 몸을 덮었다. 그래. 어쨌든 이 사람과 자신이 사랑하고 있다는 것 말곤 무엇도 중요하지 않았다.

"몸은 어때요? 불편한 곳은 없고?"

기현의 정수리에 입을 맞추며 맞은편에 앉았다.

"……목이 좀 칼칼한 것 빼고는 괜찮습니다."

허리끈을 헐렁하게 묶은 탓에 가슴이 다 드러나는 태성의 방만한 차림을 눈초리로 지적하며 기현이 떨떠름하게 답했다.

"다행이네요. 걱정했는데."

"걱정이 돼서 그렇게 사람을 몰아붙였습니까?"

"그거야—"

"사랑한다는 말 한 번만 더 하면 다음 달까지 국물도 없을 줄 알아요."

이번엔 얌전히 고개를 끄덕이며 수저를 들었다. 아무리 기현이 제 말에 깜빡 죽는다지만 지금은 적당히 치고 빠질 때다. 눈치코치도 없는 기현과 달리 태성은 타이밍이라는 걸 아는 사람이었다.

"들어요."

어제 낮부터 내내 제대로 된 식사를 못 했던 탓에 차려진 상이 제법 푸짐했다. 갓 만든 계란 요리와 폭신한 빵, 좋아하는 산도의 커피. 신선한 과일과 버터. 자신의 취향대로 꾸며진 화병 속의 꽃들. 그리고 앞에 앉은 윤기현. 더할 나위 없이 완벽한 아침, 아니, 오후였다.

"기현 씨 몇 시에 나간다고 했죠?"

"여기서 여섯 시에 출발하면 됩니다. 오래 자리 지키고 있진 않을 거니까 걱정하지 말아요."

"그나마 다행이군요."

이렇게 여유를 부리는 오후가 대체 얼마 만인지 모르겠다. 오늘은 두 사람 모두 출근하지 않아도 되는 날이었다. 물론 기현은 저녁에 있을 행사에 잠시 얼굴을 내비치고 와야 하고, 태성은 통관 관련한 확인 전화를 받아야 했지만 이 정도야 일감이 있다고 할 수도 없는 수준이다.

"모터스로 갑니까? 아니면 지주사?"

"모터스요. 아무래도 지주사 건물은 모터스 본사보다 공간이 부족하기도 하고…… 이왕 깜짝쇼 하는 거면 모터스 직원 모두가 지켜보는 쪽이 좋지 않을까 싶어서요."

"그렇긴 하네요. 흔치 않은 일이니까."

얼마 전 AR모터스의 중견 연구원이 독일의 경쟁사로 정보를 빼돌린 일이 적발되었다. 후발 주자인 만큼 심혈을 기울여 준비하고 있던 새로운 소프트웨어의 핵심 기술 일부였다. 전부 털린 게 아니라 다행이었지만, 일시적으로나마 주가가 요동쳤고 국제 소송이다 뭐다 하는 통에 사내 민심도 흉흉해졌다.

그래서 직원들의 사기 진작을 위해 뜬금없지만 작게나마 시상식을 열기로 했다. 부문별로 품행이 우수하다 추천받은 평사원들에게 포상을 주는 것이다.

이는 조 실장의 아이디어였다. 기현 또한 나쁘지 않은 제안이라고 생각했다. 애사심을 고취하는 방법? 아무리 고민해 봐도 돈 많이 주는 게 최고였다. 그다음으론 휴가 팍팍 쓸 수 있게 해 주고, 배우고 싶은 것 있다고 하면 제도 마련해 주는 것 정도다.

어쨌든 오늘 기현은 마지막에 짠 하고 등장해 연구원들에게 트로

피와 금일봉만 쥐여 주는 임무를 맡았다. 품이 많이 드는 일도 아니었다. 자신의 걸음이 우중충한 사내 분위기 수습에 도움이 된다면 이보다 더한 일도 몇 번이고 할 수 있었다.

"만약 반응이 좋으면 행사의 규모를 조금 더 키워 볼 생각입니다."

"어떤 식으로요?"

"별거 없습니다. 포상 대상이 전 계열사 직원이 되는 거죠. 그땐 시상식이란 이름도 바꿔야 할 것 같긴 하네요."

"평사원들을 대상으로 하는 행사는 거의 없으니 반응이야 확실히 좋을 것 같긴 합니다."

"그렇죠?"

좋은 의견 준 조 실장님에게 인센티브 좀 주라고 하자 태성이 픽 웃었다. 요즘 진태성은 자꾸만 저런 식으로 웃는다. 눈을 내리깔고서 생각에 잠긴 듯 미소를 지을 때면 길게 드리운 속눈썹 덕에 눈 아래 점 위로 그림자가 졌다가 사라지길 반복했는데, 속으로 그 횟수를 세어 보는 것이 최근 기현의 낙이었다.

"난 밥 먹고 가볍게 운동이라도 할까 하는데. 기현 씨는?"

"아, 같이해요."

이제는 나름대로 요령을 깨달아서, 어제처럼 엉망진창으로 뒹군 다음 날엔 무리하지 않는 선에서 몸을 풀곤 한다. 그래야 뻐근한 느낌이 빨리 사라지고 근육통도 금세 가신다. 무엇보다 쉰답시고 침대에 늘어져 있어 봤자 진태성이 귀찮게 할 게 뻔했다. 요즘의 그는 과장 좀 보태서 기현이 숨을 쉬는 방법마저 자신의 눈으로 확인하고 싶어 했다.

"아, 기현 씨. 모레 시간 좀 내줄래요?"

"모레요?"

일정이 뭐가 있었더라 헤아리고 있는데, 드디어 집 문제가 해결될 것 같다며 태성이 작게 콧노래를 불렀다.

"아…… 혹시 이사 갈 집이요?"

"네. 세 군데 정도 추려 봤는데, 전부 나쁘지 않아요."

신무원의 해체를 결정할 땐 임원과 주주들의 반발을 가장 걱정했는데, 그 부분은 의외로 순조로웠다. 오히려 기현의 새로운 거처를 정하는 것이 난관이었다. 주변 환경이 엇비슷하면서 보안이 괜찮고, 출퇴근도 용이한, 그러면서 큼지막한 새 건물을 올릴 수 있는 부지를 찾는다는 게 쉬운 일이 아니었다.

"저야 어디든 상관없습니다. 애들 학군이 관건이겠네요."

"……학군?"

"민우와 민하요. 굳이 고집하는 지역이 있는 건 아닌데 애들 입장에선 전학이 싫을 수도 있으니까요. 아, 그러고 보니까……."

식사에 집중하던 기현이 별안간 핸드폰을 뒤적거렸다. 태성은 묘한 익숙함에 눈을 가느다랗게 떴다. ……이상하다. 어제도 분명 비슷한 일이 있었던 것 같은데?

"잠시만요. 확인할 게 있어서."

"무슨 일인데 그래요?"

"가정통신문이요."

"……가정통신문이요?"

"네. 요즘은 앱으로 볼 수 있는데, 내가 알기론 민우가 곧……."

직전까지 오직 기현과 자신의 취향을 더한 새 공간을 지을 생각에 제법 기분이 좋았던 진태성은 돌연 물벼락을 뒤집어쓴 기분이었다.

그래. 어제 난데없이 애새끼들 개명 얘길 꺼냈었지. 윤기현이 거두어들인 조카들을 나름대로 잘 챙겨 주고 있다는 건 알았다. 그래도 어른으로서 최소한의 도리는 하고 싶다고, 나처럼 자라게 하지는 않을 거라고 몇 번 중얼거린 적도 있었고.

당연하게도 태성은 기현의 베풂에 몹시 회의적이었다. 다른 데 신경 쓸 여유가 있으면 내 생각이나 하라는 유치한 질투심 또한 물론 밑바닥에 있었지만, 태성이 보기에 그 둘은 싹수가 영 글러 먹었다.

어느 수준 이상의 부(富)는 사람에게 폭력이나 다름없다. 그 수준이 좋든 싫든 제왕적 부(富)가 하나의 인격체에 미치는 영향은 폭력이란 말 외엔 달리 표현할 길이 없었다. 그리고 안타깝게도 윤민우와 윤민하는 짧은 인생을 사는 동안 제법 오래 마땅한 방패조차 들 수 없는 처지였다.

태어났을 때부터 신무원의 규칙에 길든 아이들이다. 말문이 트이는 순간부터 어마어마한 재화에 얻어맞으면서 자라 온 그 둘은 가장 기본적인 무언가가 결여되었다.

자신 역시 심히 망가진 놈이라는 건 인정하는 바지만, 그래도 살아남기 위해 평범한 사람들의 사고방식을 흉내는 낼 줄 알았다. 적어도 원하는 정도의 힘을 갖기 전까지 참고 견뎌야 한다는 것 정도는 알고 있는데, 날 때부터 성골이었던 윤민우와 윤민하는 자신들이 사람들과 어울리기 위해 노력해야 하는 이유를 전혀 모른다.

그리고 기현은 이따금 그 망할 꼬맹이들의 지랄 맞은 인품을 자신의 탓으로 여기는 것 같았다. AR 같은 재벌까지 갈 것도 없다. 여유 좀 있는 집안의 자제분들이라면 하나같이 인성이 저 모양인데 말이다.

그래도 그나마, 기현의 밑으로 온 이후로 애들 상태가 조금은 나아졌다고 생각한다. 태성이 보기엔 그랬다.

"민우랑 민하를 정말 자식처럼 생각하는 건 아니에요. 다만…… 뭐랄까요, 연민을 느끼는 것 같아요. 정확히는 나 자신에 대한 연민인 것 같습니다. 어른으로서 그 애들에게 최소한의 무언가라도 해 주고 있다는 생각이 들면, 평범한 친척 어른처럼 잔소리라도 퍼부을 때면…… 내 어린 시절을 보상받는 기분이 들어서요. 못됐죠."

그렇게 말하며 씁쓸한 얼굴을 하는 기현에게 윤민우와 윤민하에 대한 솔직한 감상을 어떻게 털어놓겠는가. 그저 당신이 너무 착한 거라고, 이미 뒈지고 없는 윤인범 그 새끼와 비교하면 윤기현 당신은 아주 모범적인 보호자라고 잘 달래 주고 말 뿐이었다.

'그 뒤로는 별말이 없기에 알아서 추슬렀다고 생각했는데…… 아니었구나. 내 말에 용기를 얻어서 이젠 진짜 부모 노릇을 하고 있었어.'

저에게서 위로받은 이후 애들을 대하는 기현의 태도가 예전과는 확연히 달라져 버렸다. 씨발. 이거 윤기현한테 잘 보이고 싶어서 스스로 무덤을 판 건가?

"아, 맞다. 안 그래도 어제 물어보려고 했었는데…… 혹시 아는 작명소 있습니까?"

"작명소라니. 그런 곳 별로 안 좋아하잖아요."

"그렇긴 한데…… 애들한테 바라는 이름이 뭐냐고 했더니, 좀…… 당장 중학교만 올라가도 후회할 것 같은 이름을 들고 와서요."

태성은 짧게 혀를 찼다. 맞아. 한창 분위기 좋은 와중에 관심도 없는 애새끼들 얘길 꺼내기에 일부러 밀어붙였던 거였지.

지난밤을 회상하고 있는데, 문득 미심쩍은 구석이 머릿속을 스쳐 갔다. 어젠 그 또한 반쯤 맛이 갔던 터라 대충 넘겼던 건데, 기현의 말을 다시 듣고 나니 확실히 이상했다. 개명이라고?

"좀 이상한데요. 애새끼들은 고작 돌림자가 싫다고 이름을 바꾸고 싶어 하고, 또 기현 씨는 그런 이유로 순순히 허락을 해 줬습니까?"

기현이 어느 브랜드의 옷을 입었는지 대서특필 보도되는 마당이다. 야구장에서 먹은 간식 가지고도 호들갑을 떨어 대는 언론이 자식으로 들인 조카의 개명을 과연 조용히 두고 볼까? 기현 또한 이를 모르지 않을 것이다. 뭘 모르는 애들이야 그렇다고 치더라도, 졸랐다고 덥석 허락해 준 건 그답지 않았다. 전에 말했던 것처럼 아이들을 배려해 주고 싶은 마음이라면 더더욱 좋지 않은 수다.

'그렇다면…… 이 문제로 시선을 돌려야 하는 뭔가가 있는 건가?'

음, 이것도 아닐 것 같다. 철벽처럼 입방아를 단속하던 윤의택과 달리 기현은 어느 정도의 화제성은 유연하게 이용하는 편이었다. 그래도 어린 것들의 신변을 이용해 뭔가를 꾸밀 성격까진 아니다. 차라리 자기 자신을 팔아먹고 말지.

물론 태성은 기현이 무슨 짓을 저지르든 상관없다. 애들 얼굴을 팔든 이름을 팔든 그로 인해 기현의 근심이 사라진다면 박수를 쳐 주고, 격려해 줄 거다. 애초부터 기현이 성군이 되길 바라서 그의 등 뒤를 지키고 서 있는 게 아니었다.

하지만 기현이 품은 세상은 적어도 태성의 것보다는 선하고 따뜻했다. 그게 그의 뜻이라면 태성 역시 지켜 주고 싶었다. 당연하게도 이유야 별거 없다. 사랑하니까.

그는 기현의 시선이 닿지 않는 곳에선 여전히 둘도 없는 개새끼였다. 새삼 어진 사람으로 거듭나는 일? 죽었다가 깨어나도 힘들지 않을까. 그저 사랑하는 윤기현이 괴로워하는 모습을 보고 싶지 않아 그의 앞에서만 착한 척하는 것일 뿐이다.

그런 의미에서 조카인지 양자인지 하는 것들의 개명은 반대였다. 윤기현을 너무나 잘 알기에 확신할 수 있었다. 이 일로 뭐 얼마나 대단한 이득을 보든 기현은 후회할 거고, 자책할 거고, 끝내 상처받을 것이다.

"파장이 있으리란 거…… 알고 하는 얘기죠? 혹시 사연이 필요해서 그러는 거라면 내가 도와줄 수 있어요."

이건 또 누가 아이디어를 낸 걸까. 서태식이 정신 나간 게 아니라면 조카들을 팔아서 일을 꾸미자고 하진 않았을 것 같은데.

"아, 네. 저도 그 부분이 걱정되긴 하는데…… 애들의 의지가 너무 확고해서요."

"애들의 의지라고 해 봐야……."

기현은 당신이 생각하는 그런 일 아니라며 웃었다. 걱정할 거 없다고, 정말 아무런 의도도 없다고.

"진태성 씨도 잘 알겠지만, 우리, 그러니까 나를 포함한 이복형제들의 이름이 제각각이죠. 먼 친척들도 마찬가지입니다. 돌림자가 있긴 하다고 들었는데 아무도 쓰지 않아요. 아마 윤의택 회장이 곁에 두고 있던 그 관상가의 영향일 거라 생각합니다만……."

오랜만에 그 양반 얘기를 입에 올리니 영 어색하다며 기현이 턱을 쓸었다.

"그래서 민우와 민하가 약간의 소외감을 느낀 모양이에요. 집안에서 돌림자를 쓰는 건 그 아이들뿐이니까."

"애들 이름은 윤인범이 지은 겁니까?"

"그건 잘 모르겠지만…… 음, 지금 생각해 보니 그랬을 수도 있겠네요. 윤인범 나름의 반항이었던 것도 같아요."

"그러니까 기현 씨가 보기엔 이름이 촌스럽다느니 어쩌느니 하는 게, 애들이 저런 사정까지 다 알고서 하는 말인 것 같다는 거고요?"

"네."

"하긴. 나이가 몇인데. 친부모의 흔적을 지우는 게 본인들에게 유리하다는 것도 슬슬 깨달을 때가 됐죠."

"설마요. 그런 의도는 아닐 겁니다. 애들 아직 초등학생인데……."

"요즘은 유치원만 들어가도 알 건 다 압니다. 심지어 걔들이 보통 초등학생도 아니고."

"그럴 수도 있겠지만……."

"매년 모여서 유언장 새로 쓰는데, 자신들 위치를 모를 리가 없어요."

"으음……."

기현은 김이 모락모락 피어오르는 잔을 쥔 채로 잠시 말을 골랐다.

"하여튼 애들이 그런 이유를 들면서 부탁하니 뭐라 말리기가 어렵더라고요. 그리고…… 민망하긴 하지만 나를 위한 일이기도 합니다."

"기현 씨를 위한 일이라고요?"

"그 애들에게서 멋대로 부모를 빼앗은 건 나잖아요."

"뭐? 신무원 사람들이 기현 씨에게서 빼앗아 간 것이 얼마나 많은데 그렇게 착한 말이 나옵니까?"

"하하. 아니에요, 착한 척하려는 게 아니라……. 애들 문제는 내가 신무원에서 받았던 학대와 별개라고 생각합니다."

이 손으로 아이들의 친아버지를 죽였고, 외가는 다시 일어설 수 없도록 완전히 짓밟아 버렸다. 윤인범이 먼저 자신을 죽일 생각이었다 하더라도, 오선혜가 나진 실업을 이용해 AR을 먹어 치울 꿈을 꾸고 있었다 하더라도…… 민우와 민하의 입장에선 기현 때문에 어느 날 갑자기 영문도 모른 채 부모를 잃은 셈이다.

"무엇보다 애들은 윤인범이나 오선혜보다 기현 씨 밑에 있는 걸 훨씬 좋아하지 않습니까? 그 둘이 객관적으로 썩 좋은 부모는 아니었잖아요."

"글쎄요. 윤인범 내외가 아이들에게 좋은 부모였는지 아닌지는 중요한 게 아닌 것 같아요. 어쨌든 그 애들에겐 당연했던 권리를 제가 빼앗은 게 맞으니까."

"음……."

"정정할게요. 착한 척 맞는 것 같습니다."

차를 들이켜며 기현이 중얼거렸다. 머쓱한 듯 컵을 쥔 손가락이 가볍게 움찔거렸다.

"그때 민우가…… 별채를 찾아와서 울지만 않았어도 이렇게 마음이 쓰이진 않았을 것 같습니다."

"어째 예전보다 자주 하는 것 같은데요, 그 얘기."

"그랬나요?"

"네."

"하하, 아마 그 당시보다 오히려 지금 느끼게 되는 것들이 있어서 그러는 것 같아요."

보고 배운 게 없어서 사람 천것 취급이나 하던 꼬맹이가 눈물 좀 쏟은 게 뭐 그렇게 대수라고. 콩깍지 씐 게 아니라 아무리 봐도 윤기현은 착해도 너무 착했다. 하긴. 그런 사람이니까 다시 자신을 받아주고 사랑한다는 말까지 해 준 거겠지만.

"다행스럽게도 민우와 민하도 부모님과 지낼 때보다 저와 있을 때가 훨씬 더 좋다고 말해 주긴 합니다. 특히 민하는……."

"아주 날아다니죠."

태성은 저도 모르게 혀를 내둘렀다. 말 그대로였다. 가끔 오가다 보는 거라 뭐라 평하긴 어렵지만, 뭐랄까……. 윤민하는 여러 가지 의미로 신무원 사람 그 자체였다. 당시 오선혜가 윤민하만 콕 찍어 증언 연습을 시켰던 게 이해가 갈 정도다.

"아이들이 먼저 나서서 윤인범의 흔적을 지우고 싶다고 말하니까…… 사실 기분이 좋기도 했어요. 참…… 어른이 되어서 이러면 안 되는데.”

조카들이 한 발자국 다가와 주니 어쩐지 홀가분해진 기분이라며 기현이 이마를 문질렀다.

아직 그는 모르는 것 같은데, 지난번 진실 게임 이후로 생긴 소소한 버릇이다. 부끄러워도 솔직하게 무언가를 털어놓을 때, 윤기현은 괜히 엄지로 이마를 쓸곤 했다. 피부를 위로 잡아당겨 눈물이 고이지 못하도록 하려는 것 아닐까. 태성은 멋대로 그리 짐작할 따름이었다.

“아는 작명소가 없진 않지만 추천해 주고 싶진 않네요. 그런 사람들과 기현 씨가 또 얽히는 걸 보고 싶지 않습니다.”

“그렇지만…….”

“대신 이 문제로 어디에서든 나쁜 소리 안 나오게 잘 막아 보겠습니다.”

따끈따끈한 빵을 결대로 찢으며 태성이 윙크했다. 저건 좀 과하다고 생각하며 기현은 혀를 쯧 찼다. 과하긴 한데…… 저런 행동이 진태성에게 지나치게 잘 어울리는 건 사실이라 이유도 없이 열받는 것도 같다.

“애새끼들 이름 같은 거야 내 알 바 아니지만, 그 얘길 듣고 윤기현 씨가 행복해졌다는데 내가 뭘 못 해 줄까.”

“……애새끼들이라고 하진 말고요.”

버터나이프를 손에 쥐고서 고개를 절레절레 젓던 태성은 문득 짓궂은 장난이 떠올랐다.

“기현 씨.”

“네.”

“상황극이나 설정 정하는 건 내 스타일 아니긴 한데요.”

달칵. 나이프를 내려놓는 소리에 의미 없이 태성 쪽으로 시선을 던진 기현이 이내 얼굴을 와작 구겼다. 오랜 경험에서 비추어 보건대 진태성이 저런 표정을 하고서 저런 목소리를 낼 때면 자신에게 반드시 피곤한 일이 생겼다.

"어제부터 자꾸 이상한 생각이 들어서요."

"그 생각 뭔지 별로 듣고 싶지 않은데요."

"유부남이랑 바람피우는 것 같아서 그래요, 지금 상황이."

기현이 푸, 하고 마시던 걸 모조리 뱉어 냈다.

"좀 그렇지 않아요?"

"그렇긴 뭐가 그래요? 진태성 씨는 정말이지 다채롭게 사람 놀라게 하는 재주가 있어요."

이젠 인이 박여서 태성이 뭐라고 놀려 대도 덤덤하기만 한 기현이었다. 옛날에 비타민을 최음제로 속였던 건 어지간히 싫었는지 요즘도 가끔 언급하곤 했지만, 이젠 무슨 장난을 걸어도 대체로 심드렁했다. 실제로도 그리 놀라지 않기도 했고. 뭐든 반응을 보이면 태성이 더 신나서 장난을 친다는 걸 잘 알기 때문이다.

"맞잖아요? 어제 그렇게 끝내주는 섹스를 하고서도 애들 이름 얘기부터 꺼내고, 나랑 밥 먹으면서도 가정통신문부터 챙기고."

"아니, 그건……."

당황했는지 잠시 흔들리던 기현의 눈매가 어느새 샐쭉해졌다.

"잠깐만요, 진태성 씨. 혹시 애들한테도 질투하는 건 아니죠?"

"왜 아니겠습니까."

"허……. 그래서 어제 그렇게까지 몰아붙였던 겁니까?"

"글쎄요. 처음엔 그런 이유였던 것 같은데……."

자리에서 일어난 태성이 성큼 기현 쪽으로 걸어갔다.

"나중엔 아무 생각도 안 나던데요. 윤기현 씨랑 하는 섹스가 좋아서."

경계하듯 등을 뒤로 물리려는 기현의 얼굴을 덥석 움켜쥐고 마구잡이로 입을 맞추자, 볼이 엉망으로 짓눌린 그가 세차게 고개를 흔들어 태성의 손아귀를 털어 냈다.

"이제 겨우 초등학교 다니는 애들이에요."

"알아요."

"아는 사람이 왜 그런 걸 신경 써요."

"그 누구였대도 싫습니다. 어리든 늙었든 윤기현 씨의 관심을 받는 것들은 다 싫어요."

"이젠 질투하는 거 숨기지도 않기로 했나 봐요?"

"네."

내 속을 고스란히 드러낼수록 당신이 기꺼워하잖아. 불안해하거나 속상해하지 않잖아. 속삭이며 코끝을 아프지 않게 깨물자, 기현이 잠시 숨을 멈추었다. 단정한 볼에 아주 옅게 서리는 미미한 홍조를 흘긋 살피며 태성이 작게 웃었다.

아, 진짜로 더는 안 괴롭히려고 했는데. 가볍게 트레드밀이나 같이 달리고 느긋하게 쉬다가 얌전히 행사 보내 주려고 했는데…….

"여태 진지하게 생각해 본 적 없었는데 윤기현 씨, 애 딸린 유부남인 거 맞긴 하네요."

"애 딸린……."

황당했는지 말도 제대로 잇지 못하고서 기현이 입만 벙긋거렸다. 망치로 세게 얻어맞은 것 같은 우스꽝스러운 표정은 덤이었다.

"나랑 결혼했으니까 유부남인 것도 맞고, 윤민우와 윤민하가 법적으로 기현 씨 자식인 것도 맞잖아요."

"그건…… 잠깐만요."

식탁을 짚으며 몸을 숙인 태성의 기세가 심상치 않게 느껴졌는지 기현이 주위를 두리번거렸다.

“어제 실컷 했잖아요.”

듣는 사람도 없는데 한껏 목소리를 낮춘 기현이 귀여웠고…… 또 꼴렸다. 태성은 잘 차려진 접시들을 완전히 뒤로 밀어내고, 그의 앞에 제대로 자리를 잡았다.

“뭐, 우리가 언제는 섹스한 적이 없어서 하고 또 했습니까.”

“그래도…… 여기선 좀 그렇지 않습니까?”

“왜요? 남편 언제 올지 모르니까?”

못 들을 걸 들었다는 듯 기현이 눈살을 찌푸렸다.

“나 진태성 씨랑 결혼한 거 아니었어요?”

“그렇죠.”

“그런데 왜 자꾸 남편이 따로 있는 것처럼 말합니까?”

“놀이죠, 일종의.”

놀이? 할 말이 많은 듯 기현의 볼이 살짝 부풀었다. 불만 가득한 눈초리로 벗은 태성의 몸, 특히 가슴이라거나 가운이 흘러내려 드러난 어깨 같은 곳을 반복해서 훑어보던 기현이 이윽고 졌다는 듯 길게 한숨을 내쉬었다.

“진태성 씨는 예쁘게 생겨선 취향이 대체 왜 그 모양입니까?”

“하하.”

실컷 보라는 듯 태성이 상체를 내미는 통에 기현이 질색하며 몸을 뒤로 물렸다.

“조금은 미안하니까 물어는 볼게요. 도저히 안 될 것 같으면 편히 말해도 돼요. 안 넣을게.”

“내 의사가 반영되긴 하는 겁니까?”

"그럼요. 저는 형 말만 잘 듣는 착한 학생이니까."

형이라는 호칭에 기현의 얼굴이 사정없이 일그러졌다. 그러니까 지금 그는 애 딸린 유부남이고, 본인은 대학생인 설정이라는 거야?

"만약 내가 하기 싫다고 하면요?"

"어쩔 수 없죠. 형한테 미움받기 싫으니까 얌전히 딸만 쳐야지."

"치긴 뭘 쳐요……."

머리가 다 지끈거릴 정도로 가볍고 껄렁한 언사였다. 그래도 요즘은 욕도 많이 안 쓰는 것 같더니……. 얼마 전에도 굳이 조 실장과 서태식 앞에서 자신도 나이 먹을 만큼 먹었으니 앞으론 욕설과 담배는 줄이겠다는 망언을 하는 통에, 진짜 나이 든 사람들의 눈초리를 받았던 진태성이었다.

'참 나, 바르고 고운 말은 무슨. 상황극 한 번에 바로 무너질 거면서 그런 선언은 대체 왜 했어? 게다가 그놈의 진실 게임 이후로 툭하면 내 앞에서 나이 타령을 하는데…….'

"또 다른 생각."

태성이 코끝을 톡톡 두드리며 주의를 끌었다.

"요즘 민망하면 괜히 멍하니 있더라? 멍해진 건지 일부러 멍하니 있으려고 애쓰는 건진 몰라도."

"누가 일부러 멍하니 있으려고 해요."

"흠. 어쨌든 부끄러워하는 걸 보면 형이란 부름이 꼴리긴 하나 봐요?"

"예? 아뇨, 당황해서 그런 겁니다. 꼴…… 그런 적 없습니다."

"그래요?"

단단한 팔이 기현의 허리를 감쌌다. 몸이 살짝 들리는가 싶더니, 순식간에 자세가 바뀌었다. 팔로 간신히 지탱하고 있었지만 여기서 진태성이 조금만 더 힘을 주면 식탁 위에 드러눕게 될 거다.

"……태성 씨."

진태성의 손짓 한 번에 오른쪽으로 주르륵 밀려난 그릇들이 끼긱 듣기 싫은 소리를 내고, 공들여 차려진 음식물이 여기저기로 쏟아졌다.

"내 얼굴만 봐도 서면서 왜 안 꼴린다고 할까."

"그거야—"

"남편 오랜만에 봤다더니. 어제 실컷 해서 지친 거예요? 남편이랑 나는 또 맛이 다를 텐데."

가운을 벗으며 태성이 화병으로 손을 뻗었다. 아슬아슬하게 쓰러지지 않고 있던 것을 들고 훑어보는 눈에 못된 장난기가 가득 묻어났다.

"그래요. 나 혼자 알아서 할게요. 형은 얼굴만 보여 줘요."

기현의 어깨 너머로 팔을 뻗어 화병을 옮기는 태성의 손길은 신중하기 그지없었다. 비싼 그릇이 나뒹굴고 아까운 음식들은 죄다 못 먹게 됐는데 그런 건 알 바 아니라는 듯 시큰둥하면서, 고작 꽃 몇 송이는 저렇게나 조심스럽게 다루고 있다.

"진짜 이상한…… 사람이야."

"그래서 나 좋아하는 거 아니었어요?"

불쑥 튀어나온 기현의 중얼거림이 귀엽다는 듯 태성이 이마에 몇 번이나 입을 맞추었다.

"형."

비처럼 쏟아지는 키스와 달리 아래쪽의 사정은 난잡하기 짝이 없었다. 어느새 속옷을 슬쩍 내린 태성이 흉흉하게 일어선 좆을 움켜쥐고서 물었다.

"형이야말로 어린 애인 따먹으면서 뭐 이렇게 예쁜 얼굴 하고 있어요?"

헛소리를 하는 건 진태성인데 왜 부끄러움은 제 몫인지……. 기현은 벌게진 목을 문지르며 그의 집요한 눈길을 회피했다.

"뭐에 꽂힌 건진 알겠는데……. 그래도 말도 안 되는 소린 하지 말죠."

"내가 틀린 말 했나? 남편 몰래 나랑 붙어먹는 중이잖아요. 예쁜 얼굴 하고, 청순하게 차려입고서."

묵직한 살덩이가 옷감을 텅 치고 나오는 소리가 울렸다. 태성은 이제 나신이나 다름없었다. 그에 비해 기현은 흐트러진 곳 하나 없이 제대로 옷을 갖춰 입은 상태였다. 정장까진 아니었어도 니트에 슬랙스 차림이라 이대로 외출한다고 해도 어디 가서 흠 잡힐 일은 없을 정도다.

혼자 있을 때야 편한 파자마를 걸치고 늘어져 있었겠지만, 오늘은 진태성과 함께 있으니까 나름대로 신경을 썼던 참인데…… 괜한 짓을 했다.

'이럴 줄 알았으면 나도 가운이나 입고 있을걸.'

정작 벗고 있는 건 진태성인데 수치스러운 건 왜 자신인지 모를 일이다.

"눈 피하지 말고."

딴생각하지 말라는 듯 기현의 턱 끝을 쥔 태성이 지긋한 시선을 보냈다.

"아, 좋아요. 그렇게 있어요."

그의 손바닥 안에서 단단해진 좆이 마찰하는 소리가 적나라하게 울려 퍼졌다.

"형. 나 보라니까?"

"……보고 있잖아요."

"아니. 조금 전처럼 내 얼굴 똑바로 봐 줘요. 그거면 돼."

"변태 같은 짓을 별것도 아닌 양 말하지 말아 줄래요……."

"음, 좋아. 더 욕해 줘요, 형."

진태성이 화사하게 웃었다. 환한 낮에 음란한 짓을 저지르는 것도, 침대가 아닌 곳에서 몸을 섞는 것도 처음이 아닌데…… 기분이 좀, 이상했다. 저놈의 황당한 설정 놀음 때문인 걸까?

생각해 보니 태성이 성행위에서 약자를 자처했던 적은 이번이 처음이지 싶었다. 유부남이 어쩌고저쩌고 남편이 어쩌고저쩌고하는 건 듣기 민망하긴 한데, 진태성이 무력한 학생이라는 설정은…… 딱히 싫지 않았다.

결국은 자기 좋을 대로 굴겠지만 표면상으로나마 진태성이 제 말만 들어야 하는 처지라는 게, 멋대로 그를 가지고 놀 수 있다는 게 은근히 기현의 마음을 동하게 했다.

망설이던 기현은 손을 둘 곳이 없는 척 괜히 목울대를 몇 번 쓸었다. 애가 닳은 양 꿀꺽 침을 삼키는 모습을 태성에게 보이고 싶지 않기도 했고, 그가 자신의 목을 유난히 좋아하는 걸 알아서 해 본 행동이기도 했다.

집요할 정도로 얼굴에만 꽂히던 눈길이 기현의 손짓을 따라 슬쩍 아래로 향한다. 마음껏 포식해도 좋다는 듯 곧게 드리운 기현의 목덜미를 시선으로 범하며, 진태성이 어이없다는 듯 웃음을 실실 흘렸다.

"큰일이야. 일부러 이러는 거 뻔히 다 보이는데……."

"……티가 났어요?"

"엄청."

태성의 눈썹 앞머리가 꿈틀거렸다. 웃는 것 같기도 하고 화를 참는 것 같기도 한 묘한 표정이었다. 그와 동시에 아래를 쥐고 흔드는 태성의 손짓이 더욱더 거칠어졌다.

"이렇게 속이 다 보여서…… 후, 남편한텐 뭐라고 변명할래요."

이럴 땐 어떻게 받아치면 좋을까. 태성이 저렇게까지 즐거워하니 어느 정도는 어울려 주고 싶었다. 저더러 형, 형 하는 모습이 나쁘지 않기도 했고. 무엇보다 아까 아이들 얘기에 질투했다는 말이 조금 신경 쓰였다. 핀잔을 줬지만, 그가 질투한다는 말을 들으면 신경이 쓰였다.

상의할 사람이 태성뿐인지라 아무 생각 없이 말을 꺼낸 거였는데, 그의 투정 아닌 투정을 듣고 곰곰 생각해 보니 분위기라곤 쥐뿔도 모르는 짓이긴 했다. 오랜만에 만나 내내 끈적끈적하게 붙어 있다가 정신 좀 차리자마자 한다는 얘기가 조카들 개명 문제라니. 미안해서라도 재치 있는 답을 내놓고 싶은데 기현은 이런 쪽으론 영 재주가 없었다.

어, 내 남편 잘해. 이것도 좀 이상하고. 내 남편보다 네가 잘해. 이것도 아닌 것 같고……. 대체 왜 그러느냐는 타박이나 그만 좀 하라며 눈을 흘겨보는 게 기현이 내놓을 수 있는 반응 전부였다.

"형은…… 후으, 너무 생각이 많아요."

저질스럽게 수음하며 태성이 곱게 눈을 휘었다.

"부끄러운 거 말고, 당황스러운 거 말고…… 지금 나랑 이러고 있는 게 좋은지 싫은지, 그것만 말해 주면 되는데."

저만 바라보는 남자의 눈동자 속에 얼빠진 자신의 모습이 보인다. 기현은 한숨을 푹푹 내쉬었다. 그래, 부끄럽고 당황스러운 거 말고 솔직한 속내를 털어놓자면…… 싫지야 않다. 하는 짓 다 받아 주고 있는 거라고 살짝 짜증을 내긴 했지만, 그래도 제 몸이 즐거우니 응한 거였다. 너무 과할 때가 많아서 문제인 거지, 섹스 자체는 싫지 않다.

기현은 제 얼굴을 보며 자위하는 진태성을 어물어물 바라보다가, 결국 바지 버클을 풀고 지퍼를 내렸다. 기현이 동참할 거라곤 예상하지 못했는지 기둥을 빠르게 쓸어내리던 태성의 손길이 조금 느려졌다.

"삽입은 버거울 것 같고. 다리 사이에 끼우고 비비는 것 정도라면 괜찮을 것 같아요."

손에 힘이 들어가지 않아 천천히 벗고 있을 뿐인데, 어쩐지 의도가 있는 것 같은 연출이 되어 버렸다. 그렇다고 한들 뭐 대단한 쇼를 하는 건 아닌데도 진태성은 입까지 작게 벌린 채 기현을 응시했다.

어제도 실컷 했으면서 또 저러고 싶은 걸까? 잘난 구석도 없는 제 몸뚱어리가 뭐가 그렇게 좋다고 매번 저렇게 흥분하는 건지 모르겠다.

"뒤로 하죠."

저를 누르고 있던 진태성의 몸을 무릎으로 툭툭 치며 기현이 몸을 뒤틀었다. 그러다 뒤늦게 붉어진 귓불이니 뒷덜미가 적나라하게 드러났으리란 생각이 들었다.

아마 진태성은 모를 것이다. 날 것의 음담이나 형이니 불륜이니 하는 자극적인 설정보다, 저를 원해서 견딜 수 없어 하는 그의 얼굴이 훨씬…… 훨씬, 꼴린다는 걸.

"어차피 넣지도 않을 거면 최대한 깊이 쑤실 수 있는 체위가 낫지 않겠어요?"

이왕 할 거면 제대로 하는 게 낫지. 기현은 짧게 숨을 들이켠 후 바지와 속옷을 한 번에 붙들고 내렸다. 어제 젤도 듬뿍 썼고 자기 전에 연고를 발라 처치해 두긴 했어도, 하도 시달렸던 탓에 옷감이 스칠 때마다 살짝 따끔한 느낌이 드는 건 어쩔 수 없었다.

"좀 부었으니까 앞이든 뒤든 빨지는 말고…… 건드려서 자극하는 수준이라면 좋습니다."

"하하. 아…… 내가 정말."

바람 빠지는 소리에 가까웠던 웃음기가 어느덧 쉿소리 섞인 욕설 같은 것으로 변했다. 반쯤 이성을 잃은 것 같은 진태성이 성급하게 몸을 붙였다.

"멍 들었어요, 형 엉덩이에. 완전 분홍색이야."

"심해요?"

"아뇨, 옅어요."

그래도 꼭 얻어맞은 것 같다며 진태성이 중얼거렸다. 뭐…… 틀린 표현은 아니었다. 진태성이 골반을 쳐올릴 때마다 볼깃살이 그의 몸에 계속 부딪히고 뭉개졌으니까.

"앞은 벌써 좀 젖었고."

성마른 손짓이 부풀기 시작한 기현의 성기를 배려 없이 주물러 댔다. 이런 식으로 달아올라 어쩔 줄 모르는 척하는 것도 그 망할 놀이의 일환인 걸까?

"뒤로 내 거 물지도 않았으면서……."

진태성이 기현의 등에 가슴을 딱 붙였다. 그러면서도 요령 좋게 앞과 뒤를 전부 자극하기 시작했다.

"아……."

"뭐 이렇게 난리가 난 건지."

"넣지 않…… 기로…… 했잖아요."

"안 넣어요. 확인만 하는 거지."

그의 길쭉한 중지가 습관처럼 움찔 조여 대는 구멍 위를 더듬었다. 손톱 한 마디 정도 푹 파고들었다가 빠져나갈 때마다 깜짝깜짝 놀랄 정도로 푹 젖은 소리가 났다.

"씻고 온다더니 안에 뭐 바르고 왔어요? 왜 이렇게 잘 들어가?"

"아닙니다, 어제 연고…… 많이 발라서……."

"내가 발라 줬는데 그것도 기억 못 할까 봐. 고작 그런 걸로 이렇게까지 젖는 건 말이 안 되잖아요. 소리 들어 봐요, 형."

"아, 읏……."

"내 손목에도 물 같은 거 흐르는데요?"

푹 잤고 쉴 만큼 쉬었어도 어제 끊임없이 해 댔던 터라 뒤는 여전히 흐물흐물 풀어진 채였다. 게다가 진태성이 정성스럽게 갖은 처치를 해 준 덕분에 젤 없이도 촉촉하게 젖은 내벽은 반사적으로 옴쭉거리며 익숙한 손가락을 먹어 치우려고 들었다.

"아뇨, 안 돼……."

"남편이랑 얼마나 해 댔길래 아직도 이만큼 벌어져 있는 거예요? 질투 나게."

"넣지…… 넣지 마……."

"안 넣어."

불그죽죽한 엉덩이를 찰싹 때리며 태성이 심술궂게 졸라 댔다.

"말했잖아요. 질투 나서 그런다고. 그렇게 좋아요? 남편 좆이?"

"아……!"

귀두 아래 소대를 문지르는 손길에 기현이 둥글게 몸을 말았다. 아니, 말려고 했다.

"얼마나 좋았는데요? 어제."

"거기, 아읏, 응……."

"형. 기현이 형."

어깨 위에 턱까지 척 얹으며 자석처럼 달라붙은 진태성 때문에 기현은 마음대로 몸을 굽힐 수도 없었다.

“이런 말은…… 흐, 없었잖아요.”

진태성도 좋고 그와의 섹스도 좋아한다. 지금은 진저리를 쳐도 결국은 좋아서 자지러지게 울게 될 거다. 알고는 있는데…… 기현은 쾌감으로 머릿속이 표백되기까지의 과정을 견뎌 내는 것이 매번 버겁고 부끄러웠다.

“나도 분발할게요. 형 남편보다…… 하, 내가 더 잘할 수 있어요.”

“알면서 허락해 준 내가 미, 아앗!”

“안 돼. 자꾸 못된 말 하려고.”

쓰읍 하고 타이르는 소리를 내며 태성이 뺨을 맞대었다. 땀이 올라 촉촉해진 살갗이 부딪힐 때마다 입이라도 맞추는 것 같은 귀여운 소리가 났다.

“가만 보면 남편이랑 섹스한 다음 날이면 형 꼭 그러더라. 안 그러던 사람이 못된 말 하고. 툴툴거리고.”

“아, 으응…….”

“이것 봐. 죄 흐트러져서는……. 안 흘리던 소리도 잘만 내고.”

“내가 어, 언제…… 앗!”

신나서 헛소리할 걸 알고서도 받아 준 거긴 한데 기현은 이 놀이를 도무지 종잡을 수 없었다. 본인이 불륜 상대인 것처럼 굴어 놓고선 본인의 진짜 역할인 남편이 얼마나 좋아했냐며 추궁해 대는 게…… 논리적으로 맞는 설정이긴 한가?

하긴. 그렇게 따지자면 말이 되는 게 뭐가 있겠어. 어제 고용인들도 기겁할 정도로 침대를 더럽혀 놓고선, 일어나자마자 밥 먹다 말고 이 남자와 또 흘레붙고 있는 일 자체가 말이 안 되지.

“흐앗, 거기, 안……!”

딴생각했던 것도 잠시, 몰아치는 자극에 발끝이 절로 곱아 제대로

서 있을 수가 없었다. 묵직한 태성의 좆이 엉덩이 골을 쿡쿡 찔러 대고, 길고 우아한 그의 손가락이 요도를 후벼 파듯 자극했다. 핏핏 물 튀는 소리가 벌써 요란했다.

"숨기려고 하니까 궁금해서 자꾸 조르게 되잖아요."

"대체 뭘……."

"몇 번을 물어요, 오랜만에 남편이랑 씹질한 소감. 솔직하게 말해요. 안 그러면 식탁 위에 줄줄 다 싸게 만들 거야."

귓가에 바투 입술을 붙이고서 속삭이는 목소리가 오싹할 정도로 달아서 기현은 어깨를 작게 옹송그렸다.

"아, 예쁘다."

병 주고 약 주는 다정한 목소리에 어쩐지 울컥하고 있으려니, 형편없이 떨리는 몸 위로 봄비 같은 키스가 쏟아졌다.

"예뻐요. 기현이 형."

"……."

"그나저나 남편이랑 진짜 별로였나 봐. 끝까지 말을 안 하네."

기현은 단정치 못하게 입을 벌린 채 연거푸 도리질했다. 항복의 표시였다.

"아니야? 남편 좆질이 그렇게 좋아요?"

"좋…… 아……."

"얼만큼?"

"……져서……."

"응?"

"그대로…… 벌어져서……."

"어디가, 뒤가?"

"흣, 진태성 씨 좆 모양 그대로…… 안이 다 벌어져서……."

기현은 더듬거리며 아무 말이나 떠오르는 대로 내뱉었다. 늘 그랬듯 섹스 관련한 주제론 진태성을 도저히 이겨 낼 수가 없었다.

"아직도, 허전…… 해요."

"아아. 그래서 이렇게, 내 손가락 쉽게 무는구나. 또 넣어 달라고."

진태성은 한쪽 팔론 기현의 명치 아래를 단단히 끌어안고, 다른 쪽 팔론 바짝 일어선 기현의 성기를 실컷 가지고 놀았다. 배 아래가 감전이라도 된 것처럼 저릿저릿했다. 이러다 정말 실수하면 어쩌나 싶어서 손등을 아프게 꼬집고 때려 봐도 진태성은 꿈쩍도 안 했다.

"진…… 흐읏, 진태성, 그만……."

"형 몸 상태만 조금 더 좋았으면 남편 좆도 먹고 내 좆도 먹었을 텐데. 아깝게 됐어요."

"……아니에요."

"아니긴 뭐가 아니야."

"몸 상태는…… 흣, 상관없습니다."

기현은 힘겹게 고개를 돌렸다. 진태성과 눈을 마주하려 애썼으나, 유감스럽게도 통창으로 투과하는 햇볕 때문에 역광이 져 잘난 낯이 보이질 않았다.

"이따가 일이 있으니까…… 넣지 말라고, 흐으, 그런 겁니다. 그게 아니면, 그런 일 없으면……."

"……."

"나도…… 싫어하지 않아요. 진태성 씨랑 하는…… 섹스……."

신기한 일이었다. 표정을 읽을 수 없는 와중에도 그가 우물거리는 자신의 입 모양을 뚫어지게 바라보고 있다는 건 너무나 잘 알 것 같았다.

"약간 아파도 참을 수 있을 정도로…… 늘 좋고……."

“…….”

“이러다 어디 하나 망가지는 거 아닐까 싶어서 좀, 무섭다가도…… 그래도 진태성 씨가 나 다치게 하지 않을 거라는 건 아니까……. 그래서 매번 끝까지 응하는 겁니다. 이런 어이없는…… 하아, 장난에도…….”

더는 버티고 서 있을 수가 없어서 태성의 팔에 몸을 편히 기대고서 그의 얼굴을 올려다보았다.

“그러니까 애들이든, 그 무엇으로든…… 질투할 거 없어요. 내가 당신 말고 누굴 이렇게까지 받아 준다고 그래요.”

“…….”

“이상한 말로 나 괴롭히는 것도 그만 좀 하고, 읏!”

말을 제대로 끝맺기도 전에 곧장 열렬한 키스가 쏟아졌다. 벌어진 잇새로 감탄이라도 하는 것 같은 따뜻한 숨결이 흘러나왔다.

이제 이 사람과는 굳이 언어라는 형태를 빌리지 않아도 서로를 속속들이 읽을 수 있게 된 것 같다. 예전 같았으면 괜한 말을 한 것 같다고 어쩔 줄 몰라 하거나 어울리지도 않는 감상을 늘어놨다고 부끄러워했겠지만…… 이젠 아니다. 정확히는, 지금도 그런 생각이 안 드는 건 아닌데 그래도 입 밖으로 내뱉어 보려고 노력하는 중이다.

요즘은 기현도 나름의 각오가 선 참이다. 내가 조금 부끄럽고 말지, 이전처럼 말도 안 되는 일로 진태성을 불안하게 하고 싶지 않았다.

“어디서 이렇게 예쁜 말을 배워서 왔어요? 응?”

형, 하며 진태성이 말끝을 늘인다. 기현은 푸우 과장되게 한숨을 쉬었다.

“태성 씨.”

“네, 형.”

"그 놀이라는 거 어떻게 하는 건진 모르겠는데, 당신 남편 오늘 남들 앞에서 망신 안 당할 정도로만…… 걸어 다닐 수 있을 만큼만 하고 끝내요."

진태성을 당황하게 할 센스 있는 농담 같은 건 능력 밖의 일이었다. 단지 이만큼이라도 솔직하게 마음을 내보일 수 있는 것. 맞춰 주려 노력이라도 해 보는 것. 그게 재미없는 놀이 상대일 제가 해 줄 수 있는 전부였다.

사랑한다고 말하는 건 아직 익숙하지 않았다. 그렇지만 진태성에게 우리의 관계가 예전보다 더 단단해졌다는 확신을 주고 싶었다. 섹스 도중 나누는 장난 같은 음담일지라도, 당신이 즐겁다면 그걸로 충분하다고.

"아, 으…… 음……."

진태성의 손에 붙들린 고개가 뒤로 픽 꺾였다. 불한당처럼 갑작스레 침입한 혀가 우물물처럼 깊이 고여 있던 타액을 모조리 쓸어 간다. 한낮에 주고받기엔 지나치게 깊고, 더럽고, 질척거리는 키스였다.

"흐으……."

입맞춤을 받아들이느라 분투하는 동안 허벅지 사이로 그의 좆이 불쑥 들어왔다. 땀이 잔뜩 배어난 덕분에 두툼한 성기는 큰 마찰 없이 안쪽 살을 쓱쓱 문지르다 빠져나가길 반복했다.

"진짜 내 좆 잘라먹으려고요?"

입술을 떼어 내며 태성이 중얼거렸다. 내뱉는 어절마다 불같은 한숨이 섞여 있었다.

"힘, 하아…… 풀어요."

삽입할 때와 비슷한 것 같으면서도 조금 더 거침이 없었다. 견디다 못한 기현은 으응, 하고 앓는 소리를 내며 태성의 품 안에서 축 늘어졌다. 이젠 소리를 내지를 기운조차 없었다.

그의 말마따나 아무것도 머금지 않은 구멍이 절로 조였다가 풀어지길 반복하는데, 고작 그것만으로 얕은 절정이 일었다. 진태성의 손 안에서 성기가 비벼지는 느낌도 그렇지만, 완전히 발기한 그의 것이 어느 부분까지 치고 올라오는지 한눈에 보이니까…… 뒤로 삽입했을 땐 몸 안 어디까지 닿았겠구나, 자꾸만 그런 몹쓸 상상을 하게 된다.

"아……!"

게다가 틈새를 크게 찌르고 들어오는 진태성의 좆은 앞을 틀어쥔 그의 손과 달리 조금도 예측할 수가 없었다. 조금 전엔 돌처럼 단단해진 귀두가 회음부를 퍽퍽 두드리고 갔고, 진태성이 거칠게 허리를 쳐 댈 때면 사이로 훅 미끄러져 들어와 단박에 음낭을 찔러 대기도 했다.

"아, 아아, 앗……!"

어제 실컷 쏟아 낸 여파로 투명해진 소량의 정액이 진태성의 손으로 쏟아지고, 그와 동시에 기현의 다리 사이도 순식간에 미끈미끈해졌다.

콘돔 없이 한 적도 몇 번 있었는데 그때의 느낌과는 또 다른 것 같았다. 살과 살이 직접 비벼진 마찰열 때문일까? 다리 사이에 덕지덕지 흩뿌려진 그의 정액이 몹시 뜨거웠다. 정액은 눈물 같은 체액과는 달라서 온도감이 딱히 없다고 하던데. 뜨겁다고 느끼는 건 심리적 요인인 걸까?

"또 이상한 생각 하죠."

기현을 터질 듯 안으며 태성이 이곳저곳에 부리로 쪼듯 입을 맞추었다. 기현의 몸이 휘청거릴 정도로 관자놀이에 깊이 입술을 묻었다 떼어 내고 나서야, 여태 허벅지 사이에 머물고 있던 그의 좆이 빠져나갔다.

"힘들어요? 섹스 끝나면 멍하니 있는 게 점점 잦아지는 것 같은데요."

"음…… 아뇨, 그냥……."

열이 올라 붉어진 뺨으로 설레설레 고개만 젓자 태성이 하아, 하고 만족스러운 긴 숨을 내쉬었다. 뻥 뚫린 공간인데도 습기가 가득 찬 것만 같다.

"기현 씨가 상당히 무리했다는 걸 알면서도 좋아서 멈출 수가 없었어요."

"그럼 된 거죠."

코끝으로 기현의 머리칼을 마구 헤집으며, 그가 어울리지도 않게 대형견처럼 굴었다.

"나는 우리가 해 볼 건 다 해 봤다고 생각하다가도…… 가끔 이렇게 깜짝 놀라곤 해요."

"진짜 놀라기는 해요?"

"그럼요. 윤기현 씨가 언제나 새로워서 놀라워요."

태성이 기현의 몸을 조심스레 돌리곤 번쩍 안아 들었다.

"그리고 질투는…… 포기해요. 이미 기현 씨한테 못 볼 꼴 다 보여 줬는데 뭘 바라요."

앞으로도 별 치졸한 걸로 물고 늘어질 거라며, 진태성이 너스레를 떨었다.

"농담 아니면서 농담처럼 말하네."

아주 작게 중얼거렸는데 그 푸념이 그렇게 웃겼는지, 태성은 기현을 안아 든 손이 부들부들 떨릴 정도로 크게 웃었다.

"흐흠. 아까도 말했지만 애들 개명 문제는 내가 책임지고 해결해 볼게요. 조용히 지나갈 수 있게."

"고마워요. 덕분에 걱정 덜었네요."

기현은 그의 어깨에 이마를 푹 묻었다. 진태성이 들려줄 답이야 뻔했다. 그 뻔한 말을 기대하며 기현은 두근두근 가슴을 졸였다.

"사랑해요, 기현 씨."

"……."

"갈수록 말도 안 되는 걸로 우기고, 당황스럽게 하는 나 받아 주느라 애쓰는 거 알고 있어요."

"……말했잖아요. 나는—"

"나랑 섹스하는 게 좋더라도 기현 씨가 무리하는 게 아닌 건 아니니까. 알면서 계속 조르는 내가 나쁜 놈이지."

"아뇨. 나도 이해, 쿨럭, 이해합니다."

"음?"

"확인받고 싶은 거잖아요. 나한테."

"……."

"나도…… 나를 보고 하고 싶어서 어쩔 줄 몰라 하는 진태성 씨를 보면서…… 저절로 확인하게 되는 것들이 있거든요."

그래서 뭘 확인하게 됐냐고 물으면 뭐라고 설명할 순 없지만…… 하여튼 그런 것들이 있다.

신기한 일이었다. 진태성의 말마따나 이 사람과 더는 새로울 것도 없을 거라 생각했는데, 고작 사랑한다는 말 한마디 주고받았다고 또 다른 세상이 열렸다.

태성과 기현은 예전보다 조금 더 유치해졌고 대신 그만큼 솔직해졌다. 예전엔 어떻게 하면 상대방에게 그럴듯한 표현을 꺼내 보일 수 있을까 고심했지만, 이제는 떠오르는 대로 쉽게 말한다.

다정하고 쉬운 문장을 자주, 가득 들이붓는다. 그간 겪었던 일이나 두 사람의 특수한 상황 같은 걸 굳이 고려할 필요 없는 문자 그대로의 애정 표현을, 상대방의 가슴이 텅 비어 버리지 않도록 매일같이 와르르 쏟아 내곤 한다.

술에 취했던 그 밤처럼 했던 말을 또 하기도 하고, 두서가 전혀 없을 때도 있다. 시계를 거꾸로 되감은 것처럼 서로에게 어리게 굴기도 한다. 요약하자면 한숨이 나올 정도로 유치하게 굴고 있는 요즘인데…… 기현은 그게 싫지 않았다.

"씻겨 줄게요. 조금 더 자는 게 낫겠죠?"

"음. 배고픈데……."

"욕조에 몸 담그고 있어요. 기현 씨 욕실 데려다주고 먹을 거 챙겨서 올라갈게요."

"……진태성 씨."

"음?"

"……그, 놀이는…… 요."

기현은 말을 꺼내 놓고서도 한참 망설였다. 충동적으로 입을 열고 곧바로 후회했다. 괜히 놀이를 언급한 게 민망해서 차라리 태성이 장난을 쳐 주길 바랐다. 자주 그랬듯 불쑥 끼어들어서 결국엔 됐다고, 아무 말도 안 할 거라고 자신이 뚱하게 굴 수 있길 바랐다.

하지만 진태성은 기현이 말을 꺼낼 때까지 끈질기게 기다려 줬다. 너무나 집요하게 바라보는 통에 별일 아니라고 얼버무릴 수도 없었다.

"재밌었습니까?"

"하하, 그런 게 신경 쓰였어요?"

"그런 쪽으론 영 소질이 없으니까요."

"누가요, 기현 씨가?"

"그렇잖아요."

기현을 안은 채 계단을 척척 걸어 올라가며 태성이 고개를 살짝 기울였다.

“글쎄요. 잘 모르겠어요. 어느 순간부터는 윤기현 씨가 너무 좋아서 상황극이고 나발이고 하나도 머리에 안 들어오던데요.”

“…….”

“뭐, 기현 씨가 이런 쪽으론 영 발전이 더디긴 해요.”

“그게 내 탓입니까? 아무리 그래도 학생이란 설정은 좀 심했어요. 그러니까 몰입이 안 되는 거지.”

“와, 잠깐만.”

그거 무슨 뜻이냐며 태성이 기현의 몸 이곳저곳을 쿡쿡 찔러 댔다. 붙잡힌 허리를 자꾸 간질이려고 들어서 하지 말라며 몸을 뒤틀다 보니 어느덧 욕실에 다다랐다.

모래 위로 파도가 밀려오는 듯한 청량한 소리. 태성의 욕실에서만 들을 수 있는 익숙하고 편안한 백색소음에 귀를 기울이며, 기현은 느리게 눈을 감았다 떴다.

수온을 확인하고 저를 욕조 안으로 옮기는 진태성의 손길이 더없이 조심스럽다. 물에 젖은 산뜻한 편백 향이 뭉게뭉게 욕실 안으로 번져 나간다. 이곳에서 몇 년이나 함께 보냈던 시간 위로, 특별한 것 없던 새로운 오늘이 사르륵 겹쳤다.

“정말 괜찮은 거 맞아요?”

아무래도 걱정이 되어서 모터스 본사까지 기현을 마중 나갔다. 그 망할 소송 건만 아니었어도 행사 같은 거 취소하고 푹 쉬라 했을 텐데……. 일차적인 원인은 자신에게 있다는 걸 알면서도 태성은 괜히 모든 게 못마땅해졌다.

“괜찮다니까요. 진태성 씨는 전화 잘 받았습니까?”

“그럼요.”

“별일 없는 거죠?”

“네. 형식적인 절차였습니다.”

완벽한 정장 차림을 한 기현은 다소 피곤한 기색이었다. 이런 일이 있으면 사람이 좀 초췌해 보여야 하는데…… 윤기현은 저에게 시달리고 나면 오히려 얼굴에 물이 오르니 큰일이다. 한 가닥 흘러내린 앞머리를 빗어 넘기는 기현의 손길에서 유독 색스러움이 묻어났다.

“얼른 쉬어요.”

자꾸만 허튼 생각이나 하는 제 머리통을 내려치고 싶은 걸 참으며, 태성은 기현의 마른 등줄기를 가볍게 툭툭 두드려 줬다. 손길이 시원한지 가만히 눈을 감고 있던 기현이 이내 고개를 끄덕이며 문을 향해 슬쩍 발걸음을 뗐다. 그러면서도 몸은 여전히 태성 쪽으로 돌아 있는 상태였다.

“데리러 와 줘서 고마워요. 내일 아침 출국이잖아요.”

“고맙긴요.”

사랑하는 사람에게서, 연인에게서, 평생을 약속한 반려자에게서 저와 헤어지기 싫어하는 기색이 묻어나는 게 좋아서 태성 또한 미련 가득한 눈짓으로 기현을 바라보았다.

“잠깐만. 기현 씨, 안 되겠어요.”

“네? 뭐가요?”

“아무리 생각해도 오늘 같이 있는 게 나을 것 같아요. 몸 불편하잖아요.”

“괜찮습니다. 여기서 자면 짐은 언제 가지러 가려고요. 중요한 서류 집에 있지 않아요?"

"그거야 조 실장이 챙겨 줄 텐데요, 뭐."

"진태성 씨가 직접 확인해야 하는 것들도 있잖아요. 번거롭게 뭐 하러 꼭두새벽부터 왔다 갔다 합니까. 아무 문제 없으니까 바로 집으로 가요."

"그렇지만—"

"오히려 잠 못 잘 것 같아서 그래요, 새벽에 진태성 씨 움직이고 그러면."

다른 것도 아니고 잠에서 깰 것 같다는 핑계를 대니 태성으로서도 어쩔 도리가 없었다.

"알겠어요. 그럼 갈게요."

"네."

"어제 그리고 오늘, 서툴어도 무조건 다 받아 주려고 하는 기현 씨가 좋았어요. 고마웠고."

"……알아주니 나야말로 고맙네요."

"하하, 들어가요."

짧게 눈짓을 하곤 기현이 정말로 돌아섰다. 내내 곧은 자세로 사람들 앞에 서 있어서 그런지 아까보다도 걸음이 불편해 보였다. 허리며 허벅지 안쪽이며…… 어디 하나 멀쩡한 곳이 없겠지. 그냥 곁에 있겠다고 할까. 태성이 망설이고 있는 사이, 별채 안으로 들어서려던 기현이 돌연 우뚝 멈추어 섰다.

"기현 씨?"

"……."

"무슨 일이에요. 어디 아파요?"

뒤에 서서 불안한 마음으로 기현을 지켜보고 있던 태성이 성큼 곁으로 다가갔다. 거의 날아가듯 빠른 걸음이었다.

걸음 하나하나에 몇 번이고 했던 자책이 밀려왔다. 기현 또한 즐겼다는 거 잘 알고, 다시 생각해도 좋았던 하루였지만, 자신보다 한참 체력이 떨어지는 사람을 붙들고 너무 무리했다. 밥 먹다 말고 하지 말걸. 가볍게 운동하고 쉬면서 컨디션 조절하게 할 걸 그랬다. 아무리 간단한 일이긴 해도 직원들 앞에 서는 행사인데…….

"기현 씨?"

열이라도 오른 거 아닌가 싶어 이마를 짚어 주려 했더니, 기현이 품 안을 뒤적이며 태성에게서 반걸음 정도 물러섰다.

"갑자기 왜 그러는……."

태성은 입가에 닿은 서늘한 감촉에 말을 잇지 못하고서 눈만 둥그렇게 떴다. 슬쩍 눈을 내리깔고 확인해 보니 기현이 입에 물려 준 것은 그가 자주 쓰는 신용 카드였다. 묵직한 재질의 새카만 카드 위에 적힌 기현의 이름이 위협적으로 반짝였다.

이건 또 뭐지. 난데없이 신용 카드를 물게 한 연유를 도통 짐작할 수 없어서 태성은 잠자코 기현을 바라보았다.

"……다음에 만날 땐."

순종적으로 구는 태성의 모습을 물끄러미 바라보던 기현이 고개를 틀며 헛기침했다.

"그걸로 수수하고 귀여운 옷 좀 사 입고 와. 너 학생이라며."

"……."

"우리 남편은…… 화려한 옷 자주 입어서 가끔은 그런 게 당기더라."

난데없는 기현의 주문에 잔뜩 물음표를 그리던 태성의 머릿속에 펑, 폭죽이 터졌다. 그러니까 지금 이거…….

"놀이 같은 데 서툴러서 미안합니다. 근데 이 정도가 내 한계예요."

이거 놀이의 연장선 맞지? 뭐야. 혹시 아까 서투르다고 했던 말, 마음에 담아 두고 있었던 건가? 아무래도 그런 것 같은데. 아…… 윤기현 진짜 미친 거 아닌가? 뭘 믿고 이렇게 귀엽게 굴지? 나보다 나이도 많으면서, 이제 서른도 훌쩍 넘은 성인 남자가 이렇게까지 사랑스러워도 되는 거냐고.

태성은 와글와글 터져 나오는 마음의 소리를 간신히 삼키며 입에 문 카드를 거칠게 빼냈다.

"그럼 들어가요."

다음엔 제발 멀쩡한 '놀이' 좀 해 보자고 툴툴거리며 기현이 뚜벅뚜벅 문을 향해 걸어갔다. 걷는 걸음은 평소와 다르게 조금 조급해 보이고, 은은한 조명 아래 드러난 뒷덜미는 온통 붉었다.

"뭐, 뭐 하는 겁니까?"

성큼 달려가 덥석 안아 들자 질겁한 기현이 소리를 빽 질렀다.

"진태성 씨!"

기현이 허공에서 몇 번 발을 내저었다. 평소처럼 옆으로 안는 게 아니라, 아이 다루듯 엉덩이를 받쳐 들어 올리자 더더욱 당황한 모양이다.

"안 되겠어요. 오늘 같이 있어요."

"아니, 나는—"

"다른 방에서 잘게요. 같은 공간 안에서만 있게 해 줘요."

"괜찮다고 했잖아요. 왜 이렇게 떼를 쓰는 겁니까?"

"사랑하니까 그렇죠."

"그게 무슨 마법의 문장이라도 됩니까? 그 말만 하면 전부 다 되는 줄 알고……."

어이없어하는 기현의 몸통에 뺨을 꼭 맞붙인 채로, 태성은 잠시 눈을 감았다. 심장 부근에 귀를 기울인 것도 아닌데 두근두근 내달리는 기현의 혈맥이 고스란히 느껴지는 것 같다. 심장 뛰는 소리마저 절로 그릴 수 있을 정도로 이 사람에게 익숙해졌는데, 매번 새롭게 반하는 건 대체 무슨 경우일까.

"마법의 문장 맞잖아요. 난 기현 씨가 사랑한다고 해 주니까 전부 다 되는 것 같던데요. 그게 뭐든지 간에."

"……."

"그러니까 같이 있어요, 오늘도."

태성의 정수리 위로 길고 긴 한숨이 번졌다. 기현의 손이 어깨를 짚는가 싶더니 이내 익숙한 무게감이 훅 쏟아진다.

"……내가 버릇을 잘못 들였어."

"그러게나 말입니다."

고풍스럽고 소박한 조명 아래, 풀벌레 우는 소리가 청아하게 울렸다. 쪽, 하고 간간이 입을 맞추는 장난스러운 소리가 나고, 작게 뒤척이며 툴툴거리는 기현의 목소리도 들리고, 그러다 참을 수 없다는 듯 두 사람의 커다란 웃음소리가 울려 퍼졌다. 한 몸인 듯 얽힌 태성과 기현의 그림자가 별채의 길 위로 길게 드리워졌다. 아이처럼 마음껏 사랑하고 또 사랑하는 밤이었다.

"어엇? 아, 안녕하십니까."

아침 식사를 준비하려 막 별채 안으로 들어서던 고용인이 화들짝 놀라며 태성에게 인사를 건넸다.

"에구, 이를 어째. 저는 이 시간으로 전달받아서…… 뭔가 착오가 있었나 봅니다. 죄송하지만 바로 식사 준비할 테니 조금만 기다려 주시면—"

"아뇨, 제가 어제 갑자기 들른 겁니다. 저는 신경 쓰지 마시고 저 사람 일어나는 시간에 맞춰서 차려 주세요."

"예. 그럼 기사 대기실에 연락 넣어 놓을까요?"

"그래 주시면 고맙고요. 막 전화하려던 참이었거든요."

"지금 연락하겠습니다. 그럼 살펴 가세요."

시계를 확인하니 여섯 시 조금 넘은 시각이었다. 윤기현에겐 여유 있는 척 굴었지만 사실 제대로 출장 준비를 하기엔 지금도 늦은 감이 있다. 중요한 서류와 장물만 확인하고 곧장 공항으로 간대도 아슬아슬하지 싶다.

당연하게도 윤기현과 같은 방, 같은 침대에서 잤다. 그래도 예의상 다른 방에서 자겠다고 말은 꺼내 보려고 했는데, 제 목에 팔을 감고서 하하 웃는 윤기현의 목소리가 너무 좋아서, 계속 그의 숨결을 느끼고 싶어서 모르는 척 곁에 눕고 말았다.

다행스럽게도 윤기현은 내내 깨지 않고 잘 잤다. 그만큼 피곤했다는 방증인 것 같아 마음이 쓰였지만, 한편으론 조금씩 과거의 편린에 무뎌지는 것 같아 뭉클하기도 했다. 예전 같았으면 아무리 몸이 피곤했어도, 아니, 피곤하니까 더더욱 예민해져서 잠을 설쳤을 텐데…….

이제 그는 자신과 마주 보고 이런저런 이야기를 하다가 가만히 눈을 감는다. 사랑한다는 말을 입에 담은 이후로 윤기현은 예전보다 강한 사람으로 거듭나고 있었다.

태성은 새삼스러운 시선으로 별채에서 신무원 본관으로 이어지는 길을 훑어보았다. 푸른 새벽, 아직 켜져 있는 조명 아래 뽀얗게 물기 어린 잎사귀들이 가지런히 놓여 있다. 뿌옇고 축축한 게 아니다. 오늘의 여명은 뽀얗고 촉촉하다. 절로 깃을 여미게 되는 쌀쌀한 날씨마저 곱게만 느껴진다. 어제 기현을 번쩍 안아 들고서 웃고 떠들며 이 길을 함께 걸었던 게 어쩐지 꿈만 같았다.

윤기현과 제법 오랜 시간을 함께했다. 그는 이따금 관계의 정의 같은 건 바라지도 않는 자신에게 미안함을 내비치곤 했지만, 천만에. 한 번 개새끼는 영원히 개새끼인 법이다. 그는 윤기현이 생각하는 것처럼 마냥 순종적인 사람이 아니었다.

결혼? 할 수 있었다면 당연히 했겠지만, 어차피 언제든 갈라설 수 있는 보통의 부부들보다 훨씬 더 지독한 방법으로 기현과 자신을 묶어 둔 참이다.

크고 작은 사업부터 각종 동산과 부동산, 함께 공유하게 된 사람들……. 엮을 수 있는 모든 걸 윤기현과 엮어 댄 통에, 이제 대원과 AR은 떼려야 뗄 수 없는 사이가 되어 버렸다. 언젠가 윤기현이 마음이 식는 날이 온다고 하더라도 도무지 자신을 밀어낼 수 없도록, 진태성은 촘촘하고 집요하게 울타리를 지어 두었다. 어떤 의미론 무작정 못돼 먹게 굴었던 이전보다 지금이 더한 셈이다.

새로 준비한 반지를 내밀며 청혼을 했어도, 뭔가를 바꿔 보려던 의도는 아니었다. 그저 자신의 고백으로 기현이 즐거워했으면 했고, 조금이나마 마음이 편안해지길 바랐다. 굳이 저와의 문제가 아니더라도 본인의 감정에 솔직했으면, 행복해졌으면…… 그것만 바랐을 뿐이다.

사랑의 크기? 그런 추상적인 것엔 더는 욕심이 나지 않았다. 윤기현이 자신에게 애정을 품은 것이 분명하고, 밀어낼 생각이 없다면 그것으로 충분하다. 그로 인한 약간의 부채감? 진태성으로선 환영이었다. 미안해하고 안쓰러워해도 좋으니 놓을 생각만 하지 않으면 된다.

그런데 윤기현에게서 직접 사랑한다는 말을 듣고 나니, 다시는 예전으로 돌아갈 수 없게 됐다. 더듬더듬 서툴게 자신의 마음을 꺼내 보이던 그날의 윤기현이, 눈물로 동그랗게 부풀었던 눈동자와 하얗고 붉었던 얼굴과 가느다랗게 떨리던 그 목소리가 진태성의 세상을 온통 뒤흔들어 놓았다.

사랑한다는 말은 죽는 그 날까지 끊어 낼 수 없는 관계, 그것만으로도 충분히 포만감을 느끼던 진태성에게 새로운 욕심을 알게 했고, 아닌 척 밑바닥에 처박아 두었던 낯 뜨거운 탐욕을 일깨웠다.

윤기현을 더 사랑하고, 윤기현에게서 더 사랑받으려면 여기서 뭘 어떻게 하면 되는 거지? 그간 주고받은 선물은 셀 수도 없고, 함께 해 보지 않은 일을 손에 꼽기가 어려웠다. 정말로 뭘 해야 이 마음을 좀 더 표현할 수 있을까.

"……진짜 결혼식이라도 올리자고 하면 뭐라 반응하려나."

동성 결혼이 합법인 나라가 어디 있더라. 서류 관계는 어쩌지 못하겠지만 흉내라도 내 보고 싶어진다. 그런 거 민망해서 싫다고 할 확률이 높지만 소탈하게 차려입고 선서 흉내만 내자고 하면 오히려 좋아할지도 모르겠다.

평생 듣지 않아도 괜찮다고 생각했던 말 한마디 들었다고 이렇게나 행복한데, 평범한 연인들이 누리는 다른 일상은 뭐 얼마나 대단할까 자꾸만 궁금해졌다.

"뭐든 좋긴 하겠지."

골똘히 생각에 잠겨 있던 남자의 얼굴에 이내 화려한 미소가 피어났다. 요즘 내내 이런 식이다. 아무리 굴려 봐도 답이 나오질 않아 고민만 하다가, 금세 아무려면 어떤가 싶어진다. 미친 사람처럼 실실 웃음이 나오고 사는 게 너무 재밌어서 미칠 것 같다.

"안녕하세요?"

즐거운 상상을 하며 본관을 막 넘어가려는데, 또랑또랑한 어린 목소리가 길목에 선 태성을 붙들었다.

"오랜만인 것 같아요!"

반색하며 깡충깡충 뛰어오는 윤민하와 마지못해 꾸벅 고개를 숙이는 윤민우였다. 이런저런 연유로 기현을 놀리는 상상이나 하던 태성의 얼굴에 살짝 금이 갔다. 하필 저것들을 마주칠 건 또 뭐야.

"근데 아침부터 어디 가세요?"

저 꼬맹이들은 어미에 물음표와 느낌표를 달지 않으면 말이 완성이 안 되나?

"일하러 가지."

평소 같았으면 상대도 안 해 줬을 거다. 그렇지만 어제 이 맹랑한 꼬맹이들 이야기가 도마 위에 오른 탓에 기현과 재미있는 놀이를 할 수 있었으니, 오늘은 특별히 너그럽게 굴기로 했다.

"너흰 이 시간에 안 자고 뭐 해."

"승마 수업이 있어요. 아침 먹고 바로 과천 가야 해요."

"이렇게 일찍 수업이 있다고?"

"우리만 승마장 쓸 수 있는 시간이 그때뿐이었어요. 기현 삼촌은 늦잠 자도 괜찮다고 했는데, 제가 조른 거예요. 삼촌은 억지로 뭐 안 시켜요."

윤민우는 조개처럼 입을 꾹 다물고 있었고, 윤민하만 재잘재잘 잘도 떠들어 댔다. 남다른 언어 구사력도 그렇고, 상대방이 좋아할 것 같은 주제만 눈치껏 고르는 게…… 역시 보통이 아니었다.

"삼촌은요?"

"별채에 있지."

"아니. 우리 삼촌 말고, 태성 삼촌이요. 왜 혼자 일하러 가요?"

"……뭐?"

얘들이 지금 날…… 뭐라고 부른 거지? 나더러 삼촌이라고 한 건가? 여태 시큰둥하게 대꾸해 주던 태성의 눈이 휘둥그레졌다. 윤민우 또한 마찬가지였다.

"내가 왜 네 삼촌이야."

"그렇다고 아저씨더러 숙모라고 할 순 없잖아요. 아, 숙모가 아니라 작은엄만가?"

호칭은 잘 모르겠다며 윤민하가 고개를 갸웃거렸다.

"윤민하! 너 진짜 미쳤냐?"

머리가 조금 더 굵어진 이후로 어쩐지 음울해진 윤민우가 제 여동생을 살벌하게 노려보았다.

"왜? 틀린 말도 아니고 나쁜 말도 아니잖아. 그렇죠, 삼촌?"

윤민우는 잔뜩 약이 올라 발을 쿵쿵 구르며 본인이 아는 모든 험악한 말을 중얼거렸고, 윤민하는 개의치 않고서 어깨만 으쓱했다.

"신경 쓰지 마세요. 얘들이 그러는데 오빠 중2병 와서 저러는 거래요. 아직 중학생 되려면 한참 멀었는데 말이에요."

"야!"

"누가 무슨 말 했어?"

윤민하에게 진짜로 욕이라도 퍼부을 것 같은 윤민우를 부드럽게 제지하며, 태성이 제법 진지하게 물었다. 사랑한다는 말도, 어쩌면 결혼식도 거리낌 없어 할 윤기현이지만 이 문제 앞에서만큼은 꽝꽝 얼어 버릴 게 분명했다.

솔직히 애새끼들이 뭘 알게 되든 상관없다. 그렇지만 기현은 곤란해할 거고, 마음 쓸 거다. 자책도 심하게 할지 모르지. 기껏 자신의 감정에 충실해진 사람이 속상해하는 꼴은 보고 싶지 않았다.

“뭐가요?”

“나한테 삼촌이니 숙모니 한 이유가 있을 거 아냐.”

“왜요? 그거 아니에요?”

“아닌 건 아닌데……. 하여튼 편하게 얘기해. 엄마가 협박했다든지, 오가면서 누구한테 들은 말이라든지 다 괜찮으니까. 너희한테 해가 될 일 없을 거야.”

가장 확률이 높은 건 이 집안사람들이겠지만, 고용인들의 입방아도 무시할 것이 못 된다. 기현에게 귀띔할 순 없고…… 서태식에게 조만간 부리는 사람 전부 갈아 치우라고 조언해 줘야겠다. 자기들끼리야 무슨 얘길 지껄이든 알 바 아니지만, 그래도 애들 앞이라고 함부로 말 흘려 대는 것들을 월급까지 주며 데리고 있을 이유가 없다.

신무원 사람들이야 오히려 다루기 쉽다. 이게 당신들이 그렇게나 부르짖던 우아함이고 고상함이냐고, 애들 앞에서 할 말 못 할 말은 가리라고 핀잔을 주면 당분간은 기현도 그 사람들 다루기 수월할 테고.

“그냥…… 알게 된 건데. 삼촌들 서로 좋아하는구나, 하고.”

윤기현이 최대한 마음 쓰지 않는 방향을 고심하고 있는데, 윤민하가 눈치를 보며 고개를 모로 기울였다.

“아, 그래?”

그냥 알게 됐다고? 오다가다 자연스럽게 알게 됐다는 건가? 그렇다면 신무원 사람들과 고용인들을 전부 다 조져야겠다고 다짐하며, 태성은 윤민하의 눈높이에 맞춰 슬쩍 굽히고 있던 무릎을 폈다.

“좋아, 윤민하.”

“네.”

“넌 눈치가 빠르니까 사람들이 나와 네 삼촌을 두고 좀 안 좋게 수군거리는 것도 느꼈을 거야."

"왜요?"

"……왜냐니."

"태성 삼촌은 너무 예쁘잖아요. 아저씨 안 같아요. 엄청 예뻐요."

그러니까 기현 삼촌이 당신을 좋아할 수도 있는 거 아니겠냐며 민하가 태연하게 대꾸했다.

"음, 그리고…… 또…… 안 좋게 말하는 사람 있으면…… 돈 주면 되잖아요? 듣기 싫으니까 말하지 말라고 해요."

"하……."

일부러 이러는 건지, 아니면 진짜 뭘 몰라서 헛소리를 하는 건지. 태성은 기현이 저 애들에게 신경을 쓰기 시작한 이유를 이제야 알 것 같았다.

윤민우와 윤민하는 기현의 밑에서 지내는 동안 예전보다 확실히 착해졌다. 그런데도 신무원에서 나고 자라며 익혔던 사고방식을 완전히 바꾸진 못했다. 이제 집안사람이 아닌 어른들에게도 제법 살갑고 공손하게 인사할 줄은 알아도, 싫은 일은 돈으로 해결하면 되지 않느냐는 말을 눈 하나 깜짝 않고 늘어놓는다.

여기서 주목할 점은 이 애들에게 여전히 윤인범 같은 모습이 남아 있다는 게 아니라, 그래도 예전보다는 덜 꼴통 같아졌다는 거다. 그러니 기현도 기대를 품고 자꾸만 뭘 해 주려고 하는 거 아니겠는가. 본인이 조금만 더 노력하면 애들이 바뀔 수도 있을 것 같아서. 신무원 사람들의 그림자를 조금이라도 더 덜어 내고 싶어서.

어린애 상대로 혼자 심각하게 구는 내가 등신이다 싶으면서도, 주제가 주제인지라 이대로 넘어갈 수 없었다. 태성은 지끈거리기 시작한 머리를 부여잡으며 망할 꼬맹이들에게 손을 까딱였다.

"윤민우, 윤민하."

"네?"

"앞으로 너희 숙부, 아니, 삼촌과 나에 관해 더 많은 이야기를 듣게 될 수도 있어. 나이를 먹으면 눈치껏 알게 되는 것도 많아질 거고."

"왜요?"

"……그런 게 있다고 쳐. 너희가 날…… 숙모든 작은엄마든 삼촌이든, 하여튼 그렇게 여기고 있을 정도라면 당분간 너희 삼촌에겐 나에 대해 별다른 내색하지 말고 있어. 알았어?"

"왜요?"

"야. 뭘 자꾸 물어, 어른이 그렇다면 그런 줄 알 것이지."

"그러니까 왜요? 네? 왜요오?"

"이 씹…… 됐다. 나도 모르니까 그만해."

"왜요? 삼촌이 말했는데 왜 몰라요?"

"……."

미치겠네. 태성은 살짝 초췌해진 낯으로 주변을 두리번거렸다. 기사는 어디 갔어? 차 빼 오는 게 뭐가 이렇게 오래 걸린다고 아직도 소식이 없는 거야.

"아, 그니까아 왜요오?"

윤민우는 관심도 없다는 듯 주머니에 손을 찔러 넣은 채 바닥만 툭툭 차고 있고, 윤민하는 어쩐지 신이 나서 태성에게 찰싹 달라붙어 말꼬리를 길게 늘였다. 바지를 붙들고 흔들어 대는 통에 옷감에 원치 않는 주름이 쭈쭈 생겨 버렸다. 저놈의 징그러운 왜요 타령이 꿈에도 나올 것만 같았다.

"누가 말하면 들어라, 좀."

"그러니까 왜요? 네? 왜요?"

혼미한 정신으로 어른이 아이를 타이를 때면 으레 선보이는 상투적인 문장 몇 개를 나열하려던 태성은 갑자기 스쳐 가는 생각이 있어 저도 모르게 헛웃음을 터뜨렸다. 아. 그래. 그러게. 왜 여태 이 생각을 못 했을까.

"어? 갑자기 왜 웃어요?"

"야."

악당 같은 표정을 지으며 진태성은 윤민우와 윤민하를 향해 상체를 숙였다. 누가 들으면 안 되는 얘기인 듯 조심스레 부르는 목소리에 꼬맹이들 또한 아닌 척 귀를 기울였다.

"너희 앞으로도 내 말 잘 듣고 착하게 굴면……."

태성은 말을 꺼내면서도 몸이 달았다. 나중에 윤기현에게 이 얘길 꺼낼 땐 꼭 촬영해 둬야지. 당황하든, 웃든, 울든…… 굉장히 귀여운 얼굴을 할 것 같으니까.

"너희들한테 대원도 줄게."

"대원이요?"

"내가 가진 회사, 미술관, 그런 것들."

"오."

"대원이 AR보다 규모는 작아도 현금 규모는 무시할 수준이 아니야. 어때?"

진태성이 대원을 내주겠다는 게 어떤 의미인지, 그 말의 무게를 정확히 알지도 못하는 어린것들은 AR 외에도 회사를 하나 더 갖게 될 수도 있다는 얘기에 마냥 좋다고 고개만 끄덕였다.

"근데 진짜 우리가 가져도 되는 거예요?"

"나도 삼촌이라며. 그러니까 너희 삼촌 말 잘 듣고, 오늘 나랑 얘기했던 주제는 모르는 척하고 있어. 알겠어?"

"언제까지 비밀로 해야 하는데요? 소진이한테 자랑하고 싶은데."

"소진이는 또 누구…… 기재부 장관 손녀?"

"네."

"왜. 걔랑 사이 안 좋아?"

"싸우지는 않았죠."

윤민하는 그 문제로 고민이 많다며 한숨을 폭 내쉬었다.

"요즘에 걔가 삼촌 욕하고 다니거든요. 근데 그거 결국 우리 집 욕하고, 나 욕하는 거잖아요."

"……그래? 뭐라고 했는데?"

"어린놈이 자꾸 설치고 다녀서 골치가 아프다고요. 부산에 호텔 짓는 것도 망할 거라고 했어요. 왜요? 소진이 혼내 주게요?"

"소진이는 나도 모르겠고, 그 집 어른들하고 얘기 나눠 볼 테니까 넌 티 내지 말고 가만히 있어."

"네!"

"내가 괜찮다고 할 때까지 비밀 지키는 것도 잊지 말고."

"좋아요! 그럴게요!"

때마침 태성의 차가 본관 앞으로 부드럽게 멈추어 섰다. 윤민우는 어딘가 불퉁한 얼굴로 까딱 고개를 숙이고, 윤민하는 그럼 다음에 보자며 밝게 손을 흔들었다.

뒷좌석 시트에 몸을 묻은 채 손목시계를 매만지던 진태성은 뒤늦게야 피식 웃음을 흘렸다.

태성에게 죽음은 그리 낯설고 두려운 것이 아니었다. 자신은 없고 홀로 남겨질 윤기현이 걱정되는 것을 제외하면, 글쎄. 크게 감흥을 주지 못하는 주제였다. 그건 기현도 마찬가지인지라 가끔 두 사람은 이 주제로 덤덤히 이야길 나누곤 했다.

한데 지금 와 돌이켜 보면 서로를 수습할 방법에만 집중했을 뿐, 다가올 미래 그 자체는 진지하게 접근해 본 적이 없는 것 같다. 죽는 건 어렵지 않게 상상할 수 있는데 40대, 50대, 그 이상으로 나이가 들었을 때의 우리 삶은 짐작조차 가질 않는다. 죽기 전에 늙는 날이 오는 것은 당연한 건데, 어쩐지 기분이 이상했다.

그런 날이 오기는 올까. 나이가 좀 더 든 윤기현은 어떠려나. 그때도 여전히 청순하고 사랑스러울 것만 같다.

"공항으로 바로 가지."

"예, 관장님."

애새끼들을 다루려다 툭 튀어나온 말이긴 하지만 기현 다음으로 AR을 물려받을 사람에게 대원까지 쥐여 주는 건 제법 괜찮은 선택지였다. 비단 윤민우와 윤민하가 아니더라도, 어른이고 아이고 가릴 것 없이 모두 기현의 눈치만 보게 될 테니까. 가끔 기현을 귀찮게 구는 방계 인사들도 쉽게 정리할 수 있을 거다.

오싹할 정도로 기분이 좋아진 진태성은 작게 콧노래를 불렀다. 대원의 끝을 생각해 본 적은 없었는데, 언제고 그래야 할 때가 온다면 하나도 남김없이 윤기현을 위해 사용하고 싶다. 죽어서도 그의 이름이 빛날 수 있도록. 그리고 기현과 떼려야 뗄 수 없는 공식적인 사이로 남을 수 있도록.

늘 그랬듯 차창에 팔꿈치를 괴고 검지로 관자놀이를 톡톡 두드리고 있는데, 품 안에서 길게 진동이 울렸다. 윤기현이었다.

"기현 씨."

—벌써 출발했어요?

"네. 가고 있습니다."

—깨우지 그랬어요. 어차피 나도 곧 일어날 시간인데.

"잘 자는 게 보기 좋아서요. 컨디션은?"

—좋아요. 귀국은 언제였죠?

"사흘 후요."

—생각보다 금방이네요.

"네. 이번엔 길지 않을 거예요. 어쩌면 더 빨리 올 수도 있고."

—무리는 하지 말고요. 잘 다녀와요.

"기현 씨."

—네?

"나중에 우리 놀이공원 안 갈래요?"

—놀이공원이요?

불쑥 튀어나온 물음이었다. 직전까지 애들을 상대해서 그런가? 갑자기 한없이 어리고 정신 사나운 일을 하고 싶어졌다. 그런데 곰곰이 생각해 보니 정말로 기현과 놀이공원에는 가 보질 못했다. 그렇게 많은 일을 같이했는데도 말이다. 같이 가 보자는 말은 몇 번이나 가볍게 해 놓고선.

—한강이 아니라요? 곧 봄인데.

"봄은 한참 멀었잖아요. 그리고 꽃구경과 놀이공원은 별개죠."

—으음…….

"우리 이것저것 다 해 봤다고 말은 하는데, 생각해 보면 아직 못 해 본 게 참 많아요. 놀이공원도 아직 안 가 봤고, 남산에 자물쇠도 안 걸어 봤고, 비행기는 지겹게 타 봤어도 사막 같은 곳은 가 본 적 없잖아요."

—글쎄요. 저번에도 말했잖아요. 장담하는데 전부 우리 취향 아닐 겁니다.

"그래도요. 죽기 전에 기현 씨랑 다 해 보고 싶어졌어요. 그게 뭐든지 간에."

—……어디 아파요? 그건 또 무슨 난데없는 소립니까.

"하하, 아뇨. 건강합니다. 멀쩡해요."

기현에게서 선물 받은 새하얀 자동차가 도로 위를 유영했다. 태성이 좋아할 법한 커스텀을 아낌없이 쏟아부어 주문한 최상위 트림의 세단이었다.

"아, 우리 오로라도 보러 가요."

태성은 눈을 감은 채 둥실둥실 떠오르는 소망을 하나하나 나열했다. 어이없어하면서도 다 들어 주고 있는 윤기현의 다정한 숨소리가 사랑스러웠다.

난데없이 작성하게 된 태성의 버킷리스트는 하나도 빠짐없이 유치했고, 또 쓸데없었으나 그래서 낭만적이었다. 시간은 흐르고 언젠가 반드시 늙는 날이 오겠지만, 아직은 윤기현과 함께할 나날이 무수히 남아 있다. 그것이 어느 새벽, 태성을 진심으로 행복하게 했다.

외전 9-3

Perfect

Perfect

"그간 고생 많았어요."

"어휴. 제가 한 살만 나이가 많았어도 이번 일정은 소화하기 힘들었을 것 같습니다."

웬만해선 앓는 소리를 안 하는 서태식이 혀를 내두르며 너스레를 떨었다. 그나마 서태식은 갖은 출장으로 인이 박여 이만큼 버티는 거지, 다른 비서진들은 농담할 여력도 없는 듯 겨우 웃음 짓는 것이 전부였다. 나는 이해한다는 듯 고개를 주억거렸다. 가히 살인적인 일정이긴 했다.

"그래도 숙원 사업은 전부 해결해서 기분은 좋네요."

"부회장님이 직접 나서 주신 덕입니다."

"내 덕이라곤 할 수 없죠."

모터스 기술 유출 소송 건 마무리 겸 해외 지사 기강을 다지기 위해 3주간 쉬지 않고 발로 뛰어야 했다. 뒷수습으로 다급하다는 인상을 남겨 봤자 좋을 게 없기 때문에 조금 무리하더라도 다른 일정을 여럿 끼워 넣기로 했고, 그러다 이왕 이렇게 됐으니 벼르고 있던 업무를 모조리 해치우기로 했다.

출장을 고작 한 달 앞두고서 계획이 전면 수정되었다. 기술 협약 체결부터 투자 유치, 기금 조성, 장학 재단 설립과 인재 영입, 컨설팅 회사 교체……. 북미부터 유럽까지, 분 단위로 쪼개 쓰며 이곳저곳 날아다니느라 제대로 잠을 잔 기억이 없지만, 후회되진 않았다. 목표했던 바를 거의 완수했기 때문이다. 나조차도 기대하지 않았던 성과였다.

“모나코 넘어가면 일주일은 쉴 수 있으니까, 며칠 푹 쉬고 마지막 남은 미팅까지 잘 끝내 봅시다. 법인 카드 쓰지 말고 내 개인 카드 줄 테니까 다들 아끼지 말고 팍팍 쓰도록 해요.”

“감사합니다, 부회장님.”

이제 남은 것은 유명한 자동차 디자이너와의 미팅뿐이다. 이번 유럽 출장에서의 행보를 좋게 봐준 걸까? 그동안 몇 번이나 파격적인 러브 콜을 보냈으나 만남조차 고사하던 사람이 난데없이 긍정적인 회신을 보내온 것이다.

그에게서 연락이 온 이후로 지금까지 나는 줄곧 들뜬 상태였다. 이 일정을 만들기 위해 막바지에 다소 무리한 감이 없지 않아 있었으나, 그럴 만한 가치가 있었다. 이 계약만 성사된다면 이번 출장은 그야말로 완벽하게 마무리될 것이다.

사업에서 ‘완벽한’이란 수식어는 있을 수 없다. ‘100퍼센트’라는 확률 역시 마찬가지다. 그간 제법 긍정적으로 평가 받았던 출장길도 계획했던 대로 완벽하게 흘러간 적은 한 번도 없었다. 그런데 어쩌면 이번에 처음으로 완벽한 끝맺음이 가능할 수도 있을 것 같았다.

"우리 비행 편이…… 뭐였죠?"

무거워서 잘 떠지지 않는 눈두덩이를 꾹꾹 누르며 습관처럼 진태성을 생각했다. 너무 바빠 전화 한 통도 못 하고 지나갔던 날도 있었다. 그가 지금 어디에 있더라. 스페인이었던가, 이탈리아였던가. 하여튼 유럽에 있다고는 했는데…….

모나코에 도착하면 일주일 정도 쉴 수 있어서, 그때 짬을 내어 며칠 만나기로 했다. 고맙게도 지친 나를 위해 진태성이 몬테카를로까지 와 주기로 했다. 딱히 내가 무리하지 않았더라도 언제나 그가 오는 편이긴 했지만……. 어쨌든 체크인하는 대로 연락부터 해야겠다. 어쩐지 그 사람 목소리를 들으면 바로 잠이 올 듯했다.

"니스 공항까지 이지젯으로 이동하시게 될 겁니다."

"그래요. 이런 상황에서 괜히 전용기 같은 거 띄워 봤자 여기저기서…… 잠깐만요, 서태식 씨."

"예."

"우리가 탈 비행기 티켓…… 이거 맞습니까?"

서태식이 막 메신저로 보내 준 발권 내역을 확인하던 나는 당황해서 그 자리에 끽 멈추어 섰다.

"예? 무슨 말씀이신지……."

눈 아래 시커멓게 그늘이 진 서태식이 핸드폰 화면을 쓱 쳐다보다 뒤늦게 경악했다.

"헉! 아니, 이게 왜……."

당황스럽게도 항공권의 최종 목적지는 모나코가 아니라…….

"카사블랑카 공항이면…… 모나코가 아니라 모로코 아닙니까?"

모로코였다.

다른 비서 둘은 반쯤 혼이 나간 얼굴로 눈을 끔뻑이다가 한 박자

늦게 '예에?' 하고 비명을 내질렀다.

"그, 그럴 리가…… 헉! 진짜잖아?"

"죄, 죄송합니다……."

빡빡한 일정을 소화하느라 초주검이 되어 있던 신입 비서가 뒤늦게 입을 틀어막으며 꾸벅 고개를 숙였다.

"제가 예약 담당이었는데……. 모나코로 이동한다고 계속 생각하다가…… 모로코로 예약해 버린 것 같습니다……."

"아니, 편명은 나라 이름도 아니고 공항 이름인데 그걸 헷갈리면 어떡해?"

"혹시라도 실수할까 봐 포털에 계속 나라 이름 검색하면서 예약했더니…… 정말 죄송합니다."

나를 비롯한 비서진들은 잠시 멍해져서 복작복작한 공항 한복판에 멀거니 서 있었다.

"음, 일단…… 다른 항공편부터 수배해 봅시다."

"정말 죄송합니다, 부회장님……."

"매일 바뀌는 일정 조율하느라 정신없었잖아요. 그럴 수도 있죠. 미팅까지는 여유 있으니까 문제 될 것도 없고요."

작은 사고에 오히려 긴장이 탁 풀려 피식 웃음이 새어 나왔다. 조금 전까지 완벽한, 100퍼센트, 뭐 그런 걸 떠올리고 있었는데 그새를 못 참고 일이 생기다니. 그래도 이 정도 해프닝이야 큰 사고라고 할 수도 없었다.

"죄송합니다……."

"괜찮아요. 우리 일정에 문제가 생긴 것도 아니고, 표야 다시 예약하면 되는 거고. 실수는 누구나 하는 법입니다. 하물며 진우 씨는 신입이잖아요."

"그래, 진우 씨. 자책은 나중에 하고 모나코로 무사히 넘어갈 계획부터 짜 보자고. 그리고 부회장님, 이건 제 잘못도 큽니다. 하필 퍼스트 클래스가 없는 항공기라, 전담 직원 연락이 없어도 그러려니 하고 있었습니다. 죄송합니다."

"그래요. 따지고 들자면 굳이 이 디자이너 만나고 싶어서 무리하게 일정 조절한 내 탓이 제일 크니까, 진우 씨도 속상해하지 말고. 서태식 씨, 진우 씨 너무 구박하지 말아요."

"하하, 저 그렇게 팍팍한 사람 아닙니다. 그나저나 티켓이……. 파리행 티켓 예매야 당장에라도 가능하겠지만, 니스 공항까지 이동하고 거기서 또 모나코로 넘어가는 교통편을 수배하는 건 변수가 많을 듯합니다. 이지젯은 결항이 워낙 잦은 데다, 지금이 영화제 시즌인지라 남프랑스 부근은 교통이 거의 마비된 상태일 겁니다."

"흠. 헬기는 최후의 수단으로 두고 싶은데……. 기차도 표가 없으려나요?"

"기차요? 기차는 많이 불편하실 텐데요."

"상관없습니다. 파리에서 머무르다 날짜에 맞춰 이동하는 것보다는 최대한 빨리 몬테카를로에 도착하는 쪽이 마음 편히 쉴 수 있을 것 같습니다."

정신을 차리려는 듯 손에 들고 있던 커피를 한 모금 쭉 들이켠 서태식이 고개를 끄덕였다. 언제나 그랬듯 유능한 나의 비서는 불가능도 가능하게 할 것 같았다.

"뭐. 이 정도야 어려운 일도 아니죠. 생각해 보니 부회장님의 카드사 컨시어지 통하면 금방 해결되지 않을까 싶습니다."

"오, 그 생각을 못 하고 있었네요. 그러게요."

무적이나 다름없는 검은 신용 카드를 떠올린 신입 비서는 그제야 잔뜩 웅송그리고 있던 어깨를 슬쩍 폈다.

"아, 그리고……."

몬테카를로에 도착하면 진태성과 며칠 함께 있게 될 것 같아, 그 일정 변경도 서태식과 논의하려고 했는데 눈치도 없이 품 안의 핸드폰이 요란하게 울렸다. 눈짓으로 양해를 구하고 액정을 확인한 나는 나도 모르게 피식 웃고 말았다.

"이 사람도 양반은 못 된다니까……."

진태성이었다.

작은 중얼거림에 전화를 건 사람이 누구인지 눈치챈 서태식이 직원들을 이끌고 몇 걸음 떨어진 장소로 이동했다. 의자 위에 태블릿을 주섬주섬 꺼내 들고 바로 일하는 척 연기하는 그를 보니 조금 미안하기도 했고, 고맙기도 했다. 이번 일 끝나면 금일봉 제대로 챙겨 줘야지.

—기현 씨? 수속은 끝났어요?

"아, 태성 씨. 사실은요……."

나는 눈을 감은 채 나른하게 중얼거렸다. 오랜 시간이 흘러도 여전한 습관이 있다. 슬프거나 우울하거나 초조하지 않아도, 나는 진태성이 곁을 지켜 줘야 푹 잠들 수 있었다.

"여깁니다."

출국장 문이 열리자마자 진태성의 모습이 정면으로 보였다. 삐딱하게 다리를 짚고, 팔짱을 끼고 있던 얼음 같은 미인이 나를 발견하자마자 눈을 사르르 접으며 웃는다. 뭐랄까. 꽃이 화려하게 만개하는 다큐멘터리 영상을 빠르게 돌려 감아 본 기분이 들었다.

"피곤하죠?"

손에 든 캐리어를 빼앗아 가며 진태성이 굳은 어깨를 두어 번 주물러 주었다.

"뭘요. 나야 비행기 타고 편히 왔다지만, 진태성 씨는 낯선 곳을 택시 타고 왔다 갔다 하느라 힘들었겠어요."

"그거야말로 힘들다고 할 수도 없죠. 호텔에서 카드가 안 먹혔던 게 제일 당황스러웠습니다."

내가 도착한 곳은 샤르드골 공항도, 니스 공항도, 심지어 카사블랑카 공항도 아닌 마라케시메나라 공항이었다.

실수로 모나코가 아닌 모로코로 가는 티켓을 예약하는 바람에 지금 비서진들과 방법을 논의 중이라고 하자, 잠시 숨이 넘어가게 웃던 진태성은 당신은 굳이 변경할 것 없이 그대로 오는 게 어떻겠냐고 제안했다.

'—나도 멀지 않은 곳에 있으니까 모로코로 넘어갈게요. 거기서 쉬다가 같이 몬테카를로로 갑시다. 비서들은 지금 먼저 보내고요.'

'음, 그렇지만…….'

'—어차피 미팅까진 여유 있잖아요. 거의 일주일은 쉴 수 있다고 하지 않았나?'

'그래도…….'

'—모로코에서 사흘만 머무르다 바로 떠납시다. 그쯤이면 서태식 씨가 알아서 항공편이며 자동차며 다 뚫어 놓겠지.'

'음, 아닙니다. 이대론 모로코가 아니라 어딜 가서도 불안하게 쉴 것 같아요. 그냥 몬테카를로로 곧장 넘어가는 게…….'

'—알아요. 기현 씨가 이번 미팅 많이 기대하고 있는 거. 그런데 기현 씨 한 달간 제대로 쉬지도 못했잖아요. 아니지, 출장 준비했던 기간까지 합치면 석 달 내내 꼬박 달린 셈인데. 아니에요?'

'그거야…….'

'—잘 자고, 좀 쉬어야 다시 맑은 정신으로 일할 수 있죠. 지금 기현 씨는 아무 생각도 하지 말고 푹 쉬어야 해요.'

디자이너와의 미팅을 얼마나 중요하게 생각하는지 잘 알고 있어 하는 제안이라며 진태성이 살살 꼬셨다.

거절했어야 했다. 심지어 진태성이 바라는 지역으로 가려면 실수로 예매했던 카사블랑카행 티켓도 취소하고 새로운 편명으로 다시 예매해야 한다. 여러모로 비효율적인 일이라는 걸 아는데도, 나는 그의 뻔한 유혹을 이기지 못해 백기를 들고 말았다.

잠 좀 자고 싶다거나 휴식이 필요하다는 이유만으로 마라케시행 비행기에 몸을 실은 건 아니었다. 충분한 숙면이 부족했을 뿐이지, 예전처럼 뜬눈으로 며칠 밤을 지새우진 않았다. 불면은 여전하지만 그래도 착실히 좋아지고 있었다.

그러니까, 잠이 필요해서 진태성이 절실한 게 아니라…… 아무 이유도 없이 그가 보고 싶어서 말도 안 되는 충동에 지고 말았다. 오직 그 이유 하나만으로 비서진에게 갖가지 얕은 핑계를 대며 낯선 항공편에 몸을 실었다.

"그래서 어떻게 된 거예요? 태성 씨 카드가 안 읽힌다니. 기내 와이파이 속도가 느려서 제대로 확인을 못 했어요."

"아, 그게 카드 결제가 자꾸 오류가 나서 보증금이……."

모든 게 급작스러웠기 때문에 비행기 안에서도 부득이하게 진태성과 연락을 주고받아야 했다. 나보다 먼저 마라케시에 도착한 그는 앱을 이용해 호텔 예약도 마쳤고, 교통편도 수배 중이라고 전해 왔다.

완벽했던 출장길의 끝에 실수로 예약된 비행기에 탑승한 것이 나의 충동이었다면, 숙소를 고를 때 미감보다 현지 사정에 중점을 두고 자기 자신과 약간의 타협을 한 건 진태성의 일탈이라고도 할 수 있었다. 그의 성미와는 확실히 거리가 있는 일이었다.

“정말로요?”

그래, 인정한다. 나와 진태성은 조금 들뜬 상태다. 비서진의 도움을 구하지 않고 사람들의 후기를 찾아가며 각종 앱으로 호텔 예약을 시도해 본 것도, 공항에서 택시 타는 방법 같은 걸 찾아본 것도, 부끄럽지만 우리 둘 다 처음 해 보는 일이었다.

“그래도 앱으로 예약했고, 거기서 결제 승인까지 났으면 문제없는 거 아닌가요?”

“내 말이 그 말입니다. 보증금 때문에 카드 오픈만 안 되는 거지, 객실료는 이미 다 지불했는데…….”

“보증금으로 얼마 달라고 했는데요?”

“아, 그리 높은 금액은 아니고 하루치 숙박료 정도였는데.”

“그런데요?”

진태성은 조금 민망한 듯 물음에 곧바로 답하지 않고 딴청만 부렸다.

“목적지도 갑자기 정해졌고, 자주 왔던 나라도 아니다 보니…… 공항에서 환전할 때 살짝 실수했거든요.”

그러냐며 대수롭지 않게 대꾸하던 나는 뒤늦게야 말뜻을 깨닫고, 조금 전 공항에서 내 전화를 받았을 때의 진태성처럼 크게 웃고 말았다.

“그래서 지금 돈이 없다는 거예요? 천하의 진태성이?”

"네. 뭐, 기현 씨라도 즐겁다면 됐습니다."

"아, 미안해요. 카드 결제 오류야 그렇다고 치더라도 당신이 환전 실수를 했다는 게 신기해서…… 하하."

귀엽다고 해야 할까. 하여튼 흔치 않은 진태성의 실수담을 듣고 폭소하느라 내내 목뒤를 짓누르던 피곤함이 조금은 가시는 기분이었다.

"카드사에서 곧 연락주기로 했습니다."

그러면서 진태성이 공항 내에 있는 작은 카페 쪽으로 고개를 까딱였다.

"전화 기다리는 동안 저기에라도 앉아 있읍시다. 이왕 이렇게 된 거 호텔도 바꿔요. 거기 다시 가기 싫어졌어요."

"그럴 거 뭐 있어요, 내 카드 있잖아요. 난 현금도 넉넉하게 뽑아 왔고……."

하도 웃어서 눈가에 맺힌 눈물을 닦아 내고 있는데, 출국장 부근이 살짝 소란스러워졌다.

"고객님들! 이쪽입니다. 네, 여기로 오세요!"

익숙한 언어가 들리고, 익숙한 글자가 눈에 들어왔다. 시끌벅적한 방향으로 슬쩍 시선을 주었던 나와 진태성은 얼굴을 가리며 기둥 뒤편으로 물러섰다. 한국인 관광객 한 무리가 깃발을 따라 줄지어 이동하고 있었다.

"자, 이제 우리는 시내에 있는 리아드로 이동할 겁니다. SNS에서 많이 보셨죠? 리아드는 모로코 전통 양식으로 지은 가옥인데, 가격은 저렴하지만 아주 예뻐요. 다 똑같이 생긴 미로 같은 길에 대체 뭐가 있다는 거야, 싶으시겠지만 문을 열면 이국적인 풍경이 짠 하고 펼쳐진답니다. 기대하셔도 좋아요. 그리고 사하라 사막 투어 버스는 내일 오후에 출발할 건데, 네네. 아침 시간대로 안 잡은 이유가 있는데요……."

나도 모르게 소리가 들리는 쪽으로 고개를 빼꼼 내밀고 있었는지, 진태성이 가볍게 내 턱 끝을 쥐곤 제지했다.

"조심해야죠. 나야 노출되는 일이 적은 편이지만 기현 씨는 아니잖아요."

그의 널따란 등이 방패처럼 나를 지켜 주었다. 진태성의 품 안에 갇힌 듯 밀착한 상태라, 그가 즐겨 쓰는 향수 내음이 훅 밀려왔다. 여기가 모로코라는 걸 인지하고 있어서 그런 걸까? 신기하게도 평소 쓰던 향수에 모래바람의 냄새가 조금 섞여 있는 것 같았다.

"저기, 진태성 씨."

그래서일까? 드디어 진태성을 만났다는 기쁨과 독특한 이국의 정취에 한껏 취한 나는 평소라면 절대 하지 않았을 두 번째 충동을 저질러 보기로 했다.

"우리도 가 보지 않을래요?"

"가다니? 어디를요?"

"호텔 말고 골목길 안에 있다는, 작은 리아드요."

+ ♝ +

길거리의 건물은 온통 짙은 살굿빛이다. 그 위로 낙조가 드리우자 다채로운 색으로 그림자가 졌다. 길가에 세워진 나무부터 알록달록한 태피스트리까지 무엇 하나 마음에 들지 않는 게 없어서, 나는 부스스한 머리를 쓸어 넘기며 차창에 팔꿈치를 괴었다.

그런 나와 달리 진태성은 눈을 뾰족하게 뜬 채로 지도 앱을 주시하는 중이었다.

공항에서 잡은 택시는 미터기를 켜지도 않았다. 여기서부터 시내까지 무조건 고정된 금액으로 달리는 게 암묵적인 룰이라고 했다. 다른 관광객들도 딱히 흥정하지 않고 순순히 탑승하기에 우리도 기사에게 호스텔의 주소를 보여 주고 택시에 올랐다.

급히 예약한 호스텔은 다시 생각해도 믿기지 않을 만큼 가격이 저렴했다. 조식까지 제공하는 옵션이 하룻밤에 5만 원도 안 하는 것 같던데. 만약 마음에 차지 않으면 바로 나오기로 했다. 돈을 버리는 셈 치더라도 그다지 속이 쓰리지 않을 정도라 부담이 없는 모험이었다.

"아, 여기 같은데요."

더는 안으로 들어갈 수 없다는 택시 기사의 부연 설명이 필요 없을 정도다. 숙소가 있다는 골목길은 척 보기에도 차가 진입할 수 없을 정도로 입구가 좁았다. 리아드로 길을 알려 주겠다며 달려드는 사람을 전부 물리치고, 골목을 따라 진태성과 조금 걸었다.

그는 나에게 캐리어를 도로 건네준 대신 내 손을 단단히 틀어쥐었다. 반대편 손으론 핸드폰을 들고서 지도를 꼼꼼히 확인하는 중이다. 그러다가 여차 싶으면 캐리어 버리고 같이 달려야 한다고 몇 차례나 신신당부하기도 했다.

물가에 어린애 내놓은 듯 안절부절못하는 그를 보고 있자니 어이가 없어서 비시시 웃음이 새어 나왔다. 기분이 나쁜 건 절대 아니고…… 그냥, 자꾸만 가슴 안쪽이 간질거려서 그랬다.

"기현 씨."

"네."

"왜 자꾸 웃어요?"

"아…… 태성 씨가 너무, 좀 그렇잖아요."

"뭐가 그래?"

"누가 보면 출정 앞둔 군인이라도 되는 줄 알겠어요."

"나야말로 기현 씨가 걱정입니다."

진태성은 마침 잘됐다는 듯 잔소리를 길게 늘어놓았다.

"아까도 낯선 사람들 몰려오는데 가만히 있고. 택시 타고 오는 동안에도 제대로 가는 건지 주변 살펴볼 생각도 안 했죠? 아무리 치안 나쁘지 않은 곳이라지만 조심해야죠."

나를 걱정하는 진태성의 모습이 싫지 않아서, 일부러 철없이 이것저것 물었다. 그러고 보니 우리 빨래는 어떻게 하죠? 식사는 또 어떻게 할까요. 이번에도 옷은 현지에서 쇼핑하는 걸로 해결할 거예요? 백화점 가게요? 근데 여기서도 그러면 재미없을 것 같지 않아요? ……뭐 그런 사소한 것들.

그는 미간을 옅게 구기면서도 제법 성실하게 대꾸해 줬다. 변주를 주긴 했지만, 돈만 있으면 다 해결될 거란 뻔한 말이었다. 하지만 그 뻔한 말을 지치지도 않고 다정하게 되돌려 주는 그의 목소리가 좋아서, 나는 다시 한번 완벽함이란 무엇일까 생각했다.

자로 잰 듯 정확히 맞아떨어지는 일이 아닐지라도 완벽하다고 느낄 수 있구나. 진태성과 함께 있을 때면 그렇게 되는구나…….

"다 왔네요."

분간이 어려운 골목길 한가운데서 진태성이 어디론가 전화를 걸었다. 신호가 잘 터지지 않는지 시간이 조금 흐른 후에, 벽과 거의 같은 색깔이라 자세히 보지 않으면 구분도 힘든 거대한 문이 마침내 느릿느릿 열렸다.

나는 마구 내달리는 심장을 진정시키려 침을 크게 삼켰다. 아까 스쳐 가듯 들었던 가이드의 말이 맞았다. 열려라, 참깨. 나도 모르게 그 유명한 주문을 절로 떠올렸을 정도로 눈앞에 마법 같은 풍경이 펼쳐졌다.

키 작은 나무로 둘린 중정에는 민트색 타일이 깔려 있었는데, 그 덕에 조그만 수영장이 매우 신비로운 색으로 빛나고 있었다. 화려하게 직조된 양탄자 위에서 노란 털의 새끼 고양이가 게으르게 기지개를 켜고, 달짝지근한 과일 향이 부드럽게 공기 중을 부유한다.

"사이트에 있는 사진이랑은 좀 다르지 않아요?"

습격처럼 쏟아진 오색찬란한 색의 향연에 잠시 할 말을 잃었던 게 분한 듯, 진태성이 다소 새침하게 감상을 들려주었다. 말은 저렇게 해도 이 리아드가 싫지 않은 것만은 분명하다.

우리는 호스트의 뒤를 따라 배정받은 방으로 이동하며 내내 작게 소곤거렸다. 검색 안 해 봤는데 여기 한국인은 없겠죠? 뭐 그런 쓸데없는 이야기들, 걱정들……. 우리가 이곳에 발을 들여도 되는 걸까. 우리에게 허락된 공간이 맞는 걸까. 자꾸 그런 생각이 들어서 설레기도 하고 낯설기도 해서 갈수록 말이며 행동이 조심스러워졌다.

"기현 씨, 식사는 어떻게 할까요. 간단한 야식은 줄 수 있다는데."

"글쎄요. 전 딱히 생각 없고 내일 아침을…… 어?"

캐리어를 내려놓던 나는 테이블 위에 놓인 전단을 보고 무심결에 아는 척을 하고 말았다. 사하라 사막 투어 상품을 소개하는 내용이었는데, 종이에 한국인들이 올린 블로그며 영상에서 자주 볼 수 있었던 인물이 그려져 있던 탓이었다. 한국어도 약간 가능하고, 상품 강매도 많이 없다며 호평 일색이었던 현지 가이드였다.

의심이 많은 진태성은 사진처럼 형태를 남길 수 없는 서비스는 사람들의 후기를 믿어선 안 된다며 관심조차 두지 않았다.

내 반응에 안내를 마치고 나가려던 호스트가 반색하며, 마침 내일 새벽에 출발하는 투어가 있는데 딱 두 자리 남아 있다고 귀띔해 주었다. 대신 다른 한국인은 없는 것 같아 너희가 외로울 수도 있다고 했는데, 그거야 우리로선 대환영이었다. 오히려 내가 마음에 걸리는 것은 다른 부분이었다.

"안 돼요."

낯선 곳에 둘만 있게 되자, 수도승처럼 엄격해진 진태성이 문제였다.

"미니버스를 타고 그렇게 긴 시간을 이동해서, 씻을 곳도 없는 뻥 뚫린 사막에서 하루 자고, 여기로 다시 돌아오는 일정이라고요?"

진태성은 절대 안 된다고 고개를 저었다. 그러면 여기까지 와서 사막도 안 갈 거냐고 묻자, 그는 날이 밝는 대로 옥션을 통해 알게 된 인맥을 이용해 헬기부터 띄울 생각이었다고 했다.

"진태성 씨가 그랬잖아요. 놀이공원도 가 보고, 남산도 가 보고, 나중에 사막도 가 보자고."

"그래요. 나도 사하라 사막은 궁금해요. 그러니까 아침에 헬기 알아보겠다고 한 겁니다."

"그렇지만……."

"기현 씨 여태 잠도 제대로 못 자고 쉬지도 못했잖아요. 그런 몸 상태로 어떻게 일정 소화하려고요. 절대 안 됩니다."

단호했던 진태성이 고집을 꺾은 건 티격태격하는 우리에게 호스트가 건넨 별것도 아닌 한마디 덕분이었다.

「너희 커플이 사하라 사막의 별을 보고 행복해졌으면 좋겠어.」

손님을 소개해 주면 현지 가이드에게 약간의 커미션을 받는 걸 테다. 닳고 닳은 덕에 속으론 이따위 생각부터 하면서도, 이역만리 떨어진 타국에서 우리가 누군지 전혀 모르는 사람에게 너희 두 사람 연인이잖아, 하는 말을 들으니 기분이 이상했다.

남자 둘이 뭐 그렇게 딱 붙어 있냐, 너희 혹시 사귀는 거냐…… 그런 놀림 같은 게 아니었다. 껄끄러움이나 거부감을 느껴 조심스레 확인하려는 것도 아니다. 그저 덤덤하게 연인이라면 별을 보고 행복해져야지, 그리 말하는 호스트의 말간 얼굴을 보며 나는 어쩐지 가슴 안쪽이 뜨거워졌다. 아마 진태성도 마찬가지였을 것이다.

우리가 사랑하는 사이인 게 당연하다는 듯 흘려 말하는 것을 듣고 나니 나는 사막에서 별을 꼭 보고 싶어졌다. 헬기만 타고 모래로 덮인 산을 구경만 하고 쓱 돌아서 나오는 게 아니라, 굳이 고생해 그곳까지 가서, 그와 몸을 꼭 붙이고 누워 밤하늘을 올려다보고 싶었다.

"진태성 씨."

"안 된다니까요."

"저 사람도 우리 보고 커플이라고 하잖아요. 별을 보고 행복해졌으면 좋겠다고 그러던데……. 헬기 타고 가서, 밤까지 사막에서 있을 거 아니잖아요. 어떻게 생겼나 위에서 슬쩍 구경만 하고 도로 호텔로 가려던 거 맞죠?"

"……."

"나 진짜 궁금한데. 사막에서 보는 별."

"……."

"진태성 씨."

나는 할 수 있는 최대치로, 부끄럽고 벅차고 또 뭉클한…… 하여튼 온갖 감정을 담아 진태성을 불렀다.

"하…… 좋아요."

내 애원을 이기지 못한 그가 코로 길게 한숨을 내쉬었다. 큰일이라는 듯 미간에 빗금을 긋고서도 싫지는 않은지 입술을 슬쩍 끌어올린 채다.

"단, 시내로 돌아올 땐 무조건 헬기로 이동하는 겁니다."

"좋아요."

나는 결코 나를 이기지 못하는 진태성의 목에 팔을 두르며 짧게 입을 맞췄다. 우리를 흐뭇하게 바라보던 호스트가 짧은 축복의 말을 건네며 조용히 문을 닫아 주었다.

"몸은 괜찮아요?"

"괜찮아요."

뒷자리에 탄 프랑스인 노부부가 휴게소에서 내 얼굴을 보자마자 '괜찮다'가 대체 무슨 뜻이냐고 물어봤을 정도로, 진태성은 수시로 내 상태를 확인했다.

버스 이동은 생각보다 고되지 않았다. 두세 시간 단위로 서서 인근의 명소를 구경했는데, 그러느라 좀 걷다 보면 뻐근했던 몸도 곧 풀렸다. 오히려 장거리 비행보다 훨씬 할 만한 것 같았다. 그럴 때마다 진태성은 아직 고생을 덜해 봐서 그렇다며 짧게 혀를 찼다.

호스트의 도움으로 준비했던 유심도, 신청했던 로밍도 아무런 소용이 없어지는, 태초의 모래밖에 없는 사막으로 달려가는 길. 들떠 있던 나는 진태성의 예상대로 금세 지쳐 그의 어깨에 기대어 깜빡 잠이 들고 말았다.

그러다 가끔 눈을 뜨면 내 정수리 위로 느리게 쏟아지는 익숙한 숨결에 다시 안심하며 눈을 감았다. 진태성이 버스 안에서 내 머리 위에 자신의 뺨을 얹고 있다는 사실이 좋아서, 그런데도 누구도 우리의 흉을 보지 않는다는 게 기뻐서, 나는 그 어느 때보다 행복한 꿈만 꿀 수 있었다.

"기현 씨."

살실 어깨를 흔드는 손길에 부스스 눈을 뜨자, 그가 정신 차리라며 엄지로 뺨을 문질러 주었다.

"음…… 어디쯤…… 이에요?"

"제대로 온 것 같긴 합니다."

가물가물한 정신을 차리며 창밖을 보니 어느덧 사막의 초입이었다. 잠들기 전까진 분명 돌이 엄청나게 쌓인 길을 지나고 있었는데……. 나는 넋을 놓고 끝도 없는 모래사막을, 그리고 그 뒤로는 설산이 펼쳐진 비현실적인 풍경을 망연히 바라보았다.

아무도 우리를 모르는 사하라 사막. 그림자가 지지 않아 높이와 넓이를 조금도 가늠할 수 없어, 사람의 시계(視界)가 전부 흐무러지는 초현실적인 공간.

물론 가이드가 우릴 데리고 온 곳은 관광객들이 오갈 수 있을 정도로 안전하고 무난한, 사막의 초입에 불과할 테지만…… 가까운 시일 내 직접 볼 수 있으리라 예상도 못 했던 거대한 자연과의 조우는 나에게 이상한 고양감을 안겨 주었다.

"당장 다음 날 새벽부터 떠나는 투어라기에, 아무리 생각해도 부실할 것 같아서 솔직히 큰 기대는 없었는데……."

나와 같은 곳을 바라보던 진태성이 슬쩍 말을 흐리며 내 손을 잡았다.

"아니, 사실 지금도 나는 내가 기현 씨와 이러고 있다는 게 믿기지 않기는 합니다만……."

이후로도 진태성의 맥락 없는 감상이 드문드문 이어졌다. 그답지 않게 끝맺음이 전부 모호했지만, 굳이 명확하게 말하지 않아도 어떤 마음인지 알 것 같았다. 나는 대답 대신 진태성의 손에 살짝 깍지를 끼었다가 놓아주었다.

"저기요!"

비교적 정확한 발음으로 가이드가 우리를 불렀다. 본인을 알리하나라고 소개한 가이드는 하나둘, 셋 할 때의 그 하나가 맞는다며 사람 좋게 웃었다. 다른 사람들에게는 알리원, 또 누군가에게는 알리엉이라고 소개하기에 이유를 물었더니 거리에 나가면 반은 알리고 반은 핫산이라, 가이드로서 차별화를 위해 이런 별명을 붙였다고 했다.

어쨌든 알리하나는 챙겨 온 가방을 뒤적이더니 천 뭉치를 우리에게 건넸다. 사막의 밤은 매우 추워서 그런 차림으로는 병이 나기 딱 좋다고, 일단 이거라도 걸치고 있으라는 조언이었다.

자줏빛과 푸른빛 옷감은 뽀얗게 먼지가 앉아 본연의 색을 찾아보기 어려울 정도였다. 농담으로라도 예쁘다곤 할 수 없는 옷을 건네받자마자 와작 일그러지는 진태성의 얼굴이 너무 인상적이어서, 나는 체면도 잊고 주저앉아 울 듯이 웃고 말았다. 내가 뭘 잘못했냐는 듯 고개를 갸웃거리는 알리하나의 표정이 너무도 순박해 보여서 더더욱 웃음이 그치질 않았다.

"내가 정말, 별……."

그러나 뭐 어쩌겠는가. 여기까지 와서 아파 봤자 본인 손해이니 진태성은 꾸역꾸역 못난 천 조각을 걸쳤다.

"내가 아프면 기현 씨를 챙겨 줄 수 없으니까 일단은 입는 겁니다."

"그래요. 그렇다고 합시다."

"자꾸 놀릴 거예요?"

"그냥 시장통에서 파는 평범한 옷인데 뭐 그렇게 싫어해요. 직원들도 입고 있고, 우리랑 같이 버스 타고 온 사람들도 입고 있는데."

"하……. 내가 환전만 똑바로 해 왔어도."

진태성은 못내 불쾌하다는 듯 소맷부리를 탁탁 털었고, 나는 볼 안쪽 살까지 깨물며 웃지 않으려 애쓰다 결국 또 한차례 폭소했다.

"기현 씨."

"미안해요. 이제 진짜 안 놀릴게요. 갑시다. 낙타 타러."

삐진 것 같은 진태성의 검지를 쥐고 앞으로 살살 당기자, 어쩔 도리 없다는 듯 그가 오만상을 찌푸리며 나를 따라왔다.

망가진 몸으로 그의 앞에 서서, 날 왕으로 만들어 달라 부탁했던 날도 있었다. 가진 것이 없어 그의 카드를 빌려 썼고, 픽픽 쓰러지는 통에 영양실조라는 부끄러운 몸 상태도 들키고 말았다.

그랬던 내가, 이젠 그에게 모든 것을 의지하지 않아도 될 만큼 사내에서 완전히 자리를 잡게 됐다. 조금 무리했어도 완벽하게 출장 업무를 마쳤고, 그 후엔 강박을 벗어던지고 즉흥적인 여행을 떠날 수 있을 정도로 마음의 여유가 생겼다.

나는 내심 진태성이 행복하냐고 물어봐 주길 바랐다. 그렇게 좋냐고, 즐겁냐고 심술이 뚝뚝 떨어지는 목소리로 물어 오면, 누구의 눈치도 보지 않는 지금이 너무너무 행복하다고, 당신과 여기 올 수 있어서 좋다고 크게 고개를 끄덕일 수 있을 것 같았다.

당연한 말이지만 말을 타는 것과 낙타를 타는 것은 매우 달랐다. 모래 위를 걷다 보니 낙타의 몸도, 내 몸도 배로 흔들거릴 수밖에 없었는데, 그거야 어쩔 수 없는 일이니 그렇다고 치더라도 같이 이동하는 사람들이 타고 있는 모든 낙타를 한 줄로 묶어 놓은 것이 염려스러웠다.

낙오를 막고 순조롭게 이동하기 위한 연결 방법이라는 건 알겠는데, 이러다 운이 나빠 한 마리라도 삐끗하는 날이면 이 무리의 사람 모두가 모래 위로 처박히게 될 판이었다.

그렇게 한 시간 가까이 이동했을까? 텐트 여럿이 세워진평지가 나타났다. 허벅지 안쪽이 뻐근하게 땅겨 올 때쯤이었다. 이래서 사막에서 발견한 오아시스 같은 관용어를 쓰나 보다. 경이로웠던 모래의 언덕도 슬슬 신기하게 느껴지지 않을 무렵, 시기적절하게 나타난 쉼터가 몹시 반가웠다.

"괜찮아요?"

낙타에서 내리자마자 내 쪽으로 성큼 걸어온 진태성이 팔을 뻗어 나를 안아 들었다. 도움을 주려 날 기다리고 있던 직원들이 뻘쭘해하는 건 신경도 쓰지 않고서, 그는 내 이곳저곳을 살피느라 바빴다. 모래바람으로 살짝 빛이 흐려진 내 머리카락이, 조금 거칠어진 뺨이 속상하다는 듯 연신 손으로 쓸어 주었다.

"투어 시작 전에 조 실장한테 미리 말해 놨어요. 돌아갈 땐 무조건 헬기 띄울 겁니다."

"알겠어요."

굳은 뒷덜미를 주물러 주는 진태성의 손을 잡아 어깨동무하듯 쭉 둘렀다.

"태성 씨."

"네."

"우리가 평소에 휴가를 보내던 방식대로 여기 왔더라도 난 충분히 좋았을 거예요. 그런 여행을 싫어하진 않아요."

진태성의 처음 계획처럼 전용기 혹은 헬기를 타고, 부호들이 기분을 내기 위해 만든 별장 같은 고성을 빌리고, 이렇게 거친 옷감이 아니라 결 좋은 실크로 지어진 전통 의상을 걸친 채, 편안하게 이 아름다운 사막을 눈에 담는 것도 싫은 건 아니다. 그런 여행에서만 느낄 수 있는

묘미도 분명히 있다. 사람들의 시선 따윈 신경 쓰지 않고 오로지 서로에게만 집중할 수 있는 시간과 공간은 나에게도 제법 소중했다.

"그런데 이런 방식으로 당신과 사하라 사막에 올 수 있어서 다행이라는 생각이 들었어요. 우리가 평소처럼 왔더라면 이렇게까지 감흥을 느끼지 못했을 것 같아서……. 아, 고생이 가장 중요한 가치라는 뭐, 꼰대 같은 말을 하려는 게 아니라—"

"알아요, 기현 씨가 무슨 말 하고 싶은 건지."

진태성은 너덜거리는 소매를 꿀밤 먹이듯 손끝으로 팡 튕기고는 나에게 장난스레 눈짓했다.

"나도 마찬가지입니다. 기현 씨와 이렇게 여행하는 게 싫어서 자꾸 헬기 띄우자, 이런 말 하는 거 아니었어요. 알죠?"

"네. 걱정해 줘서 고마워요."

고개를 살짝 기울여 머리카락에 달라붙은 모래를 털어 내며, 진태성이 새삼스러운 눈길로 나를 훑어보았다.

"그러고 보니 많이 컸네요, 윤기현 씨."

"많이 컸다니. 그건 또 무슨 새로운 시빕니까?"

"예전 같았으면 속으로만 끙끙 앓다가 한 달은 지나서야 물어봤을 것 같은데. 그때 모로코에서 돌아갈 때는 무조건 헬기 타야 한다고 했던 거, 무슨 뜻이냐고."

"그거야……."

얼굴이 홧홧해져 따지려고 들자, 그가 이마에 짧게 입을 맞추었다.

"칭찬해 주는 겁니다. 아니, 이런 표현은 너무 건방진 것 같네요. 기현 씨한테 고마워서 그래요."

어깨에 걸쳐진 그의 손이 미끄러지듯 내려가 내 허리춤을 꾹 쥐었다가 놓는다. 온기를 잃어 허전해할 틈도 없이 곧장 손가락이 꽉 맞물렸다.

"어제, 또 오늘 우리를 연인으로 보는 사람들 앞에서 날 밀어내지 않고, 또 당황하지도 않고 매번 내 손을 잡아 줘서 고마웠어요."

"……나도 낯선 곳에 있으니까 겨우 용기 냈을 뿐인데요."

"겨우, 고작…… 매번 그런 식으로 깎아내리는 당신의 그 마음이 나를 살게 한다는 걸, 윤기현 씨는 좀 알아야 할 필요가 있어요."

그러면서 진태성이 반대편 손으로 목에 두르고 있던 천을 풀어냈다. 갑갑하기도 하고 이것까진 도저히 하고 싶지 않다며 찡긋거리는 그의 눈가로 황금을 녹인 것 같은 빛살이 짙게 드리워졌다.

스카프라기엔 조금 두껍고, 머플러라기엔 얇고 성긴 이름 모를 직물이 진태성의 길고 예쁜 손안에서 하늘하늘 나부꼈다. 모래 언덕에 길게 내걸린 저녁노을과 불어오는 바람 덕인지 옷감의 후줄근함은 그리 티가 나지도 않았다.

제법 운치 있는 모습에 넋을 놓고 있자니, 내 시선의 농도를 읽어 낸 그가 오만한 무희처럼 턱 끝을 살짝 치켜들었다.

"또 내 얼굴 보고 넋 놓고 있죠."

내 얼굴이 그리도 좋냐며 진태성이 놀려 댔다.

"……그런 말 본인 입으로 할 때 껄끄럽지 않습니까?"

"왜? 사실이잖아요."

"말이나 못 하면……."

"아니, 내가 내 얼굴 찬양한 것도 아니고 기현 씨가 내 얼굴 좋아한다고 말했을 뿐인데 그게 왜요? 나야 부끄러울 거 하나도 없지."

속으론 고대의 정복자들이 이런 미인을 얻겠다고 사막을 건너는 것도 불사하지 않았을까, 뭐 그런 생각을 하고 있었던 건 사실이라 나는 뜨끔한 속내를 감추려 괜히 툴툴거리기만 했다.

요즘 진태성과의 대화는 이런 식이었다. 나는 탐미에 집착하는 그를 놀리고, 그는 나를 외모 지상주의자로 몰아가곤 한다.

가끔은, 아니, 사실 종종 어이가 사라지곤 하지만 그래도 이렇게 실없는 대화를 나누는 순간이 싫지는 않았다. 내 마음의 소리에 귀를 기울이기 싫어서, 내 감정을 인정하기 싫어서 진태성에게 괜히 정색하고, 아닌 척 무조건 뒤로 빼고…… 이러던 때보다야 훨씬 더 속이 편했다.

“우리가 제일 늦었네요.”

진태성과 쉼터로 들어서니 가운데에 모닥불이 크게 타오르고 있었다. 쉼터는 미음 자로 구성되어 있었는데 중앙에 불씨를 피우고, 거길 빙 둘러 텐트가 쳐진 구조였다. 전반적으로 리아드와 비슷한 모양새였다.

늦게 오긴 했어도 어디에 앉으나 보이는 풍경은 비슷했다. 직원들은 대충 자리 잡은 사람들 앞으로 음식을 나르느라 바빴다. 메인에 놓인 것은 타진이라는 모로코식 스튜였는데, 미트볼처럼 뭉친 고기가 빼곡하게 들어 있고, 국물의 색도 짙었다. 맛도 간도 강할 것이라 예상했으나 막상 먹어 보니 생각보다 심심했다.

그 외에도 불에 구운 고기 꼬치와 채소, 빵과 감자튀김이 차례로 서빙되었다. 식사하는 동안 정체를 알 수 없는 노래가 흥겨이 울려 퍼지고, 어디서 나타났는지 모를 새로운 직원들이 부족 전통의 춤을 추기도 했다.

공연을 보며 달짝지근한 와인으로 입을 축이다 보니 차려진 음식들은 금세 동이 났다. 맛은…… 사람들이 남긴 후기와 일치했다. 패키지여행에서 먹는 밥이 다 그러하듯 식사 시간은 크게 기대하지 말라고 그러던데, 정말이었다. 농담으로라도 맛이 있다고는 할 수 없었다. 고기는 질겼고, 감자튀김은 눅눅했으며, 채소는 지나치게 기름에 전 데다 군데군데 타기까지 했다.

그런데 이상하게 자꾸만 손이 갔다. 혀가 아니라 눈과 코, 귀, 그리고 마음으로 실컷 맛을 봤으니 그만 아닌가 하는 생각이 들어서 그리 박한 평가를 주고 싶진 않아졌다.

“이 많은 사람이 어딘가에서 쑥쑥 나타나는 걸 보면 굳이 길을 길게 돌아온 것 아닐까 싶어요.”

성에 차진 않지만, 분위기를 보아 참아 주겠다는 듯 진태성이 싸구려 와인을 꾸역꾸역 들이켜며 중얼거렸다.

“차로 오갈 수 있는 거리에 시내가 있는 게 분명합니다. 시내까진 아니더라도 하여튼 사람들이 살 만한 곳이.”

대단한 음모라도 파헤치듯 은밀한 목소리로 속삭인다는 게 상당히 실없는 내용인지라, 나는 모로코에 온 이후로 늘 그랬던 것처럼 목청껏 크게 웃었다.

정신없었던 식사 시간이 지나고 나니 알리하나가 일행별로 배정된 텐트를 일러 주었다. 우리는 둘뿐인지라 비교적 작은 텐트에서 자게 됐으나 딱히 불만은 없었다. 편안한 잠자리를 바랐더라면 애초에 이런 투어를 신청하지도 않았을 테니까.

신명 나게 울리던 악기들이 전부 치워지고 슬슬 자리를 파할 기미를 보이기에 나 또한 두근거리는 가슴을 안고 자리에서 일어섰다.

“이제 별 보러 가나 봐요.”

“으음, 글쎄요……. 딱히 어딜 가는 것 같진 않은데요.”

“네? 그게 무슨…….”

진태성의 말에 놀라 두리번거리던 나는 이내 보이는 광경에 조금 실망하고 말았다. 모닥불 부근에 직원들이 카펫을 수섬수섬 깔고 있었다. 진짜로 여기에서 별을 보는 모양이다. 지금도 고개를 들면 반짝반짝한 게 참 많기는 하다만…….

하긴. 후기에도 사막에서 별을 보러 가는 특별한 방법이 있다고 하진 않았다. 중간중간 암벽 같은 게 있는 것도 아니고 그야말로 모래벌판인데 대체 어디에 올라가서 별을 보겠냐만, 그래도 나름대로 색다른 명당이 있을 줄 알았다. 마라케시에 온 이후로 모든 것이 놀랍고 새로워서 이번에도 깜짝 놀랄 만한 기발한 무언가가 있지 않을까 기대한 것이다.

한데 망원경이 주어지긴커녕 쉼터 텐트에 카펫을 깔고 앉아서 맨눈으로 하늘을 올려다보는 게 전부라니.

"기현 씨?"

"네……."

"여기에 누우라고 하는 것 같은데요."

정돈을 마친 직원들이 관광객들에게 카펫 위로 누워 보라며 권유하고 있었다. 나는 쭈뼛거리며 카펫 근처에 서 있었고, 아까까지만 해도 시큰둥하던 진태성은 지금 꽤 즐거워 보였다.

"얼른 와요."

그를 따라 몸을 뉘었다. 카펫은 돌덩이처럼 딱딱했고, 여기저기 모래알이 콕콕 박혀 있어 몸이 간질간질했다.

"아, 천문대 같은 거 다 필요 없어요. 기현 씨랑 이렇게 같이 하늘 보고 있으니까 좋네."

아닌 게 아니라 진태성은 투어에 온 이후로 가장 기분이 좋아 보였다. 처음에는 별 보러 갈 생각에 들떴던 나를 놀리려고 저리도 신이 난 걸까 싶었는데, 그건 아니고 나와 한자리에 눕게 되어 만족하는 것 같았다.

"별로예요? 어째 시무룩해 보이는데."

"그런 건 아니고…… 나는 좀 더 신기한 장치가 있을 줄 알았어요. 이렇게 맨눈으로 하늘을 보는 거였다니……."

"예쁘지 않아요?"

"예쁘긴 하지만……. 어? 모닥불 끄려나 봐요."

"그래야 더 잘 보일 테니까요."

사람들이 모두 누운 것을 확인한 직원들이 서로 신호를 보내더니 갑자기 모닥불을 꺼 버렸다. 촤악. 물 붓는 소리와 함께 불씨가 타다닥 튀고, 그리고…… 나와 진태성은 아무런 말도 할 수 없었다.

손 하나 까딱일 수 없을 정도로 압도적인 밤하늘이었다. 거대한 모닥불이 사라지고 사위가 완전히 어두워지자, 그제야 별들이 진짜 모습을 드러냈다. 어찌나 아름답고 완벽한지, 사진을 찍어야겠다는 의지조차 꺾였다. 여태 내가 알던 하늘과는 질감마저 다른 것 같았다.

하늘은 공단처럼 새카맣고, 보석처럼 박힌 별은 갖가지 색으로 반짝인다. 별똥별이 떨어지면 소원을 빌라는 말이 있던데, 그 타이밍을 잡을 수도 없을 만큼 수없이 많은 별이 유영하고 있었다.

세상에서 가장 아름답다던 미국 서부의 바닷가도, 초대장이 있어야 빌릴 수 있는 유럽의 고성도…… 그 어떤 귀하고 값진 풍경도 지금 내 머리 위에 펼쳐진 밤하늘처럼 아름답진 않았다. 특별한 관광명소나 색다른 방법 같은 걸 운운했던 조금 전의 내가 부끄러워질 정도였다.

"나 방금 소원 빌었는데."

눈이 시릴 정도로 반짝이는 창공을 눈에 담느라 정신이 없던 나는, 가만가만 속삭이는 목소리에 스르륵 고개를 돌렸다. 계속 별을 보고 있어서 그런가. 하늘을 향해 시선을 고정하고 있는 진태성의 눈동자에도 반짝이는 무언가가 살아 숨 쉬고 있는 것 같았다.

"별똥별 떨어지면 소원 빌라고 하잖아요. 처음 해 봐요, 이런 거."

"나도 한 번도 해 본 적 없어요. 근데 너무 많이 떨어지고 있지 않아요? 별똥별."

"그러니까요."

진태성이 나를 향해 슬쩍 몸을 틀었다. 그래서 소원을 빌었노라고.

"끊임없이 별똥별이 떨어지고 있으니까, 아주 많은 소원을 욕심껏 빌어도 괜찮을 것 같더라고요."

"빌고 싶은 소원이 그렇게 많았단 말이에요?"

"그럼요."

"뭔데요?"

"비밀이에요. 그런데 대충 짐작은 가지 않나?"

알려 줄 수 없다고 했으면서 진태성은 손가락까지 접어 가며 본인이 빌었던 소원을 나열해 주었다.

"윤기현 씨가 건강했으면 좋겠다고 빌었어요. 잠은 잘 잤으면 좋겠지만, 그래도 잠들 땐 계속 날 필요로 해 줬으면 좋겠고. 곧 있을 디자이너와의 미팅도 성공적으로 잘 끝나길 바랐어요. 까다롭게 굴어서 재수 없지만 기현 씨가 그 사람 워낙 마음에 든다고 하니까. 또 AR과 대원의 주가가 올랐으면 좋다고 빌었고, 해가 바뀌기 전에 기현 씨가 회장 자리에 올라갈 수 있었으면—"

"맙소사. 너무 많은 걸 바라는 것 같은데요."

"원래 꿈과 이상은 커야 하고, 바라는 건 많을수록 좋은 법입니다. 그래야 뭐라도 건질 수 있죠."

그러면서 진태성이 나를 당겨 안았다. 그의 팔을 베고 누운 채로, 우리는 다시 밤하늘을 눈에 담는 데 집중했다.

생각해 보니까 소원은 남한테 말하는 거 아니라던데……. 진태성에게 핀잔을 줄까, 잠시 망설이던 나는 아무렴 어떤가 싶은 마음으로 와르르 쏟아질 것 같은 별들을 감상했다. 진태성의 말 그대로다. 욕심껏 소원을 빌어도 모자랄 정도로 별이 가득했다.

사막은 밤이 되면 기온이 뚝 떨어진다. 알리하나가 준 낡은 옷을 여미며 차가워진 코끝을 매만졌다. 사락사락 귓가를 스치는 모래 소리, 아직 숨죽이고 있는 모닥불의 불씨가 타닥타닥 기척을 내는 소리. 나를 겸허하게 만드는 거대한 사막과 아름다운 밤하늘, 그리고 내 곁에 누워 나와 같은 풍경을 바라보고 있는 진태성.

"진태성 씨."

"네."

"사실 어제 공항에서 처음으로 이 출장이 완벽하게 끝날 수도 있겠다고 생각했어요."

"처음으로? 예전에도 잘했잖아요."

"성공적이었다고 말할 수 있겠지만 모든 게 계획대로 완벽하게 흘러간 적은 한 번도 없었어요."

"그랬어요?"

"네. 태성 씨도 마찬가지잖아요. 일이라는 게 다 그렇죠. 하여튼 처음으로 이번 출장은 완벽했노라 평가하려고 했는데, 수속 밟으려고 보니 비행기 티켓에 모로코행이라고 쓰여 있는 거예요."

"하하."

"괜히 그런 생각을 했다 싶었죠."

"그럴 때 있죠. 설레발 떨어서 일이 더 커진 것 같고."

"네. 완벽하다는 자화자찬은 때가 좀 이르긴 했어요. 제일 고대하던 미팅을 앞두고 있었으니까."

"그래도 협상 테이블로 끌어낸 게 어디예요, 그 사람."

"맞아요. 그렇게 생각하려고요. 그리고……."

헤아릴 수도 없는 별의 바다에 잠겨, 나는 내 인생을 완벽하게 만들어 준 남자를 물끄러미 바라보았다.

"진태성 씨와 함께할 수 있어서 완벽했어요. 이번 출장은."

다른 건 아무래도 상관없어요. 말하는 게 아니라 숨 쉬는 것에 가까운 속삭임이었다. 진태성은 별다른 감상을 들려주지 않았다. 그저 아까 전보다 몸을 틀고서 나를 좀 더 꼭 안아 주었다.

"헬기는 몇 시에 와요?"

"해 뜨자마자 올 겁니다. 내가 지랄을, 아니, 들들 볶아 놔서."

"그래요? 다른 사람들 놀라겠는데요……."

"그러게요. 조율을 잘해 봐야겠는데요. 저 사람들이 말 퍼뜨리면 큰일이니까."

우리 옆에 놓인 카펫 쪽에서 별안간 오래된 팝송이 흘러나왔다. 버스에서 뒤에 앉았던 노부부의 자리인 것 같았는데, 핸드폰에 담아온 노래를 재생한 모양이었다. 내 허리를 감싼 진태성이 손가락을 톡톡 놀리며 곡조의 박자를 헤아렸다.

"여기에서 자면 감기 걸려요. 알죠? 잠은 들어가서 잡시다."

"조금만 더 보고요."

"그래요."

사랑하는 당신이 오늘 밤 너무나 완벽하게 느껴진다는 노래 가사에 귀를 기울이며, 나는 진태성의 가슴에 이마를 기댔다. 그야말로 완벽하게 아름다운 밤이었다.

외전 9-4

Way back to Home

Way back to Home

이사는 내일이지만 윤기현이 자주 쓰는 물건은 미리 새집으로 옮겨 둔 참이다. 별채에 남은 건 버리고 갈 물건들뿐이었다. 오래된 가구, 손이 가지 않는 책들, 즐겨 입지 않는 옷들…….

아무래도 마음이 쓰여서 윤기현에게 몇 번이나 물었다. 그래도 가구 하나쯤은, 어머니의 손때가 묻은 물건 하나 정도는 남겨 두는 것이 좋지 않겠냐고.

하지만 그는 웃으며 고개를 젓기만 했다.

'새로 시작하고 싶습니다.'

그리 깔끔하게 단언해 놓고선, 또 한참 후 윤기현은 머뭇거리며 덧붙였다.

'그리고 제가 집사님이라면, 어머니라면 별채에 남은 흔적을 전부 불태우고 싶을 겁니다.'

덤덤한 목소리였지만 미처 숨기지 못한 쓸쓸함이 안쓰러웠다. 그러면서도 슬쩍 나를 살피는 게 조금 전 자신의 말이 혹시 선을 긋는 것처럼 느껴지진 않았을까, 그래서 내가 서운하면 어쩌나 염려하는 듯했다.

저열하기 짝이 없는 나는 괜찮다는 말 대신 윤기현의 마른 등을 하염없이 쓸어 주기만 했다. 윤기현의 해갈될 수 없는 고통을 나만 알고 있다는 사실이 기꺼웠고, 나에 대한 애정이 그의 근원과도 같은 슬픔을 압도한다는 것이 황홀했다.

윤의택과 김연수는 내가 지은 정신병원으로 비밀리에 이송됐다. 어리석은 아버지는 AR과 어깨를 나란히 하고 싶다는 꿈을 이렇게나마 이루게 된 셈이다.

윤진서와 윤희연, 윤소형은 각자 원하는 지역에 알아서 터를 잡았고, 윤민우와 윤민하는 당연하게도 기현과 계속 살게 됐다. 지금처럼 본채와 별채 건물은 분리되어 있어 내가 껄끄러울 일은 딱히 없을 것 같다.

윤기현은 건물을 연결하면 어떨까 잠시 고민했지만, 나를 보곤 이내 고개를 절레절레 내저었다. 그래 놓고선 내가 기분이 나쁠까 봐 뒤늦게 걱정됐는지 혹여나 어린애들에게 못 볼 꼴을 보여 줄 수도 있으니 먼저 조심하는 게 좋겠다고 묻지도 않은 이야길 주절주절 늘어놓았다.

나야 애들 앞에서 섹스해도 전혀 상관없으니까 마음 쓰지 말라고 다정하게 대꾸했다가 윤기현에게 손바닥으로 팔뚝을 얻어맞았다.

어찌나 매섭게 손을 휘둘렀는지 찰싹이 아니고 철썩하는 소리가 울릴 정도였다. 갈수록 힘이 세지는 것 같아 기쁘다고 진심으로 감탄했더니 그가 말을 말자며 나를 외면했다.

요즘 내가 좋아하는 대화 패턴이기도 하다. 혹시나 또 오해를 빚을까 봐 나에게 속내를 전부 털어놓는 윤기현. 그런 그를 달래 주려 한술 더 떠 놀려 대는 나. 윤기현에게 미안하다는 말 대신 구구절절 설명부터 하고 보는 건 나 역시 마찬가지라, 최근의 우리는 그 어느 때보다 대화가 잦아졌고 내용 또한 풍부해졌다.

어쨌든…… 윤기현의 새 집터는 재벌가 총수들이 다수 기거하는 서울의 주택가로 낙점되었다. 부유함을 과시하는 주택들의 생김이 그러하듯 담이 높고, 차고는 널따랗고, 조경에 각별히 공을 들인 정원이 딸려 있다. 본채와 별채를 옆에 세워 짓느라 층별 면적은 조금 좁아졌지만 층고는 신무원보다 높다.

윤기현은 공사 자체엔 크게 관심이 없었다. 서재에 어떤 의자가 있으면 좋겠다거나, 거실의 창으로 보이는 풍경이 어땠으면 좋겠다거나…… 그런 몇 가지를 제외하곤 뭐든 좋다고 하기에 결국 전반적인 결정은 내 몫이 되었다.

고급 인력을 이렇게 부려 먹냐고 윤기현에게 툴툴대는 척했지만, 그의 새 보금자리를 내 손으로 꾸미는 일은 몹시 즐거웠다. 정확히는 내가 골라 온 내 취향의 물건을 윤기현이 마음에 들어 하는 모습을 보는 게 좋았다.

역시 진태성 씨는 나를 잘 아네요, 하고 윤기현이 눈웃음 지을 때의 그 희열. 이제 거의 같이 사는 거나 다름없는데 진태성 씨한테 필요한 것들도 좀 챙기는 게 어때요, 그렇게 조심스럽게 권했을 때 발끝에서부터 느껴지던 전율.

윤기현의 새집을, 아니, 우리의 새집을 준비했던 지난 1년은 나에게 이루 말할 수 없는 감정을 선사했다. 나를 견디지 못해 만신창이가 된 몸을 하고서 도망쳤던 윤기현이 이젠 당연하다는 듯 자신의 공간에 나를 둔다.

'정말 괜찮겠어요? 새집, 기현 씨보다 내가 좋아하는 것들로 가득 찬 것 같은데.'

'뭐 어때요. 우리 같이 사는 거나 다름없는데.'

담담히 말하던 그 얼굴을 보며 내가 얼마나 벅찼는지……. 아마 윤기현조차 당시 나의 기분을 완전히 이해할 순 없을 거다.

잠시 외출한 윤기현을 기다리며, 나는 거실 소파 위에 길게 누웠다. 천장에 달린 샹들리에부터 장식장까지 구석구석 훑으며 혹시라도 챙기지 못한 것이 없는지 한 번 더 살펴본다. 철저하게 준비했다고 자신하지만, 나는 이제 윤기현을 상대로 '혹여라도'라거나 '실수로라도'와 같은 사태를 만들고 싶지 않았다.

내일 이사를 하더라도 당장 신무원을 허물지는 않을 것이다. 더는 입을 열지 못하는 윤의택이나 사람 구실 못 하게 된 김연수가 숨기고 있는 비밀이 있을 수도 있으니, 공사를 시작하기 전에 건물과 땅 전체를 꼼꼼히 살펴볼 필요가 있다.

이 부분은 내가 아는 사람들을 동원해 해결하기로 했다. 믿고 맡길 만한 사람을 부르는 거긴 한데, 아무리 그래도 내가 직접 손을 대는 것보단 만족스럽지 못할 거다. 특히 윤기현이 머물렀던 이곳은 땅을 엎어야 알 수 있는 수준의 일이 아닌 이상 내 선에서 확실히 끝내고 싶다.

내가 아는 것 이상의 숨겨진 무언가가 드러나지 않았으면 좋겠는데……. 윤기현에게 별일 없었노라, 괜한 염려였노라 보고할 수 있길 바랄 뿐이다.

세월의 흔적이 느껴지는 장식장의 모서리를 지그시 노려보던 나는 몸을 굴려 소파 위에 엎드렸다. 오래된 가죽 특유의 반질반질한 감촉, 잘 관리된 가구에서 풍기는 나무 향. 이곳에 놓인 기물이 내 집보다도 익숙해지기까지, 그 시간 동안 여기 앉아 윤기현과 나누었던 대화를 떠올려 본다.

워낙 관리가 잘되어 있어 이전까진 크게 의식하지 못했는데, 이렇게 보니 참 오래되긴 했다. 이 소파든 여기 별채든……. 나름대로 새 가구도 채워 넣고, 이곳저곳 수리를 하긴 했어도 건물 자체에서 느껴지는 세월의 흐름은 어쩔 수 없었다.

신기한 일이다. 짐을 전부 빼고 나갈 준비에 박차를 가하자 공간이 주저앉는 속도도 빨라졌다. 마치 그 순간만을 기다리며 간신히 버텨 왔던 것처럼 별채는 빠른 속도로 낡아 가기 시작했다.

윤기현도 느꼈을까? 굳이 내색한 적은 없지만 그랬을 것 같다. 무던한 듯 굴어도 어떤 부분에선 나보다도 예민하고 섬세한 사람이니까.

많이 속상했으려나. 윤기현이 나에게 모든 것을 다 털어놓았으면 좋겠지만, 피치 못할 사정으로 홀로 앓을 땐 덜 아팠으면 좋겠다. 언제라도 좋으니 진통제처럼 나를 사용했으면 좋겠고…….

팔을 바닥으로 축 늘어뜨린 채 한량처럼 건들거리던 나는 무료함을 이기지 못하고 결국 주섬주섬 핸드폰을 꺼내 들었다. 평소엔 윤기현이 없어도 별채에서 혼자 잘도 시간을 보냈는데, 오늘은 유독 이 고요함이 버거웠다.

담당 트레이너와 앞으로의 운동 방향에 대해 간단히 상의할 예정이라고 했던가. 그렇다면 전화를 걸어도 딱히 문제가 되진 않을 거다. 새카만 액정을 톡톡 두드려 활성화해 통화 목록에서 윤기현의 이름을 꾹 누르려는데, 현관 부근에서 인기척이 느껴졌다.

나는 벌떡 몸을 일으키다가 말고 다시 핸드폰 액정을 들여다보았다. 거울 대신이었다. 뺨에 눌린 자국이 없는지, 머리는 괜찮은지 빠르게 점검한 다음 엄지와 검지로 입꼬리를 마사지하듯 문질렀다. 윤기현이 좋아하는 미소로 그를 맞아 주고 싶었다.

내가 먼저 와 있는 거 모를 테니, 무표정한 낯으로 들어오다 나를 발견하고 놀라 눈을 깜빡일 거다. 그러곤 뭡니까, 하고 작게 웃겠지.

윤기현도 알아야 할 텐데. 내가 매일 실없는 농담이나 던지고, 틈만 나면 돼먹지 못한 깜짝 방문을 강행하는 건 반가움을 여과 없이 드러내는 당신의 표정이 귀여워서라는 걸. 아니다, 그 무의식이 귀여운 거니까 영영 몰라도 된다. 나만 알면 됐지, 뭐.

"어?"

저지 차림에 캡 모자를 눌러쓴 윤기현이 안으로 들어서다 말고 우뚝 멈추어 섰다.

"뭡니까?"

한 치의 예상도 어긋나지 않는, 상상했던 그대로의 음색과 표정이다. 나는 웃음을 꾹 참고 놀란 그를 가볍게 포옹했다.

"왔어요?"

"늦을 거라고 하지 않았어요? 별채 도착하면 여덟 시쯤 될 것 같다더니."

"마지막 일정이 취소됐어요."

"그럼 연락하지 그랬어요."

"어차피 집에서 보게 될 텐데 뭐 하러. 신경 쓰이게 하기 싫었습니다."

나는 직전까지 전화로 언제 오냐 독촉하려던 것을 감추고 사려 깊은 애인인 척 굴었다.

"별일 아니었는데."

날 마주 안아 주는 윤기현에게서 미안한 기색이 읽힌다. 그가 자주 쓰는 향수 냄새와 묻히고 온 바깥바람 냄새가 어우러지니, 순식간에 거실이 청량해졌다. 나는 내색하지 않고 가만히 그의 체향을 음미하다가 문득 눈에 들어오는 것이 있어 고개를 모로 기울였다.

잠깐만. 뭔가 좀 이상한데?

"기현 씨."

"네."

"오늘 트레이너 만난다고 하지 않았어요?"

"그랬…… 죠?"

"그런데 왜 이렇게 멀끔하지?"

모자를 벗고 머리칼을 헝크는 윤기현은 조금도 땀을 흘리지 않은 것 같다.

윤기현의 트레이너가 어떤 식으로 그를 단련시키는지 잘 알고 있다. 말이 운동 방향을 상의하는 거지, 평소 트레이닝과 비슷한 강도로 근육의 가동 범위를 확인하려 들었을 거다. 윤기현도 운동할 땐 땀으로 범벅이 될 때까지 몸을 굴리는 걸 좋아해서, 트레이너 지시에 크게 토를 달지 않는 편이었다.

그런데 이렇게나 깔끔한 모습이라니. 이상했다.

"씻고 왔어요? 아니죠?"

"아, 그게……."

"체성분 측정 같은 것만 하고 왔어요?"

별일이네. 평소와는 다른 모습에 대수롭지 않게 물어봤는데, 일

순 손으로 앞머리를 털어 내던 윤기현의 움직임이 살짝 부자연스러워졌다. 어색한 동작을 놓치지 않고 빤히 바라보자 관절에 기름칠이 덜 된 로봇처럼 티가 나게 삐거덕거린다. 흠. 진짜로 뭔가 있었던 모양인데?

"기현 씨."

나는 삐딱하게 다리를 짚고, 팔짱을 낀 채 그의 변명을 기다렸다.

"운동 간 거 아니었죠?"

"음, 그게……."

"서태식에 조 실장까지 한통속으로 나를 속였다, 이거지?"

"태성 씨, 그게 아니라……."

당황한 윤기현이 나를 향해 바삐 걸어왔다. 그런데 교과서에 실려도 될 정도로 단정했던 그의 걸음걸이가 어쩐지 어색했다. 자세히 보니 옷의 품도 좀 이상하다. 새삼스럽게 스트리트 패션에 감명받은 건 아닐 테고, 바지를 뭐 저렇게 어정쩡하게 걸치고 있어?

"나는 태성 씨가 조금 더 늦게 올 줄 알았어요. 내가 뭘 좀…… 으으, 준비할 게 있었거든요."

"준비? 무슨 준비."

앉아서 얘기하자며 윤기현이 나를 소파로 떠밀었다. 정작 본인은 내가 앉은 방향에서 대각선에 놓인 1인용 소파의 팔걸이에 우물쭈물 걸터앉으면서 말이다.

"실은…… 오래전부터 내가 생각만 했던 거긴 한데요, 그……."

"기현 씨. 괜찮으니까 솔직하게 말해요. 진짜 무슨 일 있는 거 아니죠?"

"아, 잠시만요. 몇 번이나 연습했는데도 말을 꺼내는 게 쉽지 않네요."

"왜 그러는데요?"

“아니에요, 앉아 있어요. 진짜로 말하려고 했으니까…….”

뭔데 저렇게 뜸을 들이지? 그래도 심각한 일 같지는 않은데. 이런 식으로 어쩔 줄 몰라 하는 모습은 또 처음이라 나는 부산스러운 윤기현의 입술에 지그시 눈길을 주었다. 벌어졌다 또 다물리는 정신없는 모양새를 보며 키스하고 싶다는 태평한 생각이나 하며.

“저기, 태성 씨.”

“네.”

그러고도 윤기현은 한참을 혼자서 뭐라 중얼거렸다. 뭘까. 뭔가 꿍꿍이가 있는 건 분명한데…… 흘끔거리며 내 눈치를 보는 그의 얼굴에서 약간의 설렘과 기대가 묻어나서, 나도 모르게 낯을 녹이며 작게 웃고 말았다.

윤기현에게 키스하고 싶은 마음과는 별개로 서태식에 조 실장까지 동원해서 나에게 일정을 속인 이유가 뭐냐고 엄하게 캐물으려 했는데, 목을 길게 빼고서 눈만 데굴데굴 굴리는 게 길 잃은 어린 사슴 같아서 강도 높은 추궁이 도저히 불가능했다.

“……내일 우리 새집으로 가잖아요.”

드디어 결심을 마친 듯 기현이 운을 뗐다. 정확히는 윤기현의 집이지만, 우리 집이라는 말이 틀린 것도 아니라 나는 굳이 정정해 주지 않았다. 우리 집이라는 말이 훨씬 듣기 좋은 건 사실이니까.

“네.”

“진태성 씨 앞에선 아무렇지 않은 척했지만 요 며칠 동안 제법 벅찼습니다.”

“이사 갈 생각 때문에?”

“네. 그런데 설렌다거나 떨린다거나 불안하다거나…… 하여튼 그런 말을 입에 담기 시작하면 진짜로 감정적으로 굴게 될 것 같아서…… 어떻게든 덤덤하게 지내보려고 했어요."

그렇잖아요, 하며 윤기현이 웃었다.

그렇잖아요. 윤기현의 이 입버릇이 무엇을 뜻하는지 잘 알고 있다. 그 안엔 한다고 해도 솔직하게 말하기 어려워하는 내 성격 알지 않느냐는 푸념도 담겨 있고, 설명하긴 어렵지만 그래도 당신만큼은 내 마음 알아주리라 믿고 있다는 나에 대한 맹목적인 신뢰도 담겨 있다.

"당연하죠. 기현 씨가 내색하지 않으니 그러려니 했던 거지, 아무렇지도 않은 게 오히려 이상한 거 아닙니까."

"그런가요?"

"그럼요. 신무원과 별채가 사라진다는 게 기현 씨에게 어떤 의미인데."

한참 말을 고르는 윤기현을 대신해 먼저 가벼운 위로를 건네자 그가 기다렸다는 듯 열렬히 고개를 끄덕였다. 웃느라 장난스레 질끈 눈을 감은 게, 어째 윙크를 못 해서 양쪽 눈을 다 감아 버린 사람 같아 귀여웠다.

"그래서…… 내 나름대로 새 출발을 기념하고 싶었어요."

"흠. 무슨 폭탄선언을 하려고 이렇게 서두가 길까?"

"폭탄선언……. 으음, 그거 맞는 것 같네요."

걸터앉은 자세를 고치려던 기현이 별안간 자리에서 일어나며 으악, 하고 작게 비명을 질렀다.

"왜 그래요?"

어디 아픈 게 분명한, 도저히 꾸밀 수 없었던 소리였던 터라 나 또한 자리에서 벌떡 일어섰다.

"허리 삐끗했어요?"

"아뇨, 그게 아니고……. 아, 잠깐만요."

허리춤에 손을 얹은 채 윤기현이 몸을 움츠렸다. 함부로 손을 댔다가 혹시 더 아파하면 어떡하나 싶어, 나는 어찌할 바를 모르고 그의 근처를 맴돌았다.

"기현 씨."

"잠깐, 정말 잠깐이면 되니까……."

"오늘 왜 이리 수상쩍게 굴지?"

나는 더 참지 못하고 낮은 목소리로 중얼거렸다. 그를 위협하거나 무섭게 하려던 건 절대 아니었다. 화를 내고 싶지도 않았다. 그런데 저렇게 아파하면서, 나한테 자꾸만 뭔가를 숨기려고 하니 마음이 급해졌다. 다른 것도 아니고 아픈 걸 왜 말을 안 하려고 하는 건데.

"윤기현."

결국 정중함 따윈 다 날려 버리고 잔뜩 힘을 주며 그를 부르자 윤기현은 금세 패배를 선언했다.

"그게, 했어요. ……신을."

"뭘 했다고요?"

"문신…… 이요."

"……뭐?"

생각도 못 했던 내용에 나는 망연히 눈만 깜빡였다.

"문신했다고요."

힘을 이기지 못해 손톱 끝이 뚝 부러지는 소리를 듣고 나서야 정신이 들었다. 아니, 잠깐만. 지금 내가 무슨 소리를 들은 거지? 윤기현이 뭘 했다고?

"그래도 상의는 해야 하지 않을까, 몇 번이나 고민하긴 했는데…… 태성 씬 내가 무슨 이유로 하고 싶어 하든 반대부터 할 게 뻔해서."

"잠깐. 잠깐만……."

찬성이고 반대고…… 잠시만. 윤기현이 문신을 했다고?

정말이지 생각도 해 본 적이 없었던 일이라 호불호 같은 걸 따질 겨를이 없었다. 일단 본인이 자기 몸에 뭘 하고 싶다는데 내가 허락하고 말고 할 명분 같은 것도 없거니와…… 아니, 정말로 잠깐만. 그렇긴 해도. 아무리 그래도 그렇지. 윤기현이 문신이라니? 이건 뜬금없어도 너무 뜬금없잖아.

"다신 할 생각 없으니까 그렇게 보진 말고요."

"아니…… 갑자기 왜요?"

"갑자기는 아니고요, 사실 제법 오래 준비했습니다. 믿을 만한 사람 수배하느라."

나는 분명 얼이 완전히 빠진 우스운 얼굴을 하고 있을 거다. 알면서도 추스를 생각도 못 하고, 그저 윤기현이 손을 짚고 있는 부근만 멍하니 바라보았다. 허리? 옆구리? 그쯤에 한 건가? 아니, 근데 대체 뭘? 뭘 얼마나 간절히 피부에 새기고 싶었길래 오래 준비하기까지 한 건데?

"보여 줘요. 빨리."

"알겠어요. 근데 그 전에 이건 확실히 해 둡시다. 본 다음 화내지 않기."

"화 안 낼게요. 지금 그런 게 문제가 아니라—"

"태성 씨, 괜찮아요?"

"……미안해요. 나도 내가 무슨 말을 하는 건지 모르겠네."

당황을 감추려 손바닥으로 입가를 가리는 나를 보고 윤기현이 피식 웃었다.

"그렇게 놀랄 일인가요?"

"당연하죠. 지나가는 사람 붙잡고 물어봐요. 윤기현이 문신이라니. 차라리 내가 한다고 했으면 다들 그러려니 할걸?"

"으음. 그거 칭찬입니까?"

문신 같은 거 할 리가 없는 샌님 이미지인가요, 하고 윤기현이 조금 떨떠름해했다.

"문신 안 하는 거랑 샌님 같은 게 무슨 상관이 있어요. 내가 말하는 건 그냥, 객관적인 사실입니다."

"사람 이미지에 객관성이 어떻게 있을 수 있어요."

"거울 줄까요? 본인 얼굴 대충이라도 들여다보면 그런 말을…… 아니, 사설은 이쯤 해 두죠. 그래서 어디에, 뭘 문신했는데요."

"아…… 네. 여기에 했는데요. 이것도 확실히 해 둘게요. 동정 같은 어쭙잖은 마음은 절대 아니었어요."

다시 생각해 보니 화를 내는 건 상관없는데, 그래도 자신의 마음을 곡해하진 말아 달라는 영문 모를 소리나 하며 윤기현이 상체를 슬쩍 걷어 올렸다. 하의의 밴드를 쥐고서 서서히 아래로 끌어 내리는 걸 가만히 보고 있는데…… 그제야 어떤 예감이 들어 눈을 가늘게 떴다.

하복부, 바로 아래에 성기가 위치한, 그 아슬아슬한 부위에 비닐이 착 붙어 있었다. 내 몸에서 유일하게 매끄럽지 않은 부위, 서문희가 새긴 낙인이 있는 그 위치였다.

"아, 뒤늦게 말해서 미안한데 이것도 화내지 말아 줘요. 진태성 씨 사인을 멋대로 도용했어요."

윤기현이 손으로 가리킨 곳엔 내 서명이 새겨져 있었다.

"이것저것 추가되는 요구 사항이 많네요. 미안합니다."

"……."

나는 윤기현, 하고 부르지도 못하고서 돌이 된 양 굳어 버렸다. 그저 하염없이 윤기현의 배에 새겨진 문신을, 내 서명을 바라보기만 했다.

"지금은 랩이 붙어 있어 흐릿하게 보이죠? 문신 자리 잡은 이후에나 제대로 확인시켜 줄 수 있겠지만, 이제 우리가 끌어안으면…… 키스하듯 맞닿게 될 거예요. 내 문신과 당신의 흉터가."

윤기현은 옷을 주섬주섬 추스르곤 이런저런 이야길 꿍얼꿍얼 늘어놓았다. 맞닿을 거라고 기대는 하고 있는데 실제론 아닐 수도 있다, 아니, 생각해 보니 어려울 것 같다. 당신과 키스하려면 까치발을 해야 하는데 그 각도가 매일 일치하는 건 아니지 않냐. 그래도 조금이나마 겹칠 수 있는 위치에 하려고 혼자 고민이 많았다…….

속사포처럼 빠르게 말하는 걸 보니 부끄러운 모양이다. 차마 나와 눈을 마주치지 못하고 있는 윤기현은 귓불과 뺨, 그리고 목과 손끝까지 발그스름했다.

"……기분 나쁜 건 아니죠. 당장은 아니어도 지울 수 있기는 하니까, 아!"

나는 더 견디지 못하고 달려가 기현을 끌어안았다. 몸을 세게 조여 안고 싶었지만 그래선 안 된다는 자각은 아직 있어서 그저 그의 머리를, 목을 당겨 내 가슴에 파묻었다.

평소엔 기름칠이라도 한 것처럼 잘만 돌아가던 혓바닥이 뻣뻣하게 굳어 꿈쩍도 안 했다. 아무 생각도 들지 않고 아무런 말도 할 수 없었다. 이건…… 윤기현에게 사랑한다는 말을 들었을 때만큼 충격적이었다. 아니다, 비교 같은 건 의미가 없겠구나. 결이 너무나 다른 일이라 우위를 매기는 건 소용이 없을 것 같고…… 하여튼 나는 언어를 잊은 사람처럼 그에게 매달리기만 했다.

그러지 않으면 당장에라도 죽을 것 같아서, 나 좀 제발 살려 달라고, 아무것도 묻지 말고 이렇게 날 안아 달라고 속으로 간절히 빌었다.

"……기현 씨."

한참 후에야 그를 부르는 목소리는 형편없이 가라앉아 있었다.

"색을 입힐 생각은 없었는데 색소를 넣으면 나중에 문신이 뭉개질 확률이 높다고 하더라고요. 거기다 여긴 옷에 쓸리는 부위니까…… 그래서 나도 색이 있는 문신을 하겠다고 했어요."

윤기현은 내 가슴에 뺨을 기대고서 나를 달래듯 등을 쓸어 주었다. 그제야 내가 가볍게 떨고 있다는 걸 깨달았다.

"흐릿해지고, 뭉개져서 나중에는 진태성 씨 몸에 있는 흉터와 조금이라도 비슷해지면 좋겠다고 생각했거든요."

"……."

"기껏 아픈 거 참아 가며 새긴 거라 조금 아깝기도 한데…… 어차피 이 문신을 볼 수 있는 사람은 진태성 씨뿐일 테니까요."

언젠가 구불구불 뭉개질 이 선들이 원래 무엇을 그리고 있었는지 당신은 알고 있을 테니 상관없다며, 윤기현이 어깨를 으쓱였다. 그러곤 고개를 들어 나를 올려다보았다. 심상치 않은 내 반응이 걱정되는지 조심스러운 몸짓이다.

"솔직하게 말해도 괜찮아요. 싫으면 지울게요."

"아뇨, 그런 게 아니라……. 기현 씨 신경 쓰이라고 한 말은 아니었습니다."

"알아요."

"그저 누군가에게 한 번은 털어놓고 싶었고, 그 상대가 기현 씨여야 한다고 생각했을 뿐이에요."

"그것도 알고 있어요. 그래도 해 주고 싶었어요. 태성 씨가 무슨 의도를 가지고 나한테 얘기 꺼낸 게 아닌 것처럼, 나도 아무런 의도 없이…… 그냥요."

"……."

"말했잖아요, 새 출발 기념이라고. 이제 신무원은 사라질 거고 드디어 나만의 집이 새로 생겼으니까…… 나도 진태성 씨의 과거를 위로할 수 있는 무언가를 해 주고 싶었어요."

나를 직시하는 윤기현의 시선은 부끄러워 숨고 싶어질 정도로 올곧기만 했다. 아, 그의 다정함이 날 죽일 것만 같다. 아니, 죽고 싶어지게 만든다. 아니, 모르겠다, 나는…….

"나하고 같이 행복해지고 싶다고 했잖아요."

윤기현은 그의 앞에서 굳어 버린 나를 슬쩍 밀어내곤 자리에서 일어섰다. 그러곤 까치발을 딛고 어설프게 내 목에 팔을 둘렀다. 몸을 완전히 밀착시키진 않은 채 이리저리 움직여 보다, 원하는 각도를 찾았는지 마침내 환하게 웃는다.

"다행이다. 위치 꼭 맞아요."

그 꽃 같은 미소를 눈에 담으며 나는 관장실 벽면에 세워 둔 거대한 책장을 떠올렸다. 그 안엔 내용이 흥미로운 책도 있고, 문장이 아름다운 책도 있으며, 단순히 제목이 예쁜 책도 마구잡이로 꽂혀 있다. 내가 아끼고 좋아하는 것들의 정수가 담겨 있다는 것 외엔 아무런 공통점도 없었다.

나는 그 책장 앞에 서 있는 상상을 하며, 필사적으로 말을 골랐다. 내가 아는 가장 아름답고 사랑스러운 문장을 들려주고 싶은데. 지금 이 기분을 적확하게 설명하고 싶은데…… 뭐가 있지? 뭘 인용하면 좋지.

윤기현에게 뭐든 말하고 싶었다. 내 마음을 고스란히 보여 줄 수 있는 멋진 감상을 내보이고 싶었다. 그런데 좀처럼 좋은 말이 떠오르지 않아서, 나는 내 머릿속의 책장 앞을 서성거리기만 했다.

윤기현이 나를 죽이고, 또 살고 싶게 해. 당장 머릿속을 스쳐 가는 건 이따위 초라한 문장뿐이었다.

"기현…… 씨."

한참을 입술만 달싹이다, 결국 꺼내 든 것은 그의 이름이다. 도저히, 생각나는 것이 하나도 없었다.

"네."

"윤기현……."

쩍쩍 갈라지는 목소리가 듣기 싫었을 법도 한데, 윤기현은 아무 반응을 보이지 않았다. 감격으로 사지를 덜덜 떠는 나를 꼴사나워하지도 않고 내내 소원했던 대로 그저 다정하게 안아 주기만 했다. 나는 얼마간 윤기현의 정수리에 얼굴을 파묻고, 내 모든 것을 사하는 그의 다정함에 기대어 겨우 숨만 내쉬었다.

"……그럼 앞으로 뭘, 해야 합니까."

"하다니…… 뭘요?"

"문신한 자리에 연고 같은 걸 발라야 한다거나……."

"아아. 한 시간 후에 랩핑 제거하고 이후론 딱지가 생기지 않도록 꾸준히 약을 바르며 보습에 신경 쓰라고 했습니다. 아무리 가려워도 절대 긁지 말라고도 했어요."

"내가 돌봐 줄게요."

"남이 돌봐 줄 정도까진 아니에요."

"아뇨, 내가 할게요."

편히 대꾸하려던 윤기현은 내 얼굴을 보곤 잠시 아무런 말을 하지 못했다. 그러다 이내 평온한 낯으로 고개를 끄덕였다.

"그렇게 해요. 다 해 줘요, 진태성 씨가."

이제 나에 대해 모르는 것이 없는 윤기현이긴 하지만 그래도 이것만큼은 결코 알 수 없을 것이다. 군산의 바다에서 조우한 이후로, 나는 당신의 허락이 언제나 벅찼다는걸.

"저녁 뭐 먹을까요? 조금 이르긴 하지만."

윤기현은 기지개를 켜며 여상히 말하다 말고 움찔 몸을 동그랗게 말았다. 역시 아픈 건가?

"괜찮아요?"

"안 아파요."

그러면서 괜한 호들갑 떨지 말라는 듯 나를 팩 돌아본다. 일부러 저러는 게 분명했다. 요즘 그가 자주 하는 말버릇처럼 비장한 분위기를 조성하고 싶지 않아서. 그에 더해 우리의 사랑이 더는 우울하거나 습하지 않았으면 하는 마음으로.

"굳이 고용인들 부르지 말고, 간단하게 배달시켜 먹을래요?"

그의 뜻에 맞추어 나도 가벼이 대꾸했다.

"배달 음식이요?"

"네. 치킨이나 피자 같은 거. 햄버거도 좋고."

일부러 평소 신무원에선 찾아보기 힘든 메뉴만 골라 부르자, 윤기현이 함박웃음을 지었다.

"괜찮은데요. 그런 못된 음식들."

"패스트푸드를 못된 음식이라고 하는 건 또 처음 듣네. 신선한 표현인데요."

이사 가기 전날인 오늘이라서 더욱 의미가 있는 선택인 것 같다며 윤기현이 핸드폰을 꺼내 들었다. 그러다 자못 심각한 표정으로 나를 바라보았다.

"저기, 진태성 씨."

"네."

"혹시 배달 음식 어떻게 시키는 건지 알아요?"

"뭐야. 그런 것도 몰라요?"

나는 과장되게 거드름을 피우며 소파에 털썩 앉아 이리로 오라고 손가락을 까딱였다.

"주소를 입력하면 여기로 배달 올 수 있는 가게가, 이렇게 종류별로 떠요. 이 금액은 추가로 내야 하는 배달료고요."

"와, 신무원까지 배달 오는 가게가 이렇게나 많다고요?"

"보안팀에서 안으론 들이지 않을 테니, 정문에서 받아 와야 할 거예요."

"그래도요."

순순히 곁으로 다가온 기현이 끝도 없는 리스트를 보며 눈을 빛냈다. 문신의 반응이 나쁘지 않아서 안심한 걸까. 아니면 별채에서 배달 음식을 시켜 먹는다는 것에 신이 난 걸까. 어느 쪽이든 좋으니 그가 지금처럼 소소한 일로 자꾸 웃었으면 좋겠다.

"으음. 술은 마시면 안 되겠죠?"

"진심은 아니죠? 문신해 본 적 없는 나도 당분간 음주는 피해야 한다는 건 압니다."

윤기현은 아쉽다는 듯 입술을 안으로 말았다가 튕기듯 내밀었다. 팡, 풍선껌이 터지는 것 같은 그 경쾌한 소리를 들으며 나도 웃었다. 울지 않고 웃을 수 있었다.

어린 날의 윤기현을 울리고 무너뜨렸던 별채에서의 마지막 밤. 아이러니하게도 이곳에서 나는 까맣게 잊은 줄 알았으나 사실은 잊지 못했던 내 유년의 비극과 진정으로 작별할 수 있게 됐다. 그건 몹시 이상하고 또 홀가분한 기분이었다.

나도 내 감정을 명확히 설명할 수 없었으나, 그래도 몇 가지는 단언할 수 있었다. 한 여자의 삶을 완전히 망가뜨린, 불행의 상징이었던 신무원의 별채는 언젠가부터 마르지 않을 사랑을 품은 채 끝에 이르게 됐으며, 나와 윤기현은 과거에만 머무르지 않으리라는 것. 그리하여 우리 두 사람은 앞으로도 계속 행복하리라는 것이다.

Epilogue

Best day forever!

Best day forever!

"조금만 더 오른쪽으로…… 네, 좋습니다! 활짝 웃어 주세요, 스마일!"

두더지 잡는 게임이라도 하듯 투어 코디네이터가 핸드폰 액정을 연신 두들겨 댔다. 옆에 선 다른 직원은 엄지를 치켜들곤 사진이 참 예쁘게 찍혔다며 격려해 줬다.

하하. 어색하게 웃던 기현은 지나가는 사람들이 들고 있던 풍선에 머리를 가볍게 얻어맞았고, 태성은 손을 휘휘 내저으며 자신 쪽으로 불어오는 비눗방울을 털어 냈다.

"이제부터 테마별로 파크가 나뉘어 있는데요, 참! 아침 안 드셨죠? 그럼 식사부터 하러 가실까요?"

"음, 글쎄요. 간단히 아침을 먹고 와서 아직은 딱히 생각이 없는데……."

장난감 블록으로 지은 것 같은 식당에서 먹는 밥이라……. 태성과 기현은 슬쩍 눈을 마주치곤 동시에 고개를 내저었다. 기현이 예상했던 대로다. 놀이동산 데이트는 둘 중 그 누구의 취향도 아니었다. 영상에서 봤던 것과 실제 체험은 너무나도 큰 차이가 있었다.

"그러시구나……. 그럼 기념품부터 사러 갈까요? 이 기념품 상점이 가장 크거든요. 재고도 많고요."

옥션 참가를 위한 태성의 출장과 기현의 해외 콘퍼런스 참석이 겹친 어느 날. 두 사람은 늘 그랬듯 적당한 거리에서 만나, 이틀 정도 함께 시간을 보내기로 했다.

자주 들러 새로울 것도 없던 도시인지라 객실에서 느긋하게 쉬고 있는데, 룸서비스를 시키려 호텔에 비치된 태블릿을 뒤적이던 태성이 뜬금없이 기현을 졸라 댔다. 호텔의 인근 관광지를 소개하는 대목에서 유명한 놀이공원의 이름을 발견한 것이 화근이었다.

'기현 씨. 여기에서 차로 한 시간 반 정도만 가면 세상에서 제일 유명한 놀이공원이 있어요. 본점은 아니라지만.'

'아…… 맞아, 그랬죠.'

'갑시다.'

'어디를…… 잠깐만요, 설마 거길요?'

'네. 기현 씨도 가 본 적 없다고 하지 않았나?'

'그거야 그렇긴 한데…….'

'어차피 우리 같이 가 보기로 했잖아요. 멀리 있는 것도 아니니 한번 가 봅시다.'

기현은 다소 떨떠름한 얼굴로 태성이 내민 태블릿을 바라보았다. 물론 언젠가 같이 놀이공원에 가기로 했지만……. 당시 진태성은 잔뜩 들떠 있었기 때문에 그냥 하는 소리라고 생각했다. 물론 기현도 분위기에 취해 거짓말을 한 건 아니었다. 그렇지만…….

'너무 붐비지 않을까요?'

평일, 휴일 가리지 않고 인파가 넘실대는 곳. 분명 한국인도 적지 않게 있을 장소……. 여기까지 와서 혹여라도 사진이 찍히면 어쩌나 노심초사하고 싶지도 않고, 줄을 서서 기다릴 만큼 관심 있는 놀이기구가 있는 것도 아니었다. 무엇보다 북적이는 곳을 싫어하는 건 그보다도 태성이 더했다. 그런데 왜 갑자기 놀이공원에 꽂혀서 저러는 건지…….

'거기서 운영하는 투어 상품이 따로 있는 모양인데요?'
'투어요?'
'네. 맞춤형으로 가능한 모양이에요. 이 상품 이용하면 사람들한테 시달리진 않겠어요.'

핸드폰으로 SNS를 검색해 보던 태성이 잘됐다며 반색했다. 마찬가지로 호텔 어딘가에서 쉬고 있었을 조 실장과 서태식이 다시 분주해지는 순간이었다.

'돈이야 얼마 들어도 상관없으니 둘이서만 시간 보낼 수 있는 플랜으로…… 아, 그냥 좀 보고 싶은 게 있어서 그래. 어, 좋아. 그런 걸로 예약해 둬. 한국 돌아가면 인센티브 챙겨 줄 테니까.'

기현은 난감함에 볼만 긁적였다. 신경 쓰이는 부분은 많았으나, 통화 중인 태성의 목소리가 그야말로 어린애처럼 들떠 있어서 말릴 수도 없었다. 그래도 당신이 좋다니 됐다. 분명 처음에는 그런 시큰둥한 마음이었는데…….

'사람들 사진 보니까 이런 머리띠를 쓰는 게 확실히 화사하고 예뻐 보이긴 하네요.'

'아, 이런 건 조금…… 민망하지 않겠어요?'

'왜요? 나만 쓰는 것도 아닐 텐데.'

'진태성 씨도 막상 보면 쓰기 싫다고 할걸요. 내가 알아요.'

'그러려나? 그럼 이건 어때요?'

이것저것 묻는 진태성에게 답을 해 주다 보니 어느새 기현도 진심이 되어 버렸다. 이후론 식사도 대충 해결하고 꼭 가 보고 싶은 곳 동선을 체크하느라 정신이 없었다. 다행히도 놀이공원 앱이 있어 미리 시뮬레이션까지 해 볼 수 있었다.

'잠깐만요. 근데 우리가 이렇게 정해도 결국 가이드가 시키는 대로 해야 하는 것 아닙니까? 투어 상품이라면서요.'

'어차피 우리 둘뿐인데요, 뭐. 우리가 가고 싶다는 곳 위주로 움직여 주지 않을까요? 이 사람이 남긴 후기를 보면…….'

객실에 커다란 스마트 TV가 두 대나 있는데도, 태성과 기현은 굳이 조그만 핸드폰 한 대를 붙들고서 뺨을 맞대고 한참을 시시덕거렸다.

'아하, 누구든 돈 내는 대로 맞춤형 투어를 짜 주나 봐요. 좋네요. 한국에서 온 젊은 재벌들이 진상 부렸다더라, 뭐 이런 기사 날 일은

없겠어요.'

'하하. 그렇다면 다행이긴 한데……. 후기까지 찾아보니 좀 아쉬워졌어요. 미리 준비했다면 더 효율적으로 계획 짤 수 있었을 것 같은데.'

'여행은 이렇게 즉흥적으로 저질러야 재밌는 거잖아요. 이걸 여행이라고 해도 되는 건진 모르겠지만…….'

그러면서 태성이 팔꿈치로 기현의 옆구리를 쿡 찔렀다.

'그나저나 기분 좋아 보이네요. 아까는 가기 싫어하는 것 같더니.'

'그거야…….'

'어때요. 투어 예약하길 잘했죠?'

'……네.'

VIP 투어인지 뭔지, 하여튼 놀이공원에서 자체적으로 운영 중인 비싼 상품을 예약하면 일반 관람객보다 한 시간 빨리 입장이 가능하다고 했다. 태성과 기현은 이 시간을 잘 활용해 보기로 했다. 밤늦게 있을 퍼레이드나 불꽃놀이까지 지켜보긴 아무래도 어려울 것 같으니, 최대한 이용객이 적은 오전 시간대에 이곳저곳 구경하다 조용히 빠져나오는 것이 목표였다.

블로그를 비롯한 온갖 SNS를 다 살펴봐도 끌리는 놀이기구는 딱히 없었다. 그래도 사람들이 타는 모습을 구경하는 건 재밌을 것 같다. 아이스크림을 먹으며 길을 걷다가, 예쁘고 귀여운 건물을 발견하면 앞에서 사진을 찍기도 하고. 놀이공원의 분위기만 느낄 수 있다면 그걸로 충분하지 싶다.

비교적 최근에 올라온 후기를 보니 비싼 투어 상품 이용 고객이 아니더라도, 멤버십 회원이거나 놀이공원 내의 호텔 투숙객이면 일찍 입장할 수 있다고 했다. 그 점이 조금 염려되어 투어 강행을 망설였으나, 또 다른 관점에서 생각해 보니 적당한 정도의 인파 속에 묻히는 것도 나쁘지 않을 듯했다.

평범한 사람들 틈에 녹아드는 건 어떤 기분일까. 우리도 남들 눈에 그렇게 보일 수 있을까. 서로에게 내색은 안 했어도 태성과 기현은 잠까지 살짝 설치며 다음 날이 오기를 기대했다.

그리고 대망의 투어 당일. 두 사람은 과일 주스로 간단히 아침을 해결한 후 호텔 로비로 내려갔다. 놀이공원과 썩 어울리는 차림은 아니었으나 나름대로 가장 격식 없는 옷으로 골라 입은 채였다.

'그나저나 놀이공원 안에 있는 호텔에 머무르는 것도 아닌데 시내까지 직접 인솔하러 와 준다고 하던가요?'

'네. 서태식 씨 말로는 시간 맞춰 로비로 내려가면 된다고만 했으니 아마 컨시어지 직원들이…….'

그쪽에서 사람이 오면 알아서 안내해 주지 않을까요, 하고 대꾸하려던 기현은 말끝을 흐리며 돌연 자리에서 멈추어 섰다. 의아해하며 기현의 시선이 향하는 곳으로 눈길을 준 태성 또한 마찬가지였다.

'안녕하세요! 꿈과 희망의 나라로 모실 수 있게 되어 영광입니다!'

뭔지는 몰라도 만화에나 나올 법한, 아니, 만화 주인공인 것이 틀림없는 복장을 한 젊은 남녀 두 사람이 귓가까지 손을 올리고선 화려하고 격렬한 환영의 세리머니를 선보였다. 그 옆에 시커먼 정장을 입은 사람들이 뭉쳐 있었던 탓에 두 사람은 더더욱 이질적으로 보였다.

'안녕하십니까, 부회장님. 그리고 이사님. 만나 뵙게 되어 반갑습니다.'

말쑥한 정장을 차려입은 사람들이 만면에 미소를 그리며 태성과 기현에게 다가왔다.

'제가 아시아 지부장이고, 이쪽은 우리 팀원들입니다. 보통은 본사보다 지부에 있는 날이 더 많은데 운 좋게 시간이 맞아 인사를 드릴 수 있게 됐네요.'

……아시아 지부?

'아…… 네. 반갑습니다. 윤기현입니다.'
'진태성입니다.'
'예. 안 그래도 어제 비서분께 전해 들었습니다. 부회장님께서 본사와의 협업에 관심이 크시다고요. 영광입니다.'

……본사와의 협업?

'전자 제품과의 컬래버레이션과 신기술을 응용한 놀이기구 개발이라니……! 저희로선 생각도 못 했던 주제라 감탄, 또 감탄했습니다.'

저건 또 무슨 소리야. 태성과 기현 또한 살면서 단 한 번도 생각해 본 적 없던 협업 주제였다.

곰곰이 생각해 보니 진태성이 조 실장에게 투어를 예약해 달라고 부탁할 때, 볼 것이 있다며 다급하게 주문했던 것도 같다. 말 그대로 놀이공원에서 보고 즐기겠다는 뜻이었는데, 충실하고 또 충실한 비서진들은 두 사람이 진짜로 관광이나 할 리가 없다고 생각한 모양이다.

태성과 기현은 뻘쭘하기도 하고, 놀이공원이 우리와 그렇게 안 어울리나 싶은 마음에 민망하기도 해서 대충 고개만 주억거렸다.

'갑작스럽게 무리한 부탁을 드려 죄송한 마음입니다. 가볍게 둘러보고 갈 생각이었는데 일이 커졌네요.'

'무슨 말씀을요. 연락해 주셔서 저희는 정말 기뻤습니다.'

'예. 아실지 모르겠지만 부산 아려 호텔 개관을 준비 중이라, 리조트 사업 쪽으로도 뭔가 함께할 수 있는 일이 있지 않을까 생각했습니다.'

'헛……! 정말이십니까? 사실 저희도 한국에 리조트 진출을 고민 중이라, 혹시 그 부분으로는 관심이 없으신 걸까 조심스럽게 여쭤보고 싶었는데……. 이렇게 먼저 말씀해 주셔서 너무 감사할 따름입니다. 그럼 시찰 마치시는 대로 잠시 식사라도 하시는 건 어떠신가요?'

'아, 저희야 좋습니다.'

결국 기현은 아무렇지 않은 척 얼굴에 철판을 깔고, 놀이동산 방문에 대단한 의도가 있는 CEO처럼 굴었다. 태성은 그 옆에서 괜히 헛기침이나 하며 웃음을 삼켰다. 원흉은 저인데, 수습을 해 준답시고 뻔뻔스럽게 구는 기현이 너무나 귀여웠던 탓이다.

'오늘 안내를 맡은 직원들은 한국어가 매우 유창합니다. 짧은 일정이나마 즐겁게 둘러보시고, 필요한 게 있으시다면 언제든 요청해 주

십시오. 저희가 직접 모시고 싶었는데, 편히 살펴보시는 쪽이 좋을 것 같았습니다.'

'아, 그렇군요. 세심하게 신경 써 주셔서 감사합니다.'

'예. 저희도 파크 내에 있을 예정입니다. 그럼 연락 기다리겠습니다, 부회장님.'

그래서 대망의 놀이공원 투어는 결국 투어가 아니게 되어 버렸다.

"다 고르셨어요?"

"음, 아니요……."

태성과 기현은 떨떠름한 낯으로 한 벽면을 가득 채운 머리띠를 둘러보았다.

온갖 캐릭터로 내부가 장식된 리무진을 타고 놀이공원으로 향하는 동안 쥐 스티커가 랩핑된 작은 냉장고 안에서 딱 마시기 좋은 온도의 샴페인 병을 꺼내, 쥐 모양이 그려진 잔에, 쥐 모양으로 굳힌 얼음 몇 개를 넣어 마셔야 했다. 심지어 함께 준비된 과일과 치즈도 쥐 모양으로 커팅되어 있었다.

태성과 기현은 태어나서 지금까지 이렇게 많은 쥐의 향연에 둘러싸여 본 적이 없었다. 캐릭터를 향한 놀이공원 관계자들의 사랑은 그저 광기라는 말 외엔 설명할 수 없을 지경이었다.

그렇게 놀이공원에 도착하자마자, 입구에서부터 타의에 떠밀려 어색하게 사진을 찍고, 초입에 있는 기념품 상점으로 끌려온 참이었다. 직원…… 아니, 투어 코디네이터가 머리띠와 목에 거는 지갑을 사는 게 좋겠다고 제안했기 때문이다.

"음, 죄송하지만 저희는…… 굳이 이런 건 안 해도 될 것 같습니다."

이 나이에 쥐 캐릭터 머리띠라니. 기현은 차마 써 볼 생각도 못 하고 손으로만 만지작거리다 얌전히 매대에 내려놓았다.

“헉……! 그렇지만 머리띠 쓰는 것만으로도 기분이 달라지는데……. 사진 찍어도 너무 예쁘게 잘 나오고요.”

잘 쳐줘 봐야 사회 초년생일 앳된 친구들이 부담스러운 차림을 하고, 부담스럽게 눈을 빛내며, 부담스러운 목소리로 애원했다.

차라리 협업이 어쩌고저쩌고하며 잘 보이고 싶어 비굴하게 구는 거라면 쉽게 거절할 수 있었으리라. 그런데 안내를 맡은 직원들은 태성과 기현이 이 놀이공원에서 진심으로 즐겁고 행복한 시간을 보내길 바라고 있었다. 그런 사람들 앞에서 차마 싫다는 말이 나오질 않아서, 결국 둘은 그들의 뜻을 따르기로 했다.

“……네. 그럼 골라 볼게요.”

웬만해선 타인의 말에 휘말리는 법이 없는 태성도 조금 질린 얼굴로 잠자코 그들의 제안을 따랐다. 최대한 코디네이터들에게 협조해 주는 게 이 친절 지옥에서 빠져나갈 수 있는 유일한 방법이라는 걸 깨달은 것이다.

“어트랙션은 줄을 서지 않아도 바로 이용하실 수 있는데요, 혹 원하시는 게 없으시다면 저희가 제안을…….”

다른 사람들의 후기에선 볼 수 없었던 후한, 너무나 후한 서비스들 덕분에 기현은 정신이 혼미했다.

“아뇨. 놀이기구는 정말로 괜찮습니다. 그냥 내부를 둘러보고 싶어서요.”

“네, 저희는 괜찮으니까…….”

뻣뻣하게 미소 지으며 다음 매대로 걸음을 옮긴 두 사람의 시선이 동시에 한곳으로 모였다. 조그만 트롤리에 ‘Best day Forever!’라고 적힌 검은색 캡 모자가 쌓여 있었다. 인기가 없는지 구석에 처박힌 찬밥 신세였는데, 아이러니하게도 그건 여기에서 파는 아이템 중 가장 무난한 디자인이라는 증거이기도 했다.

“전 이걸로 하겠습니다.”

말은 태성이 빨랐고, 모자로 손을 먼저 뻗은 건 기현이었다.

“아니, 잠깐만요.”

“태성 씨가 쓸 건 내가 골라 줄게요.”

태성이 뭐라고 대꾸하기도 전에 기현이 소맷부리를 잡아당겼다.

“뭐 하러 그래요. 재고도 많은데 그냥 똑같은 모자 쓰면 되잖아요.”

“사실 아까부터 눈에 들어온 게 있었거든요.”

내가 착용하고 싶은 마음이야 조금도 없지만, 상대방에게 씌워 보고 싶었던 머리띠야 당연히 있었다.

“이거요.”

기현이 집어 든 물건을 본 태성은 단박에 눈매를 좁혔다. 주황색의 뾰족하고 부드러운 귀가 달린 여우 머리띠였다.

“어때요? 진태성 씨에게 잘 어울릴 것 같은데.”

“어울리겠습니까, 그게.”

“당연하죠. 난 보자마자 이건 진태성 씨 거라고 생각했는데.”

“아니, 나한테…… 그래. 좋아요. 나 그거 할 테니까 대신 윤기현 씨도 저거 써 봐요.”

태성이 가리킨 것은 사슴 귀가 달린 머리띠였다.

“기현 씨는 목도 길고 예쁘니까 잘 어울릴 것 같더라고, 저 아기 사슴 머리띠.”

미쳤어……! 혹여나 투어 코디네이터들이 들었을까 봐 기겁한 기현은 빠르게 주변을 살펴보곤, 태성의 등짝을 아프지 않게 찰싹 때렸다.

“아기 사슴이라뇨!”

"누가 기현 씨더러 아기 사슴이랬나. 저 머리띠에 달린 게 아기 사슴 귀 같다는 거지."

"지금 그걸 말이라고……!"

어이가 없어 흘겨보자 태성이 떡하니 기현에게 어깨동무를 하며 껄렁하게 말했다.

"이렇게 합시다. 여기선 그 모자 쓰고 있고, 사슴 머리띠는 호텔 가서 한 번만 써 줘요. 난 내내 저 여우 머리띠 쓰고 있을게요."

나는 온종일 여우 머리띠 쓰고 있을 건데 당신은 호텔에서 아주 잠깐, 그것도 내 앞에서만 쓰는 것 아니냐. 이거 분명 남는 장사다……. 그렇게 진태성이 살살 꼬셔 대는데 그 내용에 마음이 동한다기보다, 반짝이는 눈으로 둘을 주시하는 직원들의 시선이 부담스러워서 기현은 어영부영 고개를 끄덕이고 말았다.

"……알았어요."

"이왕 온 김에 저 쥐 머리띠도 사 둘까요? 심지어 커플용인 것 같은데요, 저건."

"허……. 대원 미술관 관장실에 장식할 자신 있으면 하나 사 줄게요."

"못 할 게 뭐가 있다고. 나도 사 줄 테니까 기현 씨도 사무실에 둬요, 그럼."

태성과 기현은 숨겨 둔 총을 꺼내듯 품 안에서 신용 카드를 스르륵 꺼내 들곤, 눈에 보이는 물건을 닥치는 대로 쓸어 담았다. 각종 동물 귀가 달린 머리띠는 물론이고 조그만 인형과 스노볼, 식판 같은 것까지 집어 들고 나니 손에 들게 된 짐만 한 보따리였다.

"잠깐만요. 다른 건 그렇다 치겠는데 식판은 뭡니까? 이걸 어디에 써요?"

"기현 씨 군것질 좋아하잖아요. 여기에 담아서 먹으면 딱이겠더라고. 서태식 씨한테 전해 줄 테니까 사무실에서 꼭 써요. 약속은 약속이잖아요."

"언제 그런 약속을 했어요, 우리가."

당연하게도 식판 모양은 놀이공원의 영원한 마스코트인 쥐 형상을 본뜬 것이었다. 거기에 간식을 담아서 먹으라고? 그것도 사무실에서? 기현은 어이가 없어서 허, 하고 헛웃음을 터뜨리다 이내 진심으로 미소를 짓고 말았다.

예기치 못한 서비스를 받게 되어서일까? 영상에서 봤던 것과 달리 실제 놀이공원은 기현에게 너무나 부담스러운 장소였다. 직원들의 헌신적인 서비스도 그렇고, 아기자기한 건축물이나 알록달록한 물건들 사이에 자신이 서 있는 그림 자체가 매우 어색하게 느껴졌다. 맞지 않는 옷을 겨우 입은 것처럼 불편하기만 했다.

그래도 즐겁지 않은 것은 아니다. 사랑스럽지 않은 것도 아니었다.

"으음. 이 망토도 기현 씨한테 잘 어울릴 것 같은데. 어떻게 생각해요. 이것도 사무실에 놓을 수 있겠어요?"

"적당히 해요, 좀."

기현은 캐릭터 장식이 덕지덕지 붙은 거울에 자신의 모습을 비추어 보았다. Best day Forever! 귀여운 문구 뒤에 쾅 박힌 느낌표가 단호하게 저의 행복을 빌어 주는 것 같아 기분이 좋아졌다.

"기현 씨, 혹시 기억나요?"

깡패처럼 기념품을 쓸어 담던 태성이 문득 떠오르는 것이 있는 듯 기현을 쿡 찔렀다.

"내가 예전에 편의점에서 기현 씨 주려고 이것저것 과자 산 적 있다고 했잖아요."

"아…… 그랬었죠."

기현이 생각나서 자기도 모르게 이것저것 골랐다가, 피치 못할 사정이 생겨서 다 버렸다고 했던가. 당시 태성은 먼저 운을 뗐던 것이 무색하게, 사들인 물건을 죄 버렸던 이유는 얼버무리고 말았다. 지나가다 편의점을 보고 갑자기 홀로 추억에 젖기에 말랑말랑한 에피소드라도 숨겨 둔 건가 했더니…… 그건 아닌 모양이다.

그럼 대체 뭘까. 저 사람이 또 왜 저러나 고민하던 기현은, 불현듯 그즈음의 둘이 어떠했는가를 떠올리고 더는 캐묻지 않기로 했다. 그럼 그 당시에 뭘 골랐었는지 알려 달라고, 편의점 문을 벌컥 열며 태성을 끌어당기는 것이 전부였다.

별것도 아닌 자신의 제안에 그가 얼마나 환하게 웃었던지. 누가 봤다면 태성이 구원받은 어린양이라도 되는 줄 알았을 거다.

그날 편의점을 거의 탈탈 털어놓고서도 예전에 전해 주지 못했던 간식이 그렇게나 마음에 걸리는지, 이후로도 태성은 계절이 바뀔 때마다 소소한 먹을거리를 사 들고 사무실에 찾아왔다.

본인이 오기 어려울 땐 인편이나 퀵으로 전달해 주기도 했다. 초콜릿을 듬뿍 바른 비스킷처럼 딱히 시즌을 타지 않는 것도 있었고, 제철 과일처럼 그 계절에만 먹을 수 있는 것들을 챙겨 줄 때도 있었다. 찐빵이니 붕어빵이니 하는 길거리 음식을 건네주는 것도 몹시 좋아했다. 정작 본인은 맛을 모르겠다고 싫어하면서 말이다.

"그때도 그렇고 요즘도 그렇고……. 나는 그게 내 나름의 일탈이라고 생각했거든요."

"일탈? 편의점 쇼핑이요?"

"네. 내가 잘 안 하는 행동이긴 하잖아요, 편의점에서 간식 쇼핑하는 거. 어릴 때도 해 본 적 없어요."

편의점의 신상품을 체크하는 어린 진태성이라니……. 확실히 상상이 잘되지 않았다.

"그거야 그렇긴 하네요."

어느새 머리띠를 착용한 진태성이 기현 옆에 나란히 섰다. 영 마음에 안 드는지 조금 뚱한 낯이었는데, 그 표정을 하고서 하필 여우 귀를 달고 있는 게 너무나 잘 어울려서 기현은 속으로만 작게 비명을 내질렀다.

"그런데 기현 씨와 있을 때면…… 어느 순간부터 그런 일탈이 나의 일상이 된 것 같아요."

"으음. 일탈이라고 표현할 정도로 우리가 파격적인 행동을 하진 않았던 것 같은데요. 간식 쇼핑 정도야……."

"에이. 그건 예시를 든 거고, 우리가 모로코에서 저질렀던 말도 안 되는 일을 생각해 봐요. 당장 오늘 여기 오게 된 것도 그렇고요."

"그건 그렇긴 하지만요……."

태성은 삐져나온 머리카락을 정리하며 대수롭지 않게 말했다.

하여튼 나는 당신과 생전 하지도 않은 일을 저지르는 것이 매우 즐겁고, 요즘은 그런 일탈에서 짜릿함을 느끼기보다는 부드러운 따뜻함을 느끼곤 한다. 뭐, 일탈이라는 게 중추신경을 자극하는 단발적 쾌락만을 가리키는 게 아니라는 건 잘 알고 있지만, 일반적인 관점에서 봤을 때 그러하지 않으냐. 그런 의미에서 당신과의 일탈은 더는 일탈이라 할 수 없게 되어 버린 것 같다……. 진태성의 이야기를 요약하자면 이러했다.

"부드럽고 따뜻한 거라……."

기현은 가만히 그의 말을 곱씹다가 이내 입술 끝만 당겨 웃었다. 놀리듯 비웃어 주려고 했는데, 진태성의 이야길 듣고 있자니 기분이 너무 좋아져서 실패해 버렸다.

"참 나. 요즘 행복하다는 말을 빙빙 돌려서 말하네요, 진태성 씨는."

"그게 무슨…… 잠깐만, 기현 씨?"

태성이 대꾸할 틈을 주지 않고서 기현은 그의 목에 덥석 팔을 걸었다. 놀란 진태성이 컥, 하고 작게 기침했을 정도로 갑작스러운 행동이었다.

자신의 눈높이에 맞게 진태성의 몸을 쭉 끌어 내리자, 신장 차이를 이기지 못하고 그의 한쪽 어깨가 삐딱하게 기울었다. 하필 그의 옆에 걸린 게 목각 인형이라 더더욱 재미있는 그림이 완성되어 버렸다.

"기현 씨, 갑자기 이러면……."

당황한 태성이 기현을 부르려는데 난데없이 찰칵하는 소리가 울려 퍼졌다. 심지어 한 번이 아니었다.

"잠깐만요. 사진을 그렇게 막 찍는 게 어딨습니까?"

"잘 나왔어요."

"보여 줘요. 방금 찍은 거."

"싫은데요?"

"나 되게 이상하게 찍힌 거 다 알아요."

빨리, 하고 태성이 재촉했다. 기현은 고개를 절레절레 저으며 핸드폰을 등 뒤로 감추곤 몇 걸음 물러섰다.

거울 속에 비친 자신과 태성의 모습을 연속해 세 장 찍어 봤다. 진태성은 처음엔 놀란 듯 눈을 동그랗게 떴다가, 그다음엔 한쪽 눈썹을 치키며 저를 바라보았고, 마지막 사진에선 곤란한 듯 두 눈을 질끈 감은 채 피식 웃었다.

"오늘 어차피 사진 많이 찍을 거니까, 호텔 돌아가서 보여 줄게요. 마음에 안 드는 건 그때 한꺼번에 지우면 되잖아요."

"클라우드에 자동으로 사진 저장되는 거 압니다. 기기에서만 삭제하면 무슨 소용이에요?"

"음……."

뻘쭘한 듯 괜히 목을 울리던 기현은 태성의 손에 들린 쇼핑백을 낚아채 빠른 걸음으로 문까지 걸어갔다.

"그럼 이만 갈까요? 코디네이터분들도 기다리고 있으니까……."

"기현 씨. 사진 보여 달라니까요."

"나중에요, 나중에."

어느 날 편의점 문을 열고 그가 들어오길 기다렸던 것처럼, 기현은 동화 속에나 나올 법한 기념품 가게의 문을 활짝 열고서 뒤를 돌아보았다. 여우 귀가 달린 머리띠를 쓴 태성이 난감한 표정을 지으며 자신을 향해 걸어오는 중이었다.

"요즘 들어 왜 이렇게 장난을 많이 치지."

"진태성 씨가 할 말은 아닌 것 같은데요."

"나는 우스꽝스러운 사진은 안 찍는다고요."

"나중에 보여 준다고 했잖아요."

기현은 팔을 뻗어 몇 걸음 뒤처진 진태성을 자신의 곁으로 쭉 잡아당겼다.

"이제 우리도 행복해지러 갑시다, 진태성 씨."

Best day Forever! 캡에 콱 박힌 느낌표가 햇볕 아래에서 반짝반짝 빛났다. 기현은 이 모자가 인기가 없는 이유를 알 수 없다고 생각하며 작게 콧노래를 불렀다. 누가 먼저 허밍을 시작한 건진 모르겠지만 어쩌다 보니 요즘 두 사람 사이에서만 유행하고 있는, 아주 오래된 사랑의 찬가였다.

〈킹메이커 완결〉

㈜AR그룹 윤기현 신임 회장 취임사

AR그룹 임직원 여러분, 안녕하십니까. 윤기현입니다.

오늘 저는 AR그룹의 신임 회장이라는 무거운 소임을 안고 이 자리에 섰습니다.

개인적으로는 다시없을 영광이며 벅찬 순간이지만, 한편으로는 긴 역사를 자랑하는 우리 그룹의 새로운 도약과 발전을 이끌어야 한다는 책임감으로 어깨가 무거워집니다.

여러분, 저는 '위기를 기회로'라거나 '멈추지 않는 혁신'과 같은 뻔한 말은 하지 않겠습니다.

빠른 생산과 원가 절감이 전부가 아닌 시대가 왔습니다.

예측할 수 없는 삶의 방식 변화와 초 단위로 격차가 벌어지는 기술의 진보에 대응하기 위해서는 다시 기본으로 돌아가야 합니다.

창의력과 인문학적 상상력이 그 어느 때보다 절실한 요즘이기에, 어려운 시기이지만 미래의 AR그룹의 기둥이 될 아이들에게 아낌없이 투자하려 합니다.

적재적소에 맞는 인재 양성에 힘쓸 것이며, 임직원 여러분들의 업무 역량 성장을 위해 더 나은 근무 환경 조성과 복지 제도의 개편을 약속드립니다. 그 무엇보다 사람을 소중하게 생각하겠습니다.

또한, 미래에는 같이 나누고 함께 성장할 줄 아는 기업이 살아남을 것입니다. 우리 AR그룹 또한 어떻게 하면 이 사회를 더 풍요롭게 할 수 있을지, 또 사회 구성원 모두의 행복한 삶을 위해 우리 기업이 할 수 있는 일은 무엇인지 고민해야 할 때입니다.

젊고 깨어 있는 AR, 사회에 이바지하는 AR, 새로운 가치를 만들어 나가는 AR로 거듭나기 위해, 신임 회장인 저는 우리 AR그룹이 사회적 책임을 다할 방법을 깊이 고심하려 합니다.

길게 말하지 않겠습니다.

어렵고 힘든 일은 제가 선두에 설 테니, 임직원 여러분들께서는 저를 믿고 따라 주시기를 바랍니다. 우리 함께, 다시 없을 새로운 기업사를 써 내려가 봅시다.

감사합니다.

㈜AR그룹 신임 회장

윤 기 현

㈜대원 그룹 진태성 대표 이사 취임사

안녕하십니까, 진태성입니다.

먼저 녹록지 않은 여건 속에서도 맡은 바 업무에 최선을 다하고 있는 대원 그룹 임직원 여러분의 노고에 깊은 감사의 말씀을 드립니다.

작은 규모의 부동산 기획 및 투자 회사로 시작한 우리 대원은, 다양한 산업 분야에 진출하여 현재 대원 미술관과 산하의 재단까지 갖추고 있는 제법 큰 규모의 기업으로 성장하기에 이르렀으며, 이제는 주식회사 대원이라는 이름 아래 하나가 되었습니다.

임직원 여러분. 저는 미래 지향적인 대원, 아름다운 대원을 만들고 싶습니다. 막무가내로 밀어붙이며 '하면 된다'라는 주문을 외쳤던 업무 처리 방식은 과거의 유산으로 묻어 둡시다.

저는 우리 대원이 세계 최고를 지향하는 대기업이 되는 것도, 최대의 효용으로 이익 남기는 일에만 열을 올리는 것도 원치 않습니다. 우리 대원은 타 그룹과는 명백히 다른 색깔을 갖추어야 하며, 또 그에 걸맞은 방향으로 성장해야 합니다.

실패를 두려워하지 않는 공격적인 경영으로 대원 그룹을 이끌겠습니다.
사업이 처음 설정했던 방향대로 잘 나아가고 있는지, 그 과정과 결과가 아름다웠는지, 그래서 누구도 따라 할 수 없는 독보적인 결과를 만들어 냈는지 심혈을 기울여 관찰하겠습니다.
여러모로 까다롭긴 하지만, 대신 허례허식도, 허언도 없는 저를 믿고 함께 걸어 주시길 바랍니다.
마지막으로 제가 이 자리에 서기까지 물심양면으로 도움을 주신 AR그룹의 윤기현 회장님께 감사의 인사를 전하고 싶습니다.
벌써 연말입니다. 사랑하는 사람과 아름답고 뜻깊은 시간 보내시길 바라며, 우리는 새로운 날에 새로운 대원에서 다시 만납시다.
이상입니다.

㈜대원 그룹 대표 이사
진 태 성

킹메이커 3

초판 1쇄 인쇄 2024년 2월 20일
초판 1쇄 발행 2024년 2월 29일

지은이 모스카레토
펴낸이 최원영
편집장 예숙영
책임편집 손혜진
편집디자인 한방울
영업 김민원 조은걸
물류 이순우 최준혁 박찬수

펴낸곳 ㈜디앤씨미디어
출판등록 2002년 5월 1일 제117-90-51792호
주소 서울시 구로구 디지털로 26길 111 JnK디지털타워 503호
대표전화 (02)333-2513 팩스 (02)333-2514
전자우편 tone@dncmedia.co.kr

ISBN 979-11-264-7055-6 (04810)
ISBN 979-11-264-7052-5 (set)